Edition
SV
international
SCHWEIZER
VERLAGSHAUS

E. R. Carmin

BLACKOUT

Der Sommer bevor das Licht verlöscht

Roman

Printed in Switzerland
by AG Carl Meyers Söhne, CH-8645 Jona SG
3-7263-6293-2

Das Ende der Welt
beginnt mit einem Sommer,
der kein Sommer ist.

Edda

Über die Radarschirme des riesigen US-Luftwaffenstützpunktes in Peschawar nahe des Khyber-Passes an der Grenze zwischen Pakistan und Afghanistan flimmerte ein Flugobjekt, das mit mehr als doppelter Schallgeschwindigkeit heranraste. Im Tower, in den Hangars und in den Mannschaftsunterkünften flammten die Alarmlampen auf. Ein durchdringendes Heulen übertönte das Lärmen. Binnen kürzester Zeit wurden die Rollbahnen geräumt und sämtliche Zufahrtsstraßen gesperrt. Major Robert Fuller sah vom Tower aus das schwarze Insekt am Horizont auftauchen. Blackbird, das noch immer stärkste, bereits in den sechziger Jahren von der CIA und der Lockheed Aircraft entwickelte Nachrichtensystem SR-71. Die Maschine sah noch immer furchterregend aus, wenn sie mit ihren drei ausgeklappten Spinnenbeinen über die Piste raste und die acht Hochgeschwindigkeitspneus schwarze Streifen auf den Beton klebten.

Fuller wischte sich den Schweiß von der Stirn. Es war der 2. Juni. Die Temperatur hatte gegen Mittag 51 Grad im Schatten erreicht. Da hatte auch die Klimaanlage im Tower kapituliert.

Fuller war immer wieder von Blackbird fasziniert. Der schwarze Vogel flog schneller als eine Gewehrkugel, stieg bis an die Grenze des Weltalls, und aus seinem Rumpf starrten Kameraobjektive in die Tiefe, die noch aus 26 000 Meter Höhe die Nummernschilder eines Autos ausmachten. Ein unübertroffenes Wunderwerk der Technik. Aber seit einigen Tagen versagte es. Genaugenommen seit sieben Tagen, als sie die unbemannte, vollautomatische Variante der SR-71 über die zentralasiatischen Gebiete der Sowjetunion geschickt hatten: Das elektronische Spionagesystem 466 L, in das

die SR-71 integriert war, hatte nicht funktioniert, die Filme waren leer geblieben.
Die nächsten zwei Maschinen waren nicht zurückgekehrt. Daher hatte man sich zu einem bemannten Flug entschlossen, bei dem der Pilot den Einsatz der elektronischen Geräte und der Kameras zumindest kontrollieren konnte. Über den Ausfall der unbemannten Maschinen hatte man natürlich geschwiegen. Lediglich der Direktor des Nationalen Sicherheits-Amtes NSA und Sicherheitsberater Zabrousky waren vorläufig informiert worden. Die SR-71 durfte nicht versagen, auch wenn sie versagte. Sie wurde auch niemals abgeschossen, sie galt als unerreichbar.
«Na, sehen Sie, diesmal hat es funktioniert. Weiß der Teufel, wo bei den anderen der Fehler lag!» sagte Jerome Bissel, der neben Fuller stand und ebenfalls gebannt der Landung des schwarzen Vogels zugesehen hatte. Bissel war ein Elektronikexperte von der Abteilung für Wissenschaft und Technik der CIA, den Washington sogleich nach der ersten Panne vor sieben Tagen mit einer Technikergruppe der Lockheed Aircraft nach Peschawar geschickt hatte.
Die beiden Männer verließen den Tower und gingen auf die SR-71 zu, die von einem Jeep gerade zu den Hangars gezogen wurde.
Das Bodenpersonal öffnete die Luke des Cockpits, das sich wie der Kopf eines furchterregenden Monsters aus einem Science-fiction-Film über dem abgeflachten Bug erhob, und befreiten Major Holt von den zahlreichen Gurten, Drähten und Schläuchen.
Doch Holt rührte sich nicht, starrte mit weitaufgerissenen Augen vor sich hin. «Ich habe es also noch geschafft!» stammelte er schließlich. Dann sackte er zusammen.
Wenige Tage später stellte man in der nationalen medizinischen Zentralklinik in Bethesda fest, daß die Alpha-Wellenfrequenz in Holts Gehirn aus unerklärlichen

Gründen nur 2,1 Hertz betrug, während die normale Frequenz zwischen acht und zwölf Hertz liegt.
Eine genaue Überprüfung der Elektronik der SR-71 ergab, daß sie einwandfrei funktionierte. Sie wurde lediglich bei Flügen über sowjetisches Territorium außer Kraft gesetzt. Die Angelegenheit wurde als streng geheim klassifiziert. In den USA wurden von einem Tag zum anderen nach einem für derartige Fälle vorgesehenen Alarmplan namhafte Wissenschaftler der sogenannten Q-Group aus allen Teilen des Bundesgebietes zusammengeholt und nach Martindale in Nevada geflogen, um dort unter der Leitung von Professor Nikolaij Yanshim, einem Physiker des Aspen Institute of Humanistic Studies, der es in den sechziger Jahren im Zuge eines Wissenschaftleraustausches gegen gutes Honorar vorgezogen hatte, in den USA zu bleiben, die mysteriösen Vorfälle zu klären. Yanshim hatte zuvor die als Zweigstelle für Automation und Elektromessung getarnte Spezialabteilung 8 des Wissenschaftszentrums Nowossibirsk geleitet, in dem man nach der physikalischen Basis für psychische Energie geforscht hatte. Das Labor wurde 1969, nach Yanshims Emigration, geschlossen.
Die Panne mit der SR-71 war zwar keine Katastrophe, dennoch war sie beunruhigend, denn gerade in den nächsten Wochen und Monaten kam es darauf an, genaue Kenntnis über sowjetische Truppenbewegungen in Afghanistan und in den angrenzenden Gebieten von Turkestan, Usbekistan und Tadschikistan zu erhalten. Das hing eng mit der Aufgabe zusammen, die der Mann zu erfüllen hatte, der an dem Tag, als das Unglück mit Major Holt passiert war, mit einem Dutzend anderer Leute auf einem Lastwagen saß, der sich die steile Straße, die zum Khyber-Paß führte, hinaufquälte. Ein bunter Haufen in weiten Hemden oder Tuniken, einige der Männer trugen Turbane, andere Mützen aus Schafwolle, auch zwei Frauen im Tschador saßen zwischen den Bündeln, in die die Leute ihre Habseligkeiten ver-

schnürt hatten. Es waren Menschen, die die Grenzen nie akzeptiert hatten, die irgendwer den sie nicht kannten, auf einem Stück Papier gezogen hatte. Der Mann musterte seine Mitreisenden. Die meisten schienen Belutschen zu sein. Er selbst war nicht einzuordnen. Er mochte ebensogut ein Kirgise, ein Paschthune oder ein Perser sein. Auch sein Alter war schwer zu schätzen; er war klein und drahtig, sein Gesicht war an der Stirn und der linken Wange von einer tiefen Narbe entstellt. Er hatte einen afghanischen Paß bei sich, der auf den Namen Abdul Sadeq ausgestellt war. In Wahrheit hieß er Alfonso Martinez, war amerikanischer Staatsbürger und Angehöriger der CIA. Er war 1965 nach Pakistan gekommen und hatte die früher von den Engländern kontrollierten und später von den Amerikanern übernommenen Nachrichtennetze reorganisiert, die sich quer durch den Subkontinent von Indien bis Persien und in die Zentralasiatischen Sowjetrepubliken spannten. Seine Organisation gewann an Bedeutung, als die Amerikaner Ende der sechziger Jahre den Stützpunkt bei Peschawar offiziell aufgegeben hatten. Genaugenommen war Martinez ein Spezialist der Psywar-Group der CIA, der Abteilung für psychologische Kriegführung. 1979 hatte er gemeinsam mit Louis Duprix, der in Pakistan die CIA-Gruppe für verdeckte Aktionen leitete, einige jener Operationen in Afghanistan durchgeführt, die indirekt den sowjetischen Einmarsch zum Jahreswechsel provoziert hatten. In den Jahren danach koordinierte er die Aktionen der verschiedenen Rebellengruppen in Afghanistan und rekrutierte unter ihnen Agenten, die im Lauf der Jahre in die angrenzenden, vorwiegend von Moslems bevölkerten Sowjetrepubliken eingeschleust wurden.

Martinez' großes Vorbild war der Luftwaffenoberst Edward Landsdale, der auf den Philippinen und später in Vietnam für die CIA tätig war. Unterdessen hatte man diese Dinge natürlich perfektioniert, das Spiel mit der Psyche ganzer Völker basierte auf wissenschaftlich exakten Grundlagen. Aber Martinez erinnerte sich immer an die Geschichte, in der eine Psywar-Gruppe auf den Philippinen die Furcht der Landbewohner vor «asuang», dem Vampir, gegen die kommunistischen Huks ausgespielt hatte. Die Psywar-Leute brachten das Gerücht in Umlauf, daß in der Nähe der kommunistischen Basen ein «asuang» sein Unwesen treibe. Nach einigen Wochen bohrten sie einem gefangenen Huk-Guerilla nach Art der Vampire zwei Löcher in den Hals, hängten seinen Körper an den Füßen auf, bis das Blut ausgelaufen war und legten die Leiche auf die Straße. Einige Tage später waren die Huks verschwunden. Sie waren in panischer Angst vor dem «asuang» geflohen.

Martinez grinste, als er daran dachte. Im Grunde genommen, überlegte er, war dieser Coup noch immer der Prototyp psychologischer Kriegführung. Der «asuang» hatte andere Namen, die Angst andere Dimensionen, der Biß des Vampirs war subtiler. Der «asuang», dachte er, saugt heute nicht am Hals irgendeines kleinen Halunken, nein, er saugt ganzen Völkern das Blut aus. Und er, dachte er voller Stolz, war einer der Eckzähne, die sich in die Weichteile des sowjetischen Imperiums gruben.

Endlich hatten sie das Hochplateau des Khyber-Passes erreicht. Der Lastwagen hielt vor einer Tschaikana, einem Rasthaus, vor dem bereits eine Kamelkarawane ihr Lager aufgeschlagen hatte. Hier oben war es kühl geworden. Der Abend hatte die aschgrauen Felsen blaugrau verfärbt.

Nur noch ein Lastzug kam an diesem Abend am Khyber-Paß an. Die meisten Tschaikanas hatten geschlossen. Es war nicht mehr wie früher, als der Paß voller Leben war, ein Kommen und Gehen, es war eine tote Grenze geworden.

Am nächsten Tag fuhren sie weiter, passierten die scharfen Kontrollen durch Soldaten der afghanischen Volksmiliz. Gegen Mittag erreichten sie Kabul.

Am Nachmittag desselben Tages wurde der Vorsitzende

des afghanischen Rats der Mullahs, Mohammed Aziz Sharmal, in seinem Haus in Dehdana ermordet. Er hatte viel dazu beigetragen, daß sich die Verhältnisse nach dem sowjetischen Einmarsch von 1980 stabilisiert hatten.
Abdul Sadeq alias Alfonso Martinez war zur Stunde, als man Mohammed Aziz Sharmal fand, wieder auf dem Weg zurück nach Peschawar. Er war zufrieden. Sharmals Tod würde seine Wirkung erzielen. Vor allem in der Sowjetunion.
Auf dem Rückweg nach Peschawar ahnte er natürlich nichts von dem mysteriösen Vorfall um Major Holt. Als auch, viele Monate später, die Verantwortlichen in Washington und New York erkennen mußten, in welche Falle sie gelaufen waren, schien es bereits zu spät, die Dinge zu korrigieren. Zudem gab es auch Leute, die das gar nicht wollten . . .

Am Abend dieses 2. Juni traf sich eine kleine Gruppe einflußreicher Männer. Die Begegnung fand im Harald Pratt House in der Park Avenue in New York statt, dem Sitz des Rates für Auswärtige Angelegenheiten. Das Treffen präsidierte Irving S. Benson, der Vorsitzende von Du Pont de Nemours & Co., dem größten Munitionsproduzenten der Welt. Benson war einer der wichtigsten Berater der Wahlkampfmannschaft von Präsident T. S. Andrews gewesen, und das Weiße Haus hörte auch jetzt noch gerne auf seine beratende Stimme, die er in wirtschaftlichen, also mehr oder weniger außenpolitischen Angelegenheiten über Matthew Oxenberg, den Wirtschaftsberater Andrews und Bensons Vizepräsident im Business Round Table, übermittelte. Ein weiterer gewichtiger Teilnehmer des abendlichen Treffens war Harry McShee, der Präsident der vom Rockefeller-Clan kontrollierten Chase Manhattan Bank, vor Jahren US-Staatssekretär des Auswärtigen und für kurze Zeit sogar Finanzminister. Ferner nahmen an dem Treffen teil: Christopher Infurth, der einstige Chef der heimlichen Dienste der CIA, immer noch Berater der CIA und leitender Manager der United Aircraft Corporation; schließlich waren da noch Averell Achenberg, der Chefredaktor des Nachrichtenmagazins Newsweek, Mitglied des Rates für Auswärtige Angelegenheiten, der Trilateral Commission und Besitzer eines einträglichen Aktienpakets der vom Rockefeller-Clan kontrollierten multinationalen Ölgesellschaft Exxon, die es in den späten siebziger und im Laufe der achtziger Jahre dank der steigenden Rohölpreise und der latenten Ölkrise geschafft hatte, den Ford-Konzern endlich zu überholen und sowohl dem Umsatz von mehr als eineinhalb Billionen Dollar jährlich als auch dem Reingewinn nach zum gewaltigsten und größ-

ten Konzern der Welt zu werden; C. Victor Cavin, Vorsitzender des North American Sponsoring and Policy Review Committee des in New York ansässigen Weltordnungsinstituts; Eugen S. Solomon, der Vorsitzende des nach dem Wahlsieg Jimmy Carters am 11. November 1976 von E. V. Rostow gegründeten Committee on the Present Danger (Komitee für die gegenwärtige Gefahr), das schon damals in kostspieligen, aber wirksamen Publikationen und diversen Multiplikatoren in der ganzen freien Welt die Auffassung vertreten hatte, man befinde sich nicht mehr in der Nachkriegszeit, sondern in einer Prä-Kriegslage. Das C.P.D. hatte ja wohl recht behalten. Ferner nahmen an der Konferenz im zweiten Stock des zwischen den Wolkenkratzern der Park Avenue eher unscheinbar wirkenden Harald-Pratt-Hauses noch Maxwell Fowler in Vertretung des Nationalen Sicherheitsberaters Victor Zabrousky und Henry Simpson, Professor für allgemeine Semantik und Psychologie an der Universität Cambridge und Leiter eines vorwiegend für den Rat für Auswärtige Angelegenheiten tätigen kleinen Meinungsforschungsinstitutes sowie Public-Relations-Berater des Rockefeller-Brothers-Found, teil.

Mehr oder weniger bildete diese Gesellschaft den harten Kern eines Beraterstabes des Weißen Hauses für Öffentlichkeitsarbeit, und sie hatte ein Problem zu lösen.

Irving S. Benson faßte das Problem in einen knappen Satz: «In gewisser Weise», sagte er, «befinden wir uns in einer ähnlichen Situation wie während der McCarthy-Zeit!»

Averell Achenberg schüttelte den Kopf. Er dachte daran, was Rowan Graither, der Präsident der Ford-Foundation, 1953 dem Vorsitzenden des Reece-Komitees des Kongresses zur Untersuchung der Tätigkeiten der großen Stiftungen erklärt hatte: «Wir arbeiten im Rahmen einer Anordnung aus dem Weißen Haus, nach der das Leben in den USA so zu verändern ist, daß es reibungslos mit dem in der Sowjetunion verschmolzen werden kann!»

Achenberg sagte: «Wir sollten uns nicht an historische Vorlagen halten. Die Voraussetzungen sind doch heute ganz andere. McCarthys Kampagne diente zur Beruhigung gewisser Gemüter, die Amerika in den Händen der kommunistischen Weltrevolution sahen. Und darüber hinaus war das Ganze eine höchst tolpatschige und grobe Angelegenheit!»
«Aber sie hat gezeigt, daß die Mehrheit der Leute keinen Widerstand leistet, wenn die sogenannten bürgerlichen Freiheiten ohne ordentliches Gerichtsverfahren und praktisch gegen den Text der Verfassung aufgehoben werden. Es war immerhin nützlich, zu wissen, welche Auffassung die Leute von ihrem Recht auf Freiheit hatten!» warf Solomon ein.
«Sie kennen ja den alten Vers!» sagte Achenberg und rezitierte: «Die Magna Charta, die ist gut, läßt jeden nach Belieben, solang er hübsch gehorsam tut, was ihm von oben vorgeschrieben! Aber diese Zeiten haben sich geändert.»
«Ich fürchte», sagte Solomon, «wir kommen so an das Problem nicht heran. Damals war diese antikommunistische Welle vorhanden, niemand brauchte sie zu forcieren. Insofern hat Benson recht. Wir haben dasselbe Problem, wenn auch in etwas komplizierterer Form. Es ging damals nicht darum, den Kommunismus zu besiegen, sondern der Sowjetunion klar zu machen, daß man sich für eine Zusammenarbeit verständigen muß. Heute haben wir das Problem, daß der Sowjetunion ein Denkzettel verpaßt werden muß. Aber den Kommunismus will auch heute niemand ausrotten.»
Fowler nickte.
«Im Gegenteil. Wie Sie wissen, war es schon Brzezinskis Strategie, zwischen Sozialismus mit menschlichem Antlitz und dem imperialistischen Nazi-Kommunismus der Russen zu unterscheiden. Es geht nicht nur um die Situation in den USA, sondern vor allem um China und die kommunistischen Parteien in Europa. Die grundsätzli-

che Kommunismusfeindlichkeit könnte unseren Interessen schaden. Aber das ist vor allem ein außenpolitisches Problem und eine Sache, die wir mit Shellberg und seiner Friedensliga auszutragen haben. Innenpolitisch geht es darum, die Leute überhaupt wieder zu mobilisieren. Der Schwung der ersten achtziger Jahre hat sich totgelaufen.»

Die Leute müssen in Bewegung gehalten werden, dachte Simpson. Das Fehlen bestimmter Reize kann ebenso frustrierend sein, wie deren Monotonie. Der Sinn, die Bedrohung der Sicherheit der amerikanischen Bürger, wurde nicht mehr ernstgenommen. Hätte es 1981 oder 1982 Krieg gegeben, wäre das eine ganz andere Sache gewesen: There's not to reason why, there's but to do or die. Da wäre nicht nach Gründen gefragt worden, damals hätte die Mehrheit nach dem Grundsatz gehandelt: Gehorchen oder sterben. Der Kalte Krieg, dachte Simpson, war langweilig geworden.

Und Fowler überlegte: Wie Ratten, Hunde und Affen hungert der Mensch nach Anregung und Erregung. Psychologische Motivation allein bringt keinen Nutzen. Simpson hatte sich schon immer durch kaltschnäuzige, aber treffende Analysen ausgezeichnet. Das machte ihn so wertvoll. Man kann die These, überlegte er, daß Langeweile den allgemeinen menschlichen Hang zum Schadenstiften durchaus fördert und eine der Hauptursachen für Verbrechen ist, ohne weiteres auf die Allgemeinheit anwenden. Der Verbrecher kommt vor Langeweile um und weiß mit sich nichts anzufangen, bis er für zwei, drei Minuten auflebt. Er unternimmt an der nächsten Straßenecke einen Überfall und genießt den Kitzel. Das ist seine Traumreise nach Hawaii. Jetzt hat seine Phantasie Stoff für eine Woche. Das heißt leben. Das ist Aufregung. Das war das Geheimnis des McCarthyismus. Auch Denunzieren ist aufregend.

«Ich denke, das Problem läßt sich lösen!» sagte Simpson.

Solomon grinste. «Ich wußte, daß wir uns auf Sie verlassen können!»
Ohne auf Simpson zu achten, fuhr der hagere Gelehrte mit den nahezu farblosen, wäßrigen Augen, deren Ausdruckslosigkeit mehr als alles andere darüber aussagte, wie Solomon derartige Probleme anzugehen pflegte, fort: «Sie werden zugeben, daß jener Mann, der während der McCarthy-Zeit den Begriff ‹unamerikanische Umtriebe› erfunden hat, geradezu genial war. Er hat die Dinge auf den einfachsten Nenner reduziert, für die damaligen Verhältnisse ideal. Wer konservativ war, war amerikanisch. Alles andere war unamerikanisch, umstürzlerisch, radikal, schlicht und einfach boshaft!»
«Worauf wollen Sie hinaus?» fragte Cavin.
Solomon schenkte auch Cavin keine Beachtung. «Man hatte nichts gegen die Linken an sich!» fuhr er fort. «Niemand rief zum Kampf für den Kapitalismus oder den privaten Profit auf, sondern zum Kampf für die Freiheit und zur Verteidigung der freien Welt. Niemand forderte ein Gesetz zur Verfolgung politischer Gegner. Nein, man forderte lediglich Maßnahmen zur Bestrafung und Verfolgung umstürzlerischer Tätigkeit oder unamerikanischer Tätigkeit. Man hat die ganze Angelegenheit auf ein höheres Niveau gehoben. Jedermann konnte erkennen, wie besonders umstürzlerisch und unamerikanisch die Leute waren, die sich dem Kampf um die Freiheit und zur Verteidigung der freien Welt in irgendeiner Form in den Weg stellten. Das Geniale an der ganzen Sache war die Unbestimmtheit, die unberechenbare Willkürlichkeit der ganzen Angelegenheit. Sie kennen Kafkas ‹Prozeß›, ja? Es war wie bei Kafka. Die Angst des Opfers, die vor allem darin bestand, daß es nicht genau wußte, wessen es eigentlich angeklagt war. Eindeutig war nur die Bestrafung.»
«Ich verstehe gar nichts!» sagte McShee, und Infurth grinste verstehend.
«Solomon, Sie sind ein Teufel!» sagte er zufrieden.

«Meinen Sie? Sie sollten mich nicht unterbrechen, meine Herren!» setzte Solomon seinen Vortrag fort. «Nun, wie gesagt, für die damaligen Verhältnisse war das ideal. Mehr oder weniger auf die amerikanische Gesellschaft zugeschnitten und nur von zweitrangiger Bedeutung hinsichtlich der außenpolitischen Signalwirkung. Heute haben wir es mit einem vielschichtigeren Problem zu tun.»
Benson dachte: Dieser Scharlatan ist unbezahlbar. Mehr wert als alle Kissingers, Brzezinskis, Bells und Rostows zusammen. Die haben Strategien entworfen, denen man die Leute anpassen mußte. Der Schweinehund beseitigt zuerst die Hindernisse und baut dann die Strategie aus. Schafft ein Potential, das nur mehr der Initialzündung bedarf. Hervorragend!
«Zunächst», sagte Benson, «geht es wohl darum, die Prioritäten festzulegen. Wir müssen Shellberg und seine Leute ausschalten. Wir müssen die Bevölkerung dazu bringen, daß sie sich mit einem niedrigeren Lebensstandard zufrieden gibt. Dafür brauchen wir ein Motiv, eine Art Blitzableiter. Wir müssen die Leute für unsere Ziele begeistern, ohne nationale Gefühle aufzubauen. Und wir müssen die internationale Öffentlichkeit für unsere Ziele gewinnen. Wir müssen sie dazu bringen, Sozialismus und Kommunismus nicht mit der Sowjetunion gleichzusetzen. Wir müssen die Russen als den Feind schlechthin aufbauen und die neuerliche Entspannungsoffensive als Schwindel entlarven!»
Alles wäre gut gegangen, dachte Benson, hätten sich die Russen an die Spielregeln gehalten. Und diese französischen Arschlöcher. Worum ging es denn? Alles was sie gewollt hatten und wollten, war eine weltweite Konsumentendemokratie, eine Art von Sozialismus, eine kontrollierbare Welt mit Staaten, die sich einem internationalen Ordnungsprinzip unterwarfen, für einen ungehinderten Kapital- und Warenverkehr sorgten, korrigierbare Ungerechtigkeiten durch unentgeltliche Zuwendungen linderten, die nationale Umwelt schützten und für die

Erhaltung einer nationalen Infrastruktur sorgten. Und durch ihre staatlichen Machtbefugnisse die sozialen Auswirkungen möglicher nichtkorrigierbarer und natürlicher Ungerechtigkeiten notfalls mit Gewalt unterdrückten. Simpson hatte völlig recht. Der Sozialismus war eine große Hilfe, weil er Stabilität garantierte. Mit den Leuten in Osteuropa konnte man planen, auch mit den Chinesen; gelehrige, fügsame Kräfte. Aber es war eine andere Sache, daß die Russen plötzlich gewissermaßen als riesiger multinationaler Konzern aufzutreten gedachten. Es gab nur eine Welt. Einen Markt. Keine Souveränitäten. So einfach war das. Das war alles, was sie wollten: Internationale Solidarität. Das war es.

«Wir brauchen eine internationale Solidarität!» sagte Benson.

«Ja! Das ist nicht schlecht!» meinte Simpson.

«Carter hat einen Fehler gemacht!» sagte Solomon. «Er hat alles zu sehr auf Amerika bezogen. Amerika muß die stärkste Macht der Welt sein. Amerika muß seine Stärke beweisen. Der Persische Golf als nationales Interessensgebiet der Vereinigten Staaten!»

«Das kann man so oder so betrachten», warf Simpson ein. «Zugegeben, langfristig gesehen, war es ein Fehler. Aber Sie dürfen nicht vergessen, daß die Wiederherstellung des nationalen Selbstwertgefühls damals notwendig war. Die Dinge sind eben nicht ganz so gelaufen, wie sie sich hätten entwickeln sollen. Dank unserer Pariser Freunde, nicht wahr? Gut: Internationalisieren wir den McCartyismus. Wer gegen die internationale Solidarität ist, ist gegen die Freiheit. Die Vereinigten Staaten wollen nicht die stärkste Macht der Welt sein. Sie wollen eine starke, freie, ungefährdete internationale Gemeinschaft. Der Persische Golf ist kein nationales amerikanisches Interessensgebiet. Die Freiheit des Persischen Golfs ist eine Sache der internationalen Solidarität und der Freiheit aller Menschen. Die Rohstoffe dieser Erde sind keine nationalen Güter, sie gehören allen

Menschen. Die Amerikaner sind bereit für diese Grundsätze der Freiheit und internationalen Solidarität Opfer zu bringen. Der Kampf gegen die Sowjetunion ist ein Kampf um die Freiheit aller Menschen, egal, welcher Ideologie sie anhängen. Wer dieses Prinzip nicht anerkennt, ist ein Feind der Freiheit und der internationalen Gemeinschaft!»

«Bravo!» rief McShee.

«Ausgezeichnet, Henry!» sagte Cavin.

«Ja», Benson nickte, «das ist gut. Freiheit! Genau das ist es.»

«Na gut!» sagte Simpson. «Dazu gehört auch die Freiheit zum Sozialismus. Zum menschlichen, pluralistischen, den Menschenrechten verpflichteten Kommunismus!»

Cavin, Benson und McShee lachten schallend.

«Und wie», prustete McShee, «machen Sie das den Leuten klar?»

«Ganz einfach!» antwortete Simpson. «Die Vereinigten Staaten sind durch eine Revolution entstanden. Die Geschichte beweist, daß wir niemals gegen Revolutionen waren. Im Gegenteil. Wir haben sie gefördert. Ich erinnere Sie an Afrika. Ja, ich erinnere Sie an die Sowjetunion. Die Sowjetunion hat die Revolution verraten. Sie hat alles verraten. Ihre eigenen Grundsätze. Sie hat jene Grundsätze verraten, über die sich Marx, Engels und Jefferson vollkommen einig waren!»

«Das ist doch Unsinn!» warf Cavin ein.

«Sie haben unsere Unabhängigkeitserklärung nicht gelesen!» fuhr Simpson unbeirrt fort. «Ich zitiere: Zur Sicherung ihrer Rechte sind unter den Menschen Regierungen eingesetzt, welche ihre wohlbegründete Macht von der Zustimmung der Regierten ableiten; daß immer dann, wenn irgendeine Regierung diese Rechte beseitigt, das Volk das Recht hat, die Regierung zu ändern oder zu stürzen. Später geht die Erklärung über dieses Recht sogar hinaus und spricht von der Pflicht, eine solche Regierung zu stürzen. Soweit zum Recht auf Revolution, zur

Pflicht auf Revolution, was uns betrifft. Unsere nationalen Grundsätze decken sich mit den Grundsätzen und Lehren des Marxismus auch bezüglich der Bedingungen, unter denen Kriege und Revolutionen gerechtfertigt sind. Ich zitiere Lenin: Für den Marxisten unterliegt es keinem Zweifel, daß eine Revolution ohne revolutionäre Situation unmöglich ist. Der marxistische Kommunismus und unsere Demokratie haben eine gemeinsame ideologische Grundlage, die völlig ausgereicht hätte, um eine friedliche Koexistenz und einen friedlichen Wettbewerb zu erlauben. Die Sowjetunion hat sich nicht daran gehalten. Sie hat andere Staaten überfallen und ihnen ihr eigenes System aufgezwungen. Das Sowjetsystem ignoriert die Wünsche der Mehrheit der sowjetischen Bevölkerung. Der sowjetische Kommunismus ist kein Kommunismus. Sie wollen wie die Nazis die Weltherrschaft.»
«Einverstanden!» sagte Fowler. «Daraus läßt sich etwas machen. Aber damit sind wir Shellberg und alle anderen Probleme nicht los. Sie wissen, was ich meine. Senator Jovins und sein verdammter Anhang. Sie blockieren uns. Sie blockieren seit mehr als zehn Jahren die Ölkontingentierung. Sie blockieren die Internationalisierung des Aktienbesitzes. Sie wissen ja, wieviel Wert David dieser Angelegenheit beimißt. Und nun ist ihm auch noch die Untersuchung über ein demokratischeres Währungssystem eingefallen. So ein Unsinn!»
«Man hätte Shellberg damals abknallen sollen. Jetzt fährt er im Rollstuhl herum und stiftet Unruhe», sagte Cavin. «Und Jovins ist selbst schon längst für eine demokratische Lösung fällig!»
Benson verzog das Gesicht. Er haßte diese brutalen Methoden. Brachten doch nichts. Kennedy wollte auch am Währungssystem herumbosseln. Obwohl sie ihm gesagt hatten, daß man das nicht dulden würde. Aber die Lösung von Dallas hing ihnen allen noch immer wie eine Zeitbombe am Hals, auch wenn sie bis auf einige wenige nichts mehr damit zu tun hatten, keine Verant-

wortung dafür zu übernehmen brauchten. Aber immerhin . . .
Simpson rückte seine Brille zurecht. «Shellberg und Jovins sind Nebensache!» sagte er. «Sie sind nur so lange wichtig, wie sie Boden unter den Füßen haben. Wir müssen ihnen den Boden wegziehen.» Simpson gestattete sich den Anflug eines Grinsens und fuhr nahezu sanft fort: «Unsere Art zu arbeiten erfordert Geduld. Die Methoden haben sich seit Jahrzehnten nicht geändert, wir haben sie nur verfeinert, sie sind subtiler, wirkungsvoller, aber Geduld ist noch immer notwendig. Die meisten Rückschläge haben ihre Ursache darin gehabt, daß einige Leute nicht fähig waren, geduldig zu sein. Wir schaffen nicht Kräfte, sondern machen Gebrauch von vorhandenen Kräften. Wir treiben den Geist vorwärts auf dem Weg, den er schon geht. Eine Kugel tötet schnell. Aber die Magie der Wörter bringt am Ende viel mehr Nutzen.»
Averell Achenberg atmete schwer auf und kratzte sich ungeduldig seinen kahlen Kopf. Simpson redet zuviel, dachte er. Er redet einfach zuviel.
Die ersten konkreten Maßnahmen wurden bereits wenige Tage nach dieser Konferenz getroffen. In Langley Field überwachte CIA-Direktor Howard Stamps persönlich die Auswertung der 300 000 Dossiers über amerikanische Staatsbürger, die von FBI, Defense Intelligence Agency, CIA und den anderen heimlichen Diensten im Laufe der Jahrzehnte zusammengetragen worden waren. Man suchte vor allem Dossiers von Persönlichkeiten heraus, die Senator Jovins und Shellberg nahestanden, darüber hinaus aber auch solche von Tausenden von Personen, die sich keineswegs politisch engagierten, sondern deren Lebenslauf irgendeinen dunklen Punkt aufwies. Besonderes Augenmerk wurde auf antisemitische und allgemein rassistische Einstellung gelegt.
«Jede Modernisierung», hatte Simpson gesagt, «wird zwangsläufig von einer primitiven Revolte begleitet.

Man muß sie nur kanalisieren. Wir haben ein ungeheures Konfliktpotential. Die Neger hassen die Weißen und vor allem die Juden. Die Juden hassen die Neger und die Weißen, die Weißen hassen die Neger und die Juden.»
Die ausgewählten Dossiers begannen von Behörde zu Behörde zu wandern, Klatschgeschichten und Pseudoinformationen gingen an Ehefrauen, Ehemänner, Arbeitgeber, Klubs. Keiner wußte, ob er insgeheim verurteilt worden war. United States of America versus Mister X. Banken forderten plötzlich ihre Kredite zurück. Der Job war plötzlich weg, kein neuer zu bekommen; in den Südstaaten zogen die Männer in den weißen Kapuzen aus. Collins Weckmann, der Großmeister des Ku-Klux-Klan von New Orleans, bekam monatlich 2000 Dollar von einer ominösen Organisation für ein sauberes Amerika, (das Geld stammte aus dem Budget der Abteilung Inlandoperationen der CIA).
Weckmann gab eine Pressekonferenz und erklärte: «Der Haß der Neger und der Juden auf das andere, das wahre Amerika ist der Haß des Destruktiven auf das Konstruktive. Die Neger sind ultradestruktiv.» Und er zitierte zur Untermauerung seiner Anklage Eldridge Cleaver, der einmal von seiner Lust an der Verletzung der Gesetze des weißen Mannes und von der Lust an der Schändung der weißen Frau gesprochen hatte.
Benson hatte gedacht: Jetzt herrscht wieder Ordnung. Seit das verdammte Gesetz von 1974 abgeschafft worden ist, nachdem der Kongreß über alle geheimen Operationen der CIA und des FBI informiert werden mußte.
Alles vollzog sich unbemerkt von der Öffentlichkeit. Die Aggressionen wuchsen, man wußte nicht recht wieso; farbige und weiße Kommandos der Secret Army Organization schlugen weiße und farbige Menschen grundlos krankenhausreif, in New York verging kein Tag, ohne daß ein jüdischer Laden demoliert wurde. Das schien eine natürliche Sache zu sein und ebenso natürlich war es, daß die Leute nach Maßnahmen zu rufen begannen.

Kurz nach der Konferenz im Pratt House gab Präsident Andrews seine neue außenpolitische Doktrin bekannt, in der er vom Globalismus der Verantwortung, von der internationalen Solidarität, von der Verpflichtung zum Kampf für die Freiheit, von störenden nationalistischen Egoismen, vom Recht aller auf alle Güter dieser Erde und von der internationalen Demokratie, in der es möglich sein müsse, daß jede Nation sich frei entscheiden könne, ob sie ein sozialistisches oder ein anderes System wolle. «Es ist schwierig, die Welt unter einer gemeinsamen Weltanschauung zu vereinigen. Daher besteht jetzt die einzige Hoffnung darin, daß sie aus der gemeinsamen Sorge um ihr Überleben handelt . . .»
Dann begann eine Vielzahl von Organisationen mit einer konzentrierten Propagandaarbeit.
McShee hatte gefragt: «Auf welche Organisationen können wir uns verlassen?»
Darauf hatte sich Simpsons Gesicht zu einem breiten, spöttischen Grinsen verzogen. «Da sehen Sie, wie gut unsere Tarnung funktioniert.» Simpson entnahm seinen Unterlagen eine Liste. «Wir haben eine ganze Menge von Organisationen, die entweder direkt vom Council of Foreign Affairs kontrolliert oder finanziell gefördert werden. Sie reichen vom World Affairs Council, der U.S. National Commission über die Foreign Policy Organization bis zur American Association for the United Nations. Dazu kommen eine Menge Studentenorganisationen, die die CIA unter Kontrolle hat.»
Bald darauf begannen auch die im Council of Foreign Relations und in der Trilateral Commission vertretenen und von der Hochfinanz finanzierten Networks wie die National Broadcasting Corporation, die Columbia Broadcasting, Time, Life, Fortune, Newsweek, New York Times, Business Week bis hin zum Klub-Buch des Monats Simpsons Terminologie aufzunehmen.
In zahlreichen Ländern, vor allem in Europa, starteten die mit dem Council of Foreign Relations verbundenen

«Gesellschaften für auswärtige Politik» eine entsprechende Öffentlichkeitsarbeit und es verging nur kurze Zeit, bis auch die meisten Medien das Signal, das die New York Times und die Nachrichtenagenturen wie Associated Press gegeben hatten, voll übernahmen. Auch die sogenannte freie Presse und die gewichtigen Fernseh- und Rundfunkkommentatoren spürten, daß es hier eine neue Welle gab, auf der sich trefflich schwimmen ließ. Man wußte später nicht mehr, wer das Schlagwort aufgebracht hatte, wer es als erster benutzt hatte, aber plötzlich war es da: «Eine Weltregierung gegen die sowjetische Gefahr.»
Nur wenige erinnerten sich dumpf daran, daß es kurz nach dem Zweiten Weltkrieg ein ähnliches Schlagwort gegeben hatte, das freilich nicht mit solcher Vehemenz vertreten wurde: «Weltregierung gegen die kommunistische Gefahr.» Später, in den späten fünfziger Jahren sprach man von der Möglichkeit einer friedlichen Koexistenz und Weltregierung mit dem Kommunismus, eine Vorstellung, die vor allem vom Wirtschaftsmagazin «Fortune» und von dem im New Yorker Times-Verlag erscheinenden «Life»-Magazin vertreten worden war.
Drei Monate nach der denkwürdigen Besprechung im Pratt House präsentierte der auf dem Privatsitz der Rockefeller-Familie im italienischen Bellagio gegründete Club of Rome während einer großen Tagung im Westberliner Kongreßhaus eine neue Studie, die den Titel «Der Mut zur Feindschaft» trug. Darin wurde von bekannten Gesellschaftswissenschaftlern der Columbia University und des Aspen-Institutes schlüssig festgestellt, daß eine der wesentlichsten und gültigsten Lehren der menschlichen Geschichte die Tatsache sei, daß nur Institutionen und Gesellschaften fähig seien zu überleben, die imstande seien, Feindschaft zu ertragen und ihre Feinde auch als solche zu behandeln.
Die Tagung fand große Publizität, da an der abschließenden großen Pressekonferenz auch mehrere Staats-

oberhäupter und Regierungschefs sowie der amerikanische Sicherheitsberater Zabrousky teilnahmen.
Obwohl die neue Studie des Club of Rome, der zu Beginn der siebziger Jahre mit seinen Studien über die Grenzen des Wachstums die sogenannte Energiekrise psychologisch vorbereitet und Ende jenes Jahrzehnts erfrischende Theorien über die Notwendigkeit des Lernens vorgelegt hatte, mit keinem Wort auf die aktuelle politische Weltlage Bezug nahm, erhob sogleich der Chefredaktor der «Zeit», der auch Mitglied der Trilateral Commission war, in einem langen und ausführlichen Leitartikel den Zeigefinger in Richtung Bonn und Paris und mahnte «die dort Verantwortlichen», diese fundamentalen historischen Lehren nicht zu ignorieren. Sie sollten den Mut zur Feindschaft unter Beweis stellen, und nicht einer Strategie der Feigheit frönen, die den Keim des Untergangs in sich trage.
In Fernsehfilmen und Talk-Shows begann man vermehrt die Frage nach der Identität des Hitler-Regimes und des Sowjet-Regimes zu stellen und die Magazine begannen mit dem Abdruck reich illustrierter Abhandlungen über sowjetische Kriegsverbrechen während und nach dem Zweiten Weltkrieg.
Plötzlich durfte man offen sagen in Deutschland: «Was die Nazis getan haben, das war eine Sauerei. Aber die Russen waren nicht viel besser, mehr als 60 Millionen Tote hat der bolschewistische Terror gefordert! Sie waren viel schlimmer, sie sind noch immer schlimmer, ein einziger Archipel Gulag.»
Das war das geistige Umfeld, das politische Klima, in dem sich die tatsächlichen Ereignisse abspielten . . .

David Kurzmann öffnete die Fensterläden. Der erstickende Geruch von Insektenvertilgungsmittel schlug ihm entgegen. Er atmete tief ein. Es stank. Diese Tatsache vermittelte immerhin ein gewisses Gefühl der Beruhigung. Kurzmann rieb sich das verquollene Gesicht und beobachtete fröstelnd, wie sich die Altstadt von Kairo zu strecken und zu recken begann wie eine alte Schildkröte. Die ersten fahlen, langen Sonnenstrahlen brachen sich an der Kuppel der Alabastermoschee, die auf dem Plateau der ehemaligen Zitadelle thront, über der Totenstadt, die sich kilometerlang zu ihren Füßen dahinzieht, deren aus unerfindlichen Gründen «Kalifengräber» genannten Mamelucken-Grabstätten von leprösen Bettlern, schmutzstarrenden Kindern und räudigen Hunden überquellen. Dort gehen die Krüppelmacher ihrem grausamen, makabren Broterwerb nach. Nicht weit davon die Awalim-Höhlen an der Mohammed-Ali-Straße, wo sich ganze Familien, von den Kindern bis zu den Großeltern, ohne Unterschied des Geschlechts prostituieren und den Einheimischen und vor allem den unersättlichen Gästen aus den Scheichtümern am Golf alles bieten, was Menschen, die alles hinter sich haben, noch zu erregen vermag.
Die ersten Autos fuhren unter dem Fenster vorbei, und der allmählich anschwellende Verkehrslärm von der Autobahn nach Gisah kündigte den Beginn eines neuen Tages an.
Kurzmann zog die Läden wieder zu und griff nach der Whiskyflasche, die auf dem kleinen Tisch neben dem Fenster stand. Er nahm einen tiefen Schluck, gurgelte, spitzte die Lippen und verfolgte mit Interesse, wie sich die Flüssigkeit ihren Weg über seinen nackten Körper bahnte und auf den fleckigen Holzboden tropfte.

Es war soweit, er hatte wieder genug. Gesäubert, geheilt von diesen nahezu epileptischen Anfällen von Niedergeschlagenheit, die ihn immer wieder hierhertrieben. Die Impotenz, die Welt zu verdauen, diese Stadt, den Orient, der gierig nach jedem Fremden greift, der nicht aufpaßt. Das war seine Art, die Seele vor dem Aufgefressenwerden zu schützen.
Hinabtauchen in diesem Sumpf am Nil, diesen Schmelztiegel, sich treiben lassen wie ein laichender Frosch.
Wenn man Glück hatte, tauchte man wieder auf, zuweilen ganz angenehm. Sein Blick fiel auf die kahlen Wände des Zimmers, von denen der Verputz bröckelte, wanderte dann weiter zu Mevlana, die kohlschwarz auf den schmuddeligen Kissen lag. Fester, sehniger, schwarzer, leidenschaftlicher und noch immer kindlicher nubischer Körper, von der Vertraulichkeit eines ausgesetzten Tieres seinem Retter gegenüber, auf ihre Art ein vollkommenes Geschöpf.
«Sie ist mager wie eine Ziege und unbeschnitten, sie taugt nicht viel für das Geschäft!» hatte Ali gesagt, der eine Reihe schmutziger Bordelle und Geschäfte betrieb.
Mevlana streckte sich auf den verschlissenen Kissen. Sie war sechzehn, vielleicht siebzehn Jahre alt. Sie wußte es nicht, niemand wußte das; Geburtsdaten und Jahre spielten hier keine Rolle. Man kommt und geht. Wer weiß, woher sie kam: Im Strom der Massen angesogen von der Metropole, verloren, gekauft, verkauft. Vor zwei Jahren hatte Ali sie ihm für teures Geld in diese Wohnung geschickt.
Seine Sucht nach Leidenschaft mußte ihrem unverkrüppelten, mißbrauchten und mißachteten Körper eine neue Welt entdeckt haben. Denn Monate später fand er sie in dieser Wohnung, halb ohnmächtig, gerissen von irgendeinem Dämon, auf irgendeine unsichtbare Weise tödlich verletzt. Er hatte sie in ein Krankenhaus gebracht, die Behandlungskosten bezahlt; seither war er sie nicht mehr losgeworden. Nun lebte sie in seiner Wohnung in

diesem immer mehr verkommenden Mietshaus in der von Jahr zu Jahr immer mehr verrottenden Gegend am Rande des Sukviertels von Khan el-Khalili und wartete auf ihn wochenlang, monatelang, bis er am Ende seiner Reise durch die Abgründe hier auftauchte, Luft schöpfte.

Kurzmann stellte sich unter die Dusche, und während ihm das eiskalte Wasser den Atem nahm, fühlte er sich wieder voller Energie, bereit, jede Abgefeimtheit zu begehen.

«Ich muß gehen!» sagte er zu Mevlana, die nackt und zart wie eine Gazelle vor der Dusche stand und ihn schweigend mit großen Augen ansah. «Eh! Sei nicht traurig, Baby. Du weißt, ich bin ein Schweinehund. Verdammt, ich werde etwas für dich tun, ich hole dich hier raus, bevor dieser Mist hier explodiert! – Möchtest du nach Deutschland?» fragte er, während sie seinen Rücken frottierte. «Onkel Jacob würde seine helle Freude haben!» Kurzmann lachte.

«Wenn du es willst!» sagte sie in akzentfreiem Englisch.

Kurzmann dachte daran, daß sie vor zwei Jahren lediglich «yes» sagen konnte. «Nicht, wenn ich es will. Du mußt es wollen. Du kannst Fotomodell werden dort. Auf dich werden sie fliegen wie die Stechmücken. Du kannst unabhängig werden. Dir deine Freunde selbst aussuchen. Tun, was du willst, verstehst du?»

«Ja. Und du?»

«Ich? Ich werde allmählich alt, Baby!» Kurzmann strich über ihr kurzes, dichtes Kraushaar.

«Schließlich kann ich hier jeden Augenblick abberufen werden. Dann frißt dich dieser Moloch. Du weißt, wie das ist.»

Er verließ die Wohnung, die er bereits zu Fatmehs Zeiten als Rettungsinsel erworben hatte. Fatmeh . . .

David Kurzmann dachte an seine frühere Frau. Er hatte sich vor 15 Jahren in sie verliebt. Sie war auf entnervende Weise schlaff und passiv, schrecklich duldsam und mohammedanisch, nichts als selbstquälerische Reflexbewegungen. Dabei war sie nur zur Hälfte Araberin. Ihr Vater war ein französischer Ingenieur gewesen, die Mutter eine vornehme Ägypterin. Die Ehe mit Fatmeh war nicht lange gutgegangen. Als ihr Sohn fünf Jahre alt war, hatte David sich scheiden lassen. David Kurzmann junior hatte er zuerst zu Verwandten nach Deutschland geschickt, später in ein Lyzeum in der Schweiz. Alles in bestem Einvernehmen mit Fatmeh, die seither einem ägyptischen Nabob Kinder gebar.

Scheiße! dachte er, als er auf die Straße trat, die sich mittlerweile mit Leben gefüllt hatte, geschäftigem, lärmendem, pulsierendem Leben, dem Augenblick verpflichtet, ein Gewimmel und Gewoge, Gekreische, ein ständiges Drängen und Stoßen, dazwischen das Geplärr der Lautsprecher von den unzähligen Moscheen.

Der Chamsin, der heiße Südwind aus der Sahara, durchströmte die schmalen Sukgassen und verdichtete die schweren, süßlichen Düfte und den Geruch menschlicher Ausdünstungen zu einem Gemisch, das das Atmen schwer machte. Kurzmann dachte nicht mehr an Mevlana. Er dachte kurz an seine ihm standesamtlich und kirchlich angetraute zweite Ehefrau Emmy, die in Rom saß und teure Kleider an reiche Frauen verkaufte und ihren ungeschriebenen Ehekontrakt sehr ernsthaft erfüllte, der ihnen während der Zeit der Trennung jede Freiheit gab. Dann dachte er nachgiebig und ausdauernd an Layla, die er vor einigen Wochen bei einer Party kennengelernt hatte, an ihren kurzen, geradezu elementaren Zusammenprall und an ihr so plötzliches Verschwinden: Niemand wußte etwas über sie, jeder wollte sie zum erstenmal gesehen haben, keiner wollte sie gekannt haben, selbst Pierre Marchois, Korrespondent des Französischen Fernsehens und Gastgeber, behauptete, nichts über sie zu wissen, er sei der Meinung gewesen, sie sei in Begleitung eines Journalisten von Al Akhbar gekommen. Als Kurzmann diesen fragte, schüttelte auch er den

Kopf: Eine Fata Morgana? Dunkelbraunes, langes seidiges Haar, braunüberschattete Haselnußaugen, der Duft nach einem teuren Parfüm. Er glaubte diesen Duft in der Nase zu haben, als er durch die Gassen schlenderte. Eine Erinnerung, alles was geblieben war.
Später schrieb er in seinen Aufzeichnungen:
Es ist absurd, wenn man bedenkt, daß das damals kein Zufall war. Aber es ist ein Zufall, daß ausgerechnet wir beide nun diese Rolle in diesem teuflischen Spiel spielen. Es muß so etwas wie eine Vorahnung gewesen sein, eine Art Hellsichtigkeit, daß dieses plötzliche nächtliche Gewitter von damals so tiefe und bleibende Spuren gezogen hat. Daß die Erinnerung daran mich nicht loslassen wollte und ich, bis zu jenem Augenblick, da wir uns in New York wieder gegenüberstanden, unbewußt in einem Zustand war, der sich bestenfalls mit der erdrückenden, beängstigenden, nervösen Spannung eines sich zusammenbrauenden Unwetters vergleichen läßt: Man erschrickt, zuckt zusammen beim ersten Blitz, um gleich darauf befreit aufzuatmen und das Schauspiel zu genießen. Die Überraschung, der Donnerschlag, folgte erst Minuten später. Da wurde dann so einiges klar.
Hinter dem Bab Zuweila betrat David Kurzmann ein altes Haus mit herrlichen Holzstrukturen an der Fassade. Ein Junge in einer fleckigen, abgenützten Gallabia, dem zweckmäßigen, weiten, hemdartigen Kleidungsstück, um das jeder Ausländer nach längerem Aufenthalt in diesen Breiten die Einheimischen beneidet, führte ihn eine schmale Treppe hoch in den ersten Stock.
«Gott segne dich, David Kuczmann!» (So wurde sein Name in seinen Papieren geschrieben, mit denen er in Kairo offiziell registriert war; Kurzmann war allzu jüdisch und unzweckmäßig. Der Mann breitete die Arme aus und umarmte ihn. «Die Tage deiner Abwesenheit werden immer mehr. Wir machen uns Sorgen um dich. Setz dich, Eistee? Mineralwasser? Wie geht es dir? Ja, ja, diese Stadt, sie ist unerträglich, sie lebt, sie packt

einen wie Fieber ... Ein Krebsgeschwür, das im Zusammenbruch wuchert ...» Der Mann hielt jäh inne und sah Kurzmann mit trägem Blick unter schweren Lidern an.
«Ich nehme es, wie es kommt.» sagte Kurzmann. «Wie geht es deiner Familie, Hamid? Irgendwelche Nachrichten?»
«Es liegt etwas in der Luft. Irgend etwas braut sich zusammen, und ich fürchte, daß es nicht der Sooba alleine ist, der uns eine ägyptische Finsternis bringen wird. Wäre es nur der Sandsturm ...»
Kurzmann nahm sich vor, geduldig zu sein und schwieg.
«Wir haben Zeit und Geduld!» sagte Hamid lächelnd. «Auch was unsere pessimistischen Erwartungen betrifft. Wir sind nicht so ungeduldig wie ihr Amerikaner oder die Europäer oder ...»
«Die Juden!» Jetzt grinste auch Kurzmann, und in den Blicken der beiden lag stillschweigendes Einverständnis.
«Alles», fuhr Hamid fort, «ist eine Frage der Grenze der Leidensfähigkeit eines Volkes. Es ist die Grenze, bis zu der ein Volk von Illusionen leben kann. Sie liegt hier naturgemäß sehr hoch. Aber jetzt beginnen die Leute zu murren, sie werden von Tag zu Tag ungeduldiger, sie werden nervös! Das ist ein schlechtes Zeichen. Ganz Ägypten reibt sich die Augen und fragt nach den Früchten des Friedens. Sie wachsen nicht. Jetzt beginnen sie nach einem Sündenbock zu suchen. Die Araber vom Golf vielleicht? Die Amerikaner? Die Israeli? Die Juden? Wer, glaubst du, wird es sein? Aber was erzähle ich ausgerechnet dir das alles?»
«Sprich weiter. Gibt es irgend etwas Konkretes, auf das du hinauswillst?» fragte Kurzmann.
«Ja, wenn es etwas bedeutet, daß die Wafd-Partei verstärkten Zulauf erhält, daß das Sektenwesen aufblüht, alle diese islamischen Orden und Geheimgesellschaften. Du weißt, welchen Einfluß sie haben. Selbst der Präsident hat hier seinen Meister, wenn sein Orden auch bisher die Friedenspolitik befürwortete.»

«Die Moslembrüder?»
«Ja, vor allem die. Aber auch die Linken, die Kommunisten. Der Wind dreht sich!»
«Die Regierung? Hält sie durch?»
Hamid zuckte die Schultern. «Solange der Präsident nicht gestürzt wird oder eines natürlichen Todes stirbt . . .»
«Da ist doch noch etwas?»
«Ja, es wird Zeit, daß du zurückkommst. Vorgestern sind die Wiener Nahostverhandlungen geplatzt. Wie es aussieht, endgültig.»
«Verd . . . aus welchem Grund?»
«Jerusalem natürlich!»
«Natürlich, Jerusalem!»
Kurzmann war vor vielen Jahren das letztemal in Jerusalem gewesen, als Anwar el Sadat seine Reise unternommen hatte. Jerusalem, hatte sein Vater einmal gesagt, hat nur zwei Alternativen: Die Stadt des Friedens zu werden oder die des Weltuntergangs. Sein Vater war ein alter, weiser Mann gewesen, dessen Weisheit sich in präzisen und einprägsamen Sätzen konzentrierte.
«Aber General Ali», sagte Hamid, «hat natürlich sofort unmißverständlich erklärt, daß dies keinen Einfluß auf das israelisch-ägyptische Verhältnis hat. Und er warnte sogar die Palästinenser, ihre mühsam erworbene internationale Anerkennung und die Freundschaft ihrer arabischen und ägyptischen Brüder nicht durch unüberlegte Aktionen aufs Spiel zu setzen.» Hamid el-Najjef lächelte undurchsichtig und stemmte seinen schweren Körper von den Kissen hoch. «Das wäre übrigens eine Geschichte für dich. In der Mellah wurden vor einigen Tagen zwei jüdische Kaufleute ermordet. Man kennt die Täter, aber man will die Sache auf sich beruhen lassen. Die Belästigungen häufen sich. Es waren Leute von der PFLP, Palästinenser. Das Ziel dieser Störaktionen ist offensichtlich. Aber Allah wird diese Hundesöhne vernichten!

Ein Jahr darauf, als Hamid el-Najjef tot war, notierte Kurzmann in seinem Tagebuch:
Wenn er auch keines friedlichen Todes gestorben ist, so war der Tod für ihn immerhin die einzige Möglichkeit, in seine Heimat zurückzukehren. Wo immer diese auch danach *sein mag. Hamids Heimat war und ist Israel. Während seines Lebens war ihm diese Rückkehr verwehrt. Er war zu wertvoll, auch während der Zeit des Friedens. Er war darüber hinaus zu sehr Ägypter geworden, einflußreich dazu; ein lebendes Beispiel dafür, daß eine der bemerkenswertesten Fähigkeiten des Mossad die Infiltration war und ist. So mußte Israel für Hamid immer ein Traum bleiben. Und das war gut so. Nicht nur, weil man für Träume am besten kämpft. Er wäre von Israel wohl auch etwas enttäuscht gewesen . . .*
Hamid übergab Kurzmann einen dicken gelben Briefumschlag.
Als Kurzmann die Fotos gesehen hatte, murmelte er etwas vor sich hin, was sich anhörte wie «Der verrückte Hund!»
«Es besteht kein Zweifel, daß das die Versuchsanlage der Libyer ist. Ziemlich eindrucksvolle Sache, nicht wahr?» meinte Hamid.
«Die Russen?» fragte Kurzmann.
«Nein, mit Sicherheit nicht. Libyen hat lediglich einen Reaktor von den Sowjets bekommen. Hier aber arbeiten sie nach dem gleichen Prinzip, wie es die Pakistani von der URENCO in Holland haben. Gas-Zentrifugal-Methode, die bisher billigste und auch schnellste Methode zur Uran-Anreicherung. Man könnte dieses Projekt wohl als einen einmaligen Fall internationaler Kooperation bezeichnen, auch wenn es sich zu einem Rohrkrepierer entwickelt hat!»
«Ich hatte eigentlich gedacht, daß das Ding zuerst bei den Pakistanis hochgehen würde», dachte Kurzmann laut vor sich hin.
«Das sah auch so aus, sollte so aussehen. Es war ein

höchst raffiniertes Täuschungsmanöver. Aber auch die pakistanische Bombe war von allem Anfang an ein gemeinsames Projekt von Libyen und Saudi-Arabien, zumindest was die Finanzierung über einen gemeinsamen geheimen Fonds betrifft. Möglicherweise war die Sache auch so konzipiert, daß Pakistan sie durchziehen sollte. Aber als die Sache aufgeflogen war, wurde zumindest der offizielle internationale Druck zu stark. Pakistan hielt sich zurück . . .»

«Und die Libyer», beendete Kurzmann den Satz, «rüsteten unbehelligt und in aller Stille auf!»

«Ja, die Libyer und der Irak!» bestätigte Hamid. «Nur, im Irak sind sie noch nicht soweit.»

Kurzmann nippte gedankenverloren am eisgekühlten Pfefferminztee, als ihm Hamid die Geschichte der islamischen Atombombe darlegte, die er durchaus kannte, freilich nicht in allen Einzelheiten. Diese Geschichte schien ihm für den Drang zum Irrsinn, der die weltpolitischen Entwicklungen der letzten Jahrzehnte bestimmte, kennzeichnend zu sein. Aber auch der Irrsinn hatte seinen realen Hintergrund. Doch das sollte sich erst später herausstellen. Reichlich absurd war es gewiß, daß es ausgerechnet amerikanische, westdeutsche, niederländische, britische und vor allem französische Firmen waren, die, gewissermaßen im Baukastensystem, die Basis zur arabischen Atombombenproduktion legten: Und das zu einem Zeitpunkt, da sich national wie international eine aggressive, der westlichen Welt höchst feindlich gesinnte islamische Bewegung zu entwickeln schien.

Bereits 1974, im Sommer, und noch zu Lebzeiten des später eliminierten saudiarabischen Königs Feisal, legten der damalige Prinz und spätere Feisal-Nachfolger Khalid und der libysche Staatschef Ghadhafi zunächst 450 Millionen Dollar zusammen, um die Entwicklung nuklearer Waffen in Pakistan zu finanzieren. Pakistan lag nahe: Bei Karatschi stand bereits ein von den Kanadiern errichteter 137-Megawatt-Reaktor, und das Islamabad Institute of Science and Technology verfügte bereits über einen gigantischen Forschungsreaktor. Die offizielle Version dessen, was sich hier anzubahnen begann, lieferte schon wenige Monate später der Vorsitzende der pakistanischen Atomenergiekommission, der auf die Notwendigkeit der Nuklearenergie für die künftige wirtschaftliche Entwicklung seines Landes verwies; ein durchaus glaubwürdiger Grund. Geringfügige Zweifel an manchen Orten wurden überdies von einem gewissen Verständnis begleitet, war doch immerhin in Indien bereits eine Bombe explodiert. Kurz darauf machte Ali Bhutto in Paris das Geschäft mit Saint Gobain Industries über die Lieferung einer Wiederaufbereitungsanlage für Plutonium. Bereitwillig unterstellte Pakistan sein Atomprogramm der Kontrolle der Internationalen Atomenergiebehörde, und während die Atomdetektive wohlwollend der friedlichen Entwicklung der pakistanischen Plutoniumwirtschaft zusahen, lief das eigentliche Programm an: Während die internationalen Behörden sorgsam die pakistanischen Plutoniumkäufe registrierten, kauften die Araber nebenher das nötige Uran für die Produktion von Wasserstoffbomben. Und die dazu notwendige Technologie. Die Raffinesse, mit der dieses Geschäft abgewickelt wurde war, so fand Kurzmann, schlicht bewundernswert. Selbst als sich der Konkurrenzkampf zwischen Amerika und Frankreich zuspitzte und Frankreich gezwungen wurde, das Plutoniumgeschäft abzubrechen, kam dies den eigentlichen Zielen nur zugute. Schon in den frühen siebziger Jahren hatten die Araber den angesehenen pakistanischen Atomwissenschaftler Dr. Abdel Quader Khan erstaunlicherweise über niederländische Regierungsbehörden in das von der URENCO, einem niederländisch-britisch-deutschen Konsortium, betriebene Forschungswerk in Almelo eingeschleust, wo er sich die neusten Erkenntnisse der Gas-Zentrifugal-Methode zur Urananreicherung und der

Kernfusion aneignete. Kurz nach seiner Rückkehr mietete sich ein hoher Saudi in der vornehmen Gegend von Wachtberg-Pech bei Bonn ein. Über eine westdeutsche Export-Import-Firma mit Hauptsitz in Stuttgart und unter Beteiligung einer zu den staatlichen westdeutschen Eisenbahnen gehörigen Transportfirma wurde bald darauf in ganz Europa eingekauft: Die Zentrifuge etwa in Holland, die elektronischen Einrichtungen bei Emmerson Electric in Großbritannien, die die Sendungen nach Mulatan, der Baustelle, einige hundert Kilometer südlich des Nuklearforschungszentrums von Islamabad, als «Textilverarbeitungsmaschinen» deklarierte, andere wichtige Teile und Geräte kamen aus Westdeutschland, den Vereinigten Staaten und aus Japan.

Als die israelischen Geheimdienste die Vorgänge durchschauten, war es bereits zu spät. Die Sprengung der französischen Anlagen in Seyne sur Mer bei Toulon, wo zwei Atomreaktoren für den Irak vor der Fertigstellung standen, kam selbst als Warnung für die europäischen Staaten zu spät. Alles was noch getan werden konnte war, die sogenannte internationale Öffentlichkeit zu mobilisieren und über den amerikanischen Geheimdienst CIA Washington zu aktivieren: Der Erfolg dieser Aktionen war freilich gering; es gab sowohl in Großbritannien als auch in den Niederlanden und in Westdeutschland nur kurzfristige Debatten und Aufregungen. Aus gutem Grund.

Erst später, schrieb Kurzmann in seinen Aufzeichnungen, *wurde klar, warum Frankreich und andere europäische Staaten ein Interesse an der nuklearen Aufrüstung der Araber hatten. Daß damit die fatale Möglichkeit, daß sich eines Tages der Nahostkonflikt, bei dem es schon längst nicht mehr um Israel oder um die Palästinenser ging, in einem nuklearen Holocaust entladen könnte, wurde damit realistisch; aber das war nur ein Nebenaspekt. Man dachte nur an die politische Nützlichkeit, nicht an die möglichen Konsequenzen.*

«Wir konnten die Entwicklung etwas bremsen, mehr nicht», schloß Hamid. «Alles in allem hat die Sache auch einen positiven Aspekt. Wir sind nicht die ersten, die einen Test veranstaltet haben und damit öffentlich und unwiderlegbar zugeben, daß wir die Bombe haben und im Ernstfall vor nichts zurückschrecken würden. Der Oberst wird unsere Verteidigungsmaßnahmen moralisch rechtfertigen. Immerhin, es wäre gut, wenn man damit ein oder zwei Tage zuvor an die Öffentlichkeit gehen könnte. Wir wollen aus verschiedenen Gründen damit nichts zu tun haben. Du hast ja gute Beziehungen zum Oberst, nicht wahr?» Hamid schüttelte sich vor Lachen. «Ich glaube, er mag dich wirklich, bei Gott, er mag dich wirklich!»
Ehe Kurzmann das alte Haus am Bab Zuweila verließ, umarmte ihn Hamid und sagte: «Gib acht auf dich, mein Junge. Ich wünschte, du hättest dich entschlossen, ganz für uns zu arbeiten. Aber es ist besser so. Es gibt nicht mehr viele von deiner Art, die trotz allem nie vergessen, wo ihre Heimat ist, gleichgültig wo sie sind. Ich danke dir, mein Freund. Ich bin alt geworden. Mag sein, daß wir uns das letzte Mal gesehen haben!»
Kurzmann dachte an die Worte seines Vaters, der gesagt hatte: «Es wird immer welche von uns geben müssen, die sich nicht zu erkennen geben dürfen, die sich verleugnen müssen, die über uns alle wachen!» In der prosaischen Philosophie des Mossad hieß das: Zuschlagen, wo immer die Lebensinteressen des jüdischen Staates in Gefahr geraten.
Hamid war einer dieser Wächter. Niemals hatte Kurzmann erfahren, wer er wirklich war, woher er kam, welchen Rang er bekleidete. Ihre Freundschaft entstammte den Kriegszeiten von 1967 bis 1973.
Sie sollten sich nicht wiedersehen. Monate später fand man Hamid in dem schmalen Treppenaufgang mit einem Messer im Rücken. Draußen hatte jemand über die so herrlich geschnitzte alte Holzfassade den David-

stern geschmiert und das Wort «ifna». Das bedeutete «Vernichtung bis zum absoluten Nichts.»
Aber das war später. Da sollte Mevlana, die kohlschwarze Schönheit aus der Unterwelt Kairos, tatsächlich zu einem Fotomodell geworden sein, das in einem Mansardenatelier auf der Ile Saint Louis in Paris logierte. Auf den Titelseiten von Illustrierten und teuren Modemagazinen würde ihr schöner schwarzer Körper zu sehen sein, in teure, wärmende Pelze geschmiegt, und als einziges Schmuckstück würde sie dabei eine schöne Perlenkette um die Hüften tragen, ein Geschenk Davids.
Von Hamid fuhr David Kurzmann mit einem Taxi, das sich mehr stehend als fahrend vorwärtsquälte, zum Studio der International News Service Corporation direkt gegenüber dem «Mogamma» am Midan Tahrir, dem Freiheitsplatz.
Duke Clutterbank, sein Kameramann, hatte die Füße auf den Schreibtisch gelegt und nuckelte an einer Cola-Flasche. «Hi, David!» sagte er grinsend. «Wie steht es mit dem geheimnisvollen Fluch der Pharaonen?»
«Er wird dich gleich treffen: Es gibt nämlich Arbeit. Wo ist Bill?»
«Er vertritt dich würdevoll bei einer Pressekonferenz des Vizepräsidenten. Der übliche Käse, denke ich. Aber die vom Presseamt meinten, es sei eine besonders wichtige Erklärung zur neusten Situation zu erwarten. Blablablabla. Du willst doch nicht behaupten, du hättest in den letzten zwei Wochen etwas gearbeitet?»
«Idiot!» sagte Kurzmann. «Während ihr hier Fliegen fängt, knallen palästinensische Terroristen in der Mellah jüdische Kaufleute über den Haufen!»
«Na und?»
«Du Schweinehund!» sagte Kurzmann, griff nach der Cola-Flasche und trank sie in einem Zug leer.
Dukes von Sommersprossen übersätes Gesicht verzog sich zu einer spöttischen Grimasse. «War nicht so gemeint, Vater Abraham. Aber übertreibst du manchmal

nicht etwas mit deinen proisraelischen Gefühlen? Die sind ja gar nicht mehr aktuell. Was hast du gegen die Palästinenser?»

«Ja», fragte Kurzmann, «was habe ich nur gegen sie? Spaß beiseite: Wir drehen morgen eine Geschichte ab. Aber wir überspielen sie nicht von hier. Du nimmst sie übermorgen mit.»

«Mit?»

«Ja, du kannst schon mit dem Packen beginnen und dir für übermorgen ein Ticket nach Rom besorgen. Von dort werden wir, wenn wir die Visa bekommen, nach Tripolis weiterfliegen. Ich habe zuvor in Deutschland noch einiges zu erledigen. Wir treffen uns dann in Rom.»

«Was um Himmels willen machen wir bei dem verrückten Libyer?»

«Ihn fragen, was er mit seiner Wasserstoffbombe vorhat!» erwiderte Kurzmann. «In der nächsten Woche soll ein Test stattfinden, und das wollen wir doch nicht versäumen, oder?»

«Tja», meinte Clutterbank, «Mister David Kurzmann wird seinem Ruf wieder einmal gerecht!»

Duke, schrieb Kurzmann, *könnte seinem Alter nach fast mein Sohn sein. Er ist ein Meister seines Fachs, ein Zauberer mit der Kamera, der Dinge sichtbar macht, die man mit bloßem Auge einfach nicht wahrnimmt. Es sind seine Filme, die zu einem großen Teil den Erfolg unserer Reportagen ausmachen, sein Blick für das Wesentliche im Verborgenen, für das, was den Durchschnittskonsumenten fasziniert, ergreift. Bilder, die manchmal ins Unwirkliche verschwimmen, geradezu surrealistisch und die gerade dadurch oft die Wirklichkeit transparent machen. Vor allem hat er Mut. Er ist ohne jede Angst, bedenkenlos, skrupellos. Er ist mit seinen 23 Jahren ein Kind, und ich wette, er zählte zu jenen Kindern, die mit Strohhalmen Frösche aufbliesen und ehrliche, gewissenlose Freude daran hatten.*

«Ich hoffe, du hast nicht die Absicht, das Ereignis aus nächster Nähe sehen zu wollen!» sagte Clutterbank fröhlich. «Der Gedanke behagt mir gar nicht!»
«Das wird ja wohl kaum möglich sein. Und es ist auch nicht notwendig. Hier!» Kurzmann warf den dicken Briefumschlag, den Hamid ihm gegeben hatte, auf den Schreibtisch.
«Fotografieren nur mit Kleinstbildkameras erlaubt!»
Duke begann vor sich hinzupfeifen, als er die Bilder durchsah.
An diesem Abend stand Kurzmann lange vor dem Fenster seiner Wohnung im zehnten Stockwerk eines der teuren Apartmenthäuser auf der Nilinsel Gezirah und sah auf das dunkle, nur vom schwachen Schimmer des aus den tausenden Fenstern dringenden Lichts durchzogene Kairo hinunter; die Straßenbeleuchtungen wurden seit einigen Monaten aus Sparsamkeitsgründen pünktlich um 22.30 Uhr abgeschaltet.
Und er dachte an Layla Chamsin, von der er damals noch nicht wußte, wer sie wirklich war.
Dazwischen lag Tokio. Dazwischen lag die erste Katastrophe. Dazwischen lag der erste Kälteeinbruch.

Am selben Abend saß ein eher unscheinbarer, schmalschultriger, dunkelhaariger Mann mit einem kleinen schwarzen Schnurrbart im Firstclass-Abteil einer Boeing 747 der British Airways, die, von London kommend, über der Golfküste zur Landung ansetzte. Der Mann blickte durch das leicht beschlagene Fenster. Gleich rötlichen Fackeln markierten brennende Erdgastürme die Ölfelder. Dann tauchten aus der Dunkelheit wie eine Perlenschnur die unzähligen Neonlicht-Reklamen entlang der einstigen Piratenküste auf. Wenige Minuten später landete die Maschine auf dem Dubai-Airport-International. Unbeeindruckt von der feudalen orientalischen Pracht des Flughafengebäudes ging der Mann dem Ausgang zu und bestieg ein Taxi.
Wie ein leichter Nieselregen fiel die Luftfeuchtigkeit auf die Windschutzscheibe des luxuriösen Gefährts, als sie auf der sechsspurigen, durchgehend beleuchteten Autobahn dem Nachbarscheichtum Sharjah zurasten.
In Sharjah stieg der Mann im L-förmig um einen riesigen Swimming-pool gebauten Hilton ab. Die Säulen in der Empfangshalle waren vergoldet. Das schien den Mann allerdings ebenso gleichgültig zu lassen wie die Tatsache, daß der Aufzug mit Mahagony getäfelt war und seine Dreizimmersuite einen nur schwerlich zu überbietenden Luxus bot. Der Mann hielt sich darin nicht lange auf, stellte seinen kleinen Koffer in einen Wandschrank, schloß diesen ab und fuhr dann mit dem Lift zum Dachrestaurant im 14. Stock, wo er frisch aus Frankreich eingeflogene Austern und eine Flasche Champagner bestellte.
Mit ausdruckslosem Gesicht beobachtete der Mann die Gäste, die aus allen Kontinenten zu stammen schienen. Er blickte gerade ungeduldig auf seine Armbanduhr, als

sich unaufgefordert ein Araber im schneeweißen Burnus an seinen Tisch setzte.
«Es ist alles vorbereitet!» sagte der Araber in vornehmstem Oxford-Englisch.
Sandhurst-Ausbildung, dachte der Mann und sah den Araber schweigend und lauernd wie ein Habicht an.
«Es wird etwas kompliziert werden», sagte der Araber. «Wir müssen vorsichtig sein. Wäre es Ihnen recht, in einer Stunde loszufahren?»
«Gut!» erwiderte der Mann knapp. «Sind die Experten schon eingetroffen?»
«Ja. Vor zwei Tagen. Sie werden heute dabei sein.»
«Gut!» sagte der Mann wieder und schien erleichtert zu sein.
Eine Stunde später fuhren sie in einem Landrover von Sharjah ins Landesinnere, dem Hajar-Gebirge entgegen. Der Mann hatte nun seinen Anzug mit einheimischer Kleidung vertauscht und unterschied sich kaum von seinem arabischen Fahrer. Zweimal passierten sie ein Beduinenlager. Hinter der Oase Al Ain, deren Befestigungen an die einstige strategische Schlüsselstellung des Scheichtums erinnerten, verließen sie die befestigte Überlandstraße und fuhren auf einem kaum erkennbaren Karawanenpfad in östlicher Richtung weiter.
Nach einer weiteren Stunde hielt der Araber den Wagen an. «Sie müßten in wenigen Minuten hier sein!» sagte er leise.
Sie kamen pünktlich. Der Mann hatte seine Zigarette kaum zu Ende geraucht, als über den dunklen Spitzen der Hajar-Berge rote Positionslichter auftauchten und zwei Helikopter wie riesige Nachtfalter näherkamen.
«Ich erwarte Sie also morgen nacht um dieselbe Zeit.» Der Araber schaltete die Scheinwerfer des Landrovers ein und blinkte.
Nach kurzem Flug setzten die zwei Helikopter auf einem mit Felsbrocken übersäten Plateau an einem unwegsamen und schwer zugänglichen Abschnitt der Kü-

ste von Ras Al Kaimah auf. Nach einem halbstündigen Fußmarsch erreichten die acht Männer eine kleine Lagune, wo sie ein Dhau erwartete. Es war ein ziemlich großes Boot und völlig aus Holz gebaut, eines jener wendigen und mit ihren mehreren Tausend PS starken, in ihren Holzbäuchen versteckten Dieselmotoren ungewöhnlich schnellen Schiffe, die jedem Küstenwachboot davonfuhren, denen kein Sturm etwas anhaben konnte und deren Kapitäne, von denen man sagt, sie seien die Nachkommen von Sindbad und seinen Seeräubern, jedes Riff kannten, jede Höhle an den Küsten zwischen Kuwait und Maskat und zwischen Bandar-e-Shapuhr an der persischen Küste bis Bombay. Früher, noch in den späten fünfziger Jahren, hatten sie Sklaven von Afrika nach Oman herübergebracht, in diesen Tagen schmuggelten sie Gold und vor allem Waffen für jeden, der gut bezahlte.

Auf dem Dhau erwartete sie ein hagerer, hochgewachsener Mann in einem Tropenanzug, tief in die Stirn gedrückt ein schwarzer Stetson. «Hallo! Wie läuft es?» fragte er zur Begrüßung in breitestem Texanisch.

«Es läuft!» sagte der Mann mit dem Habichtgesicht und reichte dem Texaner einen dicken Briefumschlag. «Hier finden Sie den genauen Operationsplan, soweit er für Sie von Interesse ist.»

«Wurde auch Zeit. Die Jungs haben allmählich vom Baden genug! Sind das die Leute von der Feuerwehr?»

Der Texaner wandte den Kopf zu den übrigen Männern, die mit auf das Schiff gekommen waren.

Der Mann nickte.

«Mit den Kähnen», sagte der Texaner, «haben wir kein Problem. Das ist so gut wie gelöst. Aber die verdammten Bohrtürme. Wenn das zu schnell geht . . .»

Das Schiff hatte mittlerweile das offene Meer erreicht und nahm Kurs nach Nordost. Leichter Nebel kroch über die See. Durch die graue Dämmerung schimmerte das Licht von den Bohrtürmen bei Abu Musa.

Der tiefe, unverkennbare Ton des Nebelhorns eines Öltankers drang durch den Dunst.
Zwei Tage später flog der Mann vom Dubai-Airport nach Rom und von dort weiter in die saudiarabische Hauptstadt Riad, wo er von hohen Beamten des Außenministeriums empfangen wurde. Noch am selben Tag traf eine zehnköpfige Militärdelegation in Riad ein, die der Mann in die König-Khaled-Stadt 450 Kilometer nördlich der Hauptstadt Riad, 200 Kilometer südlich von Kuwait und 100 Kilometer landeinwärts von der Küste des Persischen Golfes in der Arabischen Wüste, begleitete. Man nannte diese Stadt auch «Oktogon», im Vergleich zum Pentagon in Washington. Freilich war es um etliches größer geraten, für die Zukunft Ende der siebziger Jahre gebaut, um eine ähnliche Funktion wie sein amerikanisches Gegenstück zu erfüllen. Sie wurde nach seinem Erbauer, König Khaled, getauft, der sie, wie die Legende sagte, genau an dieser Stelle in der von ihm gewünschten Form eines Achtecks in den Wüstensand gezeichnet haben soll. Die offizielle Version besagte, daß diese um mehr als 20 Milliarden Dollar mitten in der Wüste von einem amerikanischen Konsortium errichtete, komplett airkonditionierte und mit viel komplizierter Elektronik ausgestattete Anlage dazu dienen sollte, den etwa 70 000 Anverwandten der Dynastie und den etwa 2000 Prinzen und nahezu ebenso vielen Prinzessinnen luxuriöse Wohnbedingungen zu bieten. Die geometrische Wunderanlage umfaßte Moscheen, Villen, Paläste, Klubs, Gärten, Tennis- und Fußballplätze sowie andere Sportstätten, Krankenhäuser, Flughäfen und Observatorien, 650 000 Telefonanschlüsse und andere Feinheiten mehr. Die Oberaufsicht schon während der ersten Bauphase freilich stand unter dem amerikanischen Brigadegeneral James N. Ellis, der überdies trotz merklich abgekühlter Beziehungen zwischen Riad und Washington auch über andere Projekte wachte, z. B. über die Marineakademie in Jubail, das Generalstabsgebäude

samt Moschee in Riad und die nach König Abdul Aziz benannte Militärakademie in der Nähe der Hauptstadt; insgesamt waren an diesen Projekten nahezu ständig mehr als 1200 amerikanische Militäringenieure beschäftigt.

Auch in der Hauptstadt Omans, Maskat, trafen in diesen Tagen amerikanische Militärexperten ein, um, wie es in einer kurzen Meldung einer Presseagentur hieß, in den nächsten Monaten dem Sultanat Oman bei der Lösung von Sicherheitsproblemen zu helfen. Die Vereinigten Staaten, Saudi-Arabien und Oman hätten ihre Zusammenarbeit zum Schutz der strategisch wichtigen Straße von Hormuz am Persischen Golf vor möglichen Terrorakten verstärkt.

In diesen Tagen traf auch ein zusätzlicher Kampfverband der amerikanischen Marine auf dem Luftwaffen- und Marinestützpunkt Masirah ein, einer Insel vor der Küste Omans im Indischen Ozean.

Auf einem erst in den frühen achtziger Jahren am Timsah-See in der Suezkanalzone errichteten Großflughafen landeten in diesen Tagen mehrere Transportmaschinen des Typs «Hercules». Der Flughafen gehörte zu einer als Touristen- und Landwirtschaftszentrum getarnten militärischen Anlage, an deren Errichtung sowohl Ägypten als auch die Vereinigten Staaten beteiligt waren.

In den Straßen von Beirut qualmte und stank es wieder. Die Posten der Palästinenser und der Linksmilizen, die mit durchgeladenen Kalaschnikows an nahezu jeder Hausecke standen, rieben sich die brennenden Augen. Die Müllhaufen wurden einfach auf den Straßen verbrannt.

Es dämmerte bereits. Während das Taxi zur Küstenstraße abbog, ratterte in unmittelbarer Nähe ein Maschinengewehr. Es herrschte eine nervöse Stimmung in der libanesischen Hauptstadt, nachdem die jüngsten Nahostgespräche in Wien geplatzt waren. Syrien hatte in den letzten Tagen seine Truppen laufend verstärkt.

Staatspräsident Halabi hatte erklärt, jetzt gelte es erst recht, den zionistischen Feind politisch, wirtschaftlich, kulturell und auf allen anderen Gebieten zu isolieren und den Kampf gegen den Imperialismus der Vereinigten Staaten im Verein mit der Sowjetunion und allen anderen sozialistischen Ländern zu verstärken. Das teuflische Spiel, das die amerikanischen Imperialisten in der arabischen Welt spielten, sei leicht durchschaubar. Sie versuchten die arabischen Nationen zu spalten und in ihrem angeblichen Kampf gegen die sowjetische Bedrohung zu mißbrauchen. In Wahrheit ginge es den amerikanischen Imperialisten lediglich darum, die arabische Nation zu täuschen und unter dem Vorwand einer sowjetischen Bedrohung selbst die gierigen Finger nach den Ölquellen auszustrecken.

Layla Chamsin saß auf dem Rücksitz des Taxis und blickte zum Meer hinaus, wo die weißschimmernde Brandung allmählich im Grau des letzten Tageslichts verschwand. Vielleicht würde es Krieg geben, dachte sie. Den letzten, den entscheidenden. Halabi mußte irgend etwas unternehmen. Er war mehr oder weniger der einzige Verbündete der Sowjetunion im arabischen Lager. Der Südjemen hatte kein politisches Gewicht. Die Moslembrüder und die Schiiten im eigenen Land waren kaum mehr zu bändigen. Daß die Wiener Gespräche erwartungsgemäß geplatzt waren, war Halabis Triumph. Ob er ihn nutzen würde? Alles, überlegte Layla Chamsin, hing jetzt wohl von Moskau ab. Bot sich hier nicht auch für Moskau eine Chance, dem arabischen Lager zu beweisen, daß es auf ihrer Seite stand?

Das Taxi erreichte Ramelet-el-Beida. Vor ihnen tauchte eine riesige Müllkippe auf. Sie war wie ein Wahr- und Mahnzeichen für die unveränderte Situation; 1976 war der Dreckhaufen zu gewisser Berühmtheit gekommen, als man hier die Leiche von Maloy, dem amerikanischen Botschafter, gefunden hatte.

Auf einem Sandhügel daneben übten syrische Soldaten an leichten Flakgeschützen. Ein Posten hielt sie an und kontrollierte ihre Papiere.

Dann tauchte das von der hohen Küste versteckte Hotel «Summerland» auf. Es lag unmittelbar vor einem Flüchtlingslager, Tausende Bretterbuden, verkommene, zerschossene Hotels dazwischen und schmierige Strandbars, armselige Wäsche, die im Wind flatterte und der Gestank von dem Unrat, der sich hier direkt ins Meer ergoß. Deshalb konnten die Gäste vom «Summerland» auch nicht im Meer baden. Aber das war auch nicht notwendig. Es war die einzige Unannehmlichkeit, im übrigen merkte man im «Summerland» kaum etwas von dem Elend in unmittelbarer Nachbarschaft. Hier wurde wie eh und je das Beste und Teuerste geboten, Sauna, Massagesalons, Gesundheitsklubs mit Sportgeräten zum Fitneßtraining, Friseure, Swimming-pools, Bars, und vor allem Sicherheit: «Summerland», das einem saudiarabischen Prinzen, einigen reichen Drusen und einer Bank gehörte, die die Gelder der Palästinensischen Befreiungsorganisation verwaltete, stand unter dem Schutz der PLO und wurde rund um die Uhr von mehr als 30

schwerbewaffneten Zivilisten bewacht, die nicht nur dafür sorgten, daß die Gäste des Hotels unter sich blieben und nicht durch die Leute vom Lager gestört wurden, sondern auch die Linksgruppen und die anderen Milizen davon abhielten, ihre «Schutzgebühren» zu kassieren, wie sie es in den anderen Hotels und Restaurants der Stadt taten.
Der Fahrer des Taxis brauchte keine Anweisungen. Er fuhr den Wagen um den Gebäudekomplex herum zum Hintereingang, blieb dort stehen und schaltete die Scheinwerfer aus. Layla Chamsin blieb im Wagen sitzen. Es war immer wieder derselbe Vorgang. Es gehörte zu den Sicherheitsvorkehrungen, zu prüfen, ob die Besucher nicht irgend jemanden im Schlepptau hatten.
Der Wagen schaukelte, als die Türen aufgerissen wurden und der grelle Schein einer Taschenlampe Layla Chamsin in die Augen stach.
«Chadly erwartet mich!» ließ sie die arabischen Worte im Jabal-Dialekt ineinanderfließen.
Faruk Chadly war der Außenminister der PLO. Er hatte Faruk Kaddoumi vor einigen Jahren abgelöst. Er war vielleicht vierzig Jahre alt, hatte glattes schwarzes Haar und das feine Gesicht eines Arabers aus guter Familie. Er strahlte die lässige Autorität eines Mannes aus, der mit Macht aufgewachsen und gewohnt ist, mit anderen Mächtigen zu verkehren.
Chadlys Augen blitzten kurz auf, als die hochgewachsene, gertenschlanke, nach der neuesten Pariser Mode gekleidete Frau mit den dunkelbraunen, schulterlangen Haaren und den glühenden dunklen Augen in das luxuriöse Apartment trat.
«Nun?» Das war alles, was Chadly sagte. Er war immer sparsam mit Worten, vor allem in ihrer Gegenwart. Layla Chamsin wußte, daß Chadly sie begehrte, und sie genoß die krampfhafte Beherrschung, die er sich auferlegte, um seinen Prinzipien treu zu bleiben. Mit einer sparsamen Geste forderte er sie auf, sich zu setzen.

«Worauf bezieht sich deine ausführliche Frage, Genosse Faruk?» fragte Layla Chamsin lächelnd. «Auf meine Mission in Kairo oder auf meine Arbeit in New York?»
«Zunächst Kairo!» sagte Chadly knapp.
«Abdul Sartawi ist bereit, unsere Sache zu vertreten. Er ist überzeugt, daß sich der Wind gedreht hat, und er hat einen Großteil der Armee hinter sich.»
«Würde er bis zum Äußersten gehen?»
«Ja, ich denke schon. Ja, doch. Er würde es tun!»
«Du hast mit ihm geschlafen?»
Layla Chamsin sah Chadly herausfordernd an. «Natürlich!»
Chadly nickte und schloß die Augen. «Und in New York?» fragte er schließlich gepreßt.
«Unsere Sache könnte nicht besser stehen», sagte Layla Chamsin. «Zumindest, was den zionistischen Einfluß betrifft. Washington will in den nächsten Wochen einen neuen Plan vorlegen, der eine amerikanische Garantie für einen palästinensischen Staat und für Israel vorsieht.»
«Ohne eine Änderung unseres Nationalabkommens zu fordern?»
«Ja. Es ist natürlich eine Finte. Israel wird diesem Plan ebensowenig zustimmen wie der Internationalisierung Jerusalems!»
«Und du glaubst, wir sollten zustimmen?»
«Es ist eine Chance, nicht wahr? Wir vergeben uns nichts.»
«Nein?» sagte Chadly leise. Und wiederholte: «Nein?» Und dann ein geradezu vulkanischer Haßausbruch: «Wir vergeben unsere Ehre! Nicht nur, daß wir Grenzen anerkennen, wir lassen uns diese Grenzen von diesen imperialistischen Hurensöhnen garantieren! Verstehst du nicht, was das bedeutet! Unsere Prinzipien, die Grundsätze unserer Revolution!»
Chadly beruhigte sich wieder. Er war Realist. Er wußte selbst, daß ein palästinensischer Staat eine Illusion war.

Lange Zeit war er davon überzeugt gewesen, daß ein Staat in den befreiten Gebieten Gazastreifen und Cisjordanien immerhin ein Anfang gewesen wäre; das Ende der Heimatlosigkeit insofern, als jeder Palästinenser gewußt hätte, wohin er sich wenden konnte, in den anderen Ländern an ein eigenes Konsulat, mit einem eigenen palästinensischen Personalausweis; keine Parias mehr. Aber, abgesehen davon, daß es nicht dazu gekommen war, weil die Zionisten Judäa und Samaria kolonialisiert hatten: Heute wußte er – geahnt hatten sie es alle seit jeher, sie wollten es nur nicht zur Kenntnis nehmen –, heute wußte er, daß dies keine Lösung gewesen wäre, daß es auch ohne israelischen Widerstand nie dazu gekommen wäre, weil die arabischen Brüder diesen Staat niemals gewollt hatten. Weder die haschemitische Mörderbande in Jordanien, weder die Syrer, weder die ägyptischen Verräter, weder der Irak, noch die scheinheiligen Feudalisten in Saudi-Arabien, die die PLO für ihre eigenen Zwecke mißbrauchten und sie nur unterstützten, weil sie sicher waren, daß Israel einem PLO-Staat niemals zustimmen würde. Und auch die eigenen Reihen waren voll von Verrätern und Spionen, Abtrünnigen, wie im Gaza-Streifen, die satt und fett geworden waren und ihr beschauliches verräterisches Dasein dem revolutionären Kampf zur Befreiung der palästinensischen Heimat vorzogen.

Nein, dachte Chadly, so ging es nicht. Zu lange hatte die blutige Entscheidungsschlacht nur in der Phantasie und in den Träumen stattgefunden. Zu lange war die Wirklichkeit Schande und Ohnmacht, der Kampfgeist in Bürokratie erstarrt und von der Eitelkeit darüber betäubt, gleichberechtigt mit Regierungen und Machthabern verhandeln zu können, sorgsam darauf bedacht, bei den Berufsdiplomaten nicht wieder in den Ruf des Abenteuertums zu geraten. Die Zeit war reif, dachte Chadly, und wenn die Welt dabei in Stücke gerissen werden sollte.

«Gut!» sagte Chadly. «Vielleicht nehmen wir den Vorschlag unserer amerikanischen Freunde an!»
Layla lächelte.
«Und in der Zwischenzeit werden wir für etwas Aufregung sorgen!»
«Ich habe noch nicht alles berichtet.»
«Wie?» Faruk sah Layla verdutzt an.
Ihre Augen fixierten ihn. Wie würde er darauf reagieren? Faruk war emotional wie sie alle, auch wenn er sich den Anschein von Kälte und Gelassenheit gab. Nicht zuletzt war es diese Emotionalität, dieser ins Irrationale ausufernde Hang zum Dramatisieren und Übertreiben, die zu einem erheblichen Teil schuld daran waren, daß man die Palästinenserführer auf der internationalen diplomatischen Bühne immer wieder als nicht recht ernstzunehmend betrachtete. Auch Chadly war nicht berechenbar, wenngleich er durch die harte Schule sowjetischer Militär- und Diplomatenschulen und Trainingslager gegangen war. «Abu Gharbia», sagte sie mit ihrer dunklen, heiseren Stimme, «Abu Gharbia spielt ein falsches Spiel. Gemeinsam mit Yussuf Aled.»
Für einen Augenblick schien es, als wollte Chadly aufspringen und sie erwürgen. «Diese Anschuldigung wirst du beweisen müssen!» würgte er mit vor Zorn kreidebleichem Gesicht.
Abu Gharbia und Yussuf Aled! Ausgerechnet die besten Leute, die ihnen geblieben waren!
Abu Gharbia leitete zu dieser Zeit das PLO-Büro in Wien und war offiziell als Beobachter bei den internationalen Organisationen tätig. Er hatte 1984, als Hafez Owdeh und er die Führung der PLO in einer Phase der Ohnmacht und inneren Zerrissenheit übernommen und reorganisiert hatten Ghasi Hussein abgelöst, einen sehr verdienstvollen Mann, der wesentlichen Anteil an dem Engagement des prominenten Aktivisten der Sozialistischen Internationale und österreichischen Regierungschefs Bruno Kreisky gehabt hatte. Abgesehen von dem

tiefverwurzelten Anti-Zionismus des einer jüdischen Familie entstammenden Kanzlers, der von seiner leidenschaftlichen Antipathie der ostjüdischen Krämerseele gegenüber, wie er Menachem Begin zu bezeichnen gepflogen hatte, noch genährt worden war.
Tatsächlich aber leitete Abu Gharbia die Abteilung Europa des palästinensischen Geheimdienstes, wobei die Arbeit mit dem von Abu Tayeb geleiteten Hauptquartier in Ostberlin und dem Beobachter bei den Vereinten Nationen in Genf, Daud Barakat, koordiniert wurde. Und Yussuf Aled war der Chef des PLO-Geheimdienstes in Beirut. Beide, Gharbia und Aled sollten Verräter sein?
«Du zweifelst?» fragte Layla Chamsin mit einem bedauernden Unterton. «Ich habe auch daran gezweifelt. Aber es ist wahr. Du weißt, daß meine Quellen hundertprozentig sicher sind. Hier sind die Unterlagen.» Sie öffnete den kleinen schwarzen Handkoffer und reichte Chadly, der bewegungslos vor sich hinstarrte, einen braunen Umschlag.
Layla Chamsin verließ «Summerland» am nächsten Morgen. Sie ließ sich von einem Taxi in die Rue Verdun bringen, wo sie sich im Gewühl der Menschen verlor.
Drei Tage später tauchte sie wieder in der kleinen Espresso-Bar im Glaspalast der Vereinten Nationen in New York auf.
Und wenige Tage später hieß es in den Nachrichtenagenturen, Yussuf Aled sei bei einer Schießerei im Zentrum Beiruts getötet worden. Abu Gharbia wurde eine Woche später in einem Hotel in Cannes, wo er seinen Urlaub verbracht hatte, tot aufgefunden.
Im zweiten Stock des israelischen Botschaftsgebäudes im achtzehnten Bezirk in Wien lehnte sich an diesem Tag Botschaftsrat Schlomoh Glicksburg zufrieden in seinem Sessel zurück. Schade, dachte er, daß Gharbia in Cannes war. Aber es machte nichts. Die Wirkung wäre zweifellos stärker gewesen, wenn es ihn in Wien erwischt hätte. Am besten vor der UNO-City, dachte er.

Damit sie alle gesehen hätten, daß die PLO kein Verhandlungspartner sein konnte. Eine Organisation, deren Leute sich gegenseitig selbst umbrachten.
Glicksburg atmete schwer auf. Er griff nach einer Zeitung, die eine Meldung über ein Treffen von Zionistengruppen aus dreizehn europäischen Staaten in Amsterdam brachte. Die Gruppen wollten Maßnahmen beraten, wie der wachsenden Unterstützung der PLO durch europäische Regierungen entgegenzuwirken sei.
«Das Vorgehen der Zionistengruppen könnte als eine Warnung an die israelische Regierung verstanden werden, die nichts getan hat, um Einfluß auf die öffentliche Meinung und die Meinung der Regierungen in Westeuropa zu nehmen, sagte der Vorsitzende des niederländischen Zionistenverbandes Lew van Halderen. Viele führende Zionisten stehen der Regierung in Jerusalem sehr kritisch gegenüber.»
«Idioten!» sagte Glicksburg. «Verdammte Mischpoche!»

Es war der 2. März. Ezar Gazit, der Nachfolger von Shimon Perez als Ministerpräsident Israels, stand vor dem Fenster seines nüchternen Arbeitsraumes im Regierungsgebäude an der Kaplan-Eli'Ezer und sah, an der Knesseth vorbei, auf Jerusalem hinunter. Die Stadt bot einen seltsamen Anblick, es schien, als hätte jemand ganz Jerusalem mit feinen, dünnen Strichen mit einem silbernen Schimmer überzogen. Es waren die Schneereste, die nun in der Sonne schmolzen, die Straßen in kleine Bäche verwandelten, die das Licht silbern reflektierten und den Schimmer der Kuppel der El Aqsa-Moschee über die ganze Stadt zu dehnen schienen. Sie sah fremd aus, die Stadt, unwirklich, und Gazit fröstelte. Er mochte diese Stimmung nicht, die Farbe der El Aqsa, die Stimmung schien ihm symbolisch zu sein für das, was nun die ganze Welt von Israel forderte. Zwei Tage lang hatte es geschneit, und am Vortag hatten auf den Straßen Jerusalems mehr als 30 Zentimeter Schnee gelegen.
Teddy Kollek hatte die Stadt für den Verkehr sperren lassen, die einzige Möglichkeit, Chaos, Unfälle, Millionenschäden zu verhindern. Die 300 Knochenbrüche gestürzter Bewohner Jerusalems, die allein am Vortag in die Krankenhäuser eingeliefert werden mußten, genügten. Ezar Gazit überlegte, wann es das letztemal zu solchen Wetterabnormitäten gekommen war. Früher war so etwas alle zehn Jahre vorgekommen. Es war 1980, erinnerte er sich. Auch damals hatten unerwartete Schneefälle die Stadt für nahezu zwei Tage lahmgelegt und, wie diesmal, die Arbeit in den Ministerien. Die Beamten von auswärts waren alle zu Hause geblieben.
Aber es war gut, daß es schneite. Es war gut, daß es in diesem Frühjahr überdurchschnittlich viel regnete.

Wenn auch die Touristen enttäuscht waren und froren, sie konnten das Wasser brauchen, die Reserven waren durch die Trockenheit der vergangenen Jahre beinahe aufgebraucht gewesen, der Jordan nur mehr ein erbärmliches Rinnsal.

Gazit wandte sich vom Fenster weg. «Sie sagen, Ytzhak, die Nachricht kommt von Saul? Wie hoch ist der Sicherheitsfaktor?»

Ytzhak Peled führte seit vier Jahren als Memune, als erster Verantwortlicher und Präsident des Verbindungskomitees der Geheimdienste den Mossad, das Auge Davids, den im Ausland tätigen allgemeinen Nachrichtendienst.

«100 Prozent. Saul ist absolut zuverlässig!»

Jakob Rabinowskij, der Chef des als Shin Beth bekannten Sherut Bitachon Klali, des für die Abwehr palästinensischer Sabotage- und Terrorakte im Inland zuständigen Sicherheitsdienstes, pflichtete Peled bei.

Ezar nickte schwer. «Saul» war der Codename für einen ihrer besten Agenten innerhalb der Palästinensischen Befreiungsfront. Nur Peled kannte seine Identität. Es gab keine Papiere über ihn, keine Unterlagen, nicht einmal seine Erfolgsbilanz wurde irgendwo festgehalten, seine Nachrichten, sofern sie irgendwo schriftlich festgehalten waren, wurden sofort vernichtet. Die Ausfallquote war hoch. Es hatte schon viele gegeben, die im Kugelhagel israelischer Soldaten gestorben waren, weil sie gezwungen waren, bei palästinensischen Kommandoaktionen mitzumachen, ja sie sogar zu führen, um keinen Verdacht auf sich zu lenken. Namenlose, unbekannte Soldaten an einer unsichtbaren Front, in einem Krieg, der nicht enden wollte. Nicht enden konnte?

«Im übrigen», sagte Peled, «haben wir bereits indirekt eine Bestätigung von Rahab aus Kairo!»

Gazit bedeutete seinen Gästen, sich auf die harten Stühle vor seinem Schreibtisch zu setzen. Er musterte Peled amüsiert und bewundernd. Peled war überdurch-

schnittlich groß, muskulös. Er trug Tennisschuhe und über abgewetzten Jeans einen verblichenen Parka. Sein längliches, kantiges Gesicht unter kurzgeschnittenen schwarzen, an den Schläfen leicht angegrauten Haaren hatte die dunkle Farbe eines Beduinen. Bevor Peled diesen Posten übernommen hatte, war er Leiter der dem Außenministerium unterstehenden Forschungsabteilung für arabische Länder gewesen. Eines seiner Hobbys war, neben Archäologie und klassischer Musik, das Studium arabischer Dialekte, ein Umstand, der seiner Arbeit mehr als alles andere zugute kam, wenn er die arabischen Länder bereiste, als moslemischer Pilger Mekka besuchte, in Beirut als Geldwechsler auftrat oder als Palästinenser ungehindert über die offene Grenze nach Jordanien ging. Niemand hätte vermutet, daß Peled der Memune war, und der Kreis jener Personen, denen dies bekannt war, war naturgemäß klein.
«Es war zu erwarten, daß irgendwann dieser Augenblick kommt!» sagte Gazit leise. «Es hat eigentlich überraschend lange gedauert. Hm . . . wird es General Sartawi schaffen, was meinen Sie, Ytzhak?»
«Es ist möglich. Sartawi hat die Luftwaffe hinter sich und vermutlich auch einen Großteil der Bevölkerung, wenn er es geschickt genug macht. Nach Rahabs Informationen könnte der Auftakt eine Art Kristallnacht sein, Sie wissen, was ich meine? Ich fürchte, wir können das nicht verhindern. Jede Gegenaktion würde die Stimmung nur verschärfen. Die einzige Möglichkeit besteht darin, Sadat zu warnen, ehe es zu spät ist!»
«Ja . . .» sagte Gazit gedankenverloren. «Ich frage mich, ob wir das wirklich tun sollten . . .»
Peled sah verwundert auf. «Ich verstehe nicht . . .»
Gazit sah Peled mit einem beschwörenden Blick an. «Würde das nicht nur einen Aufschub bedeuten? Um Wochen, Monate, vielleicht ein oder zwei Jahre? Würde es nicht nur ein weiteres Warten bedeuten, Unsicherheit, Unklarheiten? Und dann die Überraschung, wenn

es doch geschieht? Darüber hinaus: Wissen wir, was Sadat tun wird? Was, wenn er die Flucht nach vorne ergreift? Haben wir jemals gewußt, was dieser alte Fuchs wirklich im Schilde führt? Wir wissen nur eines: Daß Ägypten mit modernsten amerikanischen Waffen vollgestopft wurde und daß Sadat niemals eines seiner ursprünglichen Ziele aufgegeben hat. Gut, er war es seiner Ehre schuldig, mit uns den Vertrag zu machen, nachdem wir ihm mehr oder weniger das Leben gerettet haben. Wenn wir uns das nicht nur einbilden. Schließlich hat es einigen Nachdrucks bedurft. Sie wissen am besten, daß heute, in den achtziger Jahren, in ägyptischen Schulen noch immer Hitlers «Mein Kampf» gelesen wird und daß an der Al Azhar die Notwendigkeit unserer staatlichen Existenz nach wie vor damit begründet wird, daß es sonst nach den Worten des Propheten nicht möglich wäre, uns eines Tages zu vernichten. Ich weiß nicht, wie ich mich entscheiden soll . . . die Gespräche in Wien . . . sie mußten scheitern, das war klar, auch Sadat, aber . . .»
Peled verzog das Gesicht und nickte.
Rabinowskij sagte: «Das trifft sich ja vortrefflich. Schema Israel, Adonai echat! Höre Israel, einer ist dein Gott . . . aber er schweigt!»
Rabinowskij sagte es bitter, während er sein Käppchen abnahm und es nachdenklich betrachtete. Er war ein sehr religiöser Mensch, für den Israel seit jeher mehr gewesen war als bloße staatliche Existenz und der daran glaubte, daß es Gottes Wille war und nicht nur politische Notwendigkeit, daß die Juden nach Erez Israel heimgekehrt waren. Er war religiös und Zionist, zählte aber keineswegs zu jenen extremen Gruppen, deren Glaube politische Notwendigkeiten und Einsichten einfach hinwegwischte. Doch manchmal zweifelte er daran, ob Gott es mit seinem Volk auch wirklich gut gemeint hatte, als er es wieder in dieses Land geführt hatte, wo der Prüfungen kein Ende schien . . .
«Wenn wir also den alten Fuchs informieren», sagte er

schließlich langsam, «dann ist er aufgrund des Ergebnisses der Wiener Konferenz gezwungen, seine Warnung wahrzumachen und die diplomatischen Beziehungen abzubrechen. Vielleicht noch mehr zu tun, um seinen alten Hals zu retten. Haben wir eine andere Wahl, als ihn fallen zu lassen? Sartawi wird vermutlich einige Zeit benötigen, um sich zu konsolidieren, wenn der Coup gelingt . . . und wenn wir etwas nachhelfen. Und wir haben Zeit genug, uns zu überlegen, was zu tun ist. Und im übrigen . . . soviel ich über Sartawi weiß, ist er ein durchaus nüchterner Mensch, nach unseren Begriffen . . .»

Ja, dachte Gazit, nach unseren Begriffen. Das, überlegte er, war vermutlich das Hauptproblem des Nahen und Mittleren Ostens, daß Handlungen, Motive, Propaganda mit fremden Maßstäben nicht zu messen waren, am allerwenigsten mit europäischen oder amerikanischen; daß der Orient seine eigene Psychologie hatte, daß hier Emotion, Tradition, Stolz, daß hier die Seele der Völker und ihre Geschichte politische Handlungen bestimmte und die ständigen Versuche, eine Lösung der Probleme nach den Denkmustern westlichen Pragmatismus, der sich nach Preis und Nützlichkeit richtete, zu erpressen, nur Unheil anrichtete. O ja, sie kannten ihre Nachbarn, besser als jeder andere, denn sie selbst gehörten zum Orient, waren Orient, sprachen die Sprachen des Orients, kannten ihre Nachbarn vielleicht besser, konnten deren Beweggründe vielleicht manchmal besser verstehen als diese selbst. Hier hatte das politische Spiel seine besonderen Nuancen, hier galten Regeln, wie sie schon vor Jahrhunderten gegolten hatten, wie sie die Umwelt den Menschen und Völkern aufgezwungen hatte: Ehre. Das Gesicht. Wie könnte je ein Europäer oder ein Amerikaner verstehen, daß König Hussein von Jordanien nicht von den Jagdbombern der eigenen Luftwaffe oder jener eines arabischen Bruderlandes von der Grenze seines Landes bis Zypern und zurück eskortiert

wurde, wenn er sich auf amouröse oder andere Abenteuer etwa nach London begab, sondern von den «Kfir»-Jägern der israelischen Luftwaffe? Und dies, obwohl sich Israel und Jordanien im Kriegszustand befanden. Nein, dachte Gazit, sie würden nie begreifen, warum während des Krieges ein angeblich für die Interessen der Palästinenser kämpfender König Hussein durch seinen Geheimdienst ausgerechnet die Israelis darüber informieren ließ, wann und wo ausschließliche Palästinenserdivisionen in Richtung Israel in Bewegung waren und, um sicherzugehen, daß, mitten im Krieg, die Israelis dieses Problem für ihn erledigten, auch gleich die Divisionsnummern mitlieferte.
Gazit mußte unwillkürlich lächeln, als er an 1967 dachte. Damals hatten sie Hussein angefleht, sich in seinem eigenen Interesse doch nicht einzumischen. Hussein hatte ihnen mitteilen lassen, es täte ihm leid, aber es bliebe ihm keine andere Wahl. 1973 hatte er sich dann herausgehalten. Und sowohl Hussein als auch insgeheim die Israelis hatten sich dann gewünscht, er hätte zumindest den Versuch gemacht, mitzutun. Eine rein hypothetische Überlegung natürlich. Denn sie waren froh gewesen, wenigstens eine ruhige Front zu haben. Aber selbst wenn Hussein damals erneut verloren hätte, der Prestigegewinn, den der Oktoberkrieg von 1973 insgeheim für die Araber gebracht hatte, er hätte es sich leisten können, Sadat auf seinem Weg zu folgen, sei es ehrlich gemeint oder als bloße Finte. Das war für Gazit noch immer eine große Frage, wie ernst Sadat es damals wirklich gemeint hatte. Den Krieg hatte er nicht gewinnen wollen, selbst wenn es möglich gewesen wäre. Er hätte ihn auch nicht gewinnen dürfen, weder die USA noch die Sowjets hätten ihn so weit von der Leine gelassen. Das hatte ihm den Haß seines syrischen Kriegspartners und vor allem Yassir Arafats eingetragen, die von all den Abmachungen nichts gewußt hatten und sich schon damals, nicht erst durch den Friedensschluß, verraten fühl-

ten. Es war Kissingers Werk gewesen. Und in einem abgefeimten Zusammenspiel zwischen den USA und Ägypten, Sowjets, Syrern und Palästinensern, zwischen CIA und Kissingers INR, zwischen dem ägyptischen Geheimdienst Moukhabarat el-Amma und KGB war es gelungen, sie damals hinters Licht zu führen. Sie waren in die Falle gegangen wie Anfänger und hatten den Versicherungen der CIA und den Beurteilungen von Kissingers INR getraut, daß die Truppenbewegungen keinen Schluß auf Kriegsvorbereitungen zuließen.

Gazit hatte noch immer Sadats Stimme im Ohr, als er nach dem Krieg triumphierend im Rundfunk erklärt hatte, der angebliche Hinauswurf der sowjetischen Berater sei ein erfolgreiches Täuschungsmanöver im Rahmen der strategischen Kriegsvorbereitungen gewesen. Tatsächlich hatten die riesigen Antonow-22-Maschinen nur die Familien der sowjetischen Diplomaten in Sicherheit gebracht, nachdem sie ihre gigantische Ladung an panzerbrechenden Raketen und Munition entladen hatten, am 5. Oktober, 20 Stunden vor dem Angriff.

Das war der Grund, warum er, Gazit, dem Ägypter nie so recht über den Weg getraut hatte. War nicht durch diesen Friedensvertrag Israel in jene Ecke gedrängt worden, aus der es nun keinen Ausweg mehr zu geben schien, ohne daß Sadat auch nur einen einzigen Schuß hatte abgeben müssen? War nicht erst dadurch Israel in die Sackgasse gedrängt worden, an deren Ende die PLO und nun die letzte, die entscheidende, die substantielle Frage Jerusalems stand? Gazit atmete schwer. Moukhabarat el-Amma, die ägyptische Abwehr und der allgemeine Geheimdienst hatten seit jeher mit dem KGB eng zusammengearbeitet. Auch als Mohammed Hassan Tomani, der noch während der Kriegszeiten in Wien als inoffizieller Verbindungsmann zwischen der Mossad-Abteilung für besondere Beziehungen und Kairo fungiert hatte, als Vizepremier die Koordinierung der ägyptischen Geheimdienste übernommen hatte, war es dabei geblieben, hatte es keine Säuberung im vom Ostblock gedrillten Geheimdienstpersonal gegeben; daran hatte auch die Tatsache nichts geändert, daß Agenten des Mossad nach dem Friedensschluß die Verantwortung für das wertvolle Leben Sadats übernommen hatten, ebenso, wie sie seit Jahr und Tag die Leibwächter des marokkanischen Königs Hassan trainierten.

Zu viele Fragen waren offen geblieben. Im Grunde genommen hatte Sadat alles bekommen. Und Israel, zumindest was Ägypten betraf, alles gegeben: Das strategische Vorfeld des Sinai, das Sicherheitspolster der Wüste, das Tor zum Indischen Ozean, Scharm e-Scheich, die Ölfelder von Abu Rhodeis. Nur Begin, überlegte Gazit, dessen politisches Denken sich in den Dimensionen fast sechstausendjähriger Geschichte bewegte, konnte es sich leisten, diese Konzessionen zu machen. Die Arbeiterpartei, Mapai und Mapam, wären darüber zugrunde gegangen, so wie Perez nach kaum zweijähriger Regierungszeit nun kapituliert hatte.

«Nun, Premierminister», drängte Peled formlos, «wie haben Sie sich entschieden?»

«Ja!» sagte Gazit entschlossen. «Wir behalten das für uns. Sorgen Sie dafür, daß unsere Leute in Kairo umgehend von unserer Entscheidung unterrichtet werden. Botschafter Yaakov soll dafür sorgen, daß das diplomatische Personal in den nächsten Wochen unauffällig verringert wird. Seine Familie soll Urlaub machen!»

«Und unsere Freunde von der CIA?»

«Kein Wort. Sie können ihnen versichern, daß uns das Wohl Sadats nach wie vor am Herzen liegt!» sagte Gazit mit einem zynischen Unterton.

Peled nickte. «Wenn sie es nicht von selbst wissen, sind sie selber schuld. Ich wette, daß ihre Leute in Beirut und Damaskus längst Bescheid wissen. Sie wissen ja, daß es ein weiter Weg bis Washington ist.»

Sie hatten die Zusammenarbeit mit der CIA bereits nach dem Oktoberkrieg 1973 auf das Mindestmaß eingeschränkt und nach der Geschichte mit Andrew Young und dem Doppelspiel der CIA im Iran soweit eingestellt, daß lediglich der Informationskanal Langley–Jerusalem offen geblieben war. Sie hatten damals verstanden, daß zwischen den unter lebensgefährlichen Risiken arbeitenden Bodentruppen der CIA, die von Amman, Riad, Damaskus und Kairo längst warnende Mitteilungen nach Langley gesandt hatten, und den entscheidenden Leuten in Washington, die diese Mitteilungen verfälscht hatten, eine abgrundtiefe Kluft klaffte. Lediglich Alexandre de Merenches vom französischen SDECE hatte gewußt, was gespielt wurde, und gewarnt. Leider war es zu spät gewesen.

«Die Franzosen?» sagten Peled und Gazit gleichzeitig und lachten. Sie hatten beide dasselbe gedacht.

Gazit überlegte einen Augenblick. Die zweigleisige Politik Frankreichs war für Israel nicht ungefährlich. Konnte man im Wettlauf um das Öl noch irgend jemandem trauen? Allerdings, überlegte Gazit, würden die Franzosen am Ende doch die verläßlicheren Partner sein, wenn es hart auf hart gehen sollte, auch wenn viele seiner Kollegen daran zweifelten, seit Rothschild zu Beginn der achtziger Jahre begonnen hatte, Kapital aus Israel zurückzuziehen.

«Ja, informieren Sie den Service de Documentation Extérieure et de Centre Espionnage in Paris direkt. Auch von unserer Entscheidung . . . aber erst in dem Augenblick, da in Kairo die Operation anläuft. Wenn Paris Sadat dann informiert, woran ich zweifle, haben wir wenigstens etwas in der Rückhand, falls er Glück haben sollte.»

Nachdem Peled und Rabinowskij sich verabschiedet hatten, ließ sich Gazit die Studie zum Problem der Beziehungen zur Sowjetunion kommen, die auf seine Veranlassung hin von Experten des Koordinierungskomitees des Nationalen Sicherheitsrates und des Außenministeriums erstellt worden war. Noch hatte er mit

niemanden über seine diesbezüglichen Absichten gesprochen, die angeforderten Analysen waren als rein hypothetische Ausleuchtung in Auftrag gegeben worden.
Rahel Kirsch, seine Sekretärin, meldete ihm ein Gespräch Menachem Avneris von der Reshut, der Zentrale des Sicherheitsamtes. Es ging um ein Fernsehteam der amerikanischen NBC, das von der Sicherheitspolizei dabei ertappt worden war, als es ein paar tausend Dollar an eine Schulklasse in Nablus verteilt hatte, für die fernsehgerechte Verbrennung von Autoreifen und die Errichtung von Barrikaden. Das hatten sie schon mehrmals gemacht. Die NBC-Leute waren großzügig.
«Verpackt sie», sagte Gazit, «und schickt sie postwendend nach Hause!» Wie, dachte er, wenn wir die Halunken nicht erwischt hätten? Unruhen in den Autonomiegebieten! hätte es geheißen. Als ob sie mit den tatsächlichen Problemen nicht genug zu kämpfen hätten.
Eine Rückversicherung! dachte er, als er sich später wieder mit dem Problem der Beziehung zu Moskau beschäftigte.
Staatschef Bubtschikows Signale waren nicht zu überhören. Seltsam, dachte er, ist der Weg der Geschichte. Es war die Sowjetunion gewesen, die sich 1948 am allermeisten für die Gründung des Staates Israel engagiert hatte, bis die Sache mit Lew Sacharowitsch Mechlis passiert war, einem Juden, Stalins engstem Vertrauten, Minister für Staatskontrolle, graue Eminenz im Kreml und Agent für den Mossad. Irgend jemand hatte ihn verraten, hatte eine Falle gestellt, und Stalin steigerte sich in die Wahnvorstellung einer zionistischen Verschwörung. Damit war auch die Hoffnung der Sowjets zu Ende, hier im Nahen Osten einen engen Verbündeten zu bekommen, Israel hätte das sowieso nicht zugelassen. Frankreich machte das Rennen, dann die Amerikaner, und die Russen waren in einer vertrackten Lage: Ihr ursprüngliches Engagement für Israel verhinderte, daß sie jemals wirk-

lich bei den Arabern Fuß fassen konnten, die ihnen gleichermaßen wie den Amerikanern und den anderen westlichen Ländern die Schuld an der Existenz Israels gaben. Und nun, dachte Gazit, schienen die Russen wirklich zu einer Art Garantie für das Überleben von Israel zu werden!

Gazit schüttelte den Kopf. Er dachte an Israel Beer, Operationschef des Generalstabs, Ratgeber und Freund Ben Gurions, genialer Stratege, oftmals Gast bei General Gehlen vom deutschen Bundesnachrichtendienst und im Haus von Franz Josef Strauß zu einer Zeit, da die noch lebendige Vergangenheit solche Kontakte unmöglich scheinen ließ. Immer wieder hatte er in den letzten Wochen Beers Buch «Die Sicherheit Israels – gestern, heute und morgen» gelesen, das er im Gefängnis geschrieben hatte nachdem er 1962 als Agent Moskaus entlarvt worden war.

Jacob Kurzmanns Bilder glichen denen von David Hamilton. Vielleicht waren die Konturen etwas schärfer, auch der Hintergrund. Jacob Kurzmann saß auf dem Boden seines Studios am Wiesenschüttenplatz in Frankfurt und hatte ein Dutzend Bilder vor sich ausgebreitet. Sie waren noch feucht; er hatte die ersten Abzüge eben erst entwickelt. Neben ihm saß Mevlana, vielmehr hockte sie auf den Fersen, die Hände in die Achselhöhlen gepreßt. Sie war mit einem weißen Nerzmantel bekleidet, den sie lose um die Schultern hängen ließ.
«Sie sind gut geworden», sagte Jacob Kurzmann.
Mevlana schwieg, sie hatte ihn nicht recht verstanden. Kurzmann wiederholte die Feststellung auf englisch.
Sie nickte.
Mevlana war, dachte Jacob Kurzmann, eines der interessantesten Modelle, das er jemals vor der Kamera gehabt hatte. Sie hatte schon nach wenigen Tagen verstanden, worauf es ankam. Vielmehr hatte es für sie offensichtlich gar nichts zu verstehen gegeben. Sie schien sich mit einer fast ungehörigen Natürlichkeit jeder Faser ihres Körpers, jeder Muskelbewegung bewußt zu sein; ein schamloser, selbstbewußter, von oben bis unten lebendiger Körper. Darüber hinaus hatte sie in den wenigen Wochen, seit sie mit seinem Neffen David hier angekommen war, ein erstaunliches Selbstbewußtsein entwickelt.
Jacob Kurzmann war begeistert. Sie würde ein großartiges Modell werden, sie war wie geschaffen dafür. Für die nächsten Aufnahmen, dachte er, würde er sie bemalen, wie es die Nubas im Sudan tun, von denen sie, wie David gemeint hatte, abstammen müsse.
Jacob Kurzmann verstand sich als Künstler, und er war es auch. Seine Fotografien waren keine gewöhnlichen

Fotografien. Ausstellungen und Veröffentlichungen seiner Bilder in zahlreichen internationalen Magazinen, Mode-Journalen und auch Büchern bestätigten die Qualität seiner Arbeiten.
Hauptsächlich, aber nicht ausschließlich, hatte er im Laufe seines Lebens Mädchen fotografiert. Was gleich danach kam, war das, was er die Ästhetik der Grausamkeit des Krieges nannte. 1956 und 1967 hatte er als Freiwilliger in der israelischen Armee an der Sinai-Front gegen die Ägypter gekämpft und nebenbei die erschütterndsten und eindrucksvollsten Bilddokumente über diesen Konflikt geschossen. 1974, als es in Indochina endgültig zu Ende ging, hatte er die Katastrophe mit der Kamera festgehalten. Ende der siebziger Jahre hatte er das Ende eines Volkes in den Flüchtlingslagern von Pulau Pidong, Hongkong, Singapur und Ta Prik an der thailändisch-kambodschanischen Grenze fotografiert: Die endlosen, schwarzgrauen Elendszüge, die sich durch das hohe Schilfgras wanden, Tausende gespenstisch-apathische ausdruckslose Gesichter, aschgraue Skelette von Kindern und das Entnervendste: kein Laut, nur hin und wieder das leise Wimmern eines Kindes.
Daran mußte Jacob Kurzmann immer wieder denken, und die Erinnerung daran brachte ihn in Wut. «Dort», hatte er nach seiner Rückkehr aus Indochina gesagt, «machen sie das perfekt, was ihnen mit uns nicht gelungen ist. Sie rotten sie ganz einfach aus, sie lassen sie verhungern. Und die ganze Welt sieht zu, wie sie während der Nazi-Zeit in Deutschland zugesehen hat. Als sie sich alle weigerten, die Flüchtlinge aufzunehmen, als sie alle dachten, mit einigen hundert, mit einigen tausend Flüchtlingen sei genug getan. Genau wie damals. Genauso wie damals!»
Damals, im April 1939, war Jacob Kurzmann knapp sechs Jahre alt gewesen; seine eigene Erinnerung tauchte nur hin und wieder in flüchtigen Bildern auf: schwarze Limousinen, in die sie seinen Vater und sei-

nen Bruder gezerrt hatten, der damals 22 Jahre zählte; das Weinen der Mutter, das Geklirr von Glas und ein Mann in schwarzer Uniform, der schrie: «Judenpack!» Dann, später, im Februar, die Rückkehr der beiden aus Oranienburg, wo sie Vater und Bruder gegen den Verkauf des Hauses in Berlin und einiger Grundstücke freigelassen hatten. Die jungen Burschen in den braunen Hemden, die mit Trommeln durch die Straßen zogen und schließlich die lange Bahnfahrt und das Schiff.

Er begriff erst später, welches Glück die Familie des Anwalts Michael Kurzmann gehabt hatte, welches Glück es war, ausgetrieben worden zu sein, völlig mittellos nach Konfiskation von Judensteuer, Schandgeld und der sogenannten Golddiskontabgabe. Sie waren in letzter Minute der Vernichtungsmaschinerie, die man Endlösung der Judenfrage nannte, entkommen. Schon während sein Vater und sein Bruder Samuel in Oranienburg waren, hatte seine Mutter Schiffskarten nach Singapur erstehen können. Aber dort kamen sie nur zu dritt an: Sein Bruder hatte sich in Genua abgesetzt und war zum Mossad gestoßen, der seit einigen Jahren Juden aus Mittel- und Osteuropa illegal nach Palästina beförderte. Während der Rest der Familie über mehrere Umwege schließlich in die Vereinigten Staaten gelangte, führte Samuel seinen Krieg mit den Agenten des britischen Criminal Investigation Department in den Häfen des Schwarzen Meeres und des Mittelmeeres.

Über den Mossad-Stützpunkt in Istanbul kam er schließlich zum Waddah, einer Organisation um Joel Brand, einem deutschen Kommunisten. Der Waddah hatte sich aus einem jüdischen Hilfskomitee in Budapest zu einem der wichtigsten Kurierdienste entwickelt, dessen beste Kuriere kurioserweise Offiziere der deutschen Abwehr in Ungarn waren und der über gute Kontakte zur Canaris-Gruppe verfügte, die sich dadurch ihrerseits wieder einen Kontaktkanal zu den Alliierten offenzuhalten hoffte. Der Waddah stand in ständigem Kontakt mit den

Lagern in Polen und in der Tschechoslowakei, und es gelang ihm noch 1943, zahlreiche Juden aus den Ghettos von Bendzin, Sosnowiec und selbst von Krakau herauszuholen und in Sicherheit zu bringen. Über die Kuriere von der deutschen Abwehr erfuhren sie schließlich auch das Ausmaß der angelaufenen Endlösung in Konzentrationslagern wie Auschwitz und Majdanek.

Dann kam der deutsche Einmarsch in Ungarn und die SS, die die Verbindungen zwischen der deutschen Abwehr und dem Waddah beziehungsweise dem Mossad schnell begriffen hatte. Und so erstaunlich und unglaublich es war, es sollte sich die Chance ergeben, Hunderttausende von Juden vor dem Tod in den Gaskammern zu retten. Es blieb bei dieser Chance. Eichmann, der damals selbst nach Ungarn gekommen war, um seine eigenen Pläne in der üblichen Weise in die Tat umzusetzen und die Deportationen zu organisieren, hatte von Berlin die Weisung erhalten, die bestehenden Kontakte zu nützen und Verhandlungen mit den Alliierten über die Lieferung von Kriegsmaterial an die Waffen-SS anzubahnen.

Dies war an sich kein so überraschendes Unterfangen, wie sich viele Jahre nach der Katastrophe herausstellen sollte, anhand der zuweilen geradezu herzlichen Verbindungen zwischen den deutschen Nazis und amerikanischen Milliardären, und schließlich sollte das später auch in Vietnam vorkommen, wo mehr als 50 000 junge Amerikaner nur dank der großzügigen technologischen und wirtschaftlichen Hilfe erschossen werden konnten, die die USA der Sowjetunion gewähren sollte, die sich die umfangreiche Unterstützung der Nordvietnamesen sonst kaum hätte leisten können.

Was Eichmann in Budapest von Joel Brand schließlich wollte, war ein Tauschgeschäft: Eine Million Juden gegen 10 000 Lastkraftwagen, 100 Juden für einen Lkw, dazu einige Tonnen Tee, Kaffee und Seife. Falls das Weltjudentum, das Eichmann hinter dem Waddah vermutete, zusagen sollte, wolle er sofort Auschwitz auflösen. Eichmann freilich war ein Schwein und erbost darüber, daß sich SD-Chef Clages in Berlin in seine Endlösungspläne einmischte. So fuhren, während Joel Brand mit einem deutschen Paß über Wien-Schwechat nach Istanbul flog, um mit den Leuten vom Mossad über das Angebot der Nazis zu sprechen, die ersten Züge mit ungarischen Juden in Richtung Auschwitz. Gewiß, Brand und seine Leute zweifelten selbst daran, daß Eichmann wirklich bereit sein sollte, eine Million Juden freizulassen, aber, so hofften sie, man könnte mit Verhandlungen vielleicht Zeit gewinnen; Brand hielt es auch für wenig wahrscheinlich, daß die Amerikaner wirklich in diesem Umfang Kriegsmaterial und Nahrungsmittel an die Nazis liefern würden, aber eine Zusage, ein Versprechen, hätte vielleicht wenigstens hunderttausend retten können. Doch davon wollten weder der Mossad noch die Jewish Agency etwas wissen und schon gar nicht die Briten und die Amerikaner. Brand wurde in Istanbul verhaftet und von dort in ein Militärgefängnis nach Kairo gebracht, wo er von britischen CID-Offizieren wochenlang verhört wurde.

Alles war nicht einmal eine Hoffnung gewesen, es war eine Illusion. Für Jacobs Bruder Samuel war es ein Schock. Verbittert setzte er sich schließlich ab und landete ein Jahr später bei seiner Familie in New York. Dort verliebte er sich in die Tochter eines polnischen Emigranten und ein Jahr darauf, als der Krieg zu Ende war, kam sein Sohn David zur Welt.

Da hatte ihr Vater, Michael Kurzmann, der ein großer Realist war, gesagt: «Ich kehre nach Deutschland zurück. Dort ist ein fruchtbarer, aufgewühlter Boden. Ich werde diese Chance nutzen und in unserer alten Heimat eine neue Existenz aufbauen. Denn jetzt ist alles vorbei. Man wird gerade uns mit Achtung gegenüberstehen. Es wird ein schönes Land werden, ein neues Deutschland. Es werden gute Menschen dort leben, nicht besser und

nicht schlechter als die anderen. Und wir werden wieder zu ihnen gehören. Für Erez Israel bin ich zu alt, meine Wurzeln liegen in Deutschland!»
So kehrte also Michael Kurzmann mit seiner Frau Ruth und seinem Sohn Jacob 1949 als ganz gewöhnlicher Deutscher nach Deutschland zurück und ließ sich in Frankfurt am Main nieder, wo er eine Anwaltskanzlei eröffnete und später mit einem aus Polen stammenden und auch als Deutscher nach Deutschland zurückkehrenden Juden mit dem Namen Daniel Weißz eine Bank gründete.
«Vergeudet euren Haß nicht für die Vergangenheit», hatte er später einmal zu seinen Söhnen gesagt, «spart euch euren Haß für die Zukunft auf, wenn sie wieder einen Sündenbock brauchen. Nicht die Deutschen, die Mörder Israels sind dort, wo man sie am allerwenigsten vermutet!»
Vater Michael Kurzmann war ein kluger, alter Mann und starb 1957 als geachtetes und geehrtes Mitglied der Frankfurter Gesellschaft. Seither war Jacob Kurzmann stiller Teilhaber der Kommerzbank Weißz & Kurzmann. Sein Bruder Samuel hingegen war in New York geblieben, hatte dort sein Jura-Studium vollendet und war ein reicher Firmenanwalt geworden, der alljährlich mit seiner Familie einige Wochen in Israel verbrachte. Seinen Sohn David hatte er zunächst auf die Stanford University und danach nach Harvard geschickt, wo dieser sich seinen akademischen Grad in Politischen Wissenschaften erwarb.
Doch David Kurzmann hielt nicht allzuviel von den trockenen Theorien, denen die Wirklichkeit nur allzuselten zu entsprechen schien, und ging schließlich für International News als Korrespondent nach Kairo, nachdem sein Vorgänger während einer Frontbesichtigung im Nahostkrieg von 1967 durch einen Herzinfarkt ausgefallen war. Und es kam natürlich nicht von ungefähr, daß über seinen Vater alsbald der israelische Geheim-

dienst Mossad Leavilah Beth Kontakt mit David Kurzmann aufnahm.
Er ist ein gerissener Halunke! dachte sein Onkel Jacob, während er die Aufnahmen von Mevlana auf dem Boden seines Studios betrachtete.
Er wußte ebensowenig von David, daß dieser mehr oder weniger für den Mossad arbeitete, wie dieser von Jacob wußte, daß dieser für den Mossad tätig war, indem das Bankhaus Weißz & Kurzmann hin und wieder diverse finanzielle Transaktionen tätigte, die manchmal mit der Tätigkeit israelischer Agenten auf westdeutschem Boden notwendig wurden. Diese Tätigkeit bestand vor allem im Zusammenhang mit der Tätigkeit der palästinensischen Befreiungsfront und auch mit der wachsenden Zusammenarbeit zwischen palästinensischen Extremisten und der sich mehrenden Anzahl rechtsradikaler Gruppierungen in der Bundesrepublik Deutschland. Zuweilen stand auch sein Landhaus etwas außerhalb von Frankfurt, kurz vor Bad Vilbel, für entsprechende Kontakte zur Verfügung.
Mevlana hatte sich angezogen, und er wollte ihr vorschlagen, den Tag bei Adolff, einem seiner Lieblingsrestaurants, zu beenden, als das Telefon klingelte.
Es war der alte Weißz, der aufgeregt durch das Telefon keuchte: «Jacob, wir wandern aus!»
«Was tut ihr?»
«Wir wandern aus. Wir gehen in die Vereinigten Staaten. Ich biete dir meinen Anteil an der Bank an!»
«Was um Himmels willen soll denn das bedeuten?» fragte Jacob und fuhr sich leicht verärgert durch die dichten, graumelierten Haare. Er war nicht verärgert wegen des Anrufs, er hatte etwas Ähnliches seit längerem befürchtet; denn immer mehr von ihnen bekamen es in den letzten Jahren mit der Angst zu tun. Daniel Weißz war nicht der erste Deutsche jüdischen Glaubens, der seit Mitte der siebziger Jahre Deutschland den Rücken kehrte.

«Es ist uns ernst damit. Wir haben alles beschlossen. Kannst du heute noch zu uns kommen?»
«Gut, ich komme!» sagte Jacob Kurzmann und legte nachdenklich den Hörer auf. «Schade!» sagte er zu Mevlana, die wartend an der Tür lehnte. «Es hat nicht sein sollen!» Und kurz blitzte in seinem Kopf der Gedanke auf, welcher Art die Beziehung zwischen ihr und David nun wohl wirklich war.
«Ich bin ihr gegenüber irgendwie verantwortlich. Ich glaube, du könntest etwas aus ihr machen!» hatte David gesagt, als er vor einigen Wochen plötzlich mit Mevlana bei ihm aufgetaucht war.
Jacob fuhr sie in das Landhaus nach Bad Vilbel hinaus und kehrte dann zurück zu Weißz, der mit seiner Familie ein vornehmes altes Haus an der Kaiserhofstraße bewohnte.
«Schönen Abend Frau Dobbeling!» begrüßte er die Haushälterin. «Wie geht es?»
«Ach, Herr Kurzmann!» sagte Frau Dobbeling. Sie war fünfundfünfzig Jahre alt und hatte schon schneeweiße Haare. «Ach wissen Sie, man schlägt sich durch. Die Zeiten werden nicht besser. Ich sage Ihnen, es kommen schlimme Zeiten auf uns zu. Ich weiß das. Das fängt immer so an. Mein Sohn ist jetzt schon das zweite Jahr ohne Arbeit! Dabei hat er studiert! All das viele Geld! Wenn ich nur daran denke! Zum Fenster rausgeworfen. Und wissen Sie, was er macht?»
«Was?»
«Wenn sie ihn brauchen können, dann schleppt er manchmal Kohlensäcke in die Wohnungen, für irgend so eine Kohlenfirma. Ein Lehrer! Aber anstellen wollen sie ihn nicht, nee! Gibt zu viele, die hin und wieder froh sind, wenn sie einen Kohlensack schleppen können!»
«Das geht vorbei!» sagte Jacob Kurzmann. Und er wußte, daß es nicht so schnell vorbeigehen würde.
Daniel Weißz war ein kleiner spindeldürrer Mann, dessen Hände ständig zitterten. Aber er stand noch immer

mit scharfem Verstand und dem richtigen Gefühl für so manches heikle Geschäft an der Spitze der Bank. In den letzten zehn Jahren hatte er auf nicht ganz legale Weise mit den Bankgeldern an der Rohstoffbörse in London spekuliert und erstaunlich viel Geld dabei gemacht. Ja, es war nahezu ein Geniestreich, denn in diesem Geschäft standen die Chancen meist schlechter als beim Roulette. Dabei waren Daniel Weißz' Überlegungen recht einleuchtend gewesen.
«Düngemittel, damit kann man jetzt Geschäfte machen!» hatte er gesagt und laufend Optionen auf Phosphat und darüber hinaus Aktien bei International Minerals & Chemicals, First Mississippi und anderen Konzernen aus dieser Branche gekauft. «Je unsicherer die Lage in der Spanischen Sahara ist, je mehr Tote es dort gibt und je heftiger der Sessel von König Hassan wackelt, um so teurer wird das Phosphat. Denn dafür gibt es keinen Ersatz!»
Er hatte recht gehabt. Die Vorräte gingen zu Ende, und das Zeug wurde teurer, wenn auch nicht auf natürliche Weise.
«Eine eher intuitive Erkenntnis, aber ich wette, das war eine ausgemachte Sache!» lautete seine Erkenntnis schon 1973.
«Ich habe genug!» sagte er. «Ich möchte in Frieden und ohne Angst sterben. Und ich weiß nicht, ob ich das hier kann. Das Klima hat sich verändert!»
Jacob Kurzmann wußte, daß Weißz nicht der einzige war, der Angst hatte. Viele zittern vor Angst und können nicht schlafen und sehen Bilder aus einer längst vergangen geglaubten Zeit. Das war ganz gewiß übertrieben, es war eine Psychose, wenn auch eine mit realem Hintergrund.
«Das hat den Ausschlag gegeben!» sagte Weißz und drückte Kurzmann ein Blatt Papier in die Hand, ein amtliches Schreiben, eine Verfügung vom «Amt für Vertriebene und Flüchtlinge.»

«Nach eingehender Überprüfung Ihrer Vertriebeneneigenschaft», hieß es darin, «ist festgestellt worden, daß bei Ihnen die Voraussetzungen des Paragraph 1 BVFG nicht vorliegen, so daß nach Paragraph 18 Abs. 1 BVF 6, der Ihnen ausgestellte Vertriebenenausweis einzuziehen ist. Wir bitten Sie daher, den Ihnen ausgestellten Vertriebenenausweis bis zum 30. d. M. dem Amt für Vertriebene zurückzusenden. Sollten Sie dieser Aufforderung nicht nachkommen, sehen wir uns leider gezwungen, ein Verwaltungszwangsverfahren gegen Sie einzuleiten!»
«Das heißt also», krächzte der alte Weißz aufgeregt, «daß ich ab nun kein Deutscher mehr bin, nachdem ich vier Jahrzehnte lang ein Deutscher war. Ich habe mich erkundigt, ich bin sofort in dieses verrückte Amt gegangen. Weißt du, was sie dort sagen? Sie behaupten plötzlich, daß nach einer Volkszählung im Jahr 1931 im Kreis Bedzin lediglich 88 Einwohner von 231 000 Einwohnern und in der Stadt Sosnowiec, wo wir gewohnt haben, nur 167 von 109 000 Einwohnern Deutsch als ihre Muttersprache angegeben hätten. Daraus folgern sie, daß sich angesichts dieser Sprachverhältnisse für uns und ganz besonders für meinen Vater als Geschäftsmann und Inhaber einer Bank eben die Notwendigkeit ergeben hätte, je nachdem mit dem einen jiddisch, mit dem anderen polnisch und mit dem dritten deutsch zu reden. Als ob ein Pole wegen der paar Deutschen Deutsch gelernt hätte. Wir waren Deutsche, und jetzt, in den achtziger Jahren, sind wir es rückwirkend nicht mehr. Verstehst du das?»
«Das kann doch nur ein Irrtum sein. Dagegen kann man doch Berufung einlegen. Hast du schon mit den Leuten vom Kultusverband gesprochen?»
«Natürlich!» sagte Weißz müde. «Natürlich. Sie sagen, ich sei nicht der einzige, aber ich sollte mir keine Sorgen machen, sie machten das wegen einiger schräger Sachen, die in diesem Zusammenhang aufgedeckt wurden,

und nun seien die Behörden eben ein wenig radikal geworden, auch gegen andere, nicht nur gegen uns!»
«Na also!»
«Ja, vielleicht steckt auch nichts dahinter, ich meine, nichts, was man als neuen Antisemitismus bezeichnen könnte, das wälzt die ganze Welt heute auf Israel und den Zionismus ab. Aber ist das kein Grund zur Unruhe, wenn jüdische Staatsbürger plötzlich staatenlos werden, wenn sie ohne Erklärungen von der Kriminalpolizei oder von der Staatsanwaltschaft vernommen werden, auch wenn es sich nur um Zeugenaussagen für das Vertriebenenamt handelt? Weißt du, was die Anwälte den Ostflüchtlingen raten, die zufälligerweise jüdischen Glaubens sind? Sie sollen am besten ihren Glauben nicht angeben. Ich habe das Gefühl, als seien wir gut genug gewesen für das Image nach dem Krieg. Da haben sie Synagogen gebaut. Jetzt bauen sie überall in Europa Moscheen. Wir haben unsere Schuldigkeit getan. Vielleicht bilden wir uns das alles nur ein, aber ich möchte ruhig schlafen können, verstehst du das?»
«Ja, das verstehe ich!» sagte Jacob Kurzmann und sah nachdenklich dem Spiel der Staubpollen im Licht des Glaslüsters zu. Vielleicht waren die Gefühle des alten Weißz richtig, erfaßte sein sensibilisiertes Unterbewußtsein eine unterschwellige Stimmung eher, etwas, das ungreifbar in den Strömen eines kollektiven Unterbewußtseins langsam und von den Tabus aus der Vergangenheit abgebremst seinen Weg an die Oberfläche suchte.
Das betraf nicht nur Deutschland, es betraf Deutschland aus vielen Gründen noch am allerwenigsten. Jacob Kurzmann dachte an die «Nouvelle Droite» in Frankreich, die seit dem Ende der siebziger Jahre bemerkenswerten Zulauf erhielt und die bereits die Vorzimmer der Macht erreicht hatte, deren Ideologen von der Eliminierung der biologischen Hefe sprachen und die Ethnologie von Konrad Lorenz schon weit hinter sich gelassen hatten. Er dachte an die rassistischen Tendenzen in Groß-

britannien. An die sowjetische Propaganda, die wieder von jüdisch-freimaurerischer Weltverschwörung sprach und das Gleichartige von Zionismus und Nazismus zu beweisen versuchte; dann die USA, wo die Farbigen, von einer unterschwelligen Propaganda aufgehetzt, immer aggressiver wurden. Und sie alle trieben Israel vor ihrem Gewissen her, dessen wirtschaftliche, politische und moralische Substanz unter diesem Druck allmählich zerbröckelte.

«Solange die da unten sind, solange werden wir keine Ruhe haben!» hatte ein Taxifahrer bei der letzten Ölpreiserhöhung gesagt. Solange die da unten sind. Oder hier? Oder wo?

«Und ihr glaubt», fragte Jacob Kurzmann Daniel Weißz, «daß ihr in Amerika keine Angst zu haben braucht?»

«Ich weiß es nicht!» sagte Weißz. «Das alles hat wohl etwas mit der Erinnerung zu tun. Ich habe oft daran gedacht, meinen Lebensabend in Israel zu verbringen. Aber kann man dort ohne Angst leben? Nein, und schließlich ist meine Tochter in den Staaten verheiratet. Wir werden bei ihnen wohnen. Er ist ein tüchtiger Junge!» Weißz saß einige Minuten schweigend da und meinte dann: «Ich habe unsere Anwälte beauftragt, alles vorzubereiten, wenn du einverstanden bist. Ich denke, du wirst mit den Modalitäten einverstanden sein!» Der alte Weißz griff nach einem Aktenordner. «Die Geschäfte gehen trotz der angespannten Wirtschaftslage außerordentlich gut. Die Spareinlagen sind gerade in den letzten Jahren erstaunlich angewachsen, so daß sich durch den niedrigen Eckzinssatz auch für uns ein recht guter Zinsschnitt gegenüber den Kreditzinsen ergibt, auch wenn das nicht unser Hauptgeschäft ist. Das Aktienkapital ist in den vergangenen zwei Jahren um vierzig Prozent angestiegen und schließlich . . .»

Weißz legte Jacob Kurzmann noch eine gute Stunde lang mit akribischer Genauigkeit die Geschäftslage dar und empfahl ihm, den bisherigen Geschäftsführer der

Bank aufgrund seiner Tüchtigkeit und Umsicht mit der Gesamtleitung zu betrauen.
Es war schon spät, als Kurzmann an diesem Abend zu seinem Landhaus bei Bad Vilbel hinausfuhr. Im Rundfunk berichtete der Nachrichtensprecher über die jüngste Arbeitslosenziffer, die die 1,6-Millionen-Grenze überschritten hatte, und über ein Fernsehinterview des deutschen Bundeskanzlers, in dem dieser den Kampf gegen die Inflation erneut als erstrangige Notwendigkeit unterstrichen und darüber hinaus die Konzipierung schärferer Energieverbrauchsbestimmungen auch und vor allem für den privaten Verbrauch unterstrichen hatte.
Schließlich wurde berichtet, daß mehrere Ölförderländer am Persischen Golf als Konsequenz der gescheiterten Nahost-Verhandlungen in Wien mit neuerlichen Einschränkungen der Ölförderung gedroht hätten. Der Generalsekretär der Internationalen Energieagentur in Paris allerdings sehe die Versorgung der Industriestaaten vorderhand gesichert. Die Vorratslager seien voll, und die OPEC-Staaten hätten ausreichend geliefert. Darüber hinaus hätten die Industriestaaten erheblich gespart. Die Lagerbestände der importierenden Staaten seien außerordentlich hoch und einige der produzierenden Länder, die den freien Markt belieferten, müßten derzeit ihre Lieferungen gar einstellen.
In seinem Haus, das einige hundert Meter von der Hauptstraße entfernt hinter einer Eschenallee lag, brannte kein Licht mehr. Als Kurzmann das Haus betrat, klingelte das Telefon.
Es war Loussant, ein bekannter Fotograf, der von Paris aus anrief.
«Weißt du, wie spät es ist!» fragte Kurzmann ungehalten.
Es war zwei Uhr nachts. Aber das störte Loussant natürlich nicht. Er hatte, so sagte er, soeben in einem französischen Herrenmagazin Kurzmanns Fotostory «Schwarz

und Weiß» gesehen, und er müsse dieses Modell unbedingt haben.
«Ich werde sehen, was sich machen läßt!» versprach Kurzmann. «Ich kann sie ja schließlich nicht einfach verkaufen. Aber wenn sie will, warum nicht?»
Loussant war einer der berühmtesten und verrücktesten Modefotografen der Welt.
«Schwarz und Weiß!» dachte Jacob Kurzmann, ehe er einschlief, und er hatte das Gesicht des alten Weißz vor Augen.
Weißz reiste zwei Monate später mit seiner Frau in die Vereinigten Staaten. Er lebte dort zwei weitere Monate ohne Angst. Aber dann starb er keines friedlichen Todes. Er wurde wie sein Schwiegersohn an einer Tankstelle erschossen, die kein Benzin mehr zu verkaufen hatte.

Seine Kehle war ekelhaft trocken geworden vom vielen Reden. Der westdeutsche Bundeskanzler Volkmar Albrichs trank das mit Mineralwasser gefüllte Glas in einem Zug leer und zündete sich mit nervösen Bewegungen die nächste Zigarette an. Da saßen sie ihm also gegenüber, Notenbankchef Heiner Hoffmann, sein Finanzminister Frank Matthies, die Herren Währungsexperten, und selbstgefällig und absolut selbstsicher, die Herren von der Mineralölindustrie sowie der vergrämt dreinschauende und frustrierte Leiter des Bundeskartellamtes.
«Also brechen jetzt die Preise durch oder nicht!» schrie Albrichs die Teilnehmer an der wöchentlichen Energielage durch den dichten Zigarren- und Zigarettenqualm, der den Konferenzraum im Bundeskanzleramt durchzog, an. «Entschuldigen Sie!» sagte er schließlich. «Entweder bin ich verrückt, oder Sie sind es. Die Lager sind voll wie noch nie, und in Rotterdam ersaufen sie in dem verdammten Öl, das sie nicht mehr losbringen. Sogar die Amerikaner scheinen neuerdings wieder genug zu haben. Wieso können die sinkenden Preise nicht weitergegeben werden?»
«Sie wissen genau, Herr Bundeskanzler», sagte einer der Konzernleute, «daß wir ständig unter dem Preis verkauft haben, der in Rotterdam verlangt wurde. Am Benzin verdienen wir in der Bundesrepublik nicht mehr und nicht weniger als einen Pfennig!»
«Wollen Sie uns für dumm verkaufen?» mischte sich Matthies ein. «Sie haben den Literpreis um fast zehn Pfennig schon vor der letzten Preiserhöhung durch die OPEC hinaufgeschraubt. Das war doch wohl kein schlechtes Geschäft, oder?»
«Sie haben unsere Zahlen», sagte der Ölmann, «sie sind

Ihnen alle bekannt. Sie wissen ganz genau, daß es nicht möglich ist, mit den Preisen herunterzugehen. Die nächste Krise kommt so sicher, wie ich hier sitze, darauf können Sie sich verlassen. Das wäre verrückt, mit dem Preis runterzugehen. Was wollen Sie? Die Leute zahlen jeden Preis, solange sie genug Benzin bekommen. Und so lange wir die Versorgung sicherstellen!»
«Die übliche Erpressung!» erwiderte Albrichs.
«Wir sind uns unserer gesamtwirtschaftlichen Verantwortung voll bewußt!» setzte der Ölmann fort.
«Ja», konterte Albrichs, «indem Sie allein in der Bundesrepublik in diesem Jahr eine Gewinnsteigerung von genau 100 Prozent abkassieren. Man wird Ihnen in New York einen Orden umhängen, wenn Sie die fast 40 Millionen Mark an Ihre Zentrale überweisen!»
«Ich glaube nicht, Herr Bundeskanzler», sagte der Ölmann trocken, «daß wir auf dieser Basis weiterdiskutieren können. Sie wissen genau, daß wir nur dank dieser hohen Gewinne unter anderem hier in der Bundesrepublik investieren konnten. Was wiederum nur durch die hohen Weltmarktpreise möglich wurde!»
«Ach ja? Dann erzählen Sie einmal dem deutschen Steuerzahler, wie es denn kommt, daß er Milliarden an Förderungszuschüssen, Forschungsaufträgen und dergleichen mehr zahlen muß und Sie mit hundert Prozent Gewinn abzogen. Aus den kleinen, deutschen Quellen. Ich kann diese Tatsachen denen, denen ich verantwortlich bin, nicht mehr länger zumuten!»
Der Ölmann zuckte mit den Schultern und sah den Kanzler gelangweilt an. «Man kann die volkswirtschaftliche Verantwortung gerade in diesem Bereich nicht von der unternehmerischen Aufgabe trennen!» sagte er. «Sie können ja unsere Aufgaben übernehmen!»
Albrichs wußte, daß er den Kürzeren gezogen hatte. Es war auch gar nicht anders zu erwarten. Gegen den Apparat der Multinationalen der Energie war nicht anzukommen. Es gab keinen Ersatz für sie, man konnte

ihnen nicht entkommen, man war ihnen ausgeliefert. Und nicht nur ihnen. Natürlich gäbe es die Möglichkeit, sie an die Kandare zu nehmen, rein rechtlich. Aber politisch? Eine etwaige Verfügung durch die Kartellbehörde würde am Ende, wenn es auf das Wohlverhalten der Giganten ankam, mehr Schaden als Nutzen bringen. Was nützte es, damit zu argumentieren, daß für die deutschen Tochterfirmen der Multis seit Mitte der siebziger Jahre das importierte Öl in Wirklichkeit durch den Dollarverfall immer billiger geworden ist, obwohl es an der Quelle mehrfach verteuert wurde? Was nützte es, immer wieder zu argumentieren, daß die sogenannten Ölkrisen nach den Ereignissen im Iran und in Kuwait nichts als ein gigantischer Betrug waren und die Multis beide Male sämtliche Supertanker mobilisiert und sie vollgepumpt hatten; daß die Versorgungsschwierigkeiten nur dadurch entstanden waren, daß die Tanker dann vom Golf bis Rotterdam zweieinhalb Monate anstatt der üblichen vier Wochen brauchten. Aber das alles war ja nur ein Nebenaspekt dieses Teufelskreises, aus dem es kein Entkommen zu geben schien. Es herrschte Ölkrieg, und man grub wieder die Gräben für die nächste Runde, die vielleicht die letzte sein würde. Irgendwann würde der Punkt erreicht sein und Albrichs hatte das Gefühl, als sei es bald soweit. Denn zuviel Öl auf dem Weltmarkt war seit Anfang der siebziger Jahre zum sichersten Signal für eine Verschärfung der Situation geworden. Es kam immer etwas nach, das verhinderte, daß sich die Ölschwemme auf die Preise auswirkte. Denn fallen durften die Preise nicht. Und immer wieder begann dann das alte teuflische Spiel von vorne, das da hieß: Wirtschaftswachstum aufrechterhalten und gleichzeitig Energie einsparen.

Der verdammte Amerikaner braucht wohl wieder einen Vorwand, um uns abzuschröpfen! Albrichs dachte das nur, obwohl er sich nur allzugerne lauthals Luft verschafft hätte. «Meine Herren», sagte er, «das wäre es dann wohl. Aber ich kann Ihnen versichern, daß wir Ihnen auf die Finger sehen werden!»

Albrichs bat den Finanzminister und den Notenbankchef, noch zu bleiben. «Na, wie sieht es aus?»

«Beschissen!» sagte der junge Finanzminister Frank Matthies. «Sie pumpen uns mit ihren lausigen Dollars voll, bis wir platzen. Lange stehen wir das nicht mehr durch. Am besten wäre es, wir ließen ihn einfach plumpsen. Aber ich habe das verdammte Gefühl, daß das genau das wäre, was sie wollen. Und die Verlierer wären dann wieder nur wir.»

«Wieviel?» fragte Albrichs.

«35 Milliarden Mark in den letzten sechs Wochen!» sagte Notenbankchef Hoffmann und blätterte eifrig in einem dicken Ordner.

«O Gott!» Kanzler Albrichs zerdrückte die halbgerauchte Zigarette in dem überquellenden Aschenbecher und zündete sich eine neue an.

«Na ja», meinte Hoffmann mit einem gequälten Grinsen, «damit leben wir ja schon seit mehr als zehn Jahren. Nach den Kriterien des Konkursrechtes würde ich sagen: Wir sind hoffnungslos pleite, genaugenommen haben wir in den letzten fünfzehn Jahren das Grundkapital und die Rücklagen gut und gerne vierkommafünfmal verloren. Aber was soll es. Wir haben eben weiterwursteln müssen!»

«Das heißt also», sagte Albrichs gedankenverloren, «daß wir uns wohl oder übel über kurz oder lang eine Ausrede dafür einfallen lassen müssen, warum der bisherige Stabilitätskurs das falsche Pferd war, auf dem wir geritten sind. Haben sie uns also jetzt soweit?»

Matthies zuckte die Achseln und hob die Arme zu einer resignierten Geste. «Wir heulen sowieso schon längst mit den Wölfen, wenn auch mit einigen Falschtönen. Also machen wir's mit voller Kehle. Wir können die Bilanz natürlich noch etwas frisieren und die Goldvorräte höher bewerten. Wir notieren sowieso zu niedrig!»

«Ja», sagte Albrichs, «dann machen Sie das. Vielleicht kommen wir damit noch ein paar Monate über die Runden!»

Widerwärtig! Widerwärtig, dachte er, nachdem Matthies und Hoffmann gegangen waren und er vor seinem Mahagony-Schreibtisch im Kanzlerzimmer saß und ein Glas Milch trank. Irgend jemand hatte ihm vor kurzem geraten, Milch zu trinken. Es würde das Vitamin-A-Defizit kompensieren. Widerwärtig, dachte Albrichs und trank das Glas leer.

Er schloß die Augen und versuchte sich die Bilder jenes Traumes zu vergegenwärtigen, des einzigen, den er seit Monaten immer wieder mit Variationen träumte. Ein Haus irgendwo mitten in der Wüste, wo es heiß und trocken war, in einer kleinen Oase, mit hohen Mauern umgeben. Er pflanzte Bäume, grub Gräben, las Dostojewski und hörte Musik. Und im Garten liefen schöne, große, bösartige, auf den Mann dressierte Hunde herum, die jedem Fremden das Eindringen in die Oase verleideten.

«Saubande!» sagte er zu sich selbst, schob einen Notizblock vor sich hin und begann einige Linien und Kreise darauf zu malen. Ein Vorgang, der sich in den letzten Monaten immer häufiger wiederholte. Denn immer öfter wurde er sich darüber klar, daß nichts mehr machbar war, daß nichts mehr den exakten und klugen Theorien gehorchte, wie ein Staat zu führen sei. Die ökonomischen Theorien waren ausgeflippt, allesamt, die Marktkräfte waren toll geworden wie wilde Hunde. Oder war es umgekehrt? Daß eben sie funktionierten, wenn auch in einem höchst negativen Sinne, und daher nichts mehr planbar war? Aber letzten Endes ließ sich die Problematik auf einige wenige gemeinsame Nenner reduzieren, und sie lagen alle außerhalb des nationalen volkswirtschaftlichen Systems, sofern noch ein Rest davon übriggeblieben war. «Im Grunde genommen», dachte er halblaut vor sich hin, «waren wir seit jeher nichts anderes als eine Kolonie, in der man eine gewisse Infrastruktur aufgebaut hatte, um sie um so besser ausbluten zu können!»

Albrichs zeichnete Quadrate und Kreise auf das Papier. In kleinen, gestochenen Buchstaben schrieb er in die Kreise und Quadrate einige Schlagworte wie: Energie, Erdöl, Dollar, Atomenergie, Alternativen, Weltwährungssystem, Konsequenzen. Er schrieb seit Monaten immer dieselben Schlagworte in immer das gleiche Schema, und er füllte die Quadrate und Kreise mit immer denselben Sätzen, auf die sich seiner Meinung nach das ganze bestehende Dilemma reduzierte, auf eine einfache und höchst banale Erkenntnis. Alles, was man im zwanzigsten Jahrhundert als Fortschritt und Zivilisation bezeichnen konnte, war auf der Grundlage des Erdöls aufgebaut. Energie, Erdöl war das Lebenselixier dieser Welt und nicht einmal längerfristig durch andere Energiearten zu ersetzen, man konnte es höchstens strecken. Auf einer Woge von Erdöl schwammen die Sieger der zwei Weltkriege in diesem Jahrhundert, und nicht nur am Rande war es bei beiden Weltkriegen um die Erdölfelder am Persischen Golf gegangen. Über die größten Erdölvorkommen neben der Sowjetunion verfügten die Vereinigten Staaten, es waren aber auch die teuersten. Deshalb sicherten sich die Vereinigten Staaten auch beizeiten die ergiebigsten Ölvorkommen am Persischen Golf, vor allem in Saudi-Arabien. Multinationale Ölkonzerne, mit Ausnahme von British Petroleum und Royal Dutch Shell allesamt amerikanisch, übernahmen die internationale Energie- beziehungsweise Ölverteilung. Über den Trick von Bretton Woods wurde nach dem Zweiten Weltkrieg die Währung der einzigen wirklichen Siegermacht praktisch zur Leitwährung des internationalen Währungssystems: Der Dollar, der, weil das amerikanische Schatzamt dafür mit seinen Goldreserven bürgte, von fast allen Ländern einschließlich der Sowjetunion als einziges Zahlungsmittel im internationalen

Handel akzeptiert wurde. Das Ergebnis dieser famosen und doch so einfachen Angelegenheit war, daß die USA lediglich frische Greenbacks drucken mußten, um weltweit alles für billiges Papier einkaufen zu können, was die USA benötigten. So wurden die USA zum einzigen Land der Welt, das seine Zahlungsdefizite mit eigenem Geld bezahlen konnte, und alle übrigen Staaten waren gezwungen, die anwachsende Dollarmenge aufzukaufen. Zur Kursstützung, wie das so schön hieß. Längst übertrafen die Dollarreserven in den Tresoren des Auslands die Goldreserven des amerikanischen Schatzamtes in Ford Knox, die Garantie, daß 35 Dollar für eine Unze Gold eingetauscht werden konnten, war in den sechziger Jahren schon nicht mehr wert, als das Papier, auf dem die Dollars gedruckt wurden. Die USA kündigten kurzerhand das Abkommen von Bretton Woods, das sie verpflichtet hätte, Gold gegen Dollars einzutauschen und zwangen den Rest der Welt, das völlig wertlose Papiergeld weiterhin als Zahlungsmittel zu akzeptieren und zwar über die sogenannten erdölproduzierenden Staaten, allen voran Saudi-Arabien als potentestes Ölland der Welt, das das immer kostbarer werdende Öl nur für Dollarpapier verkaufte.
So begann zu Beginn der siebziger Jahre, als das Goldfenster endgültig geschlossen wurde, der gigantischste und abgefeimteste Raubzug, den die Weltgeschichte jemals erlebt hatte. Es trat der einmalige und faszinierende Fall ein, daß der Rest der Welt die Vereinigten Staaten finanzierte, vor allem deren steigende Erdölimporte. Nicht nur, daß auf diese Weise vor allem die europäischen Länder über die Dollarstützung praktisch mit ihrem eigenen Volksvermögen die amerikanischen Öleinfuhren finanzierten: Die in Europa engagierten amerikanischen Konzerne sahnten noch zusätzlich ab, indem sie ihre Gewinne in harter, ausländischer Währung in die Vereinigten Staaten transferierten. Und je tiefer der Dollar fiel, um so höher wurden die Gewinne.

Und je teurer das Erdöl wurde, um so mehr profitierten diejenigen, die an der amerikanischen Notenpresse saßen. Im Grunde genommen ging es darum, zunächst die ausländischen Ölförderer auszupowern und die eigenen Reserven so lange zu schonen, bis die Weltmarktpreise für Rohöl so hoch gestiegen waren, daß die Förderung der teuren Energiereserven der Vereinigten Staaten lukrativ wurde. Denn selbst wenn das Öl des Nahen Ostens nur mehr spärlich aus den Quellen tropfen würde, blieben die USA im Gegensatz zu den europäischen Ländern ein potentielles Überschußland. Amerikanische Kohle, amerikanisches Uran und die Ölschiefer der Rocky Mountains würden dann selbst für die Verschwendernation USA für Jahrhunderte reichen. Der Weltmarktpreis für die Energie mußte nur so hoch klettern, daß sich ihre Ausbeute lohnte, und daß ihre Förderung mit dem Geld, das die Auslandtöchter der US-Konzerne abramschten, finanziert werden konnte. Das war auch der eigentliche Hintergrund des Kissinger-Coups im Jahr 1973, mit dem die ganze Misere erst wirklich ihren Anfang genommen hatte. Für Albrichs war längst klar geworden, daß es Kissinger war, der hinter der radikalen Ölpreiserhöhung von 1973 und 1974 gestanden war, nachdem er zuvor den ägyptischen Präsidenten Sadat dazu überredet hatte, doch noch einmal einen Nahostkrieg gewinnen zu wollen, um für internationales Kapital eine gewisse Kreditwürdigkeit zu erlangen; nachdem er den Schah von Persien gegen den saudiarabischen König Feisal ausgespielt hatte, der sich schon damals im klaren darüber war, daß mitsamt den Dollarmilliarden, die an den Persischen Golf strömen würden, am Ende deren Empfänger zu den Verlierern zählen würden. Und so kam es auch: Durch den Verfall des Dollars bekamen die Erdölexporteure zwar immer mehr Papier, aber das war auch so ziemlich alles. Darüber hinaus wurden sie durch Waffengeschäfte zusätzlich geschröpft. Die westlichen Industriestaaten hatten immer mehr mit ihren von der Dollarschwemme aufgeblähten Währungen zu kämpfen, was im Klartext steigende Inflationsraten bedeutete. Und der Rest der sogenannten westlichen Welt verlor über immer neue Anleihen bei internationalen Banken und dem Weltwährungsfonds in zunehmendem Maß das, was man in der Fachsprache finanz- und währungspolitische Souveränität nannte, was durchaus dem Verlust auch der politischen Souveränität gleichkam. Nicht mehr Regierungen und Parteien entschieden über das Schicksal zahlreicher Nationen, sondern die gesichtslosen Männer aus Washington.

«Wir haben unser möglichstes getan», überlegte Albrichs, «um aus diesem Teufelskreis herauszukommen!» Sie hatten versucht, dem Moloch des Dollars zu entkommen, und für jeden, der daran beteiligt war, bedeutete dies das Risiko der persönlichen Existenz und auch der Nationen, für die sie verantwortlich waren. «Einige haben das nicht überlebt!» dachte Albrichs laut vor sich hin. «König Feisal war der erste, dann kam der Schah an die Reihe, dann . . .»

Albrichs schrieb in einen der Kreise «Sowjetunion» und setzte ein großes Fragezeichen darunter.

Eine der großen Unbekannten lag für Albrichs in den Vereinigten Staaten selbst. Irgend etwas fehlte in diesem Regelkreis auf seinem Notizblock, wollte nicht aufgehen. Zum hundertstenmal, zum tausendstenmal zerbrach sich Albrichs an diesem Tag den Kopf darüber, um schließlich durch seine Sekretärin, Martina Rother, auf den Boden naheliegender politischer Tatbestände zurückgeholt zu werden.

Er hatte einen Termin mit den Gewerkschaftsführern von der IG Metall. Sie wollten ihren Anteil an dem Kuchen, den es gar nicht mehr gab.

Im vor Hitze flirrenden Dunst über dem tiefblauen Meer konnte man vom Hubschrauber aus die kleinen und die großen Schiffe ausmachen. Alle zehn Minuten passierte ein mit Hunderten Tonnen Öl vollgepumpter Tanker die Halbinsel Musadam. Über der rotschimmernden Felsenküste schwirrten zwei Patrouillen-Hubschrauber ins offene Meer hinaus.

Duke Clutterbank hatte die Einstiegsluke zur Seite geschoben und beugte sich mit der Kamera hinaus. «Kannst du nicht weiter runtergehen?» schrie er vergeblich gegen den Fahrtwind und das Geknatter der Rotoren an.

David Kurzmann tippte ihn an und schrie: «Es ist genug für heute. Wir machen Schluß. Mehr ist hier ohnehin nicht zu sehen!»

Wenig später landeten sie auf der steinigen Landebahn von Khasab.

Major Higgins, der britische Kommandant des kleinen Flugplatzes, der lediglich aus einer Funkstation und ein paar Hütten bestand, empfing sie grinsend. «Ich wollte gerade eine Suchstaffel losschicken. Scheint euch ja mächtig zu beeindrucken, dieser rote Pavianarsch der Welt.»

«Warum sind Sie dann hier?» fragte Clutterbank.

«Na, warum wohl? Ich verdiene hier nicht schlecht. Und schließlich bin ich hier mehr oder weniger mein eigener Herr. Unter anderem. Trinken Sie noch ein Glas Bier?»

Major Higgins, Kurzmann, Clutterbank und Felix Baumann, ihr Pilot, gingen in eine dürftig als Kantine eingerichtete Hütte.

Baumann kannte David von mehreren früheren Besuchen in den Scheichtümern. Er war ein gebürtiger Österreicher, der Mitte der siebziger Jahre seinen Abschied beim österreichischen Heer genommen hatte, als die Kunde rund um die Welt lief, hier am Golf ließe sich schnelles Geld machen. Felix Baumann war einer der wenigen Abenteurer, die hier Wurzeln geschlagen hatten. Über einige Umwege war er zum Chef der privaten Hubschrauberflotte des Scheichs von Ras al-Khaimah aufgestiegen, für die er noch drei seiner Bundesheerkollegen an den Golf gelockt hatte. Nebenbei betrieb er einen privaten Helikopter-Servicedienst mit dem er vorzugsweise österreichische und deutsche Baufirmen, die in den Scheichtümern tätig waren, versorgte. So hatte ihn Kurzmann kennengelernt, als er eine Story über ein Straßenbauprojekt im Emirat Fujairah machte. Eine strategisch ziemlich wichtige Angelegenheit, da dieses Scheichtum Oman von der Halbinsel Musadam am Golf von Hormuz trennte und zumindest für kleinere Schiffe einen Eingang zum offenen Meer darstellte. Baumann hatte damals die Bauarbeiter mit Lebensmitteln und anderen Notwendigkeiten in dieser unzugänglichen Gegend versorgt.

«Wir haben das alles völlig unter Kontrolle!» sagte Major Higgins, als sie beim Bier saßen. «Wir haben die ganze Spitze mit einem absolut dichten Sicherheitsnetz überzogen.»

Kurzmann wußte, was Higgins meinte. In den letzten Jahren hatten die Amerikaner und die Briten die Küste von Musadam mit Radartellern und Fernsehmonitoren gespickt. Alle paar hundert Meter hatte man «Minisid 3» eingebuddelt, jene unheimlichen, von den Amerikanern schon im Vietnamkrieg eingesetzten kleinen Detektoren, deren haardünne Antennen jede Erschütterung in einem Umkreis von 550 Metern registrierten und auch differenzierten.

«Da pinkelt keiner ins Meer», sagte Major Higgins und wischte sich mit dem Handrücken über den Mund, «ohne daß sie das drüben in der Kontrollstation nicht mitbekämen!»

Darüber hinaus war die Felsenküste von Musadam mit englischen Rapier-Raketen bestückt worden, und in der Meerenge von Hormuz patrouillierten ständig mit französischen Exocet-Raketen ausgerüstete Schnellboote.

Seit die Versicherungsgesellschaft Lloyds nach dem Umsturz im Iran im Jahr 1979 umsichtigerweise den Persischen Golf zum Kriegsgebiet erklärt und sich damit für unkalkulierbare Zwischenfälle von allen Verpflichtungen entbunden hatte, wurde hier tatsächlich alles getan, um den Persischen Golf zu einem hypermodernen Kriegsschauplatz auszubauen: zum Schutz der Ölversorgung der westlichen Welt, wie es hieß, die noch immer zu sechzig Prozent aus diesem Raum den stinkenden, schwarzen Lebenssaft der industriellen Wohlstandsgesellschaft bezog. Bemühungen, denen die unmittelbar Betroffenen mißtrauisch, nichtsdestoweniger hilflos und zwangsläufig mit einer gewißen Schizophrenie gegenüberstanden.

«Ja», sagte Kurzmann, «ich glaube, daß Sie das alles unter Kontrolle haben!»

Und er dachte an den Oberst, dem er vor wenigen Wochen in seinem riesigen schwarzen Zelt mitten in der Syrtensteppe hundert Kilometer östlich der libyschen Hauptstadt Tripolis gegenübergesessen hatte, beim Licht einer Petroleumlampe.

«Sie kommen also wegen der Bombe!» hatte der Oberst gesagt, der mit gekreuzten Beinen auf einem Kissen saß und eine winzige Tasse Mokka nach der anderen geschlürft hatte. Dann war der Oberst lange Zeit mit geschlossenen Augen dagesessen, und plötzlich hatte er laut zu lachen begonnen. «Ich kenne Sie!» hatte er gesagt. «Sie sind ein zionistischer Hurensohn. Wir wissen alles über Sie. Wir wissen alles!» Der Oberst hatte sich gekrümmt vor Lachen und fuhr dann fort: «Keine Angst, mein lieber Freund, auch wenn Sie mich das letzte Mal als kleinen Idioten dargestellt haben, keine Angst. Es trifft sich ausgezeichnet. Sie können ihren imperialistischen und zionistischen Freunden alles erzählen, was ich Ihnen zu sagen habe. Diese Bombe ist Ausdruck der wachsenden Solidarität unter den arabischen Nationen. Sie ist der Ausdruck unseres Willens, uns mit allen Mitteln gegen die hinterhältige, zionistisch-imperialistische Aggression zu wehren. Diese Bombe ist das Symbol unseres Willens. Sie ist ein Programm. Daran werden ab nun all diese teuflischen Mächte denken müssen, die versuchen, uns zu bestehlen, zu berauben, auszubeuten, zu betrügen und zu unterwerfen!»

Die Reise nach Libyen hatte sich um mehrere Tage verzögert. Daran war vor allem das korrupte, bürokratische Dickicht schuld gewesen, durch das sich Kurzmann mit einem dicken Bündel Banknoten hatte kämpfen müssen, um die notwendigen Papiere für Mevlana zu bekommen. Auch in Frankfurt hatte es dann Schwierigkeiten gegeben, als es galt, für Mevlana eine Aufenthaltsbewilligung zu bekommen. Dank Jacobs Beziehungen, der, wie David mit einem Anflug leichter Eifersucht registriert hatte, beim Anblick Mevlanas in künstlerische Euphorie geraten war, war schließlich doch alles gutgegangen. So kam er erst eine Woche nach Duke Clutterbank nach Rom. Dort hatte Clutterbank vergeblich versucht, bei der libyschen Botschaft die notwendigen Formalitäten zu regeln.
«Diese Affen reden nicht einmal mit mir!» hatte er sich beklagt, als er David auf dem Flughafen Fiumicino abgeholt hatte. «Vielleicht hast du mehr Glück!»
Er hatte wohl nicht nur Glück. Denn erstaunlicherweise bekam David Kurzmann binnen einer Stunde vom libyschen Botschafter in Rom persönlich die entsprechenden Papiere überreicht und dazu auch gleich die fernschriftliche Zusage des Innenministeriums in Tripolis, sich um die INS-Leute zu kümmern und auch das Interview mit dem Oberst zu arrangieren.

So kam es, daß sie noch am selben Tag abflogen und Kurzmanns Frau vergeblich in dem großen und einsamen Haus in Ladispoli auf ihren Mann wartete.
Als sie in Tripolis ankamen, erwartete sie tatsächlich ein Polizeioffizier, der sie in einem Jeep zunächst in ein Hotel am Algerienplatz gegenüber der italienischen Kathedrale führte.
In der Hotelhalle schimpften zwei Franzosen wütend auf den Portier und einen anderen, gelassen lächelnden Mann ein.
«Unsere Hotels sind alle überbelegt. Wir mußten ihnen leider ihre Zimmer nehmen und sie ausquartieren. Wie Sie sehen, sind Sie unsere bevorzugten Gäste!» sagte der Offizier grinsend zu Kurzmann und wandte sich an die schimpfenden Franzosen, die, wie zu entnehmen war, einer Reisegruppe angehörten. «Ich werde Sie verhaften lassen müssen, Messieurs!» sagte er leise. «Sie beleidigen das libysche Volk!» Und zu Kurzmann: «Ich stehe ganz zu Ihrer persönlichen Verfügung. Wenn Sie Wünsche haben . . .»
Er stand zur Verfügung. Ganze drei Tage lang. David Kurzmann und sein Kameramann standen mehr oder weniger unter Hausarrest, wie ihnen der Offizier in windelweichen und freundlichen Antworten zu verstehen gab, wenn sie wütend danach fragten, wann der Herr Oberst denn geruhen würde, sie zu empfangen, schließlich sei ihre Zeit zu kostbar, um sie in einem Hotelzimmer zu vertrödeln.
«Wenn Sie mit dem Oberst sprechen wollen, müssen Sie viel Geduld haben!» war die Antwort.
Am vierten Tag holte man sie am frühen Morgen überfallartig ab. Mit einer alten klapprigen Fokker-Friendship landeten sie nach knapp einer Stunde Flug auf einer winzigen Wüstenpiste, von wo aus sie durch einen staubtrockenen Wadi mit einem Militärfahrzeug zu jenem Ort gebracht wurden, wo das berühmte Meditationszelt des Oberst stand, in dem dieser seine Interpre-

tationen des Islams und seine Revolutionstheorien zu Papier zu bringen pflegte.
«Libyen», sagte der Oberst in dem Interview, «ist das einzigartige Beispiel einer wirklichen und umfassenden Revolution, die der Menschheit angeboten ist, um den Menschen, den der Koran Gottes Stellvertreter auf Erden nennt, von allen materiellen und geistigen Hindernissen zu befreien, die sein Wollen beeinträchtigen. Islam ist nichts anderes als eine humanistische Revolution, der absolute Glaube an die guten Mächte und Fähigkeiten, die die Menschen befähigen, die Auswirkungen von Ungerechtigkeit und Aggression zu überwinden, die sie rückständig gehalten haben. So ist die Revolution des arabischen Menschen hier in Libyen ein Teil der weltweiten Islambewegung, die nach finsteren Jahrhunderten um den ihr gebührenden Platz in der Welt kämpft!»
«Aber was hat das alles mit der Atombombe zu tun?» fragte Kurzmann.
Der Oberst schob sich ein Kissen hinter den Rücken, verschränkte die Arme im Nacken und sagte: «Wir sind auf dem Weg zur allislamischen Bruderschaft und Solidarität und damit zur Rückkehr zu einer verantwortlichen Anwendung des Dschihad, des Heiligen Krieges auf dem Wege Allahs zur Befreiung der islamischen Völker.» Der Oberst schwieg eine Weile und sagte dann fast schreiend zu Duke Clutterbank: «Schalten Sie die verdammten Scheinwerfer aus und hören Sie auf zu filmen!» Dann wandte er sich wieder Kurzmann zu, der Duke bedeutete, der Aufforderung nachzukommen.
«Also gut», sagte Kurzmann. «Sprechen wir also im Klartext. Unter Ausschluß der Öffentlichkeit, wenn Sie das so wollen. Ich versuche Ihre Ziele zu begreifen. Aber ich verstehe trotzdem nicht, was es mit dem Islam zu tun hat, daß Sie zumindest finanziell so ziemlich alles unterstützen, was man Subversion und Terrorismus nennen könnte. Und schließlich erlauben Sie mir doch die

Frage, wie Sie es damit vereinbaren können, eine sehr bemerkenswerte Einigkeit zwischen Mohammed und den sowjetischen Kommunisten zu demonstrieren, indem Sie hier als eine Art Waffendepot funktionieren!»
«Sie verstehen wirklich nichts!» sagte der Oberst grob. «Sie können heute sogenannte marxistische Revolutionäre und die Sowjetunion nicht in jedem Fall in einen Topf werfen. Ich habe keine Lust mehr, mich weiter mit Ihnen darüber zu unterhalten. Aber eines will ich Ihnen sagen: Die größenwahnsinnigen Imperialisten versuchen seit Jahren, eine Konfrontation zwischen den ölproduzierenden und den ölverbrauchenden Ländern zu inszenieren. Davon sind in erster Linie die arabischen Nationen betroffen. Ich glaube, Sie wissen sehr genau, worum es geht. Aus dieser Konfrontation soll sich die Internationalisierung von Produkten, Preisgestaltung und Verteilung des noch vorhandenen Öls ergeben. Wir werden das verhindern ... wir werden es zumindest versuchen. Andernfalls geht hier alles zum Teufel!» Die Stimme des Oberst klang müde, als er sagte: «Israel spielt nur eine Nebenrolle. Ich habe nichts gegen die Juden. Ich habe nicht einmal etwas gegen einen jüdischen Staat in Palästina ... unter gewissen Voraussetzungen. Aber die imperialistisch-zionistischen Verschwörer benützen diesen Staat und seine Bevölkerung für ihre eigenen, schändlichen Zwecke!»
«Wie ist das zu verstehen?»
«Ihr werdet benutzt, um diese Konfrontation voranzutreiben. Und wir werden das verhindern. Wir werden diesen Hort des Imperialismus ausradieren. Sie werden begreifen müssen, daß ihre Zeit und ihre Zivilisation zu Ende ist, daß die Zukunft der islamischen Kultur gehört und daß es für sie nur eine Zukunft mit uns und nicht gegen uns gibt. Auch die Verräter unter uns haben das nun begriffen. Sie sind dabei, die Fesseln dieses teuflischen Papiers, das sie Dollar nennen, zu sprengen. Sie sind dabei, sich von allen Abhängigkeiten zu lösen, auch

von der Sowjetunion. Und wenn Sie sich wundern, daß es nun eine Allianz zwischen unseren sozialistischen Freunden im Irak und unseren königlichen Brüdern in Saudi-Arabien gibt, so ist das ein Teil einer natürlichen Entwicklung auf dem Weg zur islamischen Einheit gegen alle Feinde, die gierig ihre schmutzigen Finger nach unseren Schätzen ausstrecken und versuchen wollen, diese Entwicklung zu sabotieren. Genauso, wie sie unsere natürliche und uralte traditionelle Verbindung mit den europäischen Staaten sabotieren. Allah ist groß. Er wird unsere Feinde vernichten und uns den richtigen Weg zeigen.» Und fast flüsternd fügte der Oberst nach einer kurzen Pause hinzu: «Ja, er wird auch diese Satansbrut vernichten, die Ihr gezüchtet habt, die seinen Namen mißbraucht, um uns alle zu verderben!»
«Wen meinen Sie damit?» fragte Kurzmann. «Die Moslembrüder?»
Er bekam keine Antwort. Wie immer hatte der Oberst die Unterredung plötzlich abgebrochen und war in einem großen weißen Zelt verschwunden, das etwas abseits der Anlage stand und seinen Lieblingsfrauen als Unterkunft während seines Aufenthaltes in der Wüste diente. Vor einigen Jahren hatte Kurzmann eine maliziöse Geschichte über die Meditationspraktiken des Oberst gemacht und sich kurzfristig dessen Zorn, längerfristig dann eine gewisse Vorzugsstellung zugezogen. Wann immer Kurzmann sich in Libyen aufgehalten hatte, hatte er das Gefühl gehabt, in einer Falle zu sitzen. Nein, verrückt war dieser Oberst nicht. Irgendwie hatte das, was er sagte, Hand und Fuß.
Daran dachte David Kurzmann, der nun in der heißen Hütte auf dem Flugplatz von Khasab saß und schales Dosenbier trank. Es war eine spontane Entscheidung gewesen, nahezu ohne Umwege von Tripolis an den Golf zu fliegen. Aber er hatte das Gefühl, daß hier irgendwann die Entscheidung fallen würde, daß etwas in der Luft lag. Es war eine undefinierbare, nicht rational er-

klärbare Spannung, die seit Jahren über dem Mittleren Osten lag, eine Bedrohung, nicht faßbar, aber sie war da, dessen war er sich sicher.
In seinen Aufzeichnungen schrieb er:
Nachdem es geschehen ist, scheint eigentlich alles logisch und nachträglich vorhersehbar. Alles deutete, im Nachhinein besehen, darauf hin. Aber vielleicht mißverstand man die Zeichen gerade deswegen, weil sie so offensichtlich waren. Es mußte einfach geschehen. Die trügerische Ruhe in dieser Weltgegend, in den letzten Jahren nur unterbrochen von scheinbar irrationalen Einbrüchen wie im Iran, von sozialen Umbrüchen in Syrien oder von vordergründig als mehr oder weniger familiäre Auseinandersetzungen erklärbare Machtwechsel in Kuwait.
Diese Ruhe war unnatürlich. Unter der Oberfläche, unter dem Sand der Wüsten verschoben sich die Fundamente, bildeten sich neue, merkwürdige Konstellationen, schlossen Todfeinde Bündnisse.
Der Pakt zwischen Israel und Ägypten, war das ein Friedensbündnis? Der Friede mit Israel hatte für das ägyptische Volk ein Ende der ruinösen Kriegsverschwendung bedeutet, ein Ende der ständig kletternden Preise. Er hatte neue Wohnungen und volle Bäuche verheißen, ein Ende des Zustandes, in dem die Schwierigkeiten des reinen Überlebens für den einfachen Ägypter Unerträglichkeit erreicht hatte.
War das nicht eine Fata Morgana gewesen? Ägypten geriet immer mehr in die Abhängigkeit des internationalen Kapitals, Milliardenkredite wurden mit Milliardenkrediten getilgt, und der Rest war zu wenig. Die Waffenkäufe wurden nicht weniger, ganz im Gegenteil: Immer mehr moderne amerikanische Waffen wurden gekauft, abgeschnitten und isoliert von den arabischen Märkten vollzog sich das, was eine wachsende Opposition, sowohl aus dem rechten wie dem linken Lager, als totalen nationalen Ausverkauf bezeichnete. Die Zahl der Men-

schen, die mit der arabischen Ablehnungsfront der ägyptisch-israelischen Friedenspolitik sympathisierten, war in den letzten Jahren ebenso gewachsen wie jene religiösen Gruppierungen, die das Gesetz des Koran wieder für alle Bereiche des Lebens gültig wissen wollen und Jerusalem endlich befreit sehen wollen. Ein Staatsstreich, und alles würde wieder anders sein.

Und Israel? Ist es noch das gelobte Land, die Erfüllung der Schriften, der demokratische Vorposten im Orient, Erez Israel, staatgewordene Hoffnung, der Musterstaat, das einzige Land der Welt, dem das Experiment des demokratischen Sozialismus als verbürgte Regierungsform gelungen ist; den Kommunisten eine Bedrohung, weil es die intellektuelle Lustvorstellung von der Dekadenz jedes nichtkommunistischen Staates widerlegt, den Kapitalisten ein Dorn im Auge, ein Land ohne das Kainszeichen der Vergangenheit?

Nein, das alles gehört der Vergangenheit an, nicht nur aus eigener Schuld, aber nicht schuldlos. Ein Land, das zerbricht, eine Gesellschaft, die zerfällt unter dem Druck der internationalen Öffentlichkeit, die es einige Jahrzehnte lang als tapferer David unterhalten durfte.

Die wichtigsten Veränderungen aber vollzogen sich am Persischen Golf, denn nur um diesen ging es in Wirklichkeit. Im Grunde genommen waren Israelis, Ägypter und Palästinenser allesamt zu Schachfiguren im Ringen um die Erdölfelder degeneriert. Es war merkwürdig, die Fronten waren irgendwie verschwommen in diesen Jahren: Sogenannte prowestliche Länder wie Nordjemen kauften mit saudiarabischem Geld um gigantische Summen sowjetische Waffen, der saudiarabische König paktierte mit der Sowjetunion, während amerikanische Generäle den Ausbau des militärischen Potentials seines Landes überwachten.

Die Araber hatten mehr Angst vor den Vereinigten Staaten als etwa vor der Sowjetunion. Sie versuchten trotz ihrer vorzüglichen Kontakte zu den USA, ihr Erdöl im-

mer mehr nicht über die multinationalen Konzerne zu verkaufen und über den Dollar zu verrechnen, sondern vor allem mit den europäischen Staaten Lieferverträge auf Staat-zu-Staat-Basis abzuschließen. Aber trotz allem hat sich ein Klima der Konfrontation, ja des Hasses zwischen den Industriestaaten und den Arabern entwickelt, vor allem nach den Ereignissen im Iran. Jetzt haben sich alle diese Rätsel gelöst. Und die Lösung ist am Ende so einfach wie erschreckend.

Das hatte David Kurzmann erst viele Monate später geschrieben. In der Kantine des Flugplatzes von Khasab war für Kurzmann noch alles undurchschaubar, verworren gewesen. Er dachte, während Felix, der Hubschrauberpilot und Major Higgins, der britische Kommandant, sich mit Witzen unterhielten, an die Worte des Oberst. «Der arabische Sandboden ist unterhöhlt, und die Ratten machen sich bereit, aus ihren Löchern zu kommen. Denken Sie an meine Worte. Der Krieg wird früher beginnen, als Sie ahnen!»

David Kurzmann hatte an diesem Tag nicht geahnt, wie schnell die Katastrophe kommen sollte, daß er gewissermaßen auf einem Pulverfaß saß.

An diesem 2. März wehte ein warmer Frühlingswind durch Manhattan. Müde und niedergeschlagen stieg Ryan Baxter, Staatssekretär im Department of Energy in Washington, aus dem Dienstwagen. Er blickte mißmutig an der 52 Stockwerke hoch aufragenden, aus geriffeltem Stein gefertigten Fassade des internationalen Hauptquartiers des Ölkonzerns Exxon an der Sixth Avenue hoch.

Vernon Lymann, ein hünenhafter Mann mit einem ausdruckslosen Mund, einer der Vorstände des Konzerns, empfing ihn bereits in der Eingangshalle, unter deren Decke Monde und Sterne hingen. Ein symptomatisches Symbol für die grenzenlose Macht, die sich in diesen 52 Etagen zusammenballte.

«Mister Baxter!» rief Lymann, «Die Crew erwartet Sie bereits!»

Fasziniert schnappte Baxter in der Vorstandsetage im 50. Stockwerk nach Luft, als sie die über zwei Etagen reichende Halle mit kostbaren Wandteppichen betraten und ihn Lymann durch einen langen Korridor führte, der vollgestopft war mit Kunstwerken aus dem Orient und den vielleicht teuersten Perserteppichen der Welt.

Schließlich ärgerte sich Baxter. Er befand sich seit Jahren in einem Widerspruch. Einerseits fühlte er sich hingezogen zu den Orten der Macht, zu diesen gigantischen Organisationen, bei denen alles so reibungslos funktionierte, ganz im Gegensatz zum Energieministerium, das scheinbar nichts als Chaos zuwege zu bringen schien. Scheinbar nur, wie er erkannt zu haben glaubte. Nach zwei Jahren zunächst sehr idealistischer, dann resignierender und schließlich von nervöser Spannung und Aufmerksamkeit gekennzeichneter Tätigkeit im Energieministerium vermeinte er in der chaotischen Entwicklung,

für die dieses Amt verantwortlich war, ein vertracktes System erkannt zu haben.
Er wußte seit einigen Tagen, daß es so war, daß seine Vermutungen zutrafen; seit ihn Energieminister Eliot W. Butler nach dem täglichen Energie-Sonderstab um fünf Uhr im Weißen Haus damit beauftragt hatte, die Sache mit Exxon und den anderen Konzernen persönlich abzuklären.
«Wir schwimmen derzeit auf einer regelrechten Ölblase!» hatte Butler gesagt. «Solange es genug von diesem verdammten Zeug gibt, treten wir auf der Stelle. Wir werden eine Ölknappheit haben, weil wir eine brauchen. Die Blase wird platzen. Wann dieser Fall eintritt», hatte Butler gesagt und ihn prüfend angeblickt, «müssen wir mit den Gesellschaften koordinieren. Sie verstehen das, Baxter?»
Du Schweinehund, hatte Baxter gedacht. Er würde ihm das irgendwann ins Gesicht sagen. Er mußte es ihm irgendwann einmal sagen.
«Aber es darf natürlich keine Unterlagen darüber geben. Die Kontrollkommission würde das in die falsche Kehle bekommen. Sie verstehen, Baxter? Sie machen das!»
Natürlich machte er das. Er saß mit einem Dutzend hartgesottener Managertypen zusammen, die nichts im Kopf hatten als Erdöl, steigende Gewinne und das, was sie das Exxon-Motiv nannten. Er ging mit ihnen das durch, was Butler «Strategische Verteilungsplanung für den Fall einer durch natürliche oder politische Katastrophen hervorgerufenen drastischen internationalen Verknappung» genannt hatte.
Später führte ihn Lymann in den 23. Stock des Exxon-Hauptquartiers, in das Zentrum, in das Supergehirn des Konzerns, wo im Falle eines Falles per Knopfdruck binnen kürzester Zeit die «Strategische Verteilungsplanung» in die Tat umgesetzt werden konnte. Das Logistics Informations and Communications System, das jede Bewegung der mehr als 500 Exxon-Schiffe zwi-

schen mehr als 100 Ladehäfen und an die 300 Bestimmungsorte festhält, lenkt, abbremst, beschleunigt, je nach Bedarf einzelne Ladungen umdirigiert: Die große weite Welt, ein einziger großer Markt, ständig unter Kontrolle, über ein paar Druckknöpfe, Computer und Fernsehverbindungen regulierbar.

Wenn sie das durchziehen, dachte Baxter, während ihn ein Exxon-Wagen in sein Hotel fuhr, dann geht diese Stadt hier zuallererst hoch. Sie werden sie niederbrennen. Sie werden sich wegen des verdammten Benzins gegenseitig umbringen. Wie während der letzten zwei großen Verknappungen nach dem Umsturz im Iran und ein paar Jahre darauf in Kuwait. Und Butler sagt, das sei genau das, was wir Amerikaner brauchen. Baxter schloß die Augen und hörte die Stimme des Präsidenten: «Die Verschwendung im persönlichen Verbrauch ist kein wesentlicher Bestandteil einer freien Gesellschaft. Die Regierungen werden die Prioritäten für den Gebrauch von Energie setzen müssen, überhaupt den Verbrauch wichtiger Güter begrenzen, die Planung intensivieren. Dies unter Umgehung von Gesetzgebung und in Abstimmung mit uns in Gebieten solcher Tragweite . . .»

In seinem Hotelzimmer schaltete Baxter etwas später das Fernsehgerät ein.

«Hier spricht David Kurzmann, Korrespondent von International News im Mittleren Osten. Seit heute nachmittag ist es Gewißheit: Auch Libyen gehört zum Klub der Atommächte. Was das für die Entwicklung im Mittleren Osten und für den Weltfrieden unter Umständen bedeutet, kann zu dieser Stunde noch nicht abgeschätzt werden. Libyens Staatspräsident ist überzeugt, daß die arabischen Nationen das gleiche Recht auf nukleare Waffen haben wie die Vereinigten Staaten, die Sowjetunion, Großbritannien, Frankreich und Israel. Aus Israel kam auch die erste Reaktion auf den in der libyschen Wüste erfolgreichen Test einer Hydrogenbombe. Ministerpräsident Gazit erklärte wörtlich: ‹Wir sagen nicht,

ob wir eine Atombombe haben. Wir haben keinen Test durchgeführt, wir haben auch nicht als erste mit einer solchen Waffe gedroht. Aber wir werden uns dagegen zur Wehr zu setzen wissen . . .›»
Baxter dachte: Das wird dem Präsidenten an die Nieren gehen. Und er dachte an seine Studienzeit auf der Stanford University, wo David und er in derselben Basketball-Mannschaft gespielt hatten. Er ist immer noch am Ball, grinste Baxter, und es kam ihm plötzlich ein verrückter Gedanke.

Südlich von Beersheba wurde das endlose Rotbraun der Negevwüste plötzlich von den schwarzglitzernden Strichen einer Eisenbahnlinie und den Drähten einer Starkstromleitung unterbrochen. Es gab Touristen, die sich dieser Tage ärgerten. Wer, vom Toten Meer kommend, vom Neveh Shohar, den Überresten von Sodom oder der Hakemach-Grotte nach Beersheba wollte, fand die Straße von Einheiten der israelischen Armee gesperrt. Dem Autofahrer wurde freundlich lächelnd erklärt, er habe wohl keine andere Wahl, als einen Umweg zu machen. Auch im Norden, gleich hinter Beersheba, gab es kein Durchkommen nach Süden.
Etwa zwölf Kilometer östlich der mehr als 20 000 Einwohner zählenden Wüstenstadt Dimona herrschte seit einigen Tagen hektisches Treiben, schwere Tieflader waren vorgefahren, zusätzliche Flugabwehr war rund um den riesigen, langgezogenen, mit Sperrzäunen aus Stacheldraht umgebenen, im Norden von einer gewaltigen Kuppel begrenzten Gebäudekomplex in Stellung gebracht worden. Offiziell galt diese Anlage als Textilfabrik, aber tatsächlich handelte es sich um einen 24-Megawatt-Atomreaktor des Typs EL-3 und eine Trennungsanlage zur Gewinnung spaltbaren Materials aus den Abfallprodukten der Pottaschefabriken am Toten Meer. Der Reaktor war bereits 1957 mit französischer Hilfe errichtet worden und das Plutonium für die Produktion der ersten israelischen Nuklearsprengköpfe war im französischen Atomzentrum Pierrelate produziert worden. Später, nachdem israelische Wissenschaftler die geniale Entdeckung gemacht hatten, daß sich im Abfall der Fabriken am Toten Meer durchaus brauchbares Uran finden ließ, war das nicht mehr notwendig gewesen.

Es war eine gefährliche Gegend. 1967 hatten die Bewacher der absonderlichen Textilfabrik eine israelische Mirage-III mit einer Boden-Luft-Rakete heruntergeholt, nachdem der Pilot aus irgendeinem Grund die Gewalt über die Maschine verloren und über das Sperrgebiet von Dimona geflogen war. 1973 hatte sich eine libysche Verkehrsmaschine auf dem Flug nach Kairo in den Luftraum über Dimona verirrt. Die Besatzung und die Passagiere, insgesamt 108 Menschen, fanden den Tod, als israelische Abfangjäger die Maschine schließlich abschossen, nachdem sie vergeblich versucht hatten sie abzudrängen: Es war eine Passagiermaschine gewesen, aber genausogut hätte sie ein getarnter Spionagejet sein können. Ein paarmal hätte es amerikanische Blackbirds erwischt, die sich nur noch dadurch retten konnten, daß sie vor den israelischen Abfangjägern auf Maximalhöhe geflohen waren. Auch das amerikanische Spionageschiff «USS Liberty» war ein Opfer dieser Textilfabrik geworden; indirekt, nachdem die israelische Führung im Schock der ersten Niederlagen in den ersten Tagen des Oktoberkrieges von 1973 das Ende des dritten Tempels hatte kommen sehen und diese letzte Waffe in Bereitschaft gebracht hatte, 13 Bomben der Hiroshima-Stärke. An Bord der «Liberty» hatten sie die Funksprüche empfangen, mit denen die nuklearen Einheiten alarmiert worden waren. Die israelische Marine hatte nicht lange gezögert und durch einen, wie es hieß, unglückseligen Irrtum die «Liberty» versenkt. Seit zwei Tagen war man dabei, die 30 nuklearen Sprengköpfe einsatzbereit zu machen, einen Teil zu den bestimmten Militärflughäfen zu transportieren, wo die entsprechend ausgerüsteten «Kfir»-Jäger damit bestückt wurden, die «Jericho»-Raketen wurden auf dem Gelände der Textilfabrik montiert.

«Macht es so auffällig wie möglich!» hatte Gazit gesagt, und Verteidigungsminister Shimon Gavrieli hatte zustimmend genickt. «Sie sollen alle wissen, daß die Juden

nicht bereit sind, einsam zu sterben!» hatte Gazit hinzugefügt.
Als man später im Hauptquartier der Strategic Reconnaissance Squadron und im Hauptquartier der National Security Agency bei Washington die Satellitenfotos ausgewertet hatte, wurden sie nicht weitergegeben.
«Das würde einige Leute nur unnötig irritieren!» hatte Zabrousky, der Nationale Sicherheitsdirektor, gesagt, als ihm William Turner, der Chef der NSA, von dieser Entdeckung berichtete.

Kyrill T. Mazurow, Chef des KGB und Mitglied des Politbüros der KPdSU, betrat an diesem Morgen sein Büro im zweiten Stock des Gebäudekomplexes am Dserschinski-Platz mit einem höchst flauen Gefühl. Sein Arbeitszimmer, das teils im alten, teils im schon längst wieder renovierungsbedürftigen neuen Bau lag, war ein großer luxuriöser Raum mit kostbaren Orientteppichen, Brokat-Sofas, holzgetäfelten Wänden, an denen kostbare Gemälde hingen.
Normalerweise fühlte er sich wohl in diesen Räumen, zu denen unter anderem auch ein geräumiges Schlafzimmer und ein Baderaum gehörten. Das alles war der Macht seines Amtes angemessen. Und Kyrill T. Mazurow war sich seiner Macht seit dem Tag, da er zum erstenmal als Chef des KGB diese Räume betreten hatte, wohl bewußt. Nicht um seiner selbst willen. Mazurow, der aus einem kleinen Nest in Kasachstan stammte, in Moskau schließlich sein wirtschaftswissenschaftliches Studium absolviert hatte und eigentlich durch puren Zufall, sofern man eben die Freundschaft mit seinem Studienkollegen Arkadij Florentjewitsch Bubtschikow als zufällig bezeichnen mochte, eine Karriere in der Partei gemacht hatte, war ein Idealist, wenngleich er von sich selbst behauptet hätte, ein Realist zu sein, bar jedweder Illusion über den Menschen und seine Möglichkeiten, über die Politik und den Sozialismus. Er war auch seit jeher im Ruf gestanden, ein kühl und emotionslos analysierender Pragmatiker zu sein.
An diesem Tag fand Kyrill T. Mazurow keinen Gefallen an dem Luxus seiner Arbeitsräume. Sein breites Bauerngesicht war aschfahl an diesem Morgen. Wie würde wohl Arkadij Florentjewitsch reagieren?
Mazurow lief um den riesigen Schreibtisch herum und

legte seine Hand auf den Hörer der Kremlewka, der direkten Telefonverbindung zum Büro des sowjetischen Staats- und Parteichefs. Als hätte er sich verbrannt, zuckte seine Hand wieder zurück. Er begann wieder durch das Zimmer zu laufen. Sein Blick fiel auf die zahlreichen Bücher an der Wand, viele davon in Englisch und Französisch. Wie viele Tage und Nächte hatte er hier schon verbracht und geschuftet bis zum Umfallen? Es war ihm in den ersten Monaten seiner Amtszeit kaum Zeit geblieben, nach Hause zu gehen, obwohl seine Wohnung am Kutusowski-Prospekt, die sich im selben Haus befand wie die Wohnung des Staats- und Parteichefs, lediglich ein paar Autominuten von hier entfernt lag.

Mazurow lachte leise. Es klang wie ein wütendes Knurren. «Zum Teufel!» entfuhr es ihm. Vielleicht, dachte er, müßte es wirklich so kommen, wie es in der Bibel steht. Daß die Welt zuerst untergehen muß, daß erst nach der großen Konfrontation, nach der Apokalypse die Luft rein genug ist für das sozialistische Paradies!

Sie hatten gedacht, sie seien alle Verräter losgeworden. Sie hatten sich sicher gefühlt, endlich, hatten gedacht, alle die scheinbar zufälligen Pannen, die immer wieder zu Fehlentscheidungen geführt hatten, beinahe zu innen- wie außenpolitischen Katastrophen, ein für allemal ausgeschaltet zu haben.

Und tatsächlich hatte es nach der großen Säuberung nach dem Tod Breschnews den Anschein gehabt, als hätte die Sowjetunion nun endlich eine stabile, saubere, patriotische Führung, die sich mit aller Kraft dem weiteren Aufbau der sozialistischen sowjetischen Gesellschaft widmen konnte, ohne Angst vor Saboteuren und Illusionisten.

Mazurow setzte sich endlich, trommelte nervös mit den Fingern auf die Schreibtischplatte und starrte wie hypnotisiert die Batterie von Telefonapparaten vor sich an.

Daß die sowjetische Führung durch und durch infiltriert

war, war ihnen, der Gruppe um Bubtschikow, schon während der letzten Jahre der Amtszeit Breschnews klar geworden. Man wollte sie provozieren wie dumme Bauern. Und beinahe wäre es ihnen gelungen, einige Hitzköpfe im Politbüro und im Zentralkomitee zu unüberlegten Handlungen zu verleiten. Aber, überlegte Mazurow mit Genugtuung, die imperialistischen und monopolkapitalistischen Ränkeschmiede hatten sich in der Einschätzung der wahren politischen Verhältnisse in der Sowjetunion verrechnet. Es gab nicht die Mir-Fraktion und die Cil-Fraktion, die Friedensgruppe und die Kraftgruppe, die Tauben und die Falken, wie westliche Kreml-Experten behaupteten, deren einzige Qualifikation in absolutem Nichtwissen bestand und deren Aufgabe offenbar die böswillige Verleumdung und niederträchtige antisowjetische Propaganda war.

Der Unterschied bestand nicht in der Auffassung über die grundlegende Erfahrung, daß nicht Kriege, sondern der Frieden die günstigsten Voraussetzungen für die Entwicklung des revolutionären Kampfes der Völker schaffen und die friedliche Koexistenz als spezifische Form des Klassenkampfes jeder anderen Form der Auseinandersetzung mit dem Kapitalismus zur Lösung der sozialen Konflikte in der Welt vorzuziehen ist. Niemand wollte Krieg, weder Bubtschikow noch sonst jemand, der bei Sinnen war.

Der Unterschied zwischen den verschiedenen Lagern, wenn man überhaupt von zwei Lagern sprechen konnte, war der, den Bubtschikow schon Jahre vor der als Menschenrechtskampagne getarnten Intrige klar formuliert hatte: «Wir sind gar nicht in der Lage, gegen die Monopol-Bourgeoisie wirksam zu kämpfen. Es ist eine Illusion. Dieses verdammte Geschwätz, daß der Beitrag des sozialistischen Systems zur gemeinsamen Sache der anti-imperialistischen Kräfte vor allem durch seine wachsende wirtschaftliche Macht bestimmt wird. Unsere einzige wirtschaftliche Macht steckt in Waffen, die wir nicht verwenden können. Die Produktivkräfte der Sowjetunion werden sinnlos vergeudet. Genossen, so schmerzlich diese Wahrheit ist: In Wahrheit sind wir in der Hand der Monopolkapitalisten. Wir sind abhängig von ihren verdammten Krediten. Allein in diesem Jahr haben wir ein Handelsdefizit gegenüber dem Westen von nahezu sechs Milliarden Dollar, die Schulden der sozialistischen Staaten gegenüber einigen wenigen Banken haben die 50-Milliarden-Dollar-Grenze überschritten. Die Wahrheit ist, daß wir bankrott sind und daß unser System einzig und allein durch diese verdammten Kredite aufrechterhalten wird. Wir müssen diesen Tatsachen ins Auge sehen. Wir leben in der Illusion, dies sei der Strick, an dem wir sie aufhängen. Es ist der Strick, an dem sie uns aufhängen werden, wenn wir nicht einen anderen Weg einschlagen. Wir müssen unsere Landwirtschaft revolutionieren. Wir müssen versuchen, Waffen zu entwickeln, die uns erlauben abzurüsten, um diese Wahnsinnsbeträge sinnvoll zu verwenden. Unsere einzigen Aktiva sind derzeit einige Waffengeschäfte mit den Arabern und unsere Goldreserven. Aber wir sind nicht fähig, diese Aktiva aus eigener Kraft aufrechtzuerhalten. Hier müssen wir unseren Kampf beginnen. Wir müssen unsere Souveränität wiedergewinnen, Genossen!»

Bubtschikow, der dieses leidenschaftliche Referat vor dem versammelten Politbüro gehalten hatte, hatte nur die Hälfte dessen gesagt, was sie seit langem vermutet, seit langem gewußt hatten. Aber es war ihnen klar, daß das nicht gesagt werden konnte. Die Mehrheit der Politbüromitglieder hatte Bubtschikow ohnedies schon im Verdacht, einen revisionistischen Kurs zu verfolgen. Doch bei einigen war der Samen auf fruchtbaren Boden gefallen, wie sich später herausstellen sollte. Damit hatten sie auch gerechnet. Ihre Strategie war langfristig angelegt, ihr Ziel war innenpolitisch so etwas wie ein dritter Weg zwischen staatlicher Planwirtschaft ohne

Kompromisse und zügelloser freier Entfaltung der Produktivkräfte. Eines der einflußreichsten Politbüromitglieder, Genosse Kulakow, hatte bereits begonnen, diesen Weg einzuschlagen, indem er die Vorbereitung der Umwandlung der Landwirtschaft von Kolchosen auf Genossenschaften einleitete, ein Weg, der freilich sabotiert wurde, und Kulakow war es erspart geblieben, sein Scheitern bis zum bitteren Ende mitzuerleben, er war im Juli 1978 gestorben. Ignoranten hatten ihn unter vorgehaltener Hand der Konterrevolution bezichtigt.

Was Bubtschikow damals nicht gesagt hatte, nicht hatte sagen können: «Und zuallererst gilt es, eine Clique von verräterischen Dummköpfen von den entscheidenden Stellen in Partei, Regierung und Armee zu entfernen, die der Illusion erlegen sind, man könnte gemeinsam mit einer von den Monopolisten abhängigen Bürokratenclique eine Art von Weltregierung etablieren, innerhalb der die Sowjetunion nichts wäre als ein Sklavenstaat irgendeiner ominösen internationalen Kreditinstitution. Wie konnte man jene Lehren vergessen, die sich daraus zwangsläufig ergeben, daß die Sowjetunion allein in ihren ersten Jahren von 1918 bis 1922 mehr als 600 Millionen Goldrubel an amerikanische Banken abzuführen hatte, als Dank für ihre angeblich so großzügige Unterstützung der Oktoberrevolution. Entweder sind das Dummköpfe oder Verräter. Und wenn der Marxismus-Leninismus für all das keine Erklärung liefert, dann müssen wir eine Erklärung dafür finden, selbst auf die Gefahr hin, daß die ideologischen Grundlagen des Sozialismus neu interpretiert werden müssen!»

Das war lange vor dem Zeitpunkt gewesen, da selbst Breschnew und seinem Kreis klar geworden war, daß man Washington nicht mehr als zuverlässigen Partner in der Weltpolitik betrachten durfte, daß Vorsicht geboten war, daß gewisse hinterhältige Provokateure dabei waren, die Sowjetunion und die Vereinigten Staaten gegeneinander aufzuhetzen.

Sie hatten dieses Spiel durchschaut. Zu spät beinahe. Und als Genosse Breschnew auf seiner Datscha gewissermaßen in den Armen Bubtschikows, den er angesichts der internationalen Entwicklung, die die Richtigkeit seiner Thesen zu bestätigen schien, in den letzten Jahren zu seinem persönlichen Berater ernannt hatte, friedlich entschlummerte, waren sie vorbereitet.
Mazurow massierte nachdenklich sein kräftiges Kinn. Dann gab er sich einen Ruck, hob den Hörer der Kremlewka ab und drückte auf den roten Knopf.
Bubtschikow war sofort am Apparat.
«Genosse Präsident ...»
«Verdammt noch mal, laß den Unsinn, Kyrill!» fuhr Bubtschikow dazwischen.
«Genosse Präsident», wiederholte Mazurow förmlich, «wir haben den Schweinehund!» Mazurow zögerte.
«Gute Arbeit, Kyrill! Und wer ist es?»
«Ich glaube, wir sollten uns vor voreiligen Reaktionen hüten!» sagte Mazurow vorsichtig.
«Halten Sie keine Reden, Genosse Mazurow!» klang Bubtschikows Stimme kalt.
«Rubikow!»
Mazurow hörte, wie Bubtschikow nach Luft schnappte. Schließlich sagte er: «Gut, Kyrill, gut. Wir werden ihn nicht enttäuschen, nicht wahr? Es ist gut zu wissen, woran man ist!»

Michael Stoneridge winkte dem grauuniformierten Polizisten an der Einfahrt in der mehr als drei Meter hohen Betonmauer, die das Ausländerviertel in Moskau umgab, durch das offene Fenster seines alten Schiguli freundlich zu. Es war ungewöhnlich warm in Moskau. Stoneridge hatte schon mit dem Gedanken gespielt, eine Story über die offenkundige Klimaveränderung, die seit einigen Jahren zu bemerken war zu schreiben. Erst kürzlich hatte er ein Gerücht gehört, wonach in den kältesten Teilen Sibiriens, die nördlich des 60. Breiten-

grades lagen, die Durchschnittstemperatur in den vergangenen fünf Jahren um nahezu zehn Grad gestiegen sei. Gerüchte gab es freilich immer wieder, man erzählte sich die seltsamsten Dinge, und die meisten Geschichten stellten sich als das heraus, was sie nun einmal waren: Märchen, Phantastereien. Die Russen hatten schon immer eine besondere Neigung dafür, vor allem Ausländer zum Narren zu halten, sie bei jeder nur erdenklichen Gelegenheit zu foppen. Ein Umstand, der mit dem in den letzten Jahren allgemein wieder gewachsenen Mißtrauen gegenüber Ausländern zusammenhing, ein Mißtrauen, das einfach zu diesem Land und seinen Menschen gehörte. Aber gewiß machte es den Leuten auch Spaß, den Fremden einen Bären aufzubinden. Und vermutlich spielte auch ein latenter Minderwertigkeitskomplex eine Rolle, der die Einheimischen dazu verleitete, zu bluffen. So, wie es auch die Politiker der Sowjetunion immer getan hatten, hießen sie nun Stalin, Chruschtschow, Breschnew oder Bubtschikow.
Stoneridge grinste in sich hinein, als er mit dem russischen Fiat in Richtung Stadtzentrum fuhr. Wie immer hatte der Polizist am Eingang eifrig notiert, wann er das Ausländerviertel verlassen hatte, und sein Kollege würde ebenso sorgfältig die Zeit seiner Rückkehr eintragen. Das zumindest hatte sich in den letzten zehn Jahren nicht geändert, die Stoneridge nun schon als freelance-Korrespondent in Moskau lebte, ein alter Hase und außer Pit Rogers von der «Washington Post» der einzige aus der alten Garde, die noch das Ende der Ära Breschnew an Ort und Stelle mitverfolgt hatten und von dem frischen Wind, den Bubtschikow eingebracht hatte, nicht aus dem Land geblasen, also ausgewiesen oder hinausgeekelt worden waren.
Michael Stoneridge genoß gewisse Privilegien. Er war der einzige, der bisher ins Herz des Kreml zu Bubtschikow hatte vordringen können, und das gleich zweimal in den vergangenen Jahren. Das lag zweifellos daran, daß

Stoneridge sich nicht durch redaktionelle Aufträge auf eine gewisse Linie trimmen lassen mußte. Das war in den letzten Jahren, eigentlich seit der Zeit, da die Sache mit Afghanistan das Ost-West-Klima, oder besser das sowjetisch-amerikanische Klima völlig vereist hatte, zu einem Dilemma, zu einem großen Handicap für viele seiner Kollegen geworden; vor allem, weil Bubtschikows Regime nicht zögerte, hart durchzugreifen und «verleumderische US-imperialistische Kanaillen» dort hinschickte, wo sie herkamen. Andererseits waren im Westen, wenn schon verständlicherweise wohlwollende, so auch objektive Berichte nicht allzusehr gefragt.
Ihn selbst hatte das einige Abnehmer gekostet. Aber er wollte sich nicht auf das Kalte-Krieg-Schema festlegen lassen. Diesem Umstand war es wohl zuzuschreiben, daß man ihn zuweilen für würdig erachtete, ihm unter dem Anschein besonderer Wichtigkeit Interviews zu gewähren oder ihm das Privileg einzuräumen, um das ihn die anderen Kollegen im Korrespondentenkorps beneideten: Moskau zu verlassen, wenn auch in Intourist-Begleitung und unter ständiger Beschattung durch Agenten des KGB, aber immerhin. Selbst während der Zeit der Entspannung, die Stoneridge noch miterlebt hatte, als sie in ihren letzten Zügen lag, war es ohne Genehmigung nicht möglich gewesen, in die für Ausländer erlaubten Gebiete zu reisen. Aber es war immerhin möglich und man war bemüht gewesen, diesbezügliche Wünsche der Korrespondenten zu erfüllen. Seit Bubtschikow als Staats- und Parteichef regierte, war es für Korrespondenten beinahe unmöglich geworden, eine solche Genehmigung zu erhalten, wenn es auch keine offizielle Anordnung gab, die solche Reisegenehmigungen grundsätzlich verbot. Das war der Unterschied zu früher: Es gab Zeiten, da wurde man mit Hinweisen auf die sozialistischen Errungenschaften, auf das internationale Prestige, auf den guten Ruf im Ausland überschüttet, ein manischer Drang, den Ausländern und vor allem den

Korrespondenten zu beweisen, wie gut man war, von geradezu panischer Angst erfüllt, jemand könnte denken, die Sowjetunion und ihre Bewohner seien zurückgeblieben. Bubtschikows Leuten war die Meinung des Auslandes mehr oder weniger, bis auf einige Ausnahmefälle, egal. Und das war revolutionär.

Stoneridge fuhr an diesem Donnerstag wie jeden Donnerstag durch die Ordynka-Bolschaja-Straße und hielt kurz vor der Moskworetzki-Brücke vor einem alten Palast aus der Zeit vor der Revolution. Darin war eines jener öffentlichen Bäder untergebracht, die bei den Russen so beliebt sind; wo sie sich im Heißluftraum die Gifte aus dem Körper schwitzten, mit trockenen Zweigen schlugen, sich als überaus gesellige und fröhliche Menschen entpuppten und zwischen Gestöhne und Gekrächze auch hin und wieder deftige Witze über den Kreml, den Kommunismus und die Moskauer Bürokratie erzählten und sich anschließend in den Ruheräumen trotz der unübersehbaren Verbotstafeln bei einer Flasche Wodka über die kleineren und größeren Probleme ihres Alltags unterhielten.

«Ah, Michael!» rief Alexander Mischkin, als Stoneridge den Heißluftraum betrat und goß einen Eimer Wasser durch die offene Eisentür, durch die die heißen Backsteine ihre Hitze abgaben. Im Nu stieg die Temperatur auf ein fast unerträgliches Maß an. Es war immer dasselbe. Eine Art Begrüßungsritual. Mischkin hatte wie eh und je einen Heidenspaß daran, wenn Stoneridge stöhnend nach Atem rang.

Mischkin, der schwer, massig und schweißtriefend auf einer Holzpritsche saß, war einer der führenden Kommentatoren der Parteizeitung Prawda. Donnerstag war der Tag, an dem sich im Bad an der Moskworetzki-Brücke regelmäßig eine Reihe sowjetischer Kollegen einfand, und es war eines jener für seine Arbeit unbezahlbaren Privilegien – die sich Stoneridge neben einer tiefen persönlichen Freundschaft zu Mischkin er-

worben hatte – gewissermaßen auch zu diesem Kreis zu zählen.
Stoneridge war sich natürlich klar darüber, daß dies nicht ohne Billigung höchster Instanzen und vor allem nicht ohne Billigung der zuständigen Abteilung des KGB möglich geworden wäre, und er war sich auch durchaus bewußt, daß diese Stellung nicht ohne Risiko war.
Mischkin war ein humorvoller Mensch, ein brillanter Geist dazu, mit jeder Faser seines massigen Körpers loyal zur Sowjetunion, zu Partei und Regierung, in eben dieser Reihenfolge, wie er sich auszudrücken pflegte.
Kurze Zeit nach Bubtschikows Antritt, als dieser seine Politik der ökonomischen Souveränität verkündet hatte, hatte Mischkin gesagt: «Du kennst ja diesen alten Witz: Dank des fortgeschrittenen Sozialismus ist es unseren Wissenschaftlern gelungen, ein Serum zu entwickeln, mit dem man Tote wieder zum Leben erwecken kann. Man probiert dieses Serum an Felix Dserschinskij aus, Lenins Freund, dem ersten Chef der politischen Polizei Tscheka. Als Dserschinskij aufwacht, sagt er sich: ‹Wenn man mich aufgeweckt hat, dann haben sie auch den Genossen Lenin zurückgeholt. Ich muß ihn suchen!› Dserschinskij geht sofort zum Lenin-Mausoleum auf den Roten Platz. Der gläserne Sarg ist tatsächlich leer, Lenin verschwunden. Nur ein Zettel liegt drin, auf dem in Lenins Handschrift steht: ‹Genossen, ich habe mich umgesehen und bin nach Zürich gefahren. Wir müssen wieder von vorne beginnen. Lenin.› Bubtschikow will das auch. Und seine Leute. Ich wünsche ihm viel Glück. Es werden für manche Leute harte Zeiten anbrechen.»
Alexander Mischkin war ein sehr redseliger Mensch, etwa im Gegensatz zu Prirbikow, einem Redaktor der Zeitschrift Moskwa, der ebenfalls zum Kreis um Mischkin zählte, der meistens schweigend mitschwitzte und je nach dem diskutierten Thema angesichts der Of-

fenheit der Diskussion die Farbe wechselte und sich nur hin und wieder mit zaghaften Einwänden zu Wort meldete.

Die Nachmittage im Bad waren seit jeher Auftakt zu heftigen Disputen, in denen Stoneridge ganz bewußt den feindlichen Advocatus Diaboli spielte, das gehörte dazu, zu diesem Spiel, das zuweilen bis in den frühen Morgen in Mischkins Wohnung im Moskauer Perwomaijskij-Bezirk währte.

Doch an diesem Nachmittag war schon Mischkins Lachen während des Aufgusses gekünstelt gewesen, und nun saß er ebenso schweigsam und nachdenklich da wie Prirbikow.

Mit diskreten Seitenblicken musterte Stoneridge seinen Freund, der in einer Stimmung zu sein schien, die, was selten, aber doch hin und wieder vorkam, von Mischkin Besitz ergriff, wenn er bei der zweiten Flasche Wodka angelangt war und die schwermütige russische Seele die Oberfläche durchbrach.

«Eh, Alexander, bist du krank?» fragte Stoneridge schließlich.

Mischkin sah Stoneridge mit einem durchdringenden Blick an. Stoneridge verstand. «Was soll mir fehlen, du verdammter Amerikaner!» sagte Mischkin.

«Genosse Mischkin leidet an der Wahrheit!» sagte Prirbikow kichernd in Anspielung auf das Parteiorgan Prawda. «Oder er hat Liebeskummer!»

Die übrigen sahen Prirbikow erstaunt an. Diese lockere Zunge war man von dem kleinen, immer ängstlich und frustriert dreinschauenden Moskwa-Mann nicht gewohnt.

«Er braucht eine kalte Dusche!» sagte Mischkin.

Schon war einer der Badegäste zur Tür hinaus und griff sich einen der bereitstehenden Eimer mit eisgekühltem Wasser, das er mit Schwung in Richtung Prirbikow goß. Man lachte. Dennoch mochte nicht die übliche Stimmung aufkommen.

An diesem Tag zerstreute sich die Runde bald nach dem Bad. Nur Stonebridge fuhr mit Mischkin zu dessen Junggesellenwohnung.
«Ich habe Besuch!» sagte Mischkin einsilbig während der Fahrt. «Wenn mich das nicht in des Teufels Küche bringt!»
Der Besucher war ein schmächtiger, kahlköpfiger Mann um die Vierzig mit dicken Brillengläsern, dem man sofort den Wissenschaftler ansah.
«Das ist Professor Jurij Gospin.»
Und die Geschichte, die Gospin schließlich Stoneridge erzählte, war abenteuerlich und unglaublich, und doch wahr.

In einem hatte Michael Stoneridge auf seiner Fahrt zum Bad an der Moskworetzkij-Brücke sicherlich nicht geirrt: Es war wärmer geworden. Und auch die Gerüchte über die ansteigenden Temperaturen in den unzugänglichen Weiten Sibiriens hatten einen wahren Kern, wenngleich sie übertrieben, was die tatsächliche Steigerung der Temperaturen betraf.
Die Durchschnittstemperaturen nördlich des 60. Breitengrades waren in den letzten fünf Jahren lediglich um zwei Grad angestiegen und verglichen mit den Durchschnittstemperaturen der sechziger Jahre lag das noch immer unter den damaligen Werten. Manche Experten führten das auf die zur Bewässerung der sibirischen Steppen errichteten riesigen Stauseen zurück, die, wie es hieß, aus den ins nördliche Eismeer mündenden Strömen gespeist würden. Der durch diese Stauseen zurückgehaltene Zufluß von jährlich ungefähr 40 Milliarden Kubikmeter Süßwasser habe den Schmelzpunkt des Eismeersalzwassers etwas abgesenkt und zu einer geringfügigen, aber in ihren Auswirkungen doch bemerkenswerten Klimaveränderung geführt. Aber das war nur eine von vielen Erklärungen der Wetterexperten für die in den letzten Jahren zunehmenden Verrücktheiten des

Klimas. Manche sahen die Ursache in einer möglicherweise unmittelbar bevorstehenden Eiszeit, andere in einer nicht unmittelbar bevorstehenden, aber durch langsame Abkühlung der Erde unausweichlichen Entwicklung zu einer neuen Eiszeit in absehbarem Zeitraum, wieder andere Experten sahen große Gefahren durch eine mögliche Erwärmung der Erde auf sich zukommen und machten dafür die allgemeine Umweltverschmutzung verantwortlich.
Zur allgemeinen Verwirrung der Experten trug zweifellos auch die Tatsache bei, daß trotz der Verwendung hochentwickelter Wettersatelliten die Vorhersage längerfristigen Wettergeschehens immer schwieriger wurde angesichts einer allgemein zunehmenden Instabilität.
Und doch gab es Menschen und Institutionen, denen diese Vorgänge keineswegs so rätselhaft waren; etwa die wissenschaftliche Abteilung der Central Intelligence Angency in Langley, Virginia, die Defense Military Agency (DIA), die Dachbehörde der amerikanischen militärischen Geheimdienste sowie einige Wissenschaftler und Mitglieder der «Wetterveränderungsberatungsstelle» der Regierung in Washington. Und zumindest schienen Kreise der mexikanischen Regierung zu ahnen, daß die Klimakatastrophe des Jahres 1980 nicht natürliche Ursachen hatte. Man beschuldigte allen Ernstes die USA, Mexiko die Wolken gestohlen zu haben. Aber dies betraf nur den lokalen Aspekt.
Ganz genau wußte man in einem Forschungszentrum Bescheid, das zwischen Ust-Ordynski in der Nähe von Irkutsk am Baikalsee in Zentralasien und der Stadt Katschug lag. Das Forschungszentrum hieß offiziell «Institut für theoretische Studien zur Veränderung des Klimas und für militärische Meteorologie». Dieses Institut gehörte zu einem ganzen Netz ähnlicher Zentren, das die ganze Sowjetunion von Riga über das Dreieck Nizhni Tagil, Swerdlowsk, Magnitogorsk und Cheliyabinsk, wo

sich auch die streng abgeschirmte sowjetische Waffenindustrie konzentrierte, bis zu jenen Städten in Sibirien, die auf keiner Landkarte verzeichnet waren, überzog. Die Arbeit in diesen Forschungszentren unterstand Suren T. Rubikow. Und Jurij Gospin hatte bis vor kurzem in diesem Institut am Baikalsee gearbeitet.

Ihre Verlegung von Martindale in Nevada in das Zentrum für Sonderwaffenentwicklung Kirtland in der Wüste Jornada del Muerto in Neumexiko war ebenso geheim wie ihre Existenz. Vor zwei Wochen waren sie von den Maximum-Security-Hangars in Martindale mit Düsenhubschraubern samt ihren Geräten und einer ganzen Bibliothek wissenschaftlicher Bücher und Manuskripte, einem Dutzend Schimpansen und 25 Hamstern hier eingetroffen. Laprides vom New Yorker Institut für Umweltmedizin, ein Biochemiker, hatte auf Schimpansen und Hamstern bestanden, weil Schimpansen in biochemischer Sicht mit dem Menschen weitaus mehr gemeinsam hatten, als irgendein anderes Tier und die Hamster sich zumindest bei immunologischen Forschungen insofern bewährt hatten, als sie fast dieselben Reaktionen wie Menschen aufwiesen.
Lediglich bei den Schweinen hatte Colonel Braker von der Defense Intelligence Agency gestreikt. «Die Schweine bekommen Sie in Kirtland, Doktor. So viel Sie wollen!» hatte er versprochen.
Schweine wiesen eine frappierende Ähnlichkeit mit dem Menschen in bezug auf die Herz- und Kreislauffunktionen auf.
Die Verlegung hatte ihren ganz besonderen Grund gehabt.
«Wenn wir weiterkommen wollen», hatte Professor Yanshim vom Aspen Institute for Humanistic Studies mit seinem harten, russischen Akzent erregt erklärt, «brauchen wir mehr Energie. Wie haben hier nicht genug Energie!»
In Kirtland hatten sie genug.
Sechs Kilometer von dem hermetisch abgeriegelten Versuchsgelände, wo man die dreizehn Wissenschaftler der

Q-Group und der NEST-Organisation untergebracht hatte, stand ein 30-Megawatt-Atomreaktor.
Sie hatten hier nicht nur Energie. Auch Menschen standen zu Versuchszwecken zur Verfügung, Freiwillige der Armee, denen man gesagt hatte, es gehe lediglich um elektronische Messungen gewisser Organfunktionen, vor allem der Gehirnwellen und um Untersuchungen über mögliche Veränderungen des Blutbildes in gewissen Situationen. Die Test-Soldaten erhielten 50 Dollar täglich.
Binnen einer Woche war auch von einem Stab von Elektronikexperten der NASA und der NSA die auf dem Versuchsgelände bereits vorhandene Sendeanlage den Anforderungen ihrer Untersuchungen entsprechend umgerüstet worden, so daß es nun möglich war, wenigstens mit der Stärke von annähernd fünfzehn bis zwanzig Millionen Watt Radioimpulse auf einer extrem niedrigen Frequenz auszusenden.
«Das ist zwar noch immer zuwenig, fürchte ich», hatte Yanshim geklagt, «um das zu erreichen, was die Russen nun offensichtlich zu tun imstande sind, aber vorläufig genügt es. Wir müßten wenigstens kurzfristig relativ gleichmäßige Magnetfelder schaffen!»
Professor Bryan Harding, ein Klimatologe von der Universität in Wisconsin, fühlte sich an diesem Tag nicht wohl; er fühlte sich überhaupt nicht recht wohl, seit er vor zwei Monaten im Morgengrauen, es war 5 Uhr, von diesen Geheimdienstleuten aus dem Bett getrommelt und abgeholt worden war. Nein, er fühlte sich nicht wohl, seit er an diesem merkwürdigen Projekt arbeitete.
Natürlich war es kein bloßer Zufall gewesen, daß sie ausgerechnet auf ihn gekommen waren, als sie einen Klimaexperten benötigten, der sich zudem noch auf die Erforschung klimatologischer Zusammenhänge mit dem Magnetfeld der Erde spezialisiert hatte.
Denn Averell Kilannen, hatten sie erklärt, der Klimaexperte von der Advanced Research Project Agency des Verteidigungsministeriums, der eigentlich für diesen Job

in Betracht gekommen wäre, sei an einem akuten Nierenleiden erkrankt.
Harding trat aus dem Gebäude. Er mußte Luft schöpfen. Aber seine Stimmung besserte sich keineswegs. Es war kurz nach Mittag, die heißeste Zeit des Tages, und die Sonne brannte von einem fahlen, wolkenlosen Himmel. Der Asphalt fühlte sich unter seinen Füßen weich an. Ein Posten der Sicherheitswache, sie standen an allen Ecken des Geländes herum, lehnte vor dem Eingang und nickte ihm grinsend zu. Harding sah zur Einfahrt hinüber, eine schwere, stählerne Konstruktion, elektrisch geladen wie der gesamte Zaun, der das mehrere Hektar große Grundstück umgab.
Landwirtschaftliches Versuchsgelände war auf einer riesigen Tafel vor der Einfahrt zu lesen. Kein Büschel Gras hatte er gesehen, seit er hier war.
«Na, sicher haben wir hier auch ein paar Landwirtschaftsexperten!» hatte Braker gegrinst. «Allerdings weiß ich auch nicht so genau, was die hier treiben!»
Ein Dröhnen war zu hören. Harding hielt die Hand schützend vor die Augen und blickte zum Himmel. Ein paar hundert Meter, dreihundert, schätzte Harding, über dem Gelände flog eine dieser riesigen Maschinen, die er auf dem Flughafen wenige Kilometer von hier gesehen hatte, grauweißgespritzte vierstrahlige Boeing-Maschinen mit geheimnisvollen Buckeln auf dem Rücken.
«Da Sie ohnehin Geheimnisträger sind», hatte Braker erklärt, «kann ich Ihnen ruhig sagen, daß das Laser-Kanonen sind. Eine feine Sache. Ich denke, daß wir es geschafft haben. Vor ein paar Jahren haben wir selbst nicht daran geglaubt, daß wir die Dinger doch noch so kompakt zusammenkriegen und auf eine gewöhnliche Maschine montieren können. Aber jetzt! Ein kurzer Blitz, und eine Lenkwaffe, die mit mehreren tausend Stundenkilometern der Maschine entgegenrast, verdampft fast.»
«Gratulieren Sie sich nicht zu früh!» hatte Yanshim ge-

meint. «Wenn sich herausstellt, daß wir hier auf dem richtigen Weg sind, nützt Ihnen auch der Laser nichts. Ich fürchte, die sind uns um einige Längen voraus!»
Ja, dachte Harding, wenn es stimmt, wenn unsere Vermutung zutrifft.
Als sie ihm auf dem Flug nach Martindale das Problem, vor dem sie standen erklärt hatten, hatte er verärgert gesagt: «Sie sind an den falschen Mann geraten. Was ist das für ein Zeug? Sinus-Wellen, Alpha-Wellen, Gehirnströme, Biokommunikation? Ich bin Meteorologe. Ich kann Ihnen was über die Auswirkung der Sonnenflecken auf das Magnetfeld erzählen, bestenfalls noch etwas darüber, wie sich ein anhaltender Tiefdruck auf die Stimmung der Leute schlägt. Das ist aber auch alles.»
«Professor Yanshim ist da anderer Meinung!» hatte Braker erklärt. «Nicht nur er. Die Leute, die seit einigen Wochen daran herumknobeln, halten einen Zusammenhang mit Ihrem Gebiet durchaus für möglich!»
Ja, es war wohl möglich! dachte Harding. Und er fluchte leise vor sich hin. Wie zum Teufel war er da hineingeraten? Vor Jahren, als Henry Kissinger sich für die Wettermodifizierung engagiert hatte, war man an ihn herangetreten, und er hatte jenes Papier unterschrieben, das ihn verpflichtet hatte, seine Kenntnisse für einige der bislang mehr als 70 Projekte der Wettermodifizierung zur Verfügung zu stellen. Was Harding bis zu einem gewissen Grad gestört hatte, war der Umstand gewesen, daß seine Forschung der strikten Geheimhaltung unterlag und Veröffentlichungen nur mit Genehmigung der entsprechenden Regierungsbehörden möglich waren. Dafür freilich waren ihm Arbeitsmöglichkeiten geboten, wie sie ihm sonst kaum möglich gewesen wären. Hardings Forschungen dienten in erster Linie der Untersuchung der Schwankungen innerhalb des Magnetfeldes der Erde und den Auswirkungen kosmischer Strahlung auf die Erdatmosphäre; die daraus gewonnenen Kenntnisse wa-

ren von entscheidender Bedeutung für die strategischen Einheiten, da derlei Veränderungen Einfluß auf die Flugbahnen ballistischer Raketen haben konnten; eine Sache, die ihm einleuchtete, ihm keinerlei Gewissensbisse bereitete, denn, so hatte er sich gesagt, gab es nun einmal solche Waffen, war das internationale System irgendwie auf die Existenz dieser Waffen aufgebaut, also war es nur recht und billig dafür zu sorgen, daß sie auch funktionierten. Darüber hinaus schien ihm die Aussicht, das Wetter zum Wohle der Menschheit in den Griff zu bekommen, durchaus faszinierend, ja, es schien ihm eine absolute Notwendigkeit zu sein, da seit den sechziger Jahren erstaunliche Klimaveränderungen zu registrieren waren, die seiner Meinung und der Meinung auch seiner Kollegen von der Universität Wisconsin nach, sich noch vor der Jahrtausendwende zu der größten Bedrohung entwickeln konnten, mit der die Menschheit jemals konfrontiert worden war. Dabei ging es schon längst nicht mehr nur um die Wolkenbesäuerung mit Silberjodid und Trockeneis zur Steigerung der Niederschläge. Das hatte schon in den fünfziger Jahren zu einer fast zwanzigprozentigen Zunahme der Regenfälle in weiten Teilen Nordamerikas geführt. Aber das waren lokale Vorgänge, die keine grundsätzliche Beeinflussung der großen klimatischen Vorgänge mit sich brachten. Daß sich dieser Methoden natürlich in erster Linie die Militärs bedient hatten, die zu Beginn der siebziger Jahre versucht hatten, den Ho-Tschi-Minh-Pfad zu überschwemmen oder die Zuckerernte auf Kuba zu zerstören, das waren Dinge, die Harding zutiefst beunruhigten. Immerhin, mit diesen Dingen hatte er persönlich nichts zu tun, das waren die Kollegen vom Militär, auf deren Konto auch die 200 Überschwemmungsopfer von Rapid City in Kansas im Jahr 1972 und die mörderische Hitzewelle 1980 in Mexiko gegangen waren; es war eine unglückselige Panne gewesen.

Aber das Klima, das keine Grenzen kennt, war nicht so

leicht in den Griff zu bekommen. Zu vieles daran war noch geheimnisvoll, und selbst mit Hilfe der Wettersatelliten, den riesigen Datenbanken und anderen hochtechnischen Geräten war es immer noch nicht möglich, alle Rätsel zu lösen. Das Klima spielte einfach verrückt. Die Wetterabnormitäten und Unbeständigkeiten hatten in den letzten Jahrzehnten in einem erstaunlichen Ausmaß zugenommen, ein Umstand, der durchaus mit der Theorie der Abkühlung der Erde im Einklang stand.

Das wäre schlimm genug, überlegte Harding und blinzelte gegen den fahlen Himmel. Aber wenn wahr sein sollte, was sie vermuteten, wenn es so sein sollte . . .

«Unglaublich!» murmelte er. «Und faszinierend, katastrophal!»

«Sehen Sie», hatte Colonel Braker ihm nach seiner Ankunft in Martindale erklärt, «zunächst haben wir gedacht, die Russen machen das mit Radar oder mit irgendeiner Art von elektronischem Kondensator, den sie explodieren lassen. Sie arbeiten ziemlich intensiv an diesen Dingen. Aber damit läßt sich der Zustand von Major Holt nicht erklären. Professor Levonson kann Ihnen das besser erklären.»

Harding kannte Gordon Levonson dem Namen nach. Den Akten, die er während des Fluges durchstudiert hatte, war zu entnehmen gewesen, daß sich Levonson seit Jahren am Institut für Gehirnforschung an der Universität von Kalifornien in Los Angeles mit Untersuchungen über die Wirkung schwacher Schwingungsfelder auf das menschliche Verhalten beschäftigte.

«Wir arbeiten schon ziemlich lange an diesen Versuchen und haben dabei ähnliche Wirkungen gesehen, wie sie nun bei Holt aufgetreten sind. Wenn sich die natürlichen Schwingungen eines Magnetfeldes verstärken lassen, führt das zu einem Rückgang der Gehirnaktivität. Allerdings in einem weitaus geringeren Umfang als hier. Die Wirkung zeigt sich nach etwa 15 Minuten bei einer Stärke der Felder von annähernd dreihundertstel Volt.

Aber, wie gesagt, wir sind nicht in der Lage, stehende Felder über einen längeren Zeitraum und über einen größeren Bereich aufrechtzuerhalten. Yanshim vertritt da eine Theorie . . .»
«Es ist mehr als eine Theorie!» verbesserte Yanshim, ein kleiner drahtiger Mann Ende der Fünfzig mit hervorquellenden, fast farblosen Augen. «Die bisherigen Versuche deuten zumindest darauf hin. Es könnte möglich sein, daß man in der Sowjetunion eine Technik entwickelt hat, an deren theoretischer Basis bereits gearbeitet wurde, als ich noch im Wissenschaftszentrum von Nowossibirsk tätig war. Eine gewisse Bestätigung hatten wir ja bereits durch einige Versuche, die wir im Rahmen eines Programms der Marine durchführen . . .»
«Die sich in den Kopf gesetzt hat, Menschen und Maschinen auf größere Entfernungen steuern zu wollen!» warf Herb Livitt, ein Astrophysiker aus Los Angeles, mit zynischem Unterton ein. Harding mochte den jungen Wissenschaftler auf Anhieb. Er hatte bereits einige interessante Arbeiten über kosmische Strahlung von ihm gelesen. «Ich fürchte», flüsterte er Harding zu, «meine Abneigung gegen dieses Projekt, wie wichtig es auch immer sein mag, wächst von Tag zu Tag!»
Yanshim hob die Hände. «Wir haben das Problem nicht erfunden!» sagte er trocken und fuhr, zu Harding gewandt, fort: «Wir haben schon vor einigen Jahren einen Magnometer konstruiert. Unglaublich empfindlich, sensibler als die Sensoren der Fernlenkgeschoße, wenn Ihnen das etwas sagt. Mit diesem Gerät lassen sich die flüchtigsten Magnetfelder messen. Sie werden lachen, aber das Ganze hat mit Parapsychologie nichts zu tun: Energie, die durch konzentrierte Anstrengung eines menschlichen Gehirns entsteht, verdoppelt die Oszillationen des Geräts!»
«Und was ist damit bewiesen?» fragte Harding.
«Daß gewisse bis vor kurzem unerklärliche Phänomene mit dem System der modernen Physik völlig überein-

stimmen. Wir haben damals in Nowossibirsk versucht, die physikalische Basis psychischer Energie zu beweisen, und zwar nach einer Theorie von Kashinsky, der nachgewiesen zu haben glaubte, daß er Bauelemente in den menschlichen Nerven entdeckt hatte, die denen in Radiosystemen ähnlich sind. Wir sind damals nicht sehr weit gekommen. Aber hier», Yanshim griff nach einem dicken Band auf seinem Arbeitstisch, «die große sowjetische Enzyklopädie, Band 19, aus dem Jahr 1974, liefert immerhin einen Hinweis darauf, daß sie nicht aufgegeben haben. Ich zitiere: ‹Die grundsätzlichen Hoffnungen und Bemühungen konzentrieren sich gegenwärtig auf die Studie des elektromagnetischen Bereichs im Organismus als Mittel biologischer Kommunikation und als Informationsträger.› Diese Forschung wird an Insekten und an Menschen durchgeführt. Wenn das also zutrifft, wenn das so ist, dann ist daraus zu schließen, daß lebende Organismen mit einem integralen System von beladenen Teilchen ausgestattet sind!» dozierte Yanshim in fast ehrfürchtigem Ton. «Das bedeutet weiter», fuhr er fort, «daß dies ein vorherrschender Faktor in allen biodynamischen Verbindungen mit diesen Organismen ist. Nicht wahr, meine Herren, wir kennen dieses System auch als biologisches Plasma. Die logische Folgerung daraus ist, daß elektrische und magnetische Kräfte in der Umgebung die Struktur eines solchen Plasmas beeinflussen.»

«Es gibt eine Annahme», unterbrach Levonson, «daß die Informationsübertragung mit Hilfe elektromagnetischer Wellen von extrem niedriger Frequenz funktioniert. Wenn es sich bei dem, was die Magnometer der Marine aufzeichnen, tatsächlich um ein ähnliches Kraftfeld handelt ...»

«Ich sehe keinen Zusammenhang!» sagte Harding.

«... dann ist es nicht nur möglich, die Gehirnaktivitäten zu beeinflussen, sondern auch beispielsweise die Sensoren einer Rakete oder die elektronischen Systeme, wie

dies nun bei Blackbird über sowjetischem Territorium geschehen ist.»
«Aber das müssen ja gigantische Einflüsse sein . . .» warf Harding ein.
«Eben», sagte Yanshim, «deshalb brauchen wir Sie. Wir brauchen alle Daten und Arbeiten über Zusammenhänge zwischen Wetter, Magnetfeldveränderungen und Verhaltensstörungen bei Menschen. Wir müssen das filtern. Zum Teufel, wir müssen das herausfinden. Und wir treten noch immer auf der Stelle.»
«Ja!» sagte Harding gedankenverloren. «Ja, da könnte etwas dran sein. Es ist zumindest wert, untersucht zu werden. Aber das läßt sich nicht von hier aus machen . . .»
«Keine Sorge, Harding. Wir sind hier an sämtliche für Sie wichtigen Datenspeicher angeschlossen, mit absolutem Vorrang natürlich. Sollten Sie Mitarbeiter brauchen oder andere spezielle Wünsche haben, brauchen Sie sich nur an Colonel Braker zu wenden. Wir haben hier alle Möglichkeiten, Harding, alle!»
Harding stürzte sich sogleich in die Arbeit. Eine Art Initialzündung, die Yanshim mit seinem Vortrag ausgelöst hatte: Wenn es tatsächlich eine sehr irdische Erklärung für die Wetteranomalien der letzten Jahre gab? Die einzige Erklärung, die Harding bisher dafür gefunden hatte, war, daß der kritische Faktor von örtlichen magnetischen Einflüssen auf das Wetter äußerst veränderlich geworden war und zuverlässige Wettervorhersagen kaum mehr möglich waren. Ein Problem, das die im Rahmen des Nationalen Klimaplans tätigen Institutionen wie die NSF, die Nationale Wissenschaftsstiftung, die NOAA, die Nationale Verwaltung für Meere und Atmosphäre, und der Ausschuß für Klimaschwankungen der Nationalen Akademie der Wissenschaften sowie das Zentrum für Atmosphäreforschung in Boulder, Colorado, bisher vergeblich zu lösen versucht hatten.
Neben seiner eigentlichen Arbeit hatte er versucht, sich

in den folgenden Tagen einen Überblick über das gesamte Projekt zu verschaffen. Levonson hatte es übernommen, ihn einzuführen.

«Das Zentrum hier wurde für solche Fälle eingerichtet», sagte Levonson. «Allerdings hatte man eher an bakteriologische, chemische oder nukleare Probleme gedacht. Aber wir haben so ziemlich alles bekommen, was wir zusätzlich benötigten.»

Nachdem ihn Levonson mit sichtlicher Begeisterung über die Funktion zweier Computeranlagen, elektronischer Sandeman-Analysatoren für medizinische Untersuchungen, aufgeklärt hatte, «die ersetzen vermutlich alle Kapazitäten der USA zusammengenommen, was die Diagnose betrifft!» hatte er gemeint, führte er ihn in die Laborräume zwei Stockwerke unter der Erde. Es roch streng nach Tieren. «Hier sind äußere Einflüsse absolut ausgeschlossen. Die Ergebnisse sind nicht zu bezweifeln!» sagte Levonson, als sie einen sterilen, saalähnlichen Raum betraten. Auf Operationstischen ähnlichen Liegen waren sechs Schimpansen angeschnallt. Sie schienen von einem Netz von Drähten, Schläuchen und Leitungen umsponnen, die Schädel steckten in chromblitzenden Helmen. «Wir haben sämtliche Organfunktionen unter Kontrolle. Die Analysatoren reagieren auf die geringsten Veränderungen!» erläuterte Levonson und führte Harding in einen Nebenraum, der lediglich mit einem Bedienungspult eingerichtet war. Eine Wand direkt vor dem Pult bestand aus Monitoren, auf denen die entsprechenden Daten abzulesen waren. Elektrokardiogramme. Elektroenzephalogramme. Pulsfrequenzen. Flüssigkeitshaushalt. Blutbildanalysen.

«Wir haben hier mit Versuchen begonnen, die auf ähnliche Untersuchungen der Umweltmediziner vom New Yorker University Medical Center in den siebziger Jahren aufgebaut sind. Die Affen wurden einer kleinen, quadratischen 10-Hertz-Welle ausgesetzt. Die Ergebnisse waren erstaunlich: Verlangsamte Sauerstoffauf-

nahme, Stoffwechselveränderungen und Veränderungen der Herzgefäßfunktionen, Verlangsamung der Cortison-Hormonproduktion, Veränderung der Zusammensetzung des Blutbildes und eine allgemeine Verkürzung der normalen Körpertemperaturschwankungen», sagte Laprides. «Je weiter wir mit der Frequenz heruntergingen, um so deutlicher zeigten sich die Veränderungen. Es kann kein Zweifel darin bestehen, daß elektrische sowie magnetische Felder von niedriger Höhe das zentrale Nervensystem erheblich beeinflussen. Mehr noch: Die ersten Autopsien weisen darüber hinaus auf einen engen Zusammenhang zwischen Elektrofeldern extrem niedriger Frequenz und den Veränderungen des Kalzium-Gleichgewichts des Hirngewebes hin. Ähnliche Ergebnisse haben wir auch mit UKW-Frequenzen von sechs bis zwanzig Hertz festgestellt. Bemerkenswert ist vor allem auch eine Erhöhung der Zahl der weißen Blutkörperchen.»
«Unser Problem besteht darin, daß die Wirkung mit der Länge der Wellen zunimmt und sie möglicherweise im Fall von Major Holt in einem Bereich liegen, der praktisch nicht ausfindig zu machen ist», unterbrach Levonson. «Deshalb haben wir Sie angefordert. Kommen Sie, Harding, die Ratten dürften für Sie wesentlich interessanter sein.» Im nächsten Raum standen an einer Wand acht etwa quadratmetergroße Würfel aus Plexiglas, in denen je eines der Versuchstiere eingesperrt war. «Eigentlich ist das Ihr Bereich, Harding. Aber wir beschäftigen uns ja mit ähnlichen Dingen. Wir setzen die Ratten in diesen Gehäusen niederfrequenten, kreisenden Magnetfeldern aus, die annähernd niedrigen atmosphärischen Magnetfeldänderungen aufgrund natürlicher geophysikalischer und meteorologischer Veränderungen gleichen. Abgesehen von ähnlichen Ergebnissen wie bei den Affen, konnten wir hier erstaunliche Verhaltensänderungen feststellen.»
Die ganze Zeit über schon quälte Harding das Gefühl,

daß er sich an irgend etwas erinnern müßte, daß es irgend etwas gab, das ihm bekannt war. «Wie das?» fragte er geistesabwesend.

«Nun, alle diese Ratten sind mit Hilfe von Elektroschocks zu einem ganz bestimmten Verhaltensmuster gebracht worden», sagte Levonson und deutete in eines der Gehäuse. «Sehen Sie das Gitter? Es trennt die Futterzone vom übrigen Bereich ab. Das Gitter ist elektrisch geladen. Wenn die Ratte an das Gitter kommt, erhält sie einen elektrischen Schlag. Die Tiere sind darauf dressiert, sich dem Gitter nur zu nähern und es aufzudrücken, wenn ein Lichtblitz aufgeleuchtet hat. Dann kommen sie nämlich durch, ohne einen Schlag zu erhalten. Wenn sie dem Magnetfeld längere Zeit ausgesetzt sind, nimmt nicht nur ihr Bewegungsdrang ab, sondern auch ihre Reflexfähigkeit bei den Elektroschocks. Sie laufen gegen das Gitter, wenn sie Hunger haben, ob es vorher blitzt oder nicht. Das angelernte Verhalten wird schlicht unterdrückt!»

«Umgekehrt», ergänzte Laprides, «führt eine mit extrem niedriger Frequenz modulierte Ultrakurzwelle dazu, daß sie schneller begreifen, ja, sie entwickeln einen enormen Widerstand gegen jede Änderung des andressierten Verhaltensmusters!»

Die nächsten Tage, während sich Harding damit beschäftigte, die angeschlossenen Computer der verschiedensten meteorologischen Institute auf der Suche nach Zusammenhängen zwischen Wetterabnormitäten und Magnetfeldänderungen heißlaufen zu lassen, ließ ihn das quälende Gefühl nicht los, unbewußt der Lösung näher zu sein. Irgendwo war da ein Schlüssel! Harding verfluchte seinen sturen Verstand, der sich weigerte, das Wissen preiszugeben.

Doch eines Morgens, es war noch dunkel, sprang er plötzlich aus seinem Bett, lief im Pyjama an den verdutzten Wachtposten vorbei zu dem Gebäude, in dem die Labors und die Computerzentrale untergebracht waren. Endlich hatte er es! Es war eine Untersuchung der Gesundheitsabteilung des Staates Massachusetts im Rahmen eines «Project Concern» gewesen, bei der es um die psychologischen Auswirkungen eines der fürchterlichsten Winterstürme gegangen war, die Neu-England jemals erlebt hatte.

Nach wenigen Minuten zog Harding den Streifen aus dem Computer, auf dem das Ergebnis der damals an 100 Personen durchgeführten Untersuchung zu lesen war. Vierundachtzig Prozent der beobachteten Personen waren während des Sturmes eindeutig emotional gestört. Sechzig Prozent wiesen echte Angstgefühle auf. 75 Prozent zeigten eine erhöhte Aggressivität. Bei 62 Prozent stellten sich Depressionen ein, die mit tatsächlich klinischen Problemen wie Schlaflosigkeit, vermindertem Sexualdrang und einem allgemeinen Gefühl der Isolation und der Vereinsamung verbunden waren. Die Studie wies mit Nachdruck darauf hin, daß diese Reaktionen ausnahmslos bei Menschen aufgetreten waren, die üblicherweise keinerlei psycho-neurotische Neigungen zeigten.

Dieser Sturm, überlegte Harding, und gähnte zufrieden, war also im Februar 1978.

Wie hatte Levonson gesagt? «Seit einer Woche experimentieren wir mit einigen Freiwilligen von der Armee. Die Reaktionen wurden voll bestätigt. Darüber hinaus haben sie den Vorzug, sich äußern zu können. Die von den Versuchspersonen selbst festgestellten Symptome während der Einwirkung eines Radioimpulses auf der üblichen Frequenz der Alpha-Wellen im Gehirn wurden als Kopfschmerz, Hitze, Lustlosigkeit, Nervosität und in einzelnen Fällen als gewisse Orientierungslosigkeit erklärt. Wir gehen jetzt mit der Frequenz unter den normalen Alpha-Level!»

Und damals, überlegte Harding, waren die wetterbestimmenden Strahlströme ohne ersichtlichen Grund zu weit nach Norden gewandert . . .

Am Horizont stieg eine grauschwarze Mauer gegen den Himmel. Felix kippte den Helikopter auf die linke Seite, stieg steil nur wenige Meter vor den Felsen hoch und zog dann über den Kamm hinweg. Nun waren sie mitten im Inferno. Schwarze Rauchschwaden fetzten an der Plexiglaskuppel vorüber. Soweit man sehen konnte, nichts als Flammen und Rauch.

«Wir müssen höher gehen!» war die Stimme von Felix im Kopfhörer zu vernehmen.

«Verdammter Hasenfuß!» schrie Duke. «Ich muß weiter runter. Zu einem dieser verdammten Schiffe. Ich muß eines dieser verdammten Schiffe haben!»

Einige hundert Meter vor ihnen schoß eine Stichflamme in den schwarzen Qualm.

«Du Arschloch!» schrie Felix zurück. Er zog den Hubschrauber hoch. «Jetzt paß mal auf! Ich zieh mit Volldampf eine Schleife über dem verfluchten Kahn. Dann mußt du alles im Kasten haben! Klar?»

«Klar!» sagte Duke ungeduldig, zog seine Gurte fester an und zerrte an der Verriegelung der Einstiegsluke.

«Bist du verrückt?» kreischte Felix Baumann.

«Das Glas ist ja völlig verklebt. Wozu sind denn die Sauerstoffgeräte da?» fragte Duke zurück und prüfte den Sitz der Sauerstoffmaske.

«Gewonnen!» knurrte Felix und zog sich selbst die Maske über. «Okay! Denkt noch einmal an Mutter. Wer weiß, ob wir noch dazukommen. Es geht los!»

Im nächsten Augenblick rasten sie durch den Qualm, den Flammen entgegen. Sekundenlang waren die Umrisse eines Tankers zu sehen. Die Druckwelle einer Explosion schüttelte den Helikopter.

«Ausgezeichnet!» sagte Duke, der krampfhaft seine Kamera festhielt. «Kannst du das noch einmal machen?»

«Ich muß verrückt gewesen sein, als ich mich mit euch eingelassen habe!» stöhnte Felix.
Wie merkwürdig die Stimmen aus den Sauerstoffmasken klingen, dachte Kurzmann, der verkrampft in seinen Gurten hing, als Felix den Helikopter zum zweitenmal dem Feuer entgegenfallen ließ und dabei die aufheulende Maschine querlegte, so daß Duke die offene Einstiegsluke unter sich hatte.
«Phantastisch!» rief er und hielt die Kamera wie eine Maschinenpistole dem brennenden Schiff entgegen. Als sie wieder hochstiegen, rasten nur wenige Meter über ihnen zwei Jaguars der omanischen Luftwaffe vorbei.
«Wird Zeit, daß wir von hier wegkommen. Die Idioten knallen uns sonst noch ab!» murmelte Felix und das Zittern seiner Stimme ließ erkennen, daß dieser Zwischenfall ihn beinahe um seine Ruhe gebracht hatte. «Wollt ihr noch einmal nach Khasab oder . . .?»
«Ja!» antwortete Kurzmann und wandte sich an Duke. «Wir drehen dort gleich den ersten Kommentar ab. Das ist die richtige Kulisse. Inzwischen müßte sich da ja einiges abspielen!»
Kurzmann hatte sich geirrt. Auf dem kleinen Flugplatz standen zwar ein halbes Dutzend Helikopter mehr als sonst herum und einige aufgeregte Offiziere, die offenkundig zu dem auf Musadan stationierten Muskat-Regiment gehörten.
«Sie haben die Straße in Fudschaira gesprengt!» klärte sie Higgins auf. «Es kann Tage dauern, bis wir sie freikriegen, vor allem, wenn der Hundesohn von einem Scheich mit seinen halbwilden Schihus dahintersteckt. Aber das glaube ich nicht. So blöd kann er nicht sein. Na, wie war es? Ihr habt Glück gehabt! Der Luftraum über dem Golf ist seit einer halben Stunde für Zivile gesperrt!»
«Wie es war?» sagte Kurzmann, «es sieht so aus, als stünde der ganze Golf in Flammen!»
Higgins nickte. «Ja. Soweit wir das hier überhaupt mit-

kriegen, hat es mindestens zwei vollgepumpte Tanker erwischt. Und das ist noch nicht alles. Soviel wir bis jetzt gehört haben, ist auch bei Abu Musa und Fatah einiges in die Luft gegangen. Es ist zwar noch nicht klar, inwieweit hier ein Zusammenhang besteht, aber . . .»

Kurzmann schüttelte den Kopf. «Da muß irgend jemand wahnsinnig geworden sein!»

Das war es also, dachte er. Seine Ahnung hatte ihn nicht getrogen. Und der Oberst? Hatte der etwa davon gewußt? «Der Krieg beginnt früher, als Sie denken!» klang ihm seine Stimme im Ohr.

«Das waren die Hunde von der PFLOAG. Ich wette, das waren die Hunde von der PFLOAG!» sagte Higgins. «Oder die Palästinenser. Oder die Russen!»

«Glauben Sie das wirklich?»

Higgins sagte nichts und spuckte auf den öligen Boden.

Die PFLOAG, dachte Kurzmann, die Volksfront zur Befreiung Omans und des Persischen Golfs, das könnte möglicherweise zutreffen.

«Na, dann machen wir, daß wir hier fertig werden!» sagte Kurzmann zu Duke, der die Kamera auf ein Stativ schraubte, und sie vor einem der Helikopter aufbaute.

«Okay!» rief er.

Kurzmann nahm das Mikrofon in die Hand und begann: «Was seit Jahren befürchtet wurde, ist heute nacht passiert. Wir befinden uns hier auf dem Flugplatz von Khasab auf der Halbinsel Musadam an der Straße von Hormuz. Wenige Kilometer von hier entfernt steht das Meer buchstäblich in Flammen. Mindestens zwei Öltanker, es dürfte sich nach ersten Informationen um einen deutschen und einen japanischen Tanker mit einer Ladekapazität von 380 000 beziehungsweise 300 000 Tonnen Öl handeln, sind an der Meerenge von Hormuz explodiert. Noch läßt sich über die Ursache der Katastrophe nichts Genaues sagen, aber es besteht kein Zweifel, daß es sich um einen gezielten Anschlag handelt mit dem Ziel, die Straße von Hormuz zu sperren. Diese wohl wichtigste

Wasserstraße der Welt ist zwar nirgends schmaler als 70 Kilometer, aber die Fahrrinnen für die Supertanker sind sehr eng. Das bedeutet, daß die Straße von Hormuz blockiert ist. Das bedeutet, daß nun täglich mindestens 20 Millionen Barrel Öl ausfallen, wie lange, läßt sich noch nicht voraussagen. Bei Abu Musa wurden mehrere Bohrtürme gesprengt, und das Erdöl fließt nun ungehindert ins Meer. Es ist keine Übertreibung zu sagen: Der Persische Golf steht in Flammen. Wie das passieren konnte, wie die gewaltigen Sicherheitsvorkehrungen, die in den letzten Jahren gerade wegen dieser Möglichkeit hier getroffen wurden, versagen konnten, wird noch zu klären sein. Für die westlichen Industriestaaten, vor allem für Westeuropa, das zu mehr als 60 Prozent seinen Ölbedarf hier am Persischen Golf deckt, aber auch für Japan, das hier 70 Prozent des Öls bezieht, sind die Folgen nicht abzusehen. Eine Konsequenz dieser Katastrophe dürfte die Welt vermutlich schon in den nächsten Tagen zu spüren bekommen. Der Preis für einen Barrel Rohöl wird, wie wir aus zuverlässiger Quelle erfahren, auf mindestens 60 bis 70 Dollar hinaufschnellen. Das bedeutet, daß wir am Beginn einer Weltwirtschaftskrise stehen, die jene von 1929 möglicherweise harmlos erscheinen läßt.»

Von Khasab flogen sie dann sogleich nach Dubai, wo Kurzmann mit dem Leiter der schon in den siebziger Jahren von EMI-Sound & Vision errichteten supermodernen Farbfernsehstation gut bekannt war. Hier bestand die Möglichkeit, die Filme über eine eigene Satellitenstation noch am selben Abend in die Hauptnachrichtensendungen von International News zu bringen. Exklusiv natürlich.

Kurzmann und Duke waren wieder einmal die ersten gewesen.

Tom Syman, der Nachrichtenchef im New Yorker Studio, hatte sich vor Begeisterung regelrecht verschluckt, als ihm David Kurzmann den Film ankündigte. «Junge,

Junge!» hatte er gekeucht. «Wie machst du das nur? Wir haben die Meldung erst vor ein paar Stunden erhalten. Hast du etwa einen Spezial-Vertrag mit diesen Banditen?»
«Reiner Zufall!» hatte Kurzmann knapp geantwortet. Er war nicht zu Späßen aufgelegt.

«Stop! Stop!» platzte Boltke, Albrichs' Pressesprecher, mitten in das Interview. Es kam selten vor, daß Boltke, der die erschütterndsten Dinge mit kühler, irgendwie schläfrig wirkender Distanz zu betrachten schien, die Beherrschung verlor. Nun war sein Gesicht vor Zorn gerötet, und an seiner Stirn traten die Adern hervor.
Bundeskanzler Albrichs' von den Scheinwerfern grell ausgeleuchtetes Gesicht verzog sich. «Was soll das?» fragte er verwirrt.
Boltke achtete nicht auf ihn. Er drängte den Kameramann zur Seite und schraubte aufgebracht am Stativ herum. «Sie werden wohl von der Opposition bezahlt!» schrie er Kanzelmann, den ZDF-Reporter an, der das Interview führen sollte. «Ich war lange genug in dem Geschäft. Ich unterstelle Ihnen boshafte Absichten, jawohl. Oder haben Sie keine Ahnung, was Sie mit diesen extrem schlechten Einstellungen anrichten?»
Zu Albrichs gewandt sagte er: «Die filmen Sie schon wieder von oben. Wie das letzte Mal. Bei dieser Einstellung sieht selbst ein Mister Universum wie ein Schwächling aus. – Stellen Sie die Kamera auf Augenhöhe ein! Ich ersuche Sie sehr höflich darum. Sie wissen wohl selbst, daß dies eine wichtige Angelegenheit ist, die nichts mit irgendwelchen innenpolitischen Auseinandersetzungen zu tun hat.» Boltke hatte sich wieder gefaßt. «Es geht um das Vertrauen der Bürger in die Fähigkeit der Regierung und aller Persönlichkeiten, auf die dieses Land in dieser Stunde angewiesen ist. Sie wissen ja selbst, welche Wirkung eine solche Aufnahme auf die Leute hat!»
«Schon gut!» sagte Kanzelmann und gab dem Kameramann einen Wink, die Einstellung in die von Boltke gewünschte Höhe zu bringen.

Es war der Abend nach der Katastrophe in der Straße von Hormuz, als Bundeskanzler Albrichs den deutschen Bürgern über das Fernsehen sagte: «Wer immer hinter diesem Amoklauf steht, wer auch immer die Absicht hat, die Welt in Krisen und Unsicherheit zu stürzen, wer aus undurchsichtigen Gründen den Weltfrieden gefährdet, wird scheitern. Dieses Gangsterstück wird in die Geschichte eingehen als eine Tat, die Völker und Regierungen im Westen endlich aufgeweckt hat, jeder Erpressung zu widerstehen. Wenn wir den Frieden bewahren wollen, muß der Westen endlich lernen, den Friedensstörern die Faust zu zeigen. Gemeinsam und gemeinschaftlich, besonnen aber entschlossen. Wir sind nicht so wehrlos, wie wir in der Vergangenheit manchmal zu sein schienen. Wir waren vielleicht nicht solidarisch genug. Das ist es, was wir jetzt brauchen: Solidarität. Auch wenn sie uns Opfer abverlangt. Auch wenn wir nun kurzfristig über einen wesentlichen Bestandteil unserer wirtschaftlichen Existenz unsere staatliche Souveränität der Internationalen Energieagentur abzugeben haben, deren Verteilungsmechanismus in dieser Stunde in Kraft tritt. Manchem mag das ungerechtfertigt, ja vielleicht im ersten Augenblick ungerecht erscheinen. Aber gerade in dieser Stunde wäre es ein katastrophaler Fehler, sich von den amerikanischen Interessen abzukoppeln. Im Gegenteil: Europa muß jetzt offen zeigen, daß es an der Seite Amerikas steht, so wie wir ganz selbstverständlich bei jeder anderen internationalen Krise erwarten, daß Amerika an unserer Seite steht. Nur geschlossen werden wir dieser Herausforderung entgegentreten können, nur geschlossen werden wir verhindern können, daß im Morgenland das Abendland unterzugehen beginnt. Ich erwarte von jedem Bürger – und ich bin sicher, daß ich das von jedem einzelnen Bürger erwarten kann –, daß er von sich aus das notwendige Maß an Solidarität zeigt und die nun notwendig gewordenen Maßnahmen in diesem Licht betrachtet!»

Nach der Fernsehaufzeichnung, es war am frühen Nachmittag, war Albrichs übel geworden, so daß eine für 15 Uhr geplante Sitzung verschoben werden mußte.
Es war nicht nur ein Vorwand, wenngleich sich Albrichs tatsächlich nicht in der richtigen Stimmung befunden hatte, sich den zu erwartenden Streitereien zu stellen. Ihm war wirklich übel geworden, und die Ursache war die ohnmächtige Wut, die ihn seit dem Vortag gepackt hielt. «Jetzt wünschte ich mir, ein Franzose zu sein. Die können der verdammten Energieagentur nun eine lange Nase drehen!» sagte er müde zu Boltke, mit dem ihn seit Jahren eine tiefe Freundschaft verband, seit den Tagen, da ihn Boltke noch als Fernsehmann manchmal in die Enge getrieben hatte und er selbst noch Landespolitiker war.
Boltke nickte und legte die Füße auf den Mahagony-Schreibtisch des Kanzlers, während Albrichs nervös rund um den Tisch lief. «Es wird nicht allzuviel zu verteilen geben!» sagte er leise. Nach allen bisher vorliegenden Informationen sind seit gestern fast alle Tanker von Exxon, Mobil und Gulf auf einen einzigen Kurs abgedreht. Ja, ja . . . wie werden Sie das formulieren?»
«Die Regierung», sagte Boltke, «hat die in der Bundesrepublik Deutschland tätigen Ölkonzerne gebeten, die USA bei ihrer Ölversorgung zu unterstützen. Sie hat der amerikanischen Regierung versichert, sich bei der für kommenden Freitag anberaumten Sitzung des Gouverneursrates der internationalen Energieagentur im Interesse der notwendigen Solidarität hinter die amerikanischen Interessen zu stellen!»
«So eine Scheiße!» fluchte Albrichs.
«Ja», sagte Boltke, «das wäre die knappere Formulierung!»
Endlich setzte sich auch Albrichs und beugte sich über den Schreibtisch, auf dem Boltkes Wildlederschuhe wippten. «Haben sich die Russen schon geäußert?»
«Nur über TASS. Allerdings nur ein paar Zeilen. Sie re-

den von einer zionistisch-imperialistischen Verschwörung gegen die Golfstaaten, die von der Unterdrückung durch Amerikaner und Zionisten genug hätten.»
«Wenn ich nur wüßte, welches Spiel die Russen dabei spielen!» sagte Albrichs. «Wenn man es recht bedenkt, sind sie jetzt auf alle Fälle die lachenden Dritten. Sie haben im Augenblick so ziemlich alles, was wir nicht haben, sie haben genug Energie!»
«Das hieße, daß sie am Golf gar kein Interesse haben?»
«Das hieße es!» nickte Albrichs.
«Mit einer Ausnahme natürlich. Den Westen lahmzulegen. Sie sind im Augenblick eindeutig im Vorteil. Und ich wette, daß wir am Nachmittag gerade darüber einiges zu hören bekommen. Ich hoffe nur, daß die Scharfmacher nicht die Kontrolle verlieren. Gerade jetzt!»
Sie schwiegen. Albrichs Gedanken kreisten um den weißen Fleck mit dem großen Fragezeichen, der bei seinen Denkspielen immer leer blieb. In den siebziger Jahren hatte es tatsächlich den Anschein gehabt, als würde es am Ende zu einem Ölkrieg zwischen dem Osten und dem Westen kommen. Es war eine allgemein akzeptierte Tatsache, daß auch der Sowjetunion, die damals jährlich etwa 140 Millionen Tonnen Öl selbst förderte, im Irak, in Algerien, in Kuwait und bis zur Revolution auch in Iran OPEC-Öl zukaufte und davon 40 Millionen in den Westen exportierte, spätestens Mitte der achtziger Jahre westliches Schicksal blühen könnte: abhängig von den Ölquellen des Nahen Ostens zu sein. Studien der amerikanischen CIA hatten die Befürchtung genährt, ja, sie erst in die Welt gesetzt. Und tatsächlich gab es viele Indizien, die diese Erkenntnisse zu bestätigen schienen. Der forcierte Ausbau der sowjetischen Atomenergie, der Bau von Atomkraftwerken im gesamten Ostblock, radikale Energiesparmaßnahmen, die im Osten ergriffen wurden, als mancher westliche Energiepolitiker von der Möglichkeit solcher Einschränkungen nur träumte. Doch schließlich hatte sich herausgestellt, daß zumin-

dest diese Befürchtungen unbegründet waren, daß die Erdölreserven der Sowjetunion selbst die optimistischsten Schätzungen um das Vielfache überstiegen. Während die CIA-Studien von höchstens 30 bis 35 Milliarden Barrel Ölvorräten ausgegangen waren, hatten schon 1979 die Experten eines auf die Sowjetunion spezialisierten schwedischen Forschungsinstituts von Reserven in der Höhe von mindestens 150 Milliarden Barrel gesprochen, dem Vierfachen der sicheren Reserven der Vereinigten Staaten. Es war also nicht nur ein sowjetischer Traum, daß Sibirien auf einem Meer von Öl schwamm. Freilich erwies sich die Förderung des Öls aus Eis und Schnee als höchst schwierig, aber langfristig, überlegte Albrichs, war damit kein Motiv für sowjetische Interessen am Öl des Golfs gegeben, abgesehen von strategischen Überlegungen, die den Zugang zum Meer, den direkten Zugang zum Indischen Ozean betrafen. Doch auch hier hatte sich die Sowjetunion im Laufe der Ereignisse in Iran in erstaunlicher Weise zurückgehalten. Fürchtete der Kreml, daß der islamische Fanatismus auf die mehr als 50 Millionen Mohammedaner in der Sowjetunion übergreifen könne? Das mochte zunächst ein Grund gewesen sein. Aber danach?
«Wir hätten damals doch stärker in das Sibiriengeschäft einsteigen sollen!» murmelte Albrichs.
«Wie?» fragte Boltke.
«Sibirien, das Sibiriengeschäft!»
Insgeheim zweifelte Albrichs seit jeher daran, daß es nur Zufälle gewesen waren, die das französisch-deutsche Sibiriengeschäft mit den Russen hatten scheitern lassen. Das Engagement Washingtons, der politische Druck auf Bonn, sich aus diesem Geschäft herauszuhalten, war mit der gespannten Ost-West-Situation von damals allein nicht zu erklären. Dann kam Afghanistan. Und Washington forderte Boykott-Solidarität. Und dann kam die Streikwelle in Polen, die Schmidts Ostpolitik endgültig in Mißkredit brachte und die Opposition zur wirkungs-

vollsten Lobby Washingtons gegen jede Art wirtschaftspolitischen Ost-Engagements werden ließ.
«Sagen Sie das nicht allzulaut!» meinte Boltke.
«Ja, ich weiß. Abhängigkeit vom Osten muß auf alle Fälle vermieden werden. Ich persönlich glaube zwar nicht, daß der Kommunismus bei uns aus dem Heizkessel, dem Öltank oder über die Stromleitung gekommen wäre, wenn es mit dem Zusammenschluß zwischen dem westeuropäischen Verbundnetz und dem Versorgungsnetz des COMECON geklappt hätte . . . schließlich ist das Ergebnis dasselbe, ob uns jetzt irgend jemand am Golf das Öl abdreht, ob es uns in Rotterdam oder sonstwo jemand wegklaut oder ob uns die verdammte Agentur großzügig an dem kärglichen Rest beteiligt. Oder ob uns der Iwan den Hahn zudreht. Wo liegt da der Unterschied? Dafür sitzen wir nun um so tiefer in der Scheiße. Und die Russen im eigenen Öl und auf mindestens 150 000 Megawatt Atomstrom, den wir nicht haben. Darüber hinaus bin ich mir nicht sicher, ob wir das lange durchhalten. Wirtschaftlich sowieso nicht . . . politisch meine ich . . .»
Mit diesem Satz eröffnete Kanzler Albrichs auch seine Überlegungen am späten Nachmittag während der Krisensitzung der sogenannten Energielage im großen Konferenzsaal des Kanzleramtes. «Bevor wir näher auf die noch zu treffenden Maßnahmen eingehen», sagte er schließlich, «sollten wir uns ein möglichst nüchternes Bild über die uns zur Verfügung stehenden Reserven machen.»
Wirtschaftsminister Schöller schob ein Aktenstück über den Konferenztisch.
«Ich möchte eines gleich zu Beginn mit allem Nachdruck klarstellen!» meldete sich Koller, der CDU/CSU-Vorsitzende zu Wort. «Die strategische Reserve darf unserer Meinung nach auf keinen Fall angegriffen werden!»
«Wie meinen Sie das?» fragte Albrichs.

«Ich meine, daß das genau die Situation ist, in der uns die Russen haben wollen. Und haben können! Wir sind jetzt am schwächsten Punkt angelangt. Praktisch befinden wir uns in einer Kriegssituation. Ich fordere somit, daß die gesetzlich festgeschriebenen Pflichtvorräte auf keinen Fall angetastet werden dürfen, bis die Situation da unten einigermaßen abgeklärt ist!»
Albrichs nahm die Brille ab und rieb sich die schmerzenden Augen. «Ja, vielleicht haben Sie recht, Herr Doktor Koller. Im Prinzip wenigstens», antwortete er. «Aber wissen Sie, wie lange wir in dieser Situation ohne die Vorräte existieren können? Ich werde es Ihnen sagen: Ganze sieben Tage. Sieben Tage, vielleicht zehn, nicht mehr und nicht weniger!»
«Tja, das dürfte hinkommen!» griff Schöller ein. «Es ist noch nicht klar, wie hoch der Anteil ist, den wir über die Agentur bekommen. Aber wir müssen davon ausgehen, daß uns für die nächste Zeit mindestens ein Drittel, wenn nicht gar die Hälfte unseres bisherigen Bedarfs fehlen wird. Auf Monate. Was sollen wir tun? Die Amerikaner sind nun einmal der Meinung, daß sie einen historischen Anspruch auf sechzig Prozent des verfügbaren Öls haben. Und für die nächsten Wochen sitzen wir sowieso im Trockenen. Wie der Kanzler bereits angedeutet hat, wurde der ganze Strom zunächst in die Staaten umgeleitet. Das bedeutet, daß nahezu sämtliches Öl, das derzeit auf dem Meer ist, für das Verteilungsprogramm der Agentur nicht mehr zur Verfügung steht. Und ich wette, daß auch Shell und British Petroleum ihre Schiffe zum größten Teil umgeleitet haben.»
«Na schön. Dann bedeutet das für mich, daß die Agentur nicht existiert. Wir werden uns das verdammte Öl holen, wo wir es bekommen, gleichgültig wieviel wir dafür zu bezahlen haben! Das ist Vertragsbruch!» sagte er.
«Wir haben den Vertrag nicht als erste gebrochen, das möchte ich einmal klarstellen. Wenn sich die USA nicht an die Spielregeln halten ... wenn sie noch immer den

freien Wettbewerb haben wollen, obwohl sie uns ja immer predigen, daß man das System der Marktwirtschaft nicht mehr auf das Öl übertragen kann, dann bitte!»

«Was natürlich nichts an der Tatsache ändert», warf Schöller ein, «daß wir trotzdem auf ein Drittel werden verzichten müssen!»

«Wie sieht es mit unseren eigenen Vorräten aus?» fragte Albrichs.

«Etwa 66 Millionen Tonnen insgesamt. Das würde bei dem derzeitigen Verbrauchsstand etwa 200 Tage reichen. Allerdings sind wir nicht in der Lage, im Jahr mehr als 6 Millionen Tonnen zu fördern. Das reicht für maximal 20 Tage ... äh ... die Reserven mit eingerechnet könnten wir knapp drei Monate weitermachen wie bisher. Dann wird uns allerdings der Ausfall am Golf mit voller Wucht treffen, ganz abgesehen davon, daß das erhältliche Öl vermutlich nicht unter 60 Dollar pro Barrel zu haben sein wird.» Schöller grinste säuerlich. «Es wird uns also nichts anderes übrig bleiben, als zumindest national eine Art Zwangsverwaltungswirtschaft einzuführen!»

«Und nach außen hin einen Wirtschaftskrieg zu führen!» sagte Koller.

«Sehen Sie eine Alternative?» fragte Albrichs zurück.

Koller starrte ihn durch dicke Brillengläser an und sagte nichts. Jetzt feilt er schon an seiner nächsten Hetzrede, dachte Albrichs.

«Verdammt noch mal!» fluchte Koller. «Es muß doch eine Lösung geben. Warum marschieren wir nicht einfach ein und übernehmen das alles!»

«Wir?»

«Die NATO natürlich. Wir hätten das schon während der Iran-Krise tun sollen. Ich bin nach wie vor der Ansicht, daß es letzten Endes für den Westen nur einen Ausweg gibt und nur ein Ziel geben kann; die wichtigsten Ölfelder im Nahen Osten ein für allemal zu besetzen, um dann die Förderung so zu regulieren, daß es

für alle reicht. Das ist bestenfalls ein Kommandounternehmen und bei der bekannten Kriegstüchtigkeit der Araber vermutlich nur ein geringes militärisches Risiko!»
«Und Sie meinen, wir sollten uns daran beteiligen?» fragte Albrichs.
«Ja, das meine ich. Und zwar ganz im Sinne jener Solidarität, die Sie heute abend im Fernsehen beschwören werden, wie ich hörte, und von der sich Ihre Regierung schon wieder in unverantwortlicher Weise drückt. Was da unten geschehen ist, das ist ein eindeutiger Angriffsakt gegen die Interessen des Westens, und wir haben das Recht und sogar die Pflicht, uns dagegen zur Wehr zu setzen!»
«Dann kennen Sie weder unser Grundgesetz noch die UNO-Resolution 3314 von 1974!» sagte Albrichs scharf. «Und im übrigen werden wir uns das alles sehr genau überlegen. Wenn es Sie beruhigt: Verteidigungsminister Ehlers und der Außenminister werden bereits morgen an einer Konferenz des Political Committee der NATO in Brüssel teilnehmen, wo vermutlich über diese Fragen beraten wird. Ich hoffe, Sie stimmen mir zu, daß wir nicht als erste Porzellan zerschlagen sollten.»
Die Beschlüsse wurden schließlich einstimmig gefaßt. Sie entsprachen dem für einen solchen Notstand festgelegten gesetzlichen Rahmen: sofortige Reaktivierung stillgelegter Atomkraftwerke, Rationierung von Heizöl und Benzin, Beschränkung der Öffnungszeiten der Tankstellen auf vier Stunden, Sonntagsfahrverbot für den privaten Autoverkehr, 20prozentige Sondersteuer auf Benzin und Dieseltreibstoff, Abschaltung aller Leuchtreklamen ab 22 Uhr. Erst am Abend war die Sitzung zu Ende. Albrichs lag fast in seinem Sessel vor dem Schreibtisch und trank die vierte Tasse Kaffee; Möller, der Staatssekretär im Außenministerium, hatte sich noch angekündigt, um ihm über die jüngste Entwicklung am Golf zu berichten. Albrichs fluchte, weil Möller seit

einer halben Stunde überfällig war. Als er endlich in seiner gewohnt hektischen Art zur Tür hereinstürzte, ohne dem Sekretariat die Zeit zu lassen, ihn anzumelden, sagte Albrichs: «Sagen Sie gar nichts. Sie werden sowieso bald keine Gelegenheit mehr haben, sich auf den Verkehr herauszureden!»

«Das isch a schöne Schwainerei!» antwortete Möller im schönsten Schwäbisch und fuhr fort, sogleich auf «deutsch» zu berichten, denn er wußte, daß der Kanzler seinen Dialekt nicht ausstehen konnte. «Man kann noch immer nicht genau sagen, wer dahintersteckt. Die Saudis beschuldigen irgendeine persische Terroristenbande, Kuwait will beweisen können, daß es die Amerikaner selber waren, die Libyer reden von einer zionistischen Sabotage, und in Kairo werden radikale Palästinenser als mögliche Täter gehandelt. Sie können es sich also aussuchen. Etwas konkreter ist da schon die Meldung der Botschaft in Muskat. Es scheint sicher zu sein, daß der Flaschenhals bis weit in den Golf hinein auch noch vermint worden ist, so daß vorderhand nicht daran zu denken ist, die Sauerei zu stoppen. Darüber hinaus scheint man ziemlich genau zu wissen, was die Tanker in die Luft gejagt hat. Demnach haben die Saboteure Torpedos vom Typ «Sting Ray» verwendet. Britisches Fabrikat, so ziemlich das modernste, was derzeit im Einsatz ist. Aber, und jetzt halten Sie sich fest, das Beste kommt noch: Irgend jemand scheint es darauf abgesehen zu haben, auch uns in die Sache zu verwickeln. Gerüchteweise, so drückt man sich in Muskat aus, ist von einem T-206-U-Boot die Rede, das geortet worden sein soll, bevor alles in die Luft geflogen ist. Soviel ich weiß, haben wir die Zweihundertsechser nur an Argentinien verkauft.»

«Na, das ist ja noch alles reichlich mysteriös. Kabeln Sie unseren Leuten da unten, sie sollen sich hinter die U-Boot-Sache klemmen. Das fehlte gerade noch! Sonst noch etwas?»

«Nein, außer, daß die Amerikaner den nationalen Notstand ausgerufen haben. Über die Krisensitzung in Camp David ist bisher nichts bekannt. Möchte wissen, was sie da aushecken!»
«Das», sagte Albrichs, «werden wir noch bald genug erfahren. Was meinen denn übrigens Sie, wer das Schlamassel angerichtet hat?»
Möller kräuselte die Lippen. «In solchen Fällen», sagte er schließlich betont, «in solchen Fällen ist alles möglich, nicht wahr?»
Ja, dachte Albrichs, als er, endlich gegen Mitternacht nach Hause gekommen, im Wohnraum der Kanzlervilla saß und zu Toynbees «Mutter Erde» griff. Nun sind wir wohl an dem Punkt angelangt, an dem die Rettung möglicherweise nur noch aus der Angst hervorgehen kann, aus der Angst, die den Mut mit sich bringt, die Situation in ihrem ganzen entsetzlichen Ausmaß zu erkennen und alles das zu tun, was seit Jahrzehnten schon hätte getan werden müssen. In jenen Jahrzehnten, in denen ein nicht angreifbarer Zweckoptimismus längst nicht mehr Ansporn war, sondern wie ein Nebel über dem Weg lag, der die Welt an diesen Punkt gebracht hatte.
Albrichs fühlte sich niedergeschlagen, und er ahnte dumpf, daß diese Stunden, die nächsten Tage, Monate, für ihn ganz persönlich und privat eine Zäsur bedeuten würden. Er saß da und rauchte Zigarette um Zigarette. Die Wahrheit, dachte er, eigentlich war sie ja offensichtlich. Andere, die Franzosen etwa, hatten sie längst erkannt, nicht nur politisch, sondern gefühlsmäßig, sie war dem ganzen Volk irgendwie bewußt. Aber die Deutschen? Sie konnten noch nie einer Sache ins Auge sehen. Sie hatten sich mit geradezu phantastischer Arglosigkeit und Naivität wie eine Gans verhalten, die man auf dem Markt an den Füßen festnagelt und mästet.
«Im Unbewußtsein dessen, was uns bevorsteht», sagte Albrichs halblaut vor sich hin, «scheinen wir sogar noch selig zu sein. Die Gans ist zu fett geworden, jetzt soll das

Schlachtfest steigen. Und wir stehen noch immer dabei, wie staunende Zuschauer, ohne zu kapieren, daß die Sache uns angeht.»
Albrichs wischte diese Gedanken beiseite und zwang sich, an konkretere Dinge zu denken. Aber es wollte ihm nicht recht gelingen, das eine war ja vom anderen nicht zu trennen. Albrichs stand auf und trat ans Fenster. Er schwitzte vor Müdigkeit und vor Anstrengung, seine Gedanken unter Kontrolle zu bringen. Es gab nur ein Wort, das alles zusammenfaßte: Ölkrieg. Jetzt, dachte er, bricht die offene Schlacht aus. Und was Albrichs zur Verzweiflung brachte, war das Bewußtsein um die Tatsache, daß diese Schlacht entschieden zu sein schien, ehe sie überhaupt begonnen hatte, daß Sieger und Verlierer vorprogrammiert waren, und daß seine Möglichkeiten erbärmlich beschränkt waren: Er, ein beliebig auswechselbarer Bürokrat, dem ein System, das nicht zu verändern zu sein schien, seine Grenzen setzte. Und selbst wenn er aus diesem System ausbrechen würde, sich über alle Regeln hinwegsetzen würde, es zeichnete sich keine Lösung ab. Oder doch?
Die Situation war absurd, überlegte er. Die einfache Wahrheit konnte man nicht öffentlich aussprechen. «Daß», wie es Schöller, der Wirtschaftsminister, so treffend und ihm selbst gegenüber nur hinter vorgehaltener Hand flüsternd und mit schlechtem Gewissen ausgedrückt hatte, «durch die amerikanische Maßlosigkeit allen Industriestaaten ein indisches Schicksal droht!»
Das war es, dachte Albrichs. Und während wir noch immer träumen, während wir in den letzten Jahren nichts getan haben, als zu träumen, präsentieren sie uns laufend die Rechnung, die eigentlich sie hätten bezahlen müssen. Aufgeregt und aufgescheucht wie Hühner, wenn der Fuchs kommt, sind Experten, Politiker und Meinungsmacher herumgelaufen, seit der Ölkrieg 1973 begonnen hatte. Aber eine Lösung hatten sie alle nicht gefunden, weil sie das wirkliche Problem nicht sehen

wollten. Glaube statt Information, Zuversicht statt Wissen. Konkretes war nicht zu sehen, und was nach Konkretem aussah war unverbindlich, verwaschen. Sie redeten von Alternativenergien, sie redeten von Kohlehydrierung und Kohlevergasung, ohne den gleichermaßen ungeheuren Energieverlust und den kaum zu finanzierenden Investitionsaufwand zu erwähnen oder den wesentlichen Umstand, daß dazu Energie notwendig war, die nur Kernkraftwerke zu liefern imstande gewesen wären. Niemand wollte begreifen, in welchem Ausmaß die nackte Existenz nicht nur der sogenannten Industriestaaten von dem verdammten Erdöl abhing und abhängen würde, bis es wirklich, in Jahrzehnten, Ersatz dafür gab. Niemand wollte begreifen, was es bedeutete, daß die USA weltweit die Erdöl- und Erdgasfelder leersaugten, während eine gewaltige Propagandamaschinerie den Rest der Welt dazu zu konditionieren versuchte, sich, wie es so schön hieß, zu bescheiden, zu einer Wirtschaft zurückzukehren, die dem menschlichen Wesen gemäß sei, zurückzukehren zu den sanften Energien, die das Leben der Menschheit während der Jahrtausende der Sklaverei und der regelmäßig wiederkehrenden Hungersnöte und Kriege beherrschte. All das schien eine morbide Faszination auf die Menschen auszuüben, die darüber vergaßen, daß dies nicht nur die Verewigung des Elends von nahezu zwei Milliarden Menschen bedeuten mußte, sondern in Europa und Japan Arbeitslosigkeit ungeheuren Ausmaßes, zwangsläufig das Ende der Kauffreiheit und damit das Ende der Freiheit an sich bringen würde. Niemand dachte daran, worum es in den letzten Jahren wirklich gegangen war: um die Lösung des amerikanischen Energieproblems, von dem nicht nur Krieg und Frieden in der Welt, sondern ganz schlicht und einfach Europas Existenz abhing.
Und nun schien alles entschieden. Wer immer die Sache am Golf angerichtet hatte, er hatte in erster Linie den Europäern einen tödlichen Schlag versetzt. Albrichs

hatte die Tatsache noch nicht richtig realisiert, hatte das ganze Ausmaß der Katastrophe offenbar dank eines unbewußten Abwehrmechanismus noch nicht voll ins Bewußtsein übernommen, daß in diesen Tagen die Zeit des Wohlstandes in Europa möglicherweise als bloße Übergangsphase in der Geschichte endgültig Vergangenheit geworden sein könnte. Und er fragte sich schaudernd, wie lange es wohl dauern würde, bis der Verteilungskampf im Land losgehen würde, bis das System zerbröseln würde wie die Mark, die gestern noch eine Art heimliche Reservewährung in Konkurrenz zum Dollar gewesen war und die vermutlich in wenigen Wochen nur mehr ein Stück Papier sein würde.

Albrichs kam in den Sinn, was in den frühen siebziger Jahren die Leute vom Club of Rome als Lösung vorgeschlagen hatten. Eine durchaus logische und einleuchtende Theorie: Ein Boot, das überlastet ist, sinkt, und alle Insassen gehen zugrunde. Allen eine Chance bieten zu wollen, bedeutet Untergang für alle. Wer schon an Bord ist, hat das Recht, das Zusteigen zu vieler zu verhindern oder etlichen Ballast abzuwerfen. Gleiches Recht für alle gibt es in der Natur nicht.

War es das? Nein, dachte Albrichs, noch sind wir nicht ganz über Bord. Es mußte noch eine Lösung geben, und sie mußte gefunden werden, bevor die Reserven aufgebraucht waren. Vier Monate hatte er Zeit . . .

Das Telefon klingelte. Es war 2 Uhr früh.

Am Apparat war Kreißler, der die Stellung im Kanzleramt hielt. «Die Amerikaner sind dran. Andrews persönlich. Soll ich durchstellen?»

«Was zum Teufel will der um diese Zeit? Will er uns sein Beileid ausdrücken?»

Kreißler sagte nichts darauf. «Kann ich durchstellen?» wiederholte er.

Der US-Präsident bedauerte, zu dieser Stunde anrufen zu müssen. Aber die Situation erfordere entschlossenes und vor allem gemeinsames Handeln.

Albrichs meinte darauf schroff, daß bisher zwar entschlossenes, aber nicht gemeinsames Handeln zu beobachten gewesen sei. Andrews erwiderte kalt, daß in dieser Situation die nationalen Interessen zunächst einmal Vorrang hätten und daß es im Interesse aller Betroffenen sei, wenn die USA voll handlungsfähig blieben. Um alles weitere zu koordinieren, seien er und seine Berater zu dem Entschluß gekommen, die Staats- und Regierungschefs der wichtigsten Industrieländer zu einer Gipfelkonferenz nach Tokio zu bitten. «Die Wahl des Ortes», sagte Andrews, «ist von psychologischen Überlegungen geleitet. Japan ist am schwersten durch den Ausfall des Nahostöls betroffen. Wir sollten demonstrieren, daß Japan von der Gemeinschaft der Industriestaaten nicht im Stich gelassen wird. Ich hoffe, wir können in Tokio auf die Freundschaft und Loyalität der Regierung der Bundesrepublik zählen!»
Albrichs schwieg.
Andrews fragte, ob er noch dran sei.
«Die Bundesrepublik Deutschland wird sich ihren Verpflichtungen nicht entziehen!» sagte Albrichs schließlich.
Na also, dachte er, als er sich erschöpft in den Sessel fallen ließ, dann werden wir also wieder eine widerliche Show abziehen. Jetzt galt es, Verbündete zu suchen. Großbritannien, sinnierte er, fiel dabei aus. Es war nicht zu erwarten, daß sich die Briten zu einer gemeinsamen europäischen Energiepolitik bereitfinden würden. Sollten sie doch ihr verdammtes Nordseeöl saufen! Er mußte sich mit den Franzosen absprechen. In Frankreich waren in den letzten Jahren Atomkraftwerke wie die Pilze aus dem Boden geschossen. Es war das einzige Land in Europa, das den Ausfall am Golf auf längere Sicht ohne Infarkt überstehen konnte. Nein, dachte Albrichs, er würde es Andrews und Rockefeller diesmal nicht allzu leicht machen.
Dann dachte er daran, daß es eigentlich merkwürdig

war, daß sich die multinationalen Ölfirmen mit Ausnahme der europäischen Konzerne so widerspruchslos der Energieagentur als reine Verteilungsapparate zu unterstellen gewillt waren. Es mußte sich also irgendwie für sie lohnen.
Ehe er im Sessel in einen unruhigen Schlaf fiel, dachte er daran, daß es in der Bundesrepublik Deutschland noch immer elf Millionen ölbeheizte Wohnungen gab. «Das müssen so um die 40 bis 50 Millionen Menschen sein!» murmelte er. Dann träumte er wieder von diesem Haus in der Wüste. Aber obwohl die Sonne schien, wollte es nicht warm werden.

Die Mehrzahl der Telefonapparate auf Mazurows Schreibtisch verbanden ihn über Richtfunk mit den wichtigsten KGB-Büros in der Sowjetunion und in Osteuropa. Er hatte soeben mit den Residenten in Belgrad, Bukarest und Ostberlin gesprochen und sich über die dort angesammelten Nachrichten über die Ereignisse am Persischen Golf informieren lassen. Aus Kuwait und Aden waren bereits verschlüsselte Fernschreiben mit detaillierten Informationen über die Vorgänge eingetroffen.

Mazurow machte sich noch einige Notizen, packte zwei dicke Ordner in eine Aktentasche und rief seinen Chauffeur.

«Wir können ausschließen», sagte Mazurow zu Staats- und Parteichef Bubtschikow Minuten später in dessen Büro im Kreml, «daß es Palästinenser waren. Auch die PFLOAG hat nach allen vorliegenden Informationen nichts damit zu tun, ganz abgesehen davon, daß wir über solche Absichten unterrichtet worden wären.»

«Und wer, denkst du, steckt dahinter?» fragte Bubtschikow.

Mazurow zuckte die Schultern. «Es war ganz offensichtlich ein deutsches U-Boot daran beteiligt. Und man hat nach allem, was wir wissen, britische Torpedos verwendet!»

«Na also!» rief Bubtschikow. «Dann haben wir ja keine große Auswahl mehr, nicht wahr?»

«Die Chinesen oder die Amerikaner!»

«Wer hat das größte Interesse daran? Wer kann ein Interesse daran haben?»

«Wir», sagte Mazurow. «Es wird jedem einleuchten. Ich denke, daß das die eigentliche Absicht war.»

«Ja, ja . . .» sagte Bubtschikow langsam. «Das denke ich

auch. Die Hurensöhne wollen uns provozieren. Aber wir werden nicht reagieren. Wir werden den Vorfall nicht zur Kenntnis nehmen. Es darf darüber nicht berichtet werden!»

Mazurow nickte.

«Rubikow ist sehr tüchtig, nicht wahr?»

Bubtschikow lächelte. Trotz seiner 57 Jahre sah er noch immer aus, als wäre er erst Mitte Dreißig. Lediglich die grauen Schläfen verrieten sein wahres Alter. Arkadij Florentjewitsch Bubtschikow war der Anti-Typ eines sowjetischen Parteichefs, vor allem im Vergleich zu Breschnew wirkte er schmächtig. Er sah aus, wie man sich im allgemeinen einen Intellektuellen vorstellt, er wirkte ganz und gar nicht russisch.

«Ja», erwiderte Mazurow, «Rubikow macht seinen Weg!»

Ryan Baxter kehrte an diesem Tag, es war schon Abend, mit einem Navy-Helikopter von der Konferenz in Camp David nach Washington zurück. Er fuhr mit dem eigenen Wagen zu seinem Haus nördlich von Georgetown. Es war ein Haus, das um die Jahrhundertwende erbaut und, als Roosevelt eine Armee von Bürokraten nach Washington geholt hatte, renoviert und sehr komfortabel umgebaut worden war. Sie hatten das Haus natürlich nicht gekauft, sondern nur gemietet, als Baxter seinen Job als Staatssekretär bekommen hatte. Die Miete war hoch genug, aber Anny, seine Frau, hatte einen entzückten Schrei ausgestoßen, als sie dieses Haus gesehen hatte; und damit war die Frage, wo sie in Washington wohnen würden, entschieden.
An diesem Abend fuhr Baxter einen Umweg. Er wollte noch nicht nach Hause; er hätte nicht sagen können warum. Ziellos fuhr er schließlich den Potomac entlang nach Rosslyn, fand sich später in Brightwood, und erst als ein Stein ans Auto knallte, wurde er sich bewußt, wo er sich befand. Es war eine heikle Gegend, dieses Gebiet östlich des Shepard-Parks, Haß lag hier in dieser ausschließlich Schwarzen reservierten Gegend in der Luft. Und nun beeilte Baxter sich, nach Hause zu kommen.
Er war nervös. Anny blieb das nicht verborgen.
«Ryan! Was ist los?» fragte sie, während er lustlos an einem zerbratenen Stück Fleisch kaute. «Ich mache mir Sorgen um dich! Du . . . du hast dich in den letzten Wochen verändert. Was ist nicht in Ordnung? Du bist krank, Ryan! Ich meine . . .» Sie kam zu ihm herüber, beugte sich über ihn und fuhr mit einer Hand über seine Brust. «Ich meine, da drinnen!» sagte sie.
Baxter griff nach ihrer Hand und drückte sie. Nicht deswegen, um etwas auszudrücken, sondern um diese

plötzlich unerträgliche Berührung zu beenden. «Mein Gott, Anny!» sagte er gereizt. «Hörst du keine Nachrichten? Weißt du nicht, was geschehen ist?»
Sie hockte sich neben ihn und sah ihn mit ihren großen, braunen Augen an.
Sie ist schön, dachte er, sie ist noch immer schön, aber, dachte er, manchmal ist sie geradezu erbarmungslos in ihrer Besorgtheit, sie nimmt einem den Atem.
«Natürlich höre ich Nachrichten!» sagte sie schließlich. «Aber was hat das alles mit dir zu tun? Was hat das mit uns zu tun?» Sie stand auf. «Du engagierst dich zu sehr! Wir sind doch schon einmal fertig geworden, mit diesen . . . diesen Verrückten. Wir sind doch nicht abhängig von ihnen . . .»
«Ja», echote Ryan Baxter. «Von denen sind wir nicht abhängig. Mach dir keine Sorgen, Darling. Ich bin nur etwas übermüdet. Weißt du, ich habe seit zwei Tagen kaum geschlafen. Es war wirklich anstrengend!»
«Ist es so ernst?»
«Ja . . . irgendwie . . . Ich werde schon übermorgen wieder verreisen müssen. Nach Tokio. Sie werden sich alle zusammensetzen und . . .»
«Du bist ein sehr wichtiger Mann jetzt, nicht wahr?» sagte sie leise, und ihre Augen glänzten.
«Das weiß ich nicht. Vielleicht . . . Verzeih, aber ich habe noch zu arbeiten!» Baxter ließ seine Frau einfach stehen und ging in sein Arbeitszimmer. Aus der Innentasche seines Jacketts zog er einen kleinen Kassettenrecorder. Er spulte das Band zurück und ließ sich in den hochlehnigen Ledersessel fallen.
«Die haben ganze Arbeit geleistet!» sagte eine Stimme.
«Ja», antwortete jemand, «das war wirklich ganze Arbeit!»
«Die Europäer werden jetzt wohl in der richtigen Stimmung sein, wie?» fragte eine dritte Stimme.
Das Rascheln von Papier war zu vernehmen. Glas klirrte leise. Jemand hustete.

«Sollen wir nicht sofort etwas unternehmen? Ich meine ...»
«Nein. Das können wir nicht!»
«Aber wir können doch nicht auf das verdammte Öl verzichten!»
«Mindestens fünfzig amerikanische Großbetriebe werden innerhalb der nächsten zwei Wochen ihre Produktion einstellen müssen! Ganz abgesehen davon ...»
«Na und?»
«Was, na und?»
«Begreifen Sie denn nicht? Das Ganze hat doch mehr oder weniger nichts mit uns, ich meine, mit den Vereinigten Staaten zu tun. Es steht doch außer Zweifel, daß für internationale Vorhaben in den nächsten Jahren mehr Geld benötigt werden wird. Es bleibt uns gar keine andere Wahl!»
«Aber wie wird sich Frankreich in diesem Fall verhalten?»
«Wir haben dafür gesorgt, daß Paris nicht dazwischenfunkt. Es gibt da eine ganz schöne Palette von Maßnahmen, die verhindern, daß sie die Aktion perforieren.»
«Ich glaube, Sie haben recht. Die Sache läuft ...»
Baxter nahm die Kassette aus dem Gerät. Aus einer Aktentasche zog er einen schmalen Ordner und blätterte flüchtig darin.
«This Area Review and Special Summary subsumes the following referenced memoranda:
NSC NIE A-2207 11/3 / 82
ARSS DZ872 ME/WEN 12/23/83
Cod CST Fuel Availability Area Projections 4/11/83
DCI/DDI World Oil Inventories: Supply/Demand Scenario 84
World Oil Demand:
IEA countries.........»
Baxter grinste, als er daran dachte, wie leicht es gewesen war, sich dieses Dokument in Langley zu beschaffen. Er entnahm der Schreibtischlade einen großen gelben Um-

schlag und klebte einen bereits mit Schreibmaschine beschrifteten Adreßzettel darauf.
«Mr. David Kurzmann. International News Service. New York, 1223 Avenue of the Americas, Box 20777 34 . . .»
Ryan Baxter atmete tief durch.
Er mußte es tun. Das war er Jenny Frey schuldig, die 1979 in Teheran umgebracht worden war. Zwei Wochen, bevor sie die Botschaft überfallen hatten. Es war ein Zufall gewesen, daß er gerade zu dieser Zeit auf Urlaub war. Er dachte daran, daß er sich damals freiwillig gemeldet hätte, wenn es möglich gewesen wäre, mit den Boys mitzumachen. Aber es kam anders. Und damals hatte er noch nicht gewußt, daß der wirkliche Feind gar nicht der verrückte Graubart in seiner heiligen Stadt Quom war. Er hatte erst vor wenigen Wochen begriffen, worum es wirklich ging. Flüchtig. Noch war nicht alles klar, noch fehlten einige Steine im Mosaik. David, dachte er, wird einige Steine dazu beitragen. Und morgen würde er zu Robert Shellberg, dem Energieminister unter Andrews Vorgänger, fahren, der kurz nach seinem Rücktritt von einem immer noch nicht gefaßten Attentäter eine Kugel in die Wirbelsäule geschossen bekommen hatte.
Und dann tat Ryan Baxter etwas, was er noch nie getan hatte. «Es tut mir leid, Darling!» sagte er. «Ich muß noch einmal weg!» belog er Anny, die fassungslos war.
Er fuhr nach Georgetown hinunter und betrank sich in einer jener lockeren, französisch inspirierten Kneipen in der Nähe des Watergate-Komplexes am Ufer des Potomac. Er hatte viele Gründe dafür.
«Wissen Sie», lallte er und torkelte auf einen der letzten betrunkenen Gäste zu, die sich noch an der Theke aufhielten, «wissen Sie, ich halte die Regierung der Vereinigten Staaten für wohlmeinende Verräter . . . jawohl . . .» Baxter rülpste. «Jawohl!» wiederholte er. «Patriotische Verräter, sie sind schamlose Ignoranten . . .

jawohl . . . sie lassen alles zum Teufel gehen! Oder sind Sie anderer Meinung?»
«Ach, hol Sie doch der Teufel!» sagte der Mann. «Natürlich lassen sie alles zum Teufel gehen, die Idioten. Ich war noch in Vietnam dabei. Was erzählen Sie mir? Das ist mir scheißegal, verstehst du, Kleiner?»
«Du hast das begriffen! Wunderbar!» sagte Baxter mit schwerer Zunge. «Sie machen das nicht absichtlich, nein, das machen sie nicht absichtlich. Sie machen ganz einfach nur die Augen zu, verstehst du?»
Der Mann zog seine Jacke aus und knöpfte sein Hemd auf. Eine gräßliche, schwulstige Narbe zog sich über die Rippen auf der rechten Seite. «Weißt du, was das ist, Kleiner? Ich sage dir, was das ist. Das war eine M-16, klar? Sie hatten alle M-16 damals!»
«Wer?»
«Na wer schon! Diese kommunistischen Schlitzaugen. Totgelacht haben sie sich über uns, das sage ich dir!»
Baxter hatte noch einiges getrunken in dieser Nacht.

Über seine Schreibmaschine gebückt wie ein Radrennfahrer tippte David Kurzmann einen von einem deutschen Nachrichtenmagazin bestellten Artikel über die jüngsten Ereignisse am Persischen Golf. Er riß Seite um Seite aus der Maschine, zerknüllte sie und warf sie wütend in eine Ecke des Zimmers. Es wollte ihm einfach nicht richtig von der Hand gehen, so wie er es gewohnt war. Kurzmann spannte einen neuen Bogen in die Maschine und blätterte in einem Buch, «über die Zukunft der islamischen Revolution» das er vor einigen Jahren verfaßt hatte.

«Das spektakulärste Ereignis in ihrer Geschichte seit dem siebten Jahrhundert, als die arabischen Stämme sich aufmachten, um im Namen Allahs sich die Welt untertan zu machen, kann in seiner ganzen Tragweite heute noch nicht erfaßt werden. Nie wieder wird die Welt etwas Ähnliches zu Gesicht bekommen wie den Reichtum, der in den letzten Jahren in den Persischen Golf geströmt ist. Und dieser Reichtum, zusammengeballt mit religiösem Fanatismus und kaltem Machthunger, zielt nach nichts Geringerem als nach der Weltherrschaft und hat in seiner Gefährlichkeit den Weltkommunismus wohl bereits überflügelt. Saudi-Arabien, das nur dank Mekka-Pilgerei und Erdölsegen vom Krähwinkel einer islamischen Außenseitersekte, der Wahhabiten, zu Weltgeltung aufgestiegen ist, verlangt im Namen des Islam nach Jerusalem und ganz Palästina, da diese von Mohammed neben Mekka und Medina, neben Inner-Arabien, zur Heiligen Stadt, zum Heiligen Land erklärt worden sind. Machtpolitisch verbirgt sich hinter diesen frommen Indikationen ein ganz anderes Anliegen: Der saudische König strebt nach der Führung über den Weltislam, nach der seit dem letzten türkischen Sultan ver-

waisten Kalifenwürde. Ihr Inhaber muß aber Herr über alle großen islamischen Heiligtümer sein, und in dieser Kollektion fehlt einzig und allein Jerusalem. Die Aussichten sind um so bedrohlicher, als heute nicht nur die Araber, sondern die ganze islamische Welt von der Westsahara bis nach Indonesien gegen den jüdischen Staat aufsteht. Und mit ihr so gut wie ganz Afrika, dessen Entwicklungsländer in den Griff der islamischen Ölherren gekommen sind. Mit dem Schah hat Israel seinen letzten mächtigen Freund in diesem weiten Großraum eingebüßt, seine wichtigste Erdölversorgung vom Persischen Golf nach Eilath verloren.

Gleichzeitig werden militärische, politische, wirtschaftliche und selbst moralische Unterstützung aus dem Westen immer unzuverlässiger, da seine Energieversorgung, Vollbeschäftigung und Exportauslastung immer unverblümter über das Wohl und Wehe seiner alten Freunde und Getreuen gesetzt werden. Dieselben Kräfte, die den Schah kaltschnäuzig ihren Erdölinteressen opferten, werden sich schon morgen Israel gegenüber nicht anders verhalten. Doch ob sie es wahrhaben wollen oder nicht: Sie sitzen längst mit den Israelis in einem Boot!»

Das hatte Kurzmann damals im Schlußkapitel geschrieben. Galt das heute noch immer? fragte er sich und starrte auf das weiße Papier. Damals, überlegte Kurzmann, war man wohl allgemein etwas zu sehr auf die Vorgänge in der islamischen Welt fixiert gewesen, vor allem hatte man damals die Ereignisse ausschließlich innerarabischen Kräften zugeschrieben. Aber im Prinzip schien diese Beurteilung nach wie vor richtig zu sein, wenn auch innerarabische Auseinandersetzungen und Unsicherheiten diesen Aspekt in den letzten Jahren in den Hintergrund gedrängt hatten.

Schließlich tippte Kurzmann den Artikel fertig, las ihn unzufrieden durch und steckte die sieben Seiten in einen Umschlag. Zu viele Fragen waren offen geblieben.

«Ich gebe dir einen guten Rat!» hatte Makhmoud Fa-

hoggi, der Direktor des Fernsehzentrums in Dubai zu ihm gesagt. «Bleib nicht allzulange hier. Fliege zurück!» Kurzmann kannte Fahoggi schon lange, eigentlich seit der Zeit, als er hier im Mittleren Osten zu arbeiten begonnen und seine ersten Verbindungen geknüpft hatte. Sie waren so etwas wie Freunde geworden, und Fahoggi war seit jeher einer seiner besten Informanten gewesen.
«Warum?»
Fahoggis Augen blitzten auf. Wer ihn nicht kannte, mochte ihn mit einem Eunuchen vergleichen, fett, weichlich, etwas feminin. «Ich fürchte, daß man hier bald auf Ausländer nicht gut zu sprechen sein wird. Es hat sich viel Zündstoff angesammelt. Die Leute glauben, daß die Amerikaner dahinterstecken!»
«Das ist doch Unsinn!»
«Vielleicht. Aber wichtig ist, was die Leute glauben. Und sie glauben es gerne, du weißt es!»
Kurzmann hatte den Rat seines Freundes befolgt und war nicht mehr nach Musadam zurückgeflogen, wie er es vorgehabt hatte. Es wäre dort auch nicht allzuviel zusätzlich zu erfahren gewesen.
Während Duke nach Kairo zurückgekehrt war, war Kurzmann nach Rom weitergeflogen, wo er ja schließlich mehr oder weniger zu Hause war, zumindest wenn man davon ausging, daß hier seine Frau lebte und die Adresse in Ladispoli, einer Vorstadt Roms, als sein eigenes Korrespondenzbüro firmierte. Vor allem hatte er hier sein eigenes, umfangreiches Archiv untergebracht, das in Kairo selbst unter stabilsten und mehr oder weniger friedlichen Verhältnissen vor dem Zugriff der Behörden nicht sicher gewesen wäre.
Aber das alles war nicht die Hauptsache. Rom und vor allem seine um zwölf Jahre jüngere Frau waren für ihn Fixpunkt seines zwangsläufig unsteten Lebens, Relaxstation. Er selbst hielt es für einen unsinnigen und zwecklosen Versuch, die Art ihrer Beziehung zu analysieren, in ein Muster pressen zu wollen, es gab nichts,

was paßte, die einzige Erklärung lag in dem Begriff «Ungewöhnlichkeit». Er war Emmy Rossalini in Rom begegnet, zwei Jahre, nachdem er sich von Fatmeh getrennt hatte, auf einer jener verrückten Abendgesellschaften, wie sie in der begüterten römischen Gesellschaft üblich waren und die zuweilen höchst ausgefallen endeten in dem manischen Zwang, dem satten und langweiligen Alltag zu entkommen: Die Leute nannten das sogar Kultur. Julio Carpenter, ein beim Vatikan akkreditierter Kollege, der es sogar zu einem echten Ausweis gebracht hatte, der es ihm erlaubte, sich als Monsignore bei Bedarf unter den inneren Kreis der Prälaten zu mischen, hatte ihn – wie bezeichnend – damals mitgeschleppt. Es wäre für ihn ein höchst langweiliger Abend geworden, wäre da nicht die exzentrische junge Contessa Emilia Rosalinda Rossalini gewesen, die es darauf angelegt hatte, ihn mit scharfen, tiefdringenden Nadelstichen aus dem Gleichgewicht zu bringen, was zunächst zu einer stürmischen geistigen Auseinandersetzung geführt hatte. Einen Monat später hatten sie römisch-katholisch geheiratet. So wie es ihre fromme Mutter gewünscht hatte, die unverheiratet gebliebene Schwester des Großindustriellen und päpstlichen Ordensträgers Rossalini, das bekehrte schwarze Schaf der ehrwürdigen römischen Familie.
«Vielleicht», pflegte Emmy ihre Abstammung zu bespötteln, «bin ich der Sündenfall eines Kardinals!»
Ihre Beziehung war in der Tat ungewöhnlich, vom allgemeinen Standpunkt aus betrachtet sogar unmoralisch. «Ich möchte dich heiraten, wie es sich gehört!» hatte sie gesagt. «Um frei zu sein. Weil ich dich liebe, muß ich frei sein, um dich lieben zu können. Das ist nur ein scheinbarer Widerspruch.» Ein andermal sagte sie: «Man hat uns vergessen gemacht, daß wir Körper sind. Natürlich die Kirche, aber nicht nur sie. Der Staat wurde überall auf der Leugnung der Körper errichtet: Seine Macht konnte erst auf geknechteten, angepaßten Kör-

pern errichtet werden, denen man jedes persönliche Verlangen, jedes Bewußtsein eines Unterschieds geraubt hatte: Körpern von Soldaten, Arbeitern, Gefangenen, Gläubigen, Unwissenden, Verheirateten. Ihnen hat man gesagt, daß dafür die geistige, innere Freiheit keine Grenzen kennt. Das ist eine Lüge!»
Emmy genoß ihre Freiheit in vollen Zügen, und seine persönliche Auffassung von Freizügigkeit, geprägt von seinen Begegnungen mit dem Gedankengut des sufistischen Mystizismus, stimmte mit der ihren durchaus überein.
An diesem Abend hatte er ein seltsames Erlebnis. Emmy hatte neuerdings ihr Interesse für parapsychologische Dinge entdeckt und in ihren Kreisen war man für neue und aufregende, verrückte Abwechslungen immer zu haben.
«Du wirst sehen, er wird dich überzeugen. Er hat gesagt, er sei heute abend bereit!» hatte sie aufgeregt erzählt.
«Wer?»
«Niemand kennt seinen Namen. Er schlägt sich als Wahrsager und Kartenleser durch. Er betrügt die Leute natürlich. Aber manchmal, wenn er in seinem Haus in Trastevere ist . . . du wirst sehen, er ist faszinierend!»
Zunächst traf sich die ganze Gesellschaft im Haus einer Freundin von Emmy, die auch David seit der Zeit kannte, da er seine Frau kennengelernt hatte. Er kannte die meisten von ihnen, die alte Clique, bis auf einige junge Leute.
«Ah, David, Sie kommen gerade von da unten?» fragte man ihn.
«Jetzt kehren die guten alten Zeiten zurück!» sagte jemand. «Wir werden auf Pferdegespanne umsteigen!»
«Wie romantisch!»
Alle lachten.
«Ich habe mir schon einen Kamin aufstellen lassen. Ich liebe das prasselnde Kaminfeuer!»
«Aber was werden die Umweltschützer sagen, wenn die

Straßen voll von Pferdemist sind?» warf jemand lachend ein.
«Und wenn die Sache doch nicht so spaßig wird?» versuchte David ernsthaft zu sein.
«Ach, sei kein Spaßverderber, David! Solange wir darüber lachen können! Sie sagen seit Jahren, daß es so nicht weitergeht, und es ist immer so weitergegangen und es wird immer so weitergehen, wetten?»
Eines der jungen Mädchen kam auf David zu und schmiegte sich an ihn. «Wozu brauchen wir das Öl!» flüsterte sie. «Ist das warm genug?»
Emmy stand daneben, lachte und umarmte sie beide.
«Ist sie nicht wunderschön?» fragte sie. «Sie war ganz heiß darauf, dich kennenzulernen! Aber jetzt müssen wir gehen. Wir dürfen den Mann nicht warten lassen!»
Es war eine fröhliche, beschwingte Gesellschaft, die in mehreren Wagen zum Haus dieses geheimnisvollen Mannes in Trastevere an der Piazza Ipolito Nievo fuhr. Es war ein altes, heruntergekommenes Haus, und David fragte sich, ob Emmy neuerdings in ihrer unersättlichen Neugier und ihrem ungezügelten Verlangen nicht doch etwas übertrieb.
Eine ältere Frau öffnete ihnen. «Er wartet schon auf Sie!» sagte sie leise und führte sie eine ausgetretene Holztreppe hoch und in ein dunkles, großes Zimmer, in dem nur eine kleine, schwache Lampe brannte. Nur ein paar Polsterstühle standen herum. In einem saß ein älterer Mann, der mit einem fleckigen Hausmantel bekleidet war, der schon einmal bessere Zeiten gesehen zu haben schien. Der Mann sah sie mit spöttisch glitzernden Säuferaugen an. Die Stimmung der Leute schlug sofort um. Eine nervöse, fast greifbare Spannung füllte das Zimmer.
«Das Leben», sagte der Mann plötzlich mit hohntriefender heiserer Stimme, «ist Ihnen wohl noch nicht rätselhaft genug? Sie können sich doch wahrhaftig nicht beklagen, Emmy, und Ihr Mann . . . setzen Sie sich!» sagte

er lachend. «Ich werde sehen, was ich für Sie tun kann. Ihre Frau», wandte er sich plötzlich ernst geworden an David, «Ihre Frau meinte, Sie möchten einen Blick in die Zukunft tun. Wollen Sie das wirklich? Ich muß Sie warnen! Es ist kein Spaß, es ist nicht immer ein Spaß!»
David war neugierig geworden. Die Angelegenheit begann ihn zu amüsieren, und gleichermaßen war er gespannt darauf, was der merkwürdige Mann zu bieten hatte.
Der Mann schien zumindest sein Handwerk zu verstehen. «Das Glück oder das Unglück ist», fuhr er fort, ohne Davids Antwort abzuwarten, «daß die Zukunft von niemandem ernstgenommen wird. Am allerwenigsten von jenen, die von der Zukunft am meisten reden. Ich bin bereit, Ihnen etwas zu zeigen. Nicht, weil sie mich darum gebeten hat, sondern weil ich weiß, wer Sie sind . . . und . . .» Der Mann schaltete die Lampe aus, und es wurde völlig dunkel um sie herum.
David fühlte sich seltsam schläfrig und gleichzeitig hellwach. Die Augen begannen zu schmerzen, als wie in einem schlecht belichteten und verwackelten Film Bilder in der Dunkelheit vor ihm auftauchten, Menschenmassen, verzerrte Gesichter, niedergebrannte Häuser, Soldaten und dann, wie an einem trüben Wintertag, wenn das Spiel des Lichts die Proportionen der weitgedehnten Großstadt verkürzte, die Altstadt Jerusalems, die in einem grellen Blitz verschwand.
Eines der Mädchen kicherte.
«Seien Sie still!» sagte der Mann leise.
Dann sah David sich selbst, schemenhaft, wie er sich durch einen Schneesturm kämpfte, ja, es war Schnee, er versank darin und versuchte verzweifelt, sich aus den Schneemassen zu befreien. Kein Laut war zu hören. Gebannt starrte David Kurzmann auf die flüchtig flackernden Bilder, es bestand kein Zweifel, daß er all das wirklich sah.
Der Mann zündete die Lampe wieder an und sagte er-

schöpft: «Was Sie gesehen haben, waren mögliche Ereignisse. Es gibt einige wenige Leute, die glauben, sie hätten alles unter Kontrolle. Aber sie haben die Kontrolle schon längst verloren. Es wird zu Revolten kommen, die alles in den Schatten stellen, was bisher geschehen ist. Nicht nur in den Ländern, wo die Menschen an Hunger und Elend gewöhnt sind. Sie sind doch Jude, nicht wahr? Ja, ja, vielleicht fällt die Entscheidung wirklich in Jerusalem. Sie sollten vor dem Schnee auf der Hut sein. Sie haben einen Sohn, nicht wahr?»
«Ja», sagte David verwirrt.
«Er ist in Gefahr. Jetzt noch nicht, aber . . . Sie sollten auf ihn achtgeben!» Dann stand der Mann auf und sagte knapp: «Geht jetzt. Ich bin müde!»
Draußen begannen sie wieder zu lachen.
«Wenn ich nur wüßte, was der Trick bei dem Ganzen ist!» sagte jemand.
«Aber du mußt zugeben, es war irgendwie unheimlich. Er hat mir einen richtigen Schrecken eingejagt.»
«Kinder, laßt euch doch von dem verrückten Kerl den Abend nicht verderben! Kommt ihr noch auf einen Schluck zu mir? Ich habe gestern einen neuen Film bekommen, ich sage euch . . .»
«David!» sagte Emmy. «Es war furchtbar. Es . . . es war diesmal ganz anders . . . ich habe das nicht gewußt. Wir fahren nach Hause!» sagte sie zu den anderen.
«Ich habe heute keine Lust mehr!»
David schlief diese Nacht nicht. Das Erlebnis hatte ihn aufgewühlt, und er wußte nicht recht, was er davon halten sollte. Am nächsten Morgen entschloß er sich, nach Trastevere zu fahren, um mit dem Mann zu reden. Aber es war nur die alte Frau da, die ihm sagte, daß er noch am Abend fortgegangen sei, sie wisse nicht, wann er wiederkommen würde. Es könne Wochen, ja sogar Monate dauern . . .
Als David nach Hause kam, lag ein Telegramm aus New York im Briefkasten. Es stammte von Tom Syman, der

ihn bat, die Gipfelkonferenz in Tokio zu übernehmen. Er hatte noch ein paar Tage Zeit, überlegte er.
Er hatte seinen Sohn ohnedies schon zu lange nicht mehr gesehen. Der Wahrsager ließ ihm keine Ruhe.
Er hatte mit viel Glück eine der letzten Maschinen der Swissair nach Zürich erwischt. Nicht nur, daß die Fluggesellschaften in Europa aus Gründen des Treibstoffmangels vorübergehend ihre Flüge reduziert hatten. Das Flughafenpersonal in Italien, oder vielmehr die sie vertretenden Gewerkschaften, waren zu der Meinung gelangt, dies könne ein Präzedenzfall sein, der ihre Zukunft in Frage stelle, und sie hatten kurzerhand einen Bummelstreik ausgerufen, der den Flugverkehr von und nach Italien nahezu lahmgelegt hatte.

Es war kein Snobismus gewesen, daß er David, seinen Sohn aus der Ehe mit Fatmeh, im Lyzeum Alpinum in Zuoz, im Schweizer Engadin, untergebracht hatte; wer hätte ihn sonst erziehen sollen? Hier konnte er internationale Freundschaften und Verbindungen schließen, die ihm in der Zukunft nützlich sein konnten.
David hatte sich seit seinem letzten Besuch vor knapp drei Monaten erstaunlich verändert: Hochaufgeschossen, sehnig und waghalsig war er auf einem schwarzen Hengst zwischen Kiefern und Fichten über den steilen Hügel am Ortsrand galoppiert, in der typischen Haltung arabischer Wüstenreiter; er konnte diese Hälfte seines Blutes wohl nicht verleugnen. Sechzehn Jahre alt und selbstsicher, ja erwachsen geworden war David nun,und Kurzmann war nach den zwei Tagen, die er mit seinem Sohn in Zuoz verbracht hatte, beruhigt nach Zürich weitergefahren und von dort nach Frankfurt geflogen, um seinen Onkel Jacob, den er eher wie einen älteren Bruder betrachtete, und vor allem Mevlana wiederzusehen.
Aber: «Mevlana ist in Paris!» enttäuschte ihn Jacob. «Bei Loussant, du kennst ja diesen verrückten Hund. Er

ist sogar persönlich hergeflogen, um sie mitzunehmen, so verrückt war er nach ihr. Sie treiben sich jetzt wohl irgendwo in der Südsee herum ... so wie ich Loussant kenne ...»
«Na», sagte David betont gleichgültig, das ist ja überraschend schnell gegangen.»
«Du wunderst dich? Du müßtest doch über die Talente dieser schwarzen Perle am allerbesten Bescheid wissen!» grinste Jacob vieldeutig und warf einige Holzscheite in den Kamin, daß die Funken prasselnd auseinanderstoben. «Entschuldige!» sagte er. «Ich meinte es nicht so ... Sie ist wirklich ein faszinierendes Modell, ich meine, sie ist genau der exotische Typ Weiblichkeit, von dem man als ... als Fotograf träumt. Aber es ist nicht nur das. Was mich so erstaunt hat, war ihre geradezu phänomenale Anpassungsfähigkeit und ihr ungeheurer Ehrgeiz. Du würdest sie nicht wiedererkennen. Im übrigen spricht sie fast schon perfekt deutsch, scheint ein verkanntes Sprachgenie zu sein!»
«Ja», sagte David nachdenklich, «das scheint sie zu sein.» Und er dachte: Ein Archetypus ist sie, die Verkörperung eines Mythos, jahrhundertelang, jahrtausendelang ins Unbewußte unterdrückt und durch einen Zufall in die Welt gestoßen, erfüllt von der radikalen Emanzipationswut einer Rasse, die ihre Zeit gekommen sieht, für die die Zeit gekommen ist ... Ich bin verrückt! dachte er. Er legte die Bilder, die Jacob von Mevlana gemacht hatte, zur Seite, als das Telefon klingelte.
David hörte, wie Jacob sagte: «Ja, er ist hier ... gut! In einer Stunde?»
Jacob kam mit einem leicht verlegenen Ausdruck im Gesicht ins Wohnzimmer zurück. «Ich muß dir etwas gestehen!» sagte er schließlich. «Ich bin hier so etwas wie ein Briefkasten für ... für ... den Mossad. Äh ... sie wollen mit dir reden. Hängt, soweit ich das mitbekommen habe, mit deinem Job in Tokio zusammen.»
«Ach!» sagte David. «Sieh einer an!»

«Was?»
«Und wie kommt es», fuhr er fort, «daß man mich ausgerechnet hier bei dir aufstöbert? Es ist doch reiner Zufall, daß ich noch hier sitze und nicht schon längst in Japan bin!»
«Man hat dich in Rom knapp verpaßt. Und da sie offenbar wußten, daß es dich hierherziehen würde, hat man sich mit mir in Verbindung gesetzt!»
«Und was machst du für sie, hier in Deutschland?»
Jacob hob die Hände zu einer abweisenden Geste. «Es gibt genug zu tun. Na, du weißt, wie das so ist!» sagte er knapp.
Pünktlich eine Stunde später kam der angesagte Besuch.
«Das ist Schlomoh Glicksburg!» stellte Jacob den einen der beiden vor. Glicksburg mochte etwa 50 Jahre alt sein, war untersetzt und muskulös und trug einen breitkrempigen, schwarzen Hut. «Er ist Presseattaché bei der israelischen Botschaft in Wien!»
«Und ganz zufällig auf Public-Relations-Tour in der Bundesrepublik, wie?» sagte David grinsend und reichte Glicksburg, der ihn mit ausdrucksloser Miene musterte, die Hand.
«Groulle!» sagte der zweite Mann, ohne die Zigarre aus dem Mund zu nehmen. «Gilbert Groulle!»
«Gut, Herr Kurzmann!» meinte Glicksburg schließlich, als sie sich gesetzt hatten. «Gut, daß wir Sie noch antreffen!» sagte er mit einer leisen, etwas heiseren Stimme. «Ich will es kurz machen. Ich verstehe, daß Sie etwas verwundert sind, Herr Kurzmann, daß wir gerade Sie in dieser Sache um Hilfe bitten. Aber es hat sich so ergeben . . .»
«In welcher Sache? Ich verstehe überhaupt nichts!»
«Sie werden das gleich verstehen.» Glicksburg zog einen braunen Umschlag aus seiner Rocktasche und entnahm ihm ein Foto. «Sie kennen diesen Mann, nicht wahr? Ryan Baxter, Staatssekretär im amerikanischen Energieministerium, Studium in Stanford und Harvard, Tätig-

keit für verschiedene amerikanische Regierungsbehörden in Lateinamerika, Indochina und Iran. Ein Schulfreund von Ihnen, nicht wahr?»
Kurzmann schwieg.
«Sie haben noch Kontakt mit ihm?»
«Ich habe ihn schon seit Jahren nicht mehr gesehen. Aber wir waren früher ziemlich befreundet. Was zum Teufel habe ich nun mit Baxter zu tun?»
«Baxter leitet die Vorausdelegation für die Gipfelkonferenz in Tokio», erläuterte Glicksburg. «Sie sollten sich dort mit ihm in Verbindung setzen. Das dürfte wohl nicht schwierig sein, wie?»
«Ist das alles?» fragte Kurzmann verständnislos.
«Natürlich nicht. Sehen Sie, Herr Kurzmann, die Beziehungen zwischen unserem Staat und den Vereinigten Staaten gestalten sich . . . nun, sie sind etwas merkwürdig geworden. Washington hat mehr oder weniger dicht gemacht, und wir haben den berechtigten Verdacht, daß man uns über die offiziellen Verbindungen zwischen unseren Diensten hinters Licht führt. Unsere wichtigsten Leute wurden ausgeschaltet.»
«Aber es sind doch eine ganze Reihe . . .»
«Sie meinen Juden? Mitglieder von B'nai Brith?» Der Anflug eines zynischen Grinsens huschte über Glicksburgs Gesicht. «Der Teufel soll sie holen!» sagte er schließlich. «Sie haben mit uns nichts gemein, außer daß sie manchen Kreisen wieder einen Vorwand liefern, von einer jüdisch-freimaurerischen Weltverschwörung zu reden. Wir können uns später darüber unterhalten, Herr Kurzmann. Was wir von Ihnen wollen ist, daß Sie Baxter anzapfen. Er ist die einzige erfolgversprechende Schwachstelle. Ihr Jugendfreund leidet an Schuldkomplexen und dürfte nach unserem Psychogramm nur nach einer Gelegenheit suchen, sich aussprechen zu können. Er wartet auf eine Gelegenheit, abzuspringen!»
«Und ich soll sie ihm verschaffen, wie?»
«Genau. Notfalls können Sie etwas nachhelfen. Wir ha-

ben hier ein Dossier vorbereitet, damit Sie sich ein Bild über seine Persönlichkeitsstruktur machen können. Die Schwachstellen bei Baxter liegen in seiner Tätigkeit in Teheran. Es gab da eine Frau . . .»

«Gut», sagte Kurzmann nachdenklich. «Gut! Ich soll mich also wie ein Schwein benehmen. Ihn auseinandernehmen, wie? Ich habe kein Talent für solche Dinge, fürchte ich . . .»

«Doch, Herr Kurzmann, doch. Ihre Talente waren uns immerhin schon einigemale sehr nützlich. Aber ich verstehe, daß Ihnen ein wirklich einleuchtendes Motiv fehlt. Sie wollen wissen, worum es geht?» Glicksburg machte eine Pause und nahm endlich seinen Hut ab. Er sah aus wie Yul Brynner, sein Kopf war völlig kahl und von rötlichen Narben überzogen. «Eine kleine Erinnerung an Husseins Gefängnisse!» lachte er und fuhr fort: «Natürlich geht es für uns wie immer ums Überleben. Aber das klingt schon zu banal. Ich denke, daß es diesmal wirklich darum geht. Nicht nur für uns. Deshalb ist es so wichtig, die Absichten gewisser Kreise in Washington rechtzeitig zu erkennen, und zwar ihre wirklichen Absichten. Daß sie uns verscheißern wollen, ist kein Geheimnis. Auf das Ausmaß kommt es an. Wenn es nur darum ginge, daß uns die Vereinigten Staaten . . . nun, nicht mehr so gut gesinnt sind, wie in der Vergangenheit, damit würden wir schon irgendwie fertig werden, auch das Problem mit den Arabern wäre nicht unbedingt eine existentielle Bedrohung. Ich weiß, daß unsere Befürchtungen unglaubwürdig klingen, schließlich brauchen uns die USA gerade jetzt, sie brauchen uns als Stützpunkt; uns und Ägypten, nachdem die Sowjetunion ihre Grenzen vorgeschoben hat, nicht wahr? Das heißt . . . sie brauchen nicht uns . . . sie brauchen unser Territorium. Aber darum geht es nicht. Es geht uns darum, daß eine internationale antisemitische Welle mobilisiert wird. Das Merkwürdige dabei ist, daß es dabei nur am Rande gegen uns geht, wir sind nur ein Mittel, ein Katalysator, den man opfert, um gewisse Ziele zu erreichen!»

Glicksburg entnahm seiner Aktentasche einen weiteren schmalen Ordner und reichte ihn Kurzmann.

Der Ordner enthielt Fotokopien von Zeitungsausschnitten, in der Mehrzahl aus der «International Herald Tribune».

Kurzmann las mit wachsender Verwunderung: «Der Verdacht des Kreml, daß eine internationale jüdische Verschwörung die Weltherrschaft anstrebt und das sowjetische Regime vernichten will, beginnt sich verstärkt in der sowjetischen Presse bemerkbar zu machen. Es scheint, daß die gegenwärtig vom KGB geplanten neuerlichen Schauprozesse gegen jüdische Dissidenten darauf ausgerichtet sind, zu beweisen, daß die Angeklagten Agenten des CIA sind und an der Unterminierung des Sowjetsystems gearbeitet haben. Die Zeitschrift ‹Ogonyek› empfiehlt ihren Lesern ein neues Buch, das, wie sie behauptet, das Gleichartige von Zionismus und Nazismus nachweist. Ein anderes kürzlich in der UdSSR veröffentlichtes Buch erklärt, daß ein israelisches Schulbuch die Kinder zu überzeugen versucht, daß die Juden als eine Elite der Menschheit geschaffen wurden. Es kann demnach, so heißt es in diesem Buch, gefolgert werden, daß sie Sklaven halten können und diese Sklaven Nichtjuden sein sollen. Dieses in der Ukraine veröffentlichte Buch könnte man als provinzielle Verwirrung ansehen, stünde es nicht für zahlreiche andere gleichlautende Veröffentlichungen. Bei der Besprechung eines ähnlichen in Minsk erschienenen Buches betonte die seriöse und angesehene Moskauer Zeitung ‹Moskva› die ‹besonders abstoßende Doktrin einer jüdischen Weltherrschaft›, die, so ‹Moskva›, auf der biblischen Verfügung beruht, daß ‹gemäß Gottes Wille alle Menschen zu Sklaven der Juden werden›. Bei Anbruch des zwanzigsten Jahrhunderts war aus Kapitalismus Imperialismus geworden, und dieser Entwicklung war sehr durch

die jüdische Bourgeoisie geholfen worden, die einen insgesamt beträchtlichen Anteil der Reichtümer der Welt an sich gerissen hatte.
‹Aber jüdische Bankiers sind noch nicht überall an der Macht›, fährt die ‹Moskva› fort. ‹Dies ist der Grund, weshalb es die wichtigste Aufgabe des zionistischen Gehirnzentrums bleibt, Schlüsselstellungen in der wirtschaftlichen, administrativen und ideologischen Maschinerie der Länder, in denen die Juden verstreut sind, zu erobern!›
Deshalb ergibt sich laut ‹Moskva›, daß ‹sich Antisemitismus als spontane Reaktion auf die barbarische Ausbeutung durch die jüdische Bourgeoisie bei den versklavten arbeitenden Schichten einstellen kann.›
Mit einer marxistischen Drehung schließt ‹Moskva›, daß solche Reaktionen ‹als eine Art des Klassenkampfes und nicht als Antisemitismus angesehen werden sollten!›»
«Dieser Wahnsinn!» sagte David heiser. «Beginnt er wieder, dieser Wahnsinn? Das ist doch Hitler-Propaganda in Reinkultur!»
Glicksburg nickte. «Tja!» sagte er und lächelte dabei, «Sie scheinen die würdigen Nazi-Nachfolger zu sein, nicht wahr? Und dieser Nonsens wurde schon einmal geglaubt von genügend Menschen, um das Grauen der deutschen Konzentrationslager möglich zu machen; ich sage absichtlich nicht: von genügend Deutschen, ich sage, von genügend Menschen, auch genügend Amerikanern, die bis zu dem Augenblick, da ihnen die Bilder von Auschwitz genügend schlechtes Gewissen vermittelten, der Meinung waren, die Juden seien an ihrer Verfolgung selbst schuld gewesen. Auch diese Veröffentlichungen werden ihren Einfluß über die Grenzen der Sowjetunion hinaus haben, sie haben ihn, und er wird gefördert, und damit schlägt man ein paar Fliegen mit einem Schlag!»
«Wie ist das zu verstehen?»
«Wir haben das natürlich analysiert, seit diese antisemi-

tische Kampagne angelaufen ist, Mitte der siebziger Jahre. Nach den Berichten in der ‹International Herald Tribune› mußte der Eindruck entstehen, daß die Sowjets dabei sind, ihre Art von Endlösung der Judenfrage zu organisieren. Es handelt sich aber nur um vereinzelte Veröffentlichungen dieser Art.»
«Das heißt also, daß die Sache aufgebauscht wird!»
«Richtig. Denn das fehlte noch, daß man die Sowjets den Hitler-Nazis gleichstellen konnte. Abgesehen davon, daß dieser Systemvergleich nicht ganz unberechtigt ist, von allem Anfang an, ist jetzt das Sowjetsystem völlig diskreditiert, es sind Nazi-Kommunisten, unverbesserlich, unbelehrbar, unmenschlich, grundsätzlich böse, und zu alldem wollen sie noch die kommunistische Weltherrschaft, das Öl, die Rohstoffe: Sie können nun, nein sie müssen nun endgültig gestoppt, bestraft, beseitigt werden. Wissen Sie, Herr Kurzmann, nicht daß ich für die Sowjets etwas übrig hätte oder für den Kommunismus dieser Art überhaupt, ganz im Gegenteil, aber eine ganz bestimmte internationalistische Mischpoche will uns wieder dazu benutzen, die ewige Konfrontation zwischen den guten und den schlechten Nationen hochzuschaukeln, nachdem nun offenbar der Zeitpunkt gekommen ist, wo man sogenannte unlösbare Probleme nur mehr mit Feuer und Schwert aus der Welt brennen kann, weil den Klugscheißern der Atem ausgegangen ist.»

Die Mochilara, einst, und vor allem während der Jahre, da sich über den Khyber-Paß die Traumstraße der Fixer und Zivilisationsmüden geschlängelt hatte, voll bunten Lebens, machte am meisten deutlich, wie sehr die letzten Jahre Peschawar zu seinem Nachteil geprägt hatten. Von der orientalischen Atmosphäre dieses Einkaufszentrums, das einst von den Touristen vor allem wegen des großen Angebots heimischer Produkte geschätzt worden war, war nichts mehr zu spüren. Heute wurde hier mit allem gehandelt, womit man schießen konnte, vom Schießbleistift bis zur 20-Millimeter-Flugabwehrkanone, und vor allem sowjetische AK-47-Sturmgewehre prägten das Angebot.

Die Fassaden der Häuser waren mit Parolen verschmiert. «Russiha barajad!» – «Russen raus!» war das gängigste Zierat. Aber sie waren noch immer in Afghanistan.

In einem dieser Häuser lebte Abdul Sadeq alias Alphonso Martinez, der hier, gewissermaßen zur Tarnung, neben dem offiziellen Waffennachschub an die Rebellen im Zuge der amerikanischen Militärhilfe für Pakistan, die inoffiziellen Kanäle offenhielt und vor allem dafür sorgte, daß in Darrha, einem kleinen Nest am Fuß des Khyber-Passes, den Waffenhändlern die Ware nicht ausging.

Sadeq saß an diesem Morgen vor dem Eingang zu seinem Haus und beobachtete eine Gruppe Chinesen, die lebhaft mit einigen Einheimischen diskutierten. Sadeq war unzufrieden. Die Dinge liefen nicht so, wie sie hätten laufen sollen. Die Verbindungen nach Taschkent waren abgebrochen. Und die Liquidation von Aziz Sharmal war nahezu wirkungslos geblieben. Die Belutschen in der an Afghanistan grenzenden Südprovinz machten in zunehmendem Ausmaß Schwierigkeiten. Sie hatten sich in Afghanistan ebenso wie die Paschthunen auf die Seite der sowjetischen Marionettenregierung in Kabul geschlagen, die die beiden Provinzen mit weitgehender Autonomie geködert hatte. Und die übrigen Rebellengruppen, die von Pakistan aus operierten, waren angesichts des jahrelangen, erfolglosen und opferreichen Kämpfens mürbe und uneinig geworden. Die alten Zwistigkeiten hatten begonnen aufzubrechen: Die einen kämpften für einen islamischen Gottesstaat, die anderen für einen progressiven, revolutionären islamischen Staat und brachten dabei jene gegen sich auf, die von einem Land träumten, in dem die Kinderehe und überhaupt die gute alte Zeit wieder eingeführt werden konnte. Die weitaus größte Gruppe, die verstärkten Zulauf erhielt, dachte an eine Art chinesischen Sozialismus. Und das war es, was Sadeq am meisten aufbrachte, der zunehmende chinesische Einfluß in Pakistan ...

Die Hurensöhne, dachte er, während er die Chinesen beobachtete, haben es verstanden, sich hier breitzumachen und festzusetzen. Wenn man es genau überlegte, dachte er, haben sie die Situation der Amerikaner schamlos ausgenützt. Wir zahlen und machen die Dreckarbeit, und die gelben Hunde kassieren am Ende alles, lassen sich den Braten fix und fertig und saftig servieren.

Sadeq kam nicht dazu, seine trüben Gedanken weiter zu spinnen. Mit quietschenden Reifen jagte ein alter Jeep klappernd die schmale Gasse herauf und blieb unmittelbar vor ihm stehen. Es war Major Fuller vom Stützpunkt.

Wenn Fuller offiziell hier aufkreuzte, dann brannte es. Sadeq sprang auf den Wagen, und Fuller fuhr mit Vollgas weiter. Das alles hatte kaum eine Sekunde gedauert.

«Zum Teufel!» entfuhr es Sadeq. «Was soll ich denn den Leuten erzählen?»

«Das ist jetzt egal!» knurrte Fuller. «Sagen Sie ihnen, was Sie wollen. Wird Ihnen schon etwas einfallen.»

«Und wozu das Affentheater?»
«Werden Sie sehen!» sagte Fuller einsilbig.
Schließlich hielten sie vor dem «Peschawar-Khyber-Hospital».
Sadeq kannte den Mann, der mit dick verbundenem Oberkörper und eingefallenem Gesicht im Krankenbett lag. Es war Sajid Malik, einer der Führer der «Hisp-i-Islamie Afghanistan».
«Hat sich mit einem abgefetzten Arm durch den Hindukusch geschlagen», sagte Fuller. «Die anderen hat es erwischt, sagt er. Vierzig Mann!»
«Das soll ja schon vorgekommen sein!» sagte Sadeq ungerührt. «Die Idioten glauben, sie können die russischen Vierundzwanziger wie Kamele abschießen. Keine Ahnung von Taktik.» Sadeq meinte die neuen MI-24-Kampfhubschrauber.
«Das ist es nicht, Mann! Wir werden aus seinem Gestammel einfach nicht klug.» Fuller warf Sadeq einen bedeutungsvollen Blick zu und tippte sich mit dem Zeigefinger auf die Stirn. «Redet nur in dem verdammten Gujuri!»
«Eh, Sajid!» sagte Sadeq und setzte sich auf die Bettkante. Er kannte diesen Ausdruck in den Augen. Es war nicht mehr Angst. Solange jemand Angst in den Augen hatte, lebte er. Es war Grauen. Wer das Grauen in den Augen hat, ist tot, ist lebendig tot. Sadeq kannte das. «Eh, Sajid, was zum Teufel ist geschehen?»
«Sie sind Teufel. Sie kommen aus der Hölle. Allah hat uns verlassen!» Sajids Gesicht verzerrte sich.
«Die Russen, eh?»
«Ich war nicht bei ihnen. Es war in einem Tal bei Kamdesh. Babrak und ich waren ... auf dem Berg ... sie konnten sich nicht bewegen. Sie standen einfach da und sahen zu, wie die Hubschrauber kamen. Sie bewegten sich nicht. Sie hatten ihre Waffen in der Hand und bewegten sich nicht ...»
Sadeq sah zu Major Fuller und verzog das Gesicht.

«Was war das, Sajid? Und ihr, Babrak und du? Was ist mit Babrak?»
«Ein Ton, ein Summen. Es war wie ein Schlag auf den Kopf. Nein . . . es war . . . die Gedanken, die Gedanken waren plötzlich weg . . .»
Sadeq dachte an Major Holt, den Blackbird-Piloten. Und an den Ausfall der SR-71-Elektronik. «Und dann haben sie euch niedergemacht, wie?»
Sajid nickte und starrte gegen die Decke.
«Ist er übergeschnappt?» fragte Fuller.
«Nein, Major. Es hat ihn nur nicht so schlimm erwischt wie Holt.»
«Himmelarsch!» sagte Fuller.
Sadeq nickte. «Sie sind uns mit irgend etwas voraus!»
«Ja, das sind sie. Und die in Washington schlafen. Sie werden wieder einmal rüber müssen, Martinez. Wir liegen hier am Arsch, wenn wir nicht wissen, was da drüben vor sich geht. Schiß?»
Abdul Sadeq alias Alfonso Martinez schüttelte den Kopf.
Zwei Tage später überschritt er die Grenze. Es war sein letzter Auftrag. Er kam nie mehr zurück.

«Himmel, Harding!» rief Herb Livitt aus, als er ihm auf dem Korridor begegnete, der zum Lift in die unterirdischen Labors führte. «Ich weiß, ich habe mich freiwillig zu dieser Q-Gruppe gemeldet, nachdem man mir das nun einmal angeboten hatte. Schließlich arbeitete ich sowieso für die NASA und für die Regierung. Aber das hier! Ich bin Astrophysiker, verdammt noch mal. Dieser Rich Collins ist jetzt der zweite, den wir umgebracht haben, jawohl, umgebracht haben. Verdammt noch mal, wir wissen doch schon, wie sich diese verfluchten Strahlen auswirken. Yanshim, dieser eiskalte verrückte Hund, und dieser Braker, die haben . . .»
«Mensch, Herb, reiß dich zusammen!» sagte Harding. «Nur nicht die Nerven verlieren. Die stecken dich sonst glatt in die Klapsmühle. Die von der Army haben da ganz spezielle Abteilungen für solche Fälle. Du bist nun einmal mit drinnen!»
«Okay! Okay, Bryan! Aber wir haben Collins und Nicholson nichtsdestoweniger umgebracht. Und wenn wir nicht aufhören, werden sie nicht die letzten gewesen sein! Ich habe das verdammte Gefühl, daß wir schon längst nicht mehr danach suchen, was mit diesem Holt passiert ist, sondern dabei sind, selbst eine Teufelsmaschine zu konstruieren. Wir haben doch schon genug Daten!»
Harding gab Livitt insgeheim recht. Was mit Holt passiert war und was vermutlich vor wenigen Tagen in Afghanistan mit diesem Sajid geschehen war, der nun apathisch in seinem Bett in der medizinischen Abteilung des Versuchszentrums Kirtland lag, das wußten sie mittlerweile. Aber wie sie das zuwegebrachten, wie es möglich war, diese Wirkung auf derart große Entfernungen zu erzielen, daß sie Blackbird erwischten . . .

Collins und Nicholson hatten keinen schönen Tod. Die medizinische Erklärung war Herz- und Kreislaufversagen, kein Arzt würde etwas anderes konstatieren können. Aber es war mehr . . . Stück für Stück.
«Es kann also kein Zweifel mehr daran bestehen», hatte Yanshim triumphierend gesagt, «daß wir hier den eindeutigen Beweis für Kashinskys Theorie haben. Diese Töne niedriger Frequenz beeinflussen auf ganz natürliche Weise die elektrischen Vorgänge im Gehirn und im gesamten Nervensystem! Die Alpha-Wellenfrequenz des menschlichen Gehirns zwischen acht und zwölf Hertz macht es zwangsläufig zu einem geradezu harmonischen Träger von Wellen niedriger Frequenz. Faszinierend. Im Grunde genommen die einfachste Sache der Welt, Levonson! Diese Tatsache war doch euch Gehirnforschern schon längst bekannt, die elektrischen Vorgänge im Organismus waren doch bekannt? Na, wie auch immer. Offenkundig hat der menschliche Körper seine eigenen natürlichen Resonanzfrequenzen. Was im übrigen auch die Tatsache bestätigt, daß unsere Hirne und die zentralen Nervensysteme sich gegenseitig und die Umgebung beeinflussen, indem elektrische Impulse ausgetauscht werden. Womit auch klar ist, daß elektrische Energie, die auf dieser Wellenlänge liegt, zwangsläufig empfangen wird. Levonson hat die jüngsten Testserien ausgewertet!»
Levonson griff nach seinen Unterlagen. «Eine schwache, direkt auf einen Menschen gezielte magnetische Sinuswelle mit etwa 8 Hertz aktiviert die Tätigkeit der Gehirnwellen in vier bis sechs Sekunden. Die psychologischen Auswirkungen einer solchen Aktivierung haben sich als äußerst positiv und nützlich erwiesen. Eine schwache magnetische Sinuswelle mit einer Frequenz von etwa 4 Hertz führt zu Veränderungen in sechs bis zehn Sekunden. Die psychologischen Auswirkungen sind eindeutig negativ. Die Symptome sind im allgemeinen Schwindelgefühl, Kopfschmerz, Übelkeit, in einzel-

nen Fällen Erbrechen, mit epileptischen Anfällen und Herzrhythmusstörungen, Hörstörungen, Einwirkungen über einen längeren Zeitraum dürften zweifellos zu ständigen organischen Schäden führen. Die Frequenz der Alpha-Wellen im Gehirn wird herabgesetzt. Bei einem Level unter vier Hertz führt dies bei längerer Einwirkung zu völliger Apathie und letzten Endes zur dauerhaften Störung des Neutronen-Systems. Darüber hinaus wäre es vorstellbar, bei einer dauernden elektromagnetischen Einwirkung in einem mittleren Frequenzbereich von etwa 6,5 Hertz auf eine Gruppe von Menschen ... äh ... ä ... absolute Gefügigkeit zu erreichen!»

«Das ist ja eine feine Sache!» hatte Harding bestürzt ausgerufen.

«Na gut!» hatte Colonel Braker gesagt. «Damit haben Sie zwar die Funktionsstörungen bei Major Holt geklärt, aber nicht die im elektronischen System der SR-71.»

«Es schien mir zweckmäßig», gab Yanshim zurück, «zunächst die Versuche mit gezielt einsetzbaren Wellen zu Ende zu führen. Um die Auswirkungen auf elektronische Systeme feststellen zu können, brauchen wir größere Magnetfelder. Um das zu klären sind wir ja hier. Das Problem, meine Herren, das sich uns nun stellt, ist folgendes: Wie kann man Wellen erzeugen, um eine derartige Wirkung auf große Entfernungen zu erzielen? Wie lassen sich solche Felder über weite Entfernungen kontrollieren? Wie kann man verhindern, daß sich diese Felder irgendwo verlieren und abschwächen? Eine wesentliche Frage ist, wie hoch die Energie sein muß, mit der gesendet wird, um eine solche Wirkung zu erzielen? Wir werden morgen damit beginnen!»

«Und was geschieht mit den Versuchspersonen? Wie steht es um deren gesundheitliche Verfassung, Doktor Shermann?» fragte Livitt.

«Den Umständen entsprechend gut. Die Organfunktionen haben sich in den letzten Tagen weitgehend norma-

lisiert. Ich denke, daß keinerlei Schäden zurückbleiben werden!»
«Wir werden die Leute leider weiterhin in die Versuche einbeziehen müssen!» sagte Yanshim.
«Aber wozu?» fragte Harding.
«Wir wissen noch nicht, inwieweit diese Magnetfelder durch Mauern gestört oder abgeschwächt werden. Ich fürchte, wir können auf die Jungs nicht verzichten. Im übrigen könnten sich bei stärkerer Energiefreisetzung andere Resultate ergeben. Vergessen Sie nicht, die Jungs haben sich freiwillig zur Verfügung gestellt, im Bewußtsein aller Risiken. Wenn Sie wollen, betrachten Sie das als eine Art Kriegseinsatz. Das ist es im Grunde genommen auch!»
Collins und Nicholson waren in Abständen von zwei Tagen gestorben. Ein Armeewagen hatte ihre Leichen abgeholt.
«Nicht die Nerven verlieren!» hatte Harding zu Livitt gesagt.
Zwei Tage später verlor Livitt sie doch. Auf dem Weg vom Wohnkomplex zu den Laboratorien schlug er unvermittelt Yanshim zusammen, stieß einen der Wachtposten nieder und versuchte, die versperrte Eingangstür aufzubrechen. Der Posten schoß, ohne aufzustehen; sieben Kugeln trafen Livitt. Der Wachtposten, Infanterie-Sergeant Max Grather, hatte nur seine Pflicht getan. Er hatte schießen müssen, es war Vorschrift, beim geringsten Verdacht auf Sabotage oder anderen außergewöhnlichen Vorfällen, die die Sicherheit auf dem Gelände und damit das Projekt Blackbird bedrohten.
Harding hatte von diesem Vorfall nichts bemerkt. Er saß zu dieser Stunde, es war 20 Uhr, in der Computerzentrale im ersten Tiefgeschoß und starrte grübelnd auf einige Blätter Papier, die auf dem Bedienungspult vor ihm lagen. Er war der Lösung des Rätsels nahe, dessen war er sich sicher; es war ein Zufall gewesen. Und er hatte auf die verdammte Geheimhalterei der National

Security Agency geflucht, deren Unterlagen ihnen den größten Teil ihrer Arbeit von allem Anfang an erspart hätte; eine Kommunikationspanne sei es gewesen, hatten sie gesagt; die Defense Intelligence Agency, die Dachbehörde der militärischen Geheimdienste, hätte ebenso Bescheid gewußt, aber irgendein Idiot habe eben nicht schnell genug geschaltet.
In jenen Unterlagen, die er über das Projekt «Concern» in Massachusetts angefordert hatte, war in einem Nebensatz von «ähnlichen Vorfällen» im Bundesstaat Oregon die Rede gewesen, genaugenommen in Bend, Portland und Eugene, ganz besonders in Eugene. Allerdings hätten diese Vorfälle nicht unbedingt etwas mit dem im Rahmen des Projekts «Concern» zu untersuchenden psychologischen Einschlags der im Februar 1978 in Massachusetts vorherrschenden außergewöhnlichen Wettersituation zu tun gehabt, und darüber hinaus sei eine Untersuchung dieser Vorfälle nicht in der Kompetenz der mit dem Projekt «Concern» befaßten Behörden gelegen. Daraufhin hatte Harding nahezu Tag und Nacht sämtliche ihm zur Verfügung stehenden Unterlagen nach einem Hinweis auf die Ereignisse im Februar 1978 in Oregon durchwühlt, vergeblich. Auch die Datenbanken, an die Kirtland angeschlossen worden war, hatten keinerlei Vorfälle der im «Concern»-Bericht erwähnten Art anzubieten gehabt. Erst eine Anfrage bei der RAND-Corporation in Santa Monica hatte ihn weitergebracht.
«Ja», hatte ihm Roger Auden erklärt, mit dem er früher korrespondiert hatte, weil Auden einige theoretisch interessante Simulationsprogramme entwickelt hatte, «ja, da war einmal etwas. Wenn ich mich recht erinnere, hat es damals eine ziemlich große Aufregung gegeben, weil die Leute von der NSA und von der Army die Sache unseren Leuten abgenommen haben. Ehrlich gesagt, sie haben unsere Leute aus Eugene verjagt. Jedenfalls ist die NSA die richtige Adresse für dich!»

«Himmel Arsch!» hatte Harding geflucht. «Wenn ich mich nicht irre, dann arbeite ich im Augenblick für diese verdammte NSA!»
«Aufrichtiges Mitgefühl!» hatte Auden gelacht.
Harding packte seine Unterlagen zusammen. «Das darf doch nicht wahr sein!» sagte er zu sich selbst. «Diese Halunken wissen seit Jahren, was da vor sich geht . . . es muß damit zusammenhängen . . . kein Zweifel . . .»
Er ließ die Mappe vor Entsetzen fallen, als er aus der Tür trat und Livitt in einer Blutlache auf dem Boden liegen sah.
Yanshim, Levonson, Laprides und Braker standen in einem Halbkreis vor dem Toten, dem dritten dieses Unternehmens. Shermann, der Leiter des Ärzteteams, der vor Livitt auf dem Boden kniete, stand auf und schüttelte den Kopf.
«Ihr wißt ja gar nicht, wie wahnsinnig das alles ist!» flüsterte Harding. Seine Unterlagen waren am Boden verstreut. Einige Blätter lagen in Livitts Blut.

Nach dem ersten Schock über den Tod von Herb Livitt hatten sie auf dem Versuchsgelände in der Wüste von Neumexiko noch verbissener als zuvor gearbeitet. Die Unterlagen, die schließlich von der NSA und der Defense Intelligence Agency freigegeben worden waren, hatten nicht nur ihre bisherigen Ergebnisse bestätigt, sondern sie auch auf jene Spur geführt, die schließlich des Rätsels Lösung gebracht hatte.
Bereits 1977 hatte die Wissenschaftsabteilung der DIA festgestellt, daß es möglich ist, bei der Verwendung koordinierter Radioimpulse den in der Ionosphäre liegenden Teil des magnetischen Erdfeldes durch gigantische Standwellen zu manipulieren. Offenkundig war es der Sowjetunion gelungen, bereits 1976 mit Hilfe hochenergetischer Sender, deren Signale mit Hilfe von Satelliten entsprechend koordiniert worden waren, eine elektromagnetische Erdresonanz herzustellen und mit verhältnismäßig gleichmäßigen lokalen Magnetfeldern extrem niedriger Frequenz die Strahlströme in der nördlichen Hemisphäre zu beeinflussen oder abzulenken. Wie es in dem Bericht weiter hieß, hätten die Sowjets im Frühjahr 1977 die Kontrolle über diese Wellen verloren und alle Versuche, sie zu stabilisieren, seien vergeblich gewesen. Ebenso sei der Versuch mißglückt, diese unkontrollierte Bewegung ungeheurer elektromagnetischer Energie mit Hilfe hochfrequenter Störimpulse über den Sender in Gomel in der Nähe von Minsk aufzulösen. Der Zusammenprall dieser Wellen habe im Frühjahr 1977 auf Samoa zu einem Erdbeben der Stärke 7,2 und im Indischen Ozean zu einem der stärksten bisher registrierten Beben mit 9,1 Punkten auf der Richter-Skala geführt.
«Wenn das stimmt», hatte Harding halb bestürzt, halb

begeistert ausgerufen, «dann haben die tatsächlich das Wetter in der Hand!»
«Nicht nur das Wetter, Bryan!» hatte Yanshim geantwortet.
«Das muß natürlich alles überprüft werden!» hatte Harding gesagt. «Und dazu muß ich hier raus!»
Colonel Braker hatte den Kopf geschüttelt. «Nicht möglich. Ich habe meine Anweisungen. Aber wir stellen jede Verbindung her, die Sie benötigen!»
Hardings Gesicht war rot angeschwollen vor Zorn. «Wie das funktioniert, haben Sie ja gesehen. Wir hätten uns diese ganze Schweinerei mit Livitt und den anderen sparen können! Begreifen Sie denn nicht, daß da irgendwo etwas schief läuft! Immer diese verdammte Geheimnistuerei!»
Es hatte alles nichts genützt. Aber diesmal hatte Braker nicht zuviel versprochen. Die wertvollsten Daten bekamen sie vom Weston Observatorium des Boston College und vom Lahmont-Doherty-Observatorium in Palisades, New York, die die mysteriösen Luftbeben, die die Küstenabschnitte von New Jersey und North Carolina im Herbst 1977 erschüttert hatten, genauer untersucht hatten. Selbst aus Kanada holten sie die entsprechenden Daten ein, nachdem sie durch einen Zufall erfahren hatten, daß die kanadische Regierung dieser Vorgänge wegen der sowjetischen Regierung eine Protestnote überreicht hatte. Kanadische Regierungsstellen hatten damals über das ganze Land elektronische Überwachungsstationen verteilt, unter anderem in Montague, in Almonte, Acton in der Region Ontario, in Fort Smith, Yukon, und Cloverdale in British Columbia.
Es war eine langwierige Kleinarbeit, alle diese Informationen und Daten, Frequenzbänder, die Anschlagsbreiten, Anschlagswiederholungen und die Daten über die Signalstärken zu überprüfen, zu vergleichen, auszuwerten. Schließlich bestand aber kein Zweifel mehr.
«In der Tat», hatte Harding gesagt, «die haben glatt die

Strahlströme verschoben. Damit hätten wir auch die Erklärung für den Katastrophenwinter 1976/77!»
«Wie denn das?» hatte Braker gefragt.
«Das», meinte Harding, «müßte eigentlich die DIA schon längst wissen, oder? Es muß doch einen Grund gegeben haben, warum das alles unter Verschluß gehalten wurde. Na, ich will es Ihnen trotzdem erklären: Die Hauptstrahlströme gehören zu den wetterbestimmenden Westwinden. Sie sind dort zu finden, wo die Westwinde am stärksten sind, nämlich in der Nähe der Polkappen, über die sie mit Geschwindigkeiten bis zu 300 Stundenkilometer fegen. Auf der nördlichen Halbkugel zieht der Strahlstrom über Nordamerika, Europa und die Sowjetunion. Ein in diesem Strahlstrom schwebender Ballon würde die Erdkugel in kaum vierzehn Tagen umkreisen. Während nun die Erde rotiert, buchtet der atmosphärische Druck den Strahlstrom so aus, daß er sich wie eine Peitschenschnur windet. Damit wird warme Luft zu den Polen befördert und die kalte Luft nach Süden abgestoßen. Daß sich das mehr oder weniger in gewisser Regelmäßigkeit verhält, dafür sorgen natürliche Schranken wie die Rocky Mountains oder der Ural und der Polartrichter zwischen Grönland und Skandinavien. Die letzten katastrophalen Winter in Kanada und in den USA sind ganz offensichtlich darauf zurückzuführen, daß sich in diesem Bereich der Strahlstrom zu weit nach Süden geschoben hat. Das ist überhaupt die Erklärung dafür, daß mitsamt unseren Satelliten Vorhersagen über Niederschläge und Sturmstärken vor allem in der nördlichen Hemisphäre kaum mehr möglich sind. Wir haben bisher gedacht, diese abnormen Erscheinungen könnten auf den Einfluß der Sonnenflecken auf das Magnetfeld der Erde zurückzuführen seien, oder durch den normalen Funkverkehr, durch die Zunahme des Luftverkehrs verursacht worden sein. Wir brachten es mit der Abkühlung in Zusammenhang, die etwa um 1960 begonnen hat. Unregelmäßigkeiten des Wetterbildes wären in die-

sem Zusammenhang durchaus logisch gewesen, wenn auch nicht in dieser überraschenden Intensität. Und als die Polareiskruste teilweise zurückging, wußten wir überhaupt nicht mehr, woran wir waren.»

«Und hängt das nun konkret mit diesen Wellen zusammen?»

«Wir können davon ausgehen, daß diese Fronten entlang der polnisch-rumänischen Grenze, entlang des Golfstroms zwischen South-Carolina bis nach Mittelgrönland und entlang der amerikanischen Westküste zwischen Niederkalifornien und der Küste Alaskas verlaufen. Damit ist eine beachtliche Zerstreuung der natürlichen Luftbewegungen und vor allen die Stabilisierung von Tief- und Hochdruckgebieten über längere Zeiträume möglich. Im Osten dieser Formationen ist das Wetter trockener, und westlich davon nehmen die Niederschläge zu. Da die elektromagnetischen Säulenwellen in Uhrzeigerrichtung rotieren, werden die wetterbestimmenden Westwinde gegen die Uhrzeigerrichtung in die höheren atmosphärischen Ebenen aufgesogen, während ein Sog Luft von der oberen Atmosphäre auf die gegenüberliegende Seite bringt. Gleichzeitig schneidet diese Formation das Magnetfeld des Planeten diagonal durch. Kein Wunder, daß damit das normale Gleichgewicht gestört wird.»

«Bemerkenswert!» stellte Colonel Braker trocken fest.

«Die Folgen sind aufgrund dieser Tatsachen logisch. Sie stehen da, und sagen ‹bemerkenswert›!» Können Sie erfassen, was das bedeutet? Das Wetter ist so empfindlich, daß der Flügelschlag eines Schmetterlings in Peru einen Tornado in Iowa auslösen kann! Die geringfügigste Veränderung kann eine Katastrophe bedeuten. Die Windmuster auf der ganzen Welt werden dadurch beeinflußt, bis in die Tropen, Monsun oder kein Monsun, das heißt Leben oder Tod, Colonel! Trockenheit, Überschwemmungen. Sie wissen ja, wie das im vergangenen Winter war. Wie 1976. In Alaska schien die Sonne, in Kalifornien sind die Ernten erfroren, und in Miami hat es geschneit . . .»

Der Untersuchungsbericht der Projekt-Gruppe Blackbird war knochentrocken, enthielt aber alles, was gesagt werden konnte:

Die Sender: Nach Sichtung aller vorliegenden Daten kann davon ausgegangen werden, daß die UdSSR mit mindestens fünf mit den MHD-Anlagen in Semipalatinsk verbundenen Sendern in Nizhni Tagil, Sverdlowsk, Magnitogorsk, Chelyabinsk sowie im Bereich Angarsk in Sibirien mit einer Ausgangsstärke von 40 Millionen Watt sendet. Die Sendeimpulse reichen von 5 bis 26 Hertz. Es werden mindestens elf Übertragungsfrequenzen benutzt.

Physikalische Beschreibung: Mit Hilfe dieser Anlagen ist es möglich, Nicht-Hertz-Resonanzauswirkungen auf Erdkern, Erdkruste, Wasser und Biosphäre zu erzeugen. Die physikalische Begriffsbestimmung basiert auf dem Solitonkonzept. Die mathematische Beschreibung ist daher nicht linear.

Physische Auswirkungen: Abwendbare Verbindungen, die durch geomagnetische und klimatische Störungen, Erdbewegungen und Entladungen elektrischer Vorrichtungen veranlaßt sind, sind dabei miteinzuschließen.

Psychophysiologische Auswirkungen: Einfluß auf Reaktionsgeschwindigkeit, Zeitgefühl, Sauerstoffaufnahme, Stoffwechselveränderungen und Veränderungen der Herzgefäßfunktionen, Störungen des Gehörs, der Cortisonproduktion. Da es möglich ist, diese Felder lokal und stationär zu erzeugen, ist eine gezielte Anwendung möglich. Störung des Kalzium-ION-Gleichgewichts im Gehirngewebe, Störungen des zentralen Nervensystems, Absenkung der Alphawellentätigkeit bis zur völligen Paralyse. Hinsichtlich der großen Standwellen konnte eine magnetische Intensität bis zum fünfzigfachen der natürlichen Gegebenheiten, das sind 500 Mikrogauß, experimentell festgestellt werden.

Geschwindigkeit: Die ELF-Felder sind stationär wirk-

sam, können sich aber mit Geschwindigkeiten von 80 bis zu nicht ermittelten Geschwindigkeiten bis zu möglicherweise mehr als 10 000 Stundenkilometer bewegen.
Ausmaße: Die Felder sind ca. 10 Kilometer hoch. Ihre Stärke nimmt bei einer Höhe von über 2000 Meter über dem Erdniveau zu. Der Durchmesser reicht bis zu ca. 60 Kilometer innerhalb einer Haut von geladenen Partikeln von ca. 660 Metern Dicke.
Kontrolle der Felder: Durch die Koordinierung der ELF-Impulse der Erdbasensender mit Hilfe entsprechender Einrichtungen im Weltraum ist es möglich, stationäre Standwellen zu erzeugen, sie darüber hinaus beliebig zu bewegen und ihre Intensität in bestimmten Regionen zu verstärken oder abzuschwächen.
Schlußfolgerungen: Die endgültige Schlußfolgerung, die nach den beschriebenen Versuchen und nach der Durchsicht der bestehenden Literatur gezogen werden kann ist die, daß (a) verhältnismäßig schwache elektrische oder magnetische Felder der oben beschriebenen Art gezielte neurophysiologische Wirkungen und damit gravierende Verhaltensstörungen herbeizuführen imstande sind, im Extremfall Tod durch Paralyse der Hirnrhythmen und andere, bereits beschriebene biophysiologische Funktionen, daß (b) aufgrund der physikalischen Wechselwirkungen Störungen und Ausschaltungen elektronisch abhängiger Systeme (Sensoren, Computer, Kommunikationssysteme) herbeigeführt werden können, daß (c) unter Verwendung koordinierter Radioimpulse an bestimmten Punkten des magnetischen Erdfeldes physikalische Zerstörungen durch Freisetzen elektromagnetischer Energie möglich sind (Auswirkung entspricht eigenen Forschungszielen im Zusammenhang mit künstlichen Kondensationsschwerefeldern und deren Implosion), daß (d) durch die Manipulation wetterbestimmender Windbilder, im besonderen der nördlichen Strahlströme . . .»
«Braker!» hatte Harding den Colonel ungehalten ange-

fahren, nachdem sie seit vier Tagen auf eine Reaktion auf ihren Abschlußbericht gewartet hatten und noch keinerlei Vorbereitungen für ihre Abreise aus Kirtland getroffen worden waren; im Gegenteil, die Wacheinheit war verstärkt worden. «Was soll das? Wir haben hier unsere Arbeit beendet. Was geschieht denn jetzt? Um Himmels willen, es muß doch irgend etwas getan werden?! Oder wird unser Bericht ebenso verschwiegen, wie die Sache in Eugene und die Erkenntnisse eurer Geheimfritzen?»

Levonson und Laprides hatten zustimmend genickt und Yanshim, grau und nervös, machte seit Tagen schon den Eindruck eines erschreckten Tintenfisches.

Braker war überhaupt nicht verlegen, als er ungerührt erklärte: «Richtig, Professor. Sie haben Ihre Arbeit beendet. Alles andere müssen Sie schon denen überlassen, die dafür zuständig sind. Wenn Sie eine Erklärung haben wollen: Im nationalen Interesse der Vereinigten Staaten hält man es in Washington im Augenblick nicht für ratsam, zu riskieren, daß Sie über diese Dinge plaudern. Sie werden gebeten, noch eine Weile unsere Gäste zu sein. Machen Sie es sich bequem, meine Herren. Wir werden dafür sorgen, daß Sie sich bei uns wohlfühlen . . .»

«Jetzt bist du ein wichtiger Mann!» hatte Anny gesagt.
Ryan Baxter grinste und trank den eiskalten Bourbon in einem Zug leer. Ja, dachte er, vielleicht hatte sie sogar recht, wenn auch in einem anderen Sinn. Es war vielleicht die einzig wichtige, die wichtigste Entscheidung seines Lebens gewesen, als er den an David adressierten Umschlag aufgegeben hatte.
Baxter saß in der Privatkabine der Air-Force-Boeing, die normalerweise für den Außenminister der Vereinigten Staaten reserviert war. Aber offenbar war mit der Maschine, die für die Vorausabteilung der Delegation zu diesem Gipfeltreffen in Tokio bereitgestellt worden war, irgend etwas nicht in Ordnung.
Es waren 39 Mann, Beamte des Energieministeriums, Bill Cornelly, Andrews Staatssekretär für politische Angelegenheiten, ein Dutzend Sicherheitsbeamte vom Secret Service und zwei Beamte des Nationalen Sicherheitsrats.
Cornelly hatte sich ihm gegenüber in einen der weichen, lederbezogenen, festmontierten Drehstühle gelümmelt und die Füße auf den Tisch gelegt. «Ich kann die Japse nicht leiden!» sagte er.
Baxter zuckte die Schultern.
«Rein intuitiv, machen nichts als Schwierigkeiten!»
Baxter konnte Cornelly nicht leiden. Ein arroganter Provinzler, fand Baxter, dem der Einzug ins Weiße Haus zu Kopf gestiegen war und der vermutlich nicht einmal genau wußte, wo Japan lag.
Aber Andrews faßte ihn mit Samthandschuhen an, hatte einen Narren an ihm gefressen. Und Cornelly glaubte, er spiele wirklich eine Rolle.
Baxter grinste Cornelly freundlich zu. «Schadet nichts, wenn du mal aus Andrews Hinterzimmer rauskommst.

Das bringt Erfahrung. Du wirst da sicher keine Schwierigkeiten haben!»

Bastard! dachte Cornelly. Die Abneigung beruhte auf Gegenseitigkeit. Er stand auf. «Ich seh mal nach den Mädchen!» sagte er und verschwand in dem Zwischenabteil, wo die Sekretärinnen mit den Sicherheitsleuten flirteten.

Baxter lehnte sich erleichtert zurück und griff nach einem Aktenstück, in dem die Strategie zusammengefaßt war, nach der sie bei der Konferenz vorgehen würden.

«Worum es hier geht», hatte Andrews gesagt, «ist eine historische Wandlung. Wir dürfen das nie aus den Augen verlieren. Wir erleben eine der entscheidenden Phasen auf dem Weg zu einer echten Welt-Innenpolitik: Einen Kampf, der die Regeln bestimmt, nach denen Reichtum, Wachstumsmöglichkeiten und die Möglichkeit der wirtschaftlichen Selbstbestimmung neu verteilt werden. Dieser Verteilungskampf ist ein Kampf um die Normen des künftigen internationalen Zusammenlebens. Die Vereinigten Staaten, als die global kreativste Gesellschaft, haben dabei die Verantwortung und Führung zu übernehmen.»

Das haben sie ihm schön eingepaukt, überlegte Baxter. Aber im Prinzip stimmte es schon. Es war vornehm ausgedrückt. Und die Stars and Stripes flatterten wieder einmal vorneweg.

Aber ganz begriff er das alles noch nicht. Dazu schleppte er wohl noch zuviel Ballast mit sich herum. Auf dem College, in Stanford, und später in Harvard, wo er ein volles Stipendium der Rockefeller-Stiftung für Finanz- und Wirtschaftswissenschaften erhalten hatte, im Phi-Beta-Kappa, praktisch überall wurde der geistige Blickwinkel auf einen ganz bestimmten Ausschnitt zurechtgeschnitten und zurechtgefeilt. Und am Ende wußte man gar nichts und hatte auch kaum die Chance dazu, das zu ändern, weil man dazu erzogen worden war, sich die Dinge so lange zurechtzubiegen, bis sie paßten. Bis man Erfolg hatte, das war schließlich alles was zählte.

Und man war dankbar, wenn man die Chance bekam. Wie er, der sogleich nach seinem Studium einen Job in der Auslandsabteilung der Ford-Foundation bekommen hatte, die sich unter anderem damit beschäftigte, CIA-Gelder an afrikanische Befreiungsbewegungen – vor allem über den Weltkirchenrat – zu transferieren, eine sehr wohltätige philanthropische Angelegenheit, wie alles, was unter Auslandshilfe firmierte.

O doch, er war dankbar, dachte Baxter, als er auf dem Flug nach Tokio sein bisheriges Leben überdachte. Und er brachte auch den notwendigen Ehrgeiz mit. Von allem Anfang an war er sich über sein Ziel klar gewesen: Irgendwann ein Regierungsamt zu bekommen, vielleicht sogar Minister zu werden und später, sozusagen als Altenteil, einen Lehrstuhl, vorzugsweise in Harvard. An sich keine Schwierigkeit. Er war auf dem besten Weg dazu gewesen – hätte er keinen Knacks abbekommen.

Solange man dankbar war, dachte Baxter, machte man sich keine Gedanken darüber, kam es einem gar nicht zu Bewußtsein, daß man eigentlich wie eine Marionette über genau vorgezeichnete Stationen hüpfte und seine ganz bestimmte Rolle in einem vorgefertigten Raster spielte. Was hätte er denn auch für einen Anlaß gehabt, sich über die gesellschaftliche Bedeutung der Tatsache Gedanken zu machen, daß er dank der Großzügigkeit der Rockefeller-Foundation auf einer Universität studieren konnte, die dank der Großzügigkeit der Rockefeller- und Carnegie-Stiftungen über so ausgezeichnete Forschungs- und Versuchsinstitute verfügte, daß er sogleich einen Job bei der Ford-Foundation bekam, deren Vorsitzender ein Direktor von David Rockefellers Chase Manhattan Bank war; daß er schließlich zu jenen aufgestiegen war, die in dem vierstöckigen Harald-Pratt-Haus an der Park Avenue in New York Einlaß fanden, der Zentrale des Rates für Auswärtige Angelegenheiten und dort mit diversen Aufträgen bedacht wurde; gewiß eine Vorbedingung für jeden, der sich vorgenommen hatte, eine Rolle, und das in einem sehr doppelten Sinne, zu spielen. Was hätte er sich also besondere Gedanken darüber machen müssen, als man ihm – um ihm die Möglichkeit zu geben, seinen Horizont zu erweitern – eine interessante Tätigkeit bei der AID (Agency for International Development), dem Amt für internationale Entwicklung anbot, einer Tarnorganisation der CIA, wohltätig, wie eben alles, was mit Auslandshilfe zu tun hatte. So reiste er einige Jahre lang als Koordinator kreuz und quer durch Südamerika, um ganz im Sinne internationaler Entwicklung die finanziellen Transaktionen zwischen CIA, die, wie es damals hieß, alle konterrevolutionären Aktivitäten in diesem Raum koordinierte, dem Amt für Entwicklung, das sich vor allem auf die Ausbildung der Polizei in den einzelnen Ländern konzentrierte, und dem Verteidigungsministerium mit seiner Militärhilfe und den sogenannten Bürgeraktionsprogrammen, zu überwachen. Alles das geschah natürlich im Kampf gegen den Kommunismus. Die Hilfsgütersendungen der AID, sofern sie nicht militärischen Zwecken dienten, waren höchst dürftig und kamen niemals dort an, wo sie, wenn es darum gegangen wäre, den Kommunismus zu bekämpfen, indem man hungrige Bäuche füllte, hätten ankommen sollen. In erster Linie war es darum gegangen, Millionen Dollars Entwicklungsgelder zur Bestechung von Regierungs- und Oppositionspolitikern zu verwenden.

Er hatte sich wirklich keine Gedanken darüber gemacht. Eine klare Sache: Amerikanische Auslandshilfe war nun einmal keine philanthropische Einrichtung, die Hilfsgüter an arme Nationen verteilte, das wäre ja glatter Sozialismus gewesen.

«Das Hauptziel der amerikanischen Auslandshilfe», hatte Nixon klargestellt, «kann nicht darin liegen, ande-

ren Nationen zu helfen, sondern einzig und allein, uns selbst zu helfen!»
Das war durchaus einleuchtend. So verwunderte es Baxter nur am Rande, daß die meisten der natürlich ausnahmslos marxistischen Guerillas in PX-Läden eingekleidet und ausgerüstet zu werden schienen. Den ersten leichten Knacks, er war allerdings nur vorübergehend, erlitt Baxter schließlich, als er für die AID nach Vietnam und Laos ging, just zu der Zeit, als Nixon und Kissinger für die richtigen Schlußakkorde sorgten. Damals, überlegte Baxter und füllte sich ein weiteres Glas mit Bourbon, hätte er eigentlich, wenn er Charakter gehabt hätte, einen Schlußstrich ziehen müssen. Warum hatte er es nicht getan? Er wußte es nicht. Aber irgendwo im Unterbewußtsein hatten sich damals Zweifel in ihm festgesetzt, hatten seine persönlichen Empfindungen den Raster zu durchbrechen begonnen. Als er gesehen hatte, wie Millionen Dollars unter dem Posten Flüchtlingshilfe für Laos in Wirklichkeit für paramilitärische Operationen der CIA verwendet worden waren, während die Flüchtlinge flohen und starben, wie sie heute noch immer fliehen und sterben, so lange Zeit danach. Dabei kosteten sechs Tage Bombardierung in Laos mit durchschnittlich 600 Einsätzen pro Tag ohnedies schon so viel wie das gesamte Budget für die Flüchtlingshilfe in einem Jahr.
Und trotzdem: Er hatte sich damals nicht entsetzt, er hatte sich nur gewundert, als er begriffen hatte, warum man die Journalisten niemals Nahaufnahmen von den erbeuteten Waffen des Vietcong hatte machen lassen: Weil dieses verdammte Zeug, weil nahezu alles von diesem verdammten Zeug aus Amerika stammte. Nicht nur, weil jedermann, ob irgendein südvietnamesischer Gangster oder einer von der Khaki-Mafia im Hafen von Saigon die M-16-Gewehre en gros zum Stückpreis von 40 Dollar hatte kaufen können, obwohl sie in Wirklichkeit 190 Dollar wert waren. Der Vietcong und die Nordviet-

namesen, die in den amerikanischen Stützpunkten aus- und eingegangen waren, als wären sie Abgesandte des Pentagon, kauften hier ein und in all den anderen Läden und Depots, in denen Geschäftemacher Millionen und Milliarden von Dollars in diesem sinnlosesten aller sinnlosen Kriege gemacht hatten. Und jedermann hatte es gewußt. Auch in Washington hatten sie es gewußt, Baxter erinnerte sich, daß ganz am Anfang, als die USA die Boys nach Indochina schickten, in einen Krieg, den bis auf die Betroffenen alle als eine Art besseren Witz aufgefaßt hatten, ganz am Anfang hatten einige Zeitungen darüber geschrieben, bis die CIA ihnen gesagt hatte, sie sollten aufhören Unruhe zu stiften und die Nation zu demoralisieren.

Damals hatte er nur den Kopf geschüttelt. Es war ja auch zu unwahrscheinlich, daß fünfzig Prozent aller Vietnamesen in den amerikanischen Militäranlagen und in den Stützpunkten der AID Vietcong waren, die gigantischen Warenlager der Amerikaner bewachten und stahlen, wie die Vietnamesen selber, die in den Amerikanern keine Befreier sahen, sondern sie haßten wie die Pest. Auch die Koreaner und die Indonesier holten sich ihren Teil am Kuchen, an diesem Strom von Waffen und Luxusgütern, mit denen Indochina überschwemmt wurde. Der Markt dehnte sich bald auf ganz Asien aus und im Hotel Le Royal in Phnom Penh tauchten schließlich sogar israelische Agenten auf, die sich dort die Geschosse für ihre amerikanischen Granatwerfer besorgten, die sie wegen des Waffenembargos offiziell nicht mehr erhalten konnten.

Und das alles war unter den Augen von mehr als 5000 CIA-Agenten und Tausenden sogenannter offizieller Berater geschehen, wie er einer war. Er war oft in seiner Wohnung in der Tran-qui-cap-Straße gewesen und hatte zugesehen wie sich die Militärpolizei im gegenüberliegenden Bordell das tägliche Schmiergeld abholte.

Nur gewundert hatte er sich zunächst, als er in Nhe Be,

einem riesigen Treibstoffdepot dreißig Kilometer flußabwärts von Saigon, herausgefunden hatte, warum der nie abreißende schwarze Strom, den die gigantischen Hochseetanker täglich längsseits der Kais ausspien, ungehindert hatte fließen können. Warum Nhe Be niemals angegriffen worden war, obwohl damit mit einem Schlag der ganze Süden hätte lahmgelegt werden können: Die amerikanischen Ölgesellschaften hatten mit dem Vietcong und Nordvietnam ein schlichtes Geschäft gemacht und eine Art Wegsteuer bezahlt, mit deren Hilfe sich der Vietcong wieder mit Rüstungsgütern eindecken konnte.
Aber den ersten richtigen Knacks hatte er erst in Vientiane, in Laos abbekommen, dem damals wichtigsten Umschlagplatz für das Rauschgift, das über den Opiumpfad aus dem Burma-Dreieck gekommen war.
Fast vier Monate hatte er in dem riesigen AID-Komplex in Vientiane gelebt, einem fürchterlichen Bau, der freilich allem anderen als der internationalen Entwicklung im wörtlichen Sinne, sondern der Entwicklung und Steuerung des Luftkrieges in Laos und Nordvietnam gedient hatte. Dennoch spürte man hier kaum etwas von einem Krieg. Feudale Villen, Swimming-pools, gepflegte Rasen und Kinder mit kurzgeschorenen Haaren erweckten den Eindruck, als würde man irgendwo im amerikanischen Mittelwesten wohnen. Gehobener Lebensstandard, versteht sich, und die meisten Leute, die sich hier aufgehalten hatten, hatten gewünscht, dieser verdammte Krieg möge ewig dauern. Er hatte nicht sehr lange gebraucht, um hinter den irrwitzigen Handel, hinter das makabre Geschäft zu kommen: Für die Amerikaner war es darum gegangen, die laotische Regierung zu zwingen, von ihrem Land aus die Bombardierung des Ho-Tschi-Minh-Pfades zu gestatten. Um die Regierung in Vientiane zum Nachgeben zu bewegen, fanden sich die Amerikaner damit einverstanden, den Rauschgifthandel, den der damalige laotische Verteidigungsmini-

ster zum größten Teil kontrollierte, nicht nur zu tolerieren, sondern auch noch zu unterstützen. Tonnenweise wurde Opium in Coca-Cola-Kisten mit Maschinen der CIA-Fluggesellschaft Air America nach Saigon geflogen, wo sich die GIs mit dem Zeug vollpumpten. Natürlich kam das Opium nicht nur nach Saigon, von hier aus wurden 90 Prozent des Weltmarktes versorgt, so daß auch die Heimatfront in den Staaten selber etwas von dem Handel abbekommen hatte.
Da hatte bei Baxter zunächst das Verstehen ausgesetzt. Aber nach einigem Kopfschütteln hatte er sich an das gehalten, woran man sich in seiner Position zu halten pflegte, an die sogenannten nationalen Interessen, irgendwie würden, ja mußten die das alles rechtfertigen.
Damals, als er von Saigon schließlich wieder abgeflogen war, hatte er keine Antwort für den Colonel gehabt, der neben ihm in der Maschine gesessen war.
«Verdammt noch mal, Mister», hatte der Colonel gesagt, der etwas von einem Piraten an sich hatte, «haben Sie eine Ahnung, warum wir diesen Scheißkrieg nicht gewinnen dürfen?»
«Ich glaube, wir können ihn nicht gewinnen!» hatte Baxter damals geantwortet.
«Das ist ein verdammter Blödsinn!» hatte der Colonel geknurrt. «Irgend jemand will, daß wir nicht gewinnen. Was wir hier machen, sind größere Sandkastenspiele, mehr nicht!»
«Sandkastenspiele!» dachte Baxter und stellte die Bourbonflasche wieder zurück, aus der er sich gerade nachschenken wollte.
Er rülpste laut, als Leutnant Bradley, der diensthabende Air-Force-Meldeoffizier, durch die Tür zum Cockpit in die Kabine kam und ihm ein Fernschreiben reichte.
«Ist soeben hereingekommen!»
«Etwas Wichtiges?» fragte Baxter uninteressiert.
«Kommt frisch vom Büro des Präsidenten!» antwortete Bradley kurz und verschwand wieder im Cockpit.

Baxter fächelte sich unschlüssig mit der Fernschreibfahne Luft zu und verspürte überhaupt keine Lust zu lesen, was Washington mitzuteilen hatte. Er dachte vielmehr daran, daß er sich leer fühlte, schlapp – ja schlapp war das richtige Wort. Vielleicht lag es daran, daß er seit Monaten keinen Sport mehr betrieb und allmählich Fett ansetzte. Oder war das Ganze eine psychische Angelegenheit, war er nicht mehr in der Lage, das durchzustehen, seine Rolle zu Ende zu spielen unter dem ungeheuren Druck dieses Wissens?
Baxter gab sich einen Ruck, setzte sich auf, zündete sich eine Zigarette an und atmete tief durch, bis er einen leichten Schmerz fühlte, ganz unten, dort, wo das Brustbein aufhörte. Diesen drückenden, feinen Schmerz hatte er vor einigen Wochen zum erstenmal verspürt.
Es würde eine harte Show werden, dachte er und wendete das Blatt Papier.

FRANKREICH/WESTDEUTSCHLAND
VERSUCHEN GEMEINSAME FRONT STOP
YOSHUKO ANGEBLICH MORGEN NACH PEKING
STOP UNBEDINGT VERZÖGERN STOP MASSIVE
DEMONSTRATION IN TOKIO NOTWENDIG STOP
OPERATION M FORCIERT STOP
VERÄNDERUNGEN IN VENEZUELA IN DEN
NÄCHSTEN TAGEN ZU ERWARTEN STOP TAKTIK
BEI VORBEREITUNG UNBEDINGT NACH
MEMORANDUM DREI STOP RON

Sandkastenspiele, dachte Baxter und warf das Fernschreiben achtlos auf den Klapptisch. Der Colonel hatte das damals irgendwie begriffen, ganz und gar unbewußt, und er hätte es auch damals schon begreifen müssen.
«Sie wollen also wissen», hatte Shellberg, der Energieminister unter dem letzten Präsidenten, gesagt, dem er am Tag vor seinem Abflug in Springfield gegenübergesessen war, «Sie wollen also wissen, warum man mich

damals niedergeknallt hat? Nicht um mich zu töten! Nein, nein ... das durften sie nicht, ich stand zu weit oben in der Hierarchie ... Ich habe lange auf jemanden wie Sie gewartet! Ich habe geahnt, daß irgendwann einer von Euch kommen würde!» Shellberg war mit seinem Rollstuhl ganz nahe an ihn herangefahren und hatte ihn forschend angestarrt, so, als wollte er durch seinen Schädel hindurch in sein Gehirn blicken. «Sie waren damals lange Zeit in Indochina, nicht wahr? Um das alles zu verstehen, müssen Sie wissen, warum sich Pol Pot bei seiner ersten Rundfunkrede nach seiner Machtübernahme in Kambodscha so überschwenglich bei einigen hochgestellten amerikanischen Persönlichkeiten bedankt hatte, die ihn, wie er sich ausdrückte, in seinem Kampf unterstützt hatten. Das ist der Schlüssel, Baxter, es war so etwas wie ein realistisches Sandkastenspiel ...»

Tatsächlich hatte Shellberg «Sandkastenspiel» gesagt. Alles hatte sich dann in Teheran wiederholt, überlegte Ryan Baxter. Wie in einem Zeitraffer flogen die drei Jahre, die er nach einem kurzen Zwischenspiel im Außenministerium in Washington als Botschaftssekretär in Teheran verbracht hatte, durch seinen Kopf, eine Eskalation der Verwirrung. Vergeblich mühte er sich ab, die Bilder und Stimmen zu verdrängen und sich seiner vordergründigen Pflicht zuzuwenden, diesem verdammten Aktenstück, diesem Memorandum Drei; es wollte ihm nicht gelingen.

Botschafter William Sullivan, der den früheren CIA-Chef Helms während der entscheidenden Phase der Operation Ramadan abgelöst hatte –, daß es eine gezielte Aktion zur Absetzung des Schah gewesen war, darüber war sich Baxter Jahre danach klar geworden –, Sullivan war ein durchaus netter Kerl. Er hatte ihn von Laos her gekannt. Einer der netten Kerle, die so aufrichtig und bewegend darüber hatten schreiben können, wie sehr sie das sanfte, schöne laotische Volk liebten und die ohne das geringste Unbehagen durch die Flüchtlingslager gestreift waren und lächelnd mit jenen Menschen geplaudert hatten, für deren Bombardierung sie ein oder zwei Tage zuvor unmittelbar verantwortlich waren. Natürlich einer der auch seinen Weg über das Harald-Pratt-Haus in New York gemacht hatte. Und es wäre eine glatte Lüge gewesen, zu behaupten, Sullivan hätte nichts mit der CIA zu tun gehabt. Das wäre an sich ja nichts Besonderes gewesen; aber im Fall Iran hatte es vor allem im Hinblick auf die späteren Ereignisse und auf die schnöde offizielle Version, in Washington habe man von dem bevorstehenden Umsturz nichts gewußt, eine ganz besondere Bedeutung. Jeder amerikanische Botschafter war gleichzeitig auch Chef des Landesteams, das aus den Chefs aller Regierungsstellen, die in einem Land operieren, besteht, einschließlich der CIA, wenn sich auch die Botschafter und die Stationschefs zuweilen nicht ausstehen können, verschiedene Ziele verfolgen und einander austricksen. Die CIA-Abteilung in Iran war immer überdurchschnittlich gut besetzt, und wenn sie auch nicht mehr direkt mit dem von ihr aufgebauten Geheimdienst SAVAK gekoppelt war, so hatte sie auch dort an den maßgeblichen Stellen ihre Leute sitzen. Es konnte nichts passieren, Iran war, was man gemeinhin einen Hort der Stabilität nannte. Bis dann doch etwas passierte. Im November 1977. Ausgerechnet in der Teheraner Universität, die wie kaum eine andere Institution von SAVAK und CIA durchsetzt war, nicht zuletzt dank linker Studenten, die zu Tausenden in den USA vorgebildet waren.

«Ich weiß nicht, was ich davon halten soll. Irgend etwas läuft schief!» hatte er eines Tages, es war im Mai 1978, zu Jenny Frey gesagt, als sie einen Abend im «La Cheminée», Teherans feudalstem Nachtklub auf der Old Shemiran Avenue, verbrachten. «Wir sitzen hier und tun so, als ginge uns das alles nichts an. Sullivan treibt sich mehr bei der Opposition herum als anderswo!»

Jenny hatte ihm nur zugeblinzelt und nichts gesagt. Er sollte den Mund halten. Er hatte ein Tabu gebrochen, mit ihr niemals über dienstliche Angelegenheiten zu sprechen. Und schon gar nicht hier, wo es von Richtmikrofonen und Abhöreinrichtungen nur so wimmelte.

Es war ihm unvorsichtigerweise entschlüpft, was ihm seit Wochen auf der Zunge lag.

«Wenn es überhaupt etwas zwischen uns geben kann», hatte sie zu ihm gesagt, als er sie drei Monate nach seiner Ankunft in Teheran dank zäher Ausdauer endlich soweit gehabt hatte, daß sie eine Einladung zu einem gemeinsamen Abendessen angenommen hatte, «dann muß eines zwischen uns klar sein: Dienst ist Dienst und . . .»

«Okay» hatte er gesagt, «okay, ich bin mit dem, was übrig bleibt, vollkommen zufrieden . . .»

Bei Gott, er war es wirklich, als diese ungewöhnliche, unnahbare Frau mit schamlos langen Beinen und einem unverkennbaren selbstsicheren Gang endlich aufzutauen begonnen hatte.

Aber damals war es auch noch einfach gewesen, abzuschalten und den Job zu vergessen, wenn sie ihre verrückten Spiele spielten und hin und wieder ein verlängertes Wochenende am Kaspischen Meer verbrachten.

Jenny Frey war 30 Jahre alt und leitete die Kommunikationsabteilung in der Botschaft. Das heißt, sie war Code-Expertin der CIA, die offiziell dem Verwaltungsstab des Außenministeriums zugeteilt war, um die Kommunikationen der CIA zu überwachen, die unter der Tarnung des Außenministeriums arbeiten. Praktisch aber, da für jede Behörde in jeder Botschaft ein eigener Code-Raum Verschwendung wäre, hatte sie nahezu alle klassifizierten Depeschen zwischen der Botschaft und Washington zu behandeln, und da schließlich die Karriere letzten Endes von der CIA abhing, war es unwahrscheinlich, daß sie die Funksprüche für das Außenministerium nicht las, wie es theoretisch Vorschrift war; wahrscheinlich war, daß der Stationschef darüber hinaus noch eine

Kopie bekam. So war Jenny Frey die Person, die wohl ziemlich alle Geheimnisse kannte. Aber vermutlich war das nicht ihre einzige Aufgabe in Teheran. Da sie perfekt persisch, arabisch und französisch sprach, wäre das auch glatte Talentverschwendung gewesen.

Sie liebte dieses Land, die Menschen, und es gab in der Botschaft wohl niemanden, der so gut über Geschichte, Kultur, Gesellschaft des Iran Bescheid wußte wie sie. Vielleicht war es das, was sie an jenem Abend, nachdem sie spät in der Nacht «La Cheminée» verlassen hatten und in seine Wohnung am oberen Ende der Pahlevy-Avenue übergewechselt waren, veranlaßt hatte, jenes Tabu zu brechen, das einzuhalten sie ihn einst verpflichtet hatte.

«Sie lassen ihn fallen!» brach sie plötzlich das Schweigen, als sie, rauchend, nebeneinanderlagen.

«Wer läßt wen fallen?» fragte er verwirrt.

«Pahlevy. Washington läßt Pahlevy fallen!»

«So einfach ist das?» fragte er bestürzt zurück. «Aber das ist doch idiotisch! Wissen die denn nicht, was passiert, wenn sie den Schah . . .»

Jenny sagte eine Weile nichts. «Natürlich wissen sie es. Sie wissen genau, daß seit Monaten sowjetische Agenten über Afghanistan einsickern und die marxistische und religiöse Opposition zu organisieren beginnen. Aber Sullivan hat den Auftrag, die diplomatischen Kontakte mit der gesamten Opposition zu erweitern!»

«Vielleicht ist das gar keine so dumme Vorgangsweise», sagte Baxter.

«Du meinst, um sie unter Kontrolle zu bringen? Nein . . . im Gegenteil. Ich sagte ja, sie lassen ihn fallen. Sie scheinen gelernt zu haben!»

«Wieso?»

«Weil es schon einmal eine ähnliche Situation gegeben hat. In den frühen sechziger Jahren hatte die CIA den Auftrag, gemeinsam mit der SAVAK eine Opposition gegen den Schah aufzubauen und ihn abzuservieren. Viel-

leicht wäre das damals gar nicht so schlecht gewesen. Ich meine, vielleicht hätte sich irgendwie ein demokratisches System entwickelt ... jedenfalls sind diese Kontakte noch immer vorhanden. Sogar mit der Tudeh-Partei, mit den Kommunisten.»
«Du willst damit sagen, daß wir jetzt gemeinsame Sache mit den Kommunisten machen?»
«So ungefähr. Jedenfalls ist es unsere offizielle Linie, Druck auf ihn auszuüben, um Reformen zuzulassen. Wegen der Menschenrechte. Sullivan ist beauftragt worden, ihn zur Entlassung des SAVAK-Chefs zu veranlassen, obwohl natürlich klar ist, daß das so eine Art Auslöser für die Opposition sein wird!»
So war es auch gekommen. Als wäre der Hinausschmiß von General Mematullah Nassiri, den Jimmy Carter als überwältigenden Beweis für des Schahs großes Interesse an seinen Menschenrechten lobte, das Signal gewesen, brach der Sturm los, der nicht mehr zu dämmen war.
Immer wieder waren Generäle und Abgesandte des Schah, ja ein paarmal Pahlevys Hofminister persönlich in die amerikanische Botschaft gekommen und hatten um die Lieferung von Spezialausrüstungen gegen Aufruhr und Massendemonstrationen gebettelt.
Sullivan möge doch in Washington intervenieren, ehe es Märtyrer gebe, weil die Armee, die unterhalb der atomaren Schwelle mit allem ausgerüstet war, was gut, teuer und tödlich war, nicht über die primitivsten Anti-Aufruhr-Gase verfüge, sonst weiterschießen müsse.
Er werde es weiterleiten, hatte der erste Botschaftssekretär den Bittstellern stereotyp geantwortet.
«Ihre Armee», hatte einer der Abgesandten des Schah gebettelt, «verfügt tonnenweise über CN-, DM- und CS-Gase, die vorübergehende irritierende psychologische Effekte bewirken. Wir hätten mit diesem rasenden Mob überhaupt keine Schwierigkeiten. Ohne diese Mittel bleibt uns aber nichts anderes übrig, als zu schießen. Und Sie wissen, was das bedeutet!»

Natürlich hatten sie es gewußt. Und sie hatten die entsprechenden Gesuche auch weitergeleitet. Washington teilte daraufhin mit, daß das State Department der Auffassung sei, daß der Verkauf von Polizeigeräten und Ausrüstungen der geforderten Art der Verletzung der Menschenrechte dienen könnte und man aus diesem Grund nicht dienlich sein könne.

Einmal in diesen Tagen war der erste Botschaftssekretär in Baxters Büro gestürzt, einem Lachkrampf nahe. «Sie werden es nicht glauben, Baxter! Da war doch kürzlich dieser Deutsche hier, dieser Lambsdorff! Wissen Sie, was die jetzt zur Verteidigung seiner Majestät liefern? Schlagstöcke, 800 Schlagstöcke und 16 000 Handschellen. Als ob ihnen jetzt noch Handschellen nützen könnten, und Schlagstöcke!»

Baxter hatte mitgelacht. Es war ja wirklich witzig. Dann, im August, verbrannten im Kino von Abadan 400 Menschen. Damit hatte endgültig der Countdown für Pahlevy begonnen. Niemals hatte man erfahren, wer diesen Anschlag wirklich verübt hatte, wer dafür verantwortlich gewesen war; und niemand hatte danach gefragt.

Soweit war es noch nicht, damals im September 1978. Da hielten sie den Schah noch zum Narren. Einmal war Baxter mit dabei, als Sullivan und der britische Botschafter den Schah im Nivaran-Palast aufsuchten.

«Sie können sich auf uns verlassen!» hatte Sullivan gesagt. «Wir stehen voll hinter Ihnen. Die USA werden wie immer ihre Verpflichtungen voll und ganz erfüllen.»

Pahlevy, so schien es Baxter, hatte damals schon kein Wort geglaubt.

Ob Sullivan nicht irgendwelche Instruktionen für ihn habe, hatte der Schah gefragt, hinsichtlich Carters Liberalisierungswünschen, die ihm immer wieder von verschiedenen amerikanischen Persönlichkeiten vorgebracht würden.

Nein, hatte Sullivan geantwortet, er habe nicht die geringste Ahnung.

«Das ist eine Lüge!» hatte Jenny festgestellt. «Sie haben schon eine ganze Reihe von Leuten an der Hand, die sie für die Machtübernahme vorbereiten. Karim Sanjabi, von der Nationalen Front, Shapur Bakhtiar, Bazargan und Godbzadeh. Sie kommen alle von der Nationalen Front und stehen ziemlich weit links. Alle wurden im Westen ausgebildet. Du weißt ja, was man unter western-educated liberals versteht?»
«Nein!» Woher hätte er das auch wissen sollen.
«Ist ja egal», hatte Jenny gemeint und das Thema gewechselt. «Weißt du, einigen von uns geht das gegen den Strich, daß hier plötzlich eine ganze Kompanie von den operationellen Diensten aufkreuzt und einen Privatkrieg führt, ohne daß wir darüber offiziell informiert wurden. Vielmehr ... ich meine, wir arbeiten hier ohne Boden unter den Füßen. Offiziell sind wir immer noch dazu da, den Schah abzustützen!»
«Das scheint doch wohl nicht mehr sehr sinnvoll zu sein!» hatte Baxter gesagt. «Sieh dir doch die Straßen an. Überall Bilder von diesem Chomeini an den Fenstern. Die Gefangenen werden freigelassen, und der Schah selbst beginnt eine Untersuchung über die Korruption innerhalb seiner Familie einzuleiten. Da muß man nicht mehr nachhelfen. Ich glaube das alles nicht. Vielleicht ist uns die ganze Sache wirklich nur aus der Kontrolle geglitten, das soll ja nicht das erstemal sein. Ich meine, das ist doch zum größten Teil eine religiöse Angelegenheit hier ...»
«Du bist naiv, Darling! Das alles ist ebensowenig eine spontane Angelegenheit, wie es kein Zufall ist, daß die Iran Free Press, das wichtigste Anti-Schah-Organ bei uns in den Vereinigten Staaten, von uns, von der CIA finanziert wird. Ich habe das auch nicht gewußt. Bisher. Verstehst du? Dort mußt du anfangen, dort liegt der Schlüssel, bei den 25 000 bis 50 000 iranischen Studenten, die jährlich in die USA gekommen sind und dort zu einem Großteil entweder direkt von unseren Leuten an-

geheuert oder über diverse Kanäle wie die Free Press zu einer festen Opposition aufgebaut worden sind, die man bei Bedarf aktivieren konnte.»
«Aber du willst doch sicherlich nicht behaupten, daß dies alles nur künstlich ist, die ...»
«Natürlich nicht. Dazu war das Regime zu brutal. Und natürlich ist die religiöse Opposition nicht nur gespielt, wenn auch nach unseren letzten Berichten Moskau an seine Agenten hier die Anweisung ausgegeben hat, die religiösen Gruppen zu unterstützen und die Führung der Opposition zu übernehmen. Und das sind dieselben Leute, die von uns aufgebaut werden. Und in Washington behaupten sie, sie seien von diesen Ereignissen völlig überrascht worden, und sie hätten keinerlei Beweise für irgendeine Einmischung der Sowjetunion. Natürlich! Irgendwer ganz oben macht gemeinsame Sache mit den Russen!»
«Verdammt noch mal!» hatte Baxter gesagt. «Ist diese Behauptung nicht etwas zu gewagt?»
Baxter hatte sich plötzlich sehr unbehaglich gefühlt. Verdammt, hatte er gedacht, wenn sie irgendeine private Tour machen sollte, sie legen sie glatt um, sie kennen da keine Skrupel.
«Zum Teufel, Jenny!» hatte er besorgt und zweifelnd ausgerufen. «Verbrenne dir doch nicht die Finger! Was geht dich das eigentlich an? Welches Spiel spielst du eigentlich?»
Sie hatte ihn mit ihren großen, manchmal in einer merkwürdigen, an Violett erinnernde Farbe schimmernden Augen angestarrt, den Kopf leicht zur Seite geneigt. «Okay, Ryan, okay. Kannst du dich morgen freimachen? Gut. Wir treffen uns um sieben vor der Sepah-Moschee. Um diese Zeit ist es hoffentlich noch ruhig. Und sieh zu, daß dich niemand beobachtet!»
Dann waren sie ins Elburz-Gebirge gefahren, am nächsten Morgen, zu einem Lager in den Bergen hoch über Firzkuh, wo sie Ayatollah Meshedi getroffen hatten und

einen französischen Agenten, Gilbert Groulle. Ja, er hatte gefühlt, daß dieser Meshedi die Wahrheit gesagt hatte, und das hatte ihn erst recht wütend gemacht. Am liebsten hätte er Jenny damals umgebracht, weil sie plötzlich auf einer Seite gestanden war, zu der er nicht hinüber konnte, nicht damals, der Abgrund, der sich in ihm selbst aufgetan hatte, war zu groß geworden an jenem Tag. Und er hatte sich entschieden, als sie nach der Rückfahrt mit viel Glück dem Massaker auf dem Jaleh-Platz entkommen waren: Er hatte sich damals für Amerika entschieden. Für sein Land. Aber es war die falsche Entscheidung gewesen, überlegte er, als Major Kreshbin, der Kommandant der Air-Force-Boeing in seine Kabine kam und ihm mitteilte, daß sie in zwanzig Minuten auf dem Flughafen von Tokio landen würden.
Es war die falsche Entscheidung, dachte Baxter, während er in die Toilettenkabine ging, um sich zurechtzumachen. Es war gar nicht um eine Entscheidung für oder gegen Amerika gegangen. Damals, dachte er und rückte seinen Schlips zurecht, war es ihm eigentlich nur um seine miese Karriere gegangen, auch wenn er jedem an die Gurgel gesprungen wäre, der ihm das offen ins Gesicht gesagt hätte. Forschend betrachtete er sich in dem kleinen Spiegel. Alle diese Empfindungen waren wieder wach, die ihn erstickt hatten, als er von Jennys Tod gehört hatte. Die Erinnerung daran pochte in ihm schmerzhaft wie ein eiternder Zahn. Während er sich rasierte, gelang es ihm, sich wieder auf die vor ihm liegende Arbeit zu konzentrieren.

Eiskalter Wind schlug ihm ins Gesicht, als er die Gangway hinunterging, an deren Ende ihn der stellvertretende Außenminister in Empfang nahm. Ein kurzer, geübter Blick überzeugte Baxter, daß die Japaner die notwendigen Sicherheitsvorkehrungen getroffen hatten. Er atmete zufrieden auf.

David Kurzmann fluchte leise vor sich hin, als er aus dem Hotel Kokusai Kanko dem Kaiserpalast gegenüber auf die Straße trat. Seit er vor zwei Tagen in Tokio eingetroffen war, lag dichter, feuchter, kalter Smog über der Stadt, der einem das Atmen verleidete; auch im Hotel war es kalt und feucht, in allen Hotels, er hatte sich erkundigt, durfte nicht mehr geheizt werden.
Normalerweise wäre das auch nicht notwendig, um diese Jahreszeit, überlegte er. Aber das Wetter spielte auch hier verrückt. Die Kirschbäume, hatte ihm ein Taxifahrer sogleich nach seiner Ankunft erklärt, blühten in diesem Jahr noch immer nicht, und dies sei ein schlechtes Zeichen. Normalerweise hätte die Zeit der Kirschblüte schon Ende Februar, spätestens Anfang März beginnen müssen.
Kurzmann spürte die ersten Anzeichen von Kopfschmerzen. Seine Laune besserte sich nicht angesichts des dichten Verkehrsstroms, dieses nicht enden wollenden reißenden, stinkenden Strudels und der von einer verstörten, erschöpften Menschenmasse, die wie von einer unsichtbaren Hand gelenkt in Büroanzügen und Kimonos zwischen den Betonkolossen in den einen fragwürdigen Wohlstand verströmenden Boulevards pulsierten. Kurzmann hatte irgendwie das Gefühl des Eingesperrtseins, beklemmende Platzangst. Er sehnte sich nach der Leichtsinnigkeit und Leichtigkeit Kairos. Und er ärgerte sich über den Widersinn, der darin lag, daß er in seinem Hotel zu frieren gezwungen war, aus Gründen des Energiesparens, während Tausende und Abertausende Toyotas, Mitsubishis, Datsuns, oder wie immer die verdammten Autos hießen, die Luft verpesteten und die Straßen verstopften.
Gleichzeitig war ihm allerdings bewußt, daß er diese äu-

ßerlichen Mißlichkeiten nur zum Vorwand nahm, um eine Verstimmtheit abzureagieren, die ganz andere Ursachen hatte. Man hatte ihn in eine Rolle gedrängt, die ihm nicht behagte, man spielte mit ihm, setzte ihn ein wie eine Schachfigur, wie eine Marionette, die nicht wußte, wer die Fäden in der Hand hielt, an der sie baumelte.

Die Sache mit Ryan Baxter, da wußte er, woran er war, wenngleich er sich nicht ganz wohl fühlte, nicht ganz sauber fühlte bei dem Gedanken daran, was sie mit Baxter vorhatten. Aber es war einleuchtend. Irgend jemanden mußte man anzapfen. Und sie hatten herausgefunden, daß eine der Schwachstellen in der amerikanischen Delegation bei der kommenden Gipfelkonferenz Ryan Baxter war, sein alter Schulfreund; auch das hatten sie in ihre Pläne einkalkuliert. Kurzmann war nahezu sicher, daß es kein Zufall war, daß ihn International News nun für diese Gipfelkonferenz eingesetzt hatte.

Aber die anderen, die ihm das merkwürdige Tonband hatten zukommen lassen und die Kopie von einer angeblichen CIA-Studie und das Memorandum Drei, das angeblich den Ausgang der Gipfelkonferenz bestimmen sollte? Der Portier seines Hotels hatte ihm das Päckchen bei seiner Ankunft überreicht. Man hatte es ihm von New York nachgeschickt. Eine verrückte, absurde Geschichte. War es wirklich verrückt, ein böser Witz? Was, wenn es kein Scherz war?

Kurzmann hatte Glicksburgs sonore, eintönige, suggestive Stimme im Ohr, als er über die alte, von einem dichten Netz von Stadtautobahnen überspannte Nihombashi-Brücke schlenderte. Ohropax hätte er sich mitnehmen sollen, dachte er, die Ohren verstopfen. Er hatte Kopfschmerzen.

Wenn er Skrupel habe, seinen Freund aufs Kreuz zu legen, hatte Glicksburg gesagt, würde ihm das niemand übel nehmen.

Nein, nein, er hatte keine Skrupel. Nachdem, was

Glicksburg und der Franzose noch zu berichten gewußt hatten.
Kurzmann blieb auf der alten Steinbrücke stehen, schloß die Augen und versuchte, dem Dröhnen über, unter und neben ihm irgendeinen positiven Aspekt abzugewinnen. Wenn Baxter abspringen wollte, wenn er nicht mehr mitmachen wollte, überlegte Kurzmann, brauchte er keine Skrupel zu haben. Vielleicht, dachte er, während er die Ginza hinunterschlenderte, war Baxter sogar dankbar dafür.
Groulle sollte hier in Tokio sein Kontaktmann sein. Kurzmann hätte darauf gewettet, daß Groulle nicht Groulle hieß, aber das war letzten Endes egal. Glicksburg war sehr zurückhaltend gewesen, was die Person des Franzosen betraf, der bei Jacob nur grinsend und an seiner Zigarre nuckelnd dabeigesessen war und lediglich genickt hatte, als Glicksburg von den «in diesem Falle identischen Interessen zwischen Israel, Frankreich und anderen» gesprochen hatte.
Groulle erwartete ihn schon in Romeos Pizzeria, die er als Treffpunkt vorgeschlagen hatte, nachdem ihm das verdammte Päckchen mit dem Tonband und den absurden Kopien keine Ruhe gelassen hatte. Wenn das wahr sein sollte, dann hätte er die Story des Jahres. Der ganze Konferenzrummel würde platzen wie ein Luftballon.
Aber Groulle sagte, nachdem er zwischen zwei Pizzas die Papiere durchgeblättert und nebenbei lauthals seiner Begeisterung über die japanischen Pizzabäcker Luft gemacht hatte: «Halten Sie das zurück David, im Augenblick zumindest. Sie wissen, was das bedeutet? Wenn diese Kopien authentisch sind? Sie haben uns bereits mehr geholfen, als Sie glauben!»
«Die Frage ist nur, wer ein Interesse daran haben könnte, mir das Zeug zu unterschieben! Das passiert doch nicht ohne Absicht!»
Groulle zündete sich seine Zigarre an und blies Kurzmann genüßlich den Rauch ins Gesicht. Verdammt noch

mal, wollte Kurzmann sagen, was ist das für stinkendes Zeug! Er hielt sich aber zurück, denn Groulle sagte: «Baxter!»
«Das glauben Sie doch nicht im Ernst!»
«Haben Sie schon Kontakt mit ihm aufgenommen?» fragte Groulle.
«Ja, ich habe mit ihm telefoniert, das heißt, mit seinem Sekretär. Ich treffe ihn im Regierungsgebäude. Hochoffizielles Gespräch. Anders ist vermutlich an ihn gar nicht heranzukommen.»
«Sie müssen es versuchen. Sie müssen eine Möglichkeit finden, frei mit ihm zu reden. Ich melde mich wieder bei Ihnen. Es ist besser, wenn Sie nicht allzuoft von ihrem Hotel aus meine Nummer anrufen!» Groulle grinste. «Aber das brauche ich Ihnen ja nicht zu sagen!»
Kurzmann hatte sich dann doch ein Taxi genommen, um mehr stehend als fahrend meterweise vorwärtsrückend ins Kasumigaseki-Viertel zu gelangen.
Ob sie sich das gefallen lassen werden? fragte er sich während der Fahrt. Man hatte gesagt, die Herren der Welt von morgen würden die Japaner und die Scheichs vom Golf sein. Tatsächlich schienen die Japaner bisher immun gegen den Druck der Weltwirtschaft gewesen zu sein, hatten wie Judokämpfer die bisherigen Energieverknappungen, Währungsturbulenzen, und die nicht gerade zimperlichen protektionistischen Abwehrmaßnahmen gegen die unaufhaltsam scheinende Expansion durch die Industrieländer freundlich lächelnd und elegant abzuwehren verstanden. Aber solche Zukunftsprognosen, überlegte Kurzmann, hatten immer den gleichen Fehler: Die Prognostiker rechneten nie damit, daß es Leute gab, die gegen derartige Entwicklungen etwas haben könnten. Nein, überlegte er, sie würden es sich nicht gefallen lassen. Sie hatten nicht vergessen, was ihnen widerfahren war, wie sie durch das Feuer gehen mußten und warum. Sie hatten sich nur angepaßt, binnen kürzester Zeit nach unseren Vorstellungen Jahrhunderte ins

Zeitalter des Fortschritts übersprungen, ohne in Wirklichkeit ihr Wesen aufzugeben.
Kurzmanns Gedanken schweiften in die Geschichte ab, während er aus dem Wagenfenster das bunte Gemisch emsig vorwärtsstrebender Menschen betrachtete. Wie sich die Geschichte wiederholt! überlegte er. Die Tricks, die Methoden, die Zufälle. Das Öl war die Hauptursache des Pazifikkrieges, der Vogelleim, an dem Japan schließlich kleben geblieben war, nachdem Roosevelt, der Präsident, der am europäischen Krieg noch unbeteiligten USA das Bündnis Japans mit Italien und Deutschland als feindlichen Akt betrachtete. Im Juli hatte er sämtliche japanischen Bankguthaben blockieren und schließlich sämtliche japanischen Schiffe beschlagnahmen lassen, die sich in amerikanischen Häfen befunden hatten. Und dann verhängte Roosevelt eine totale Ausfuhrsperre für Mineralöl nach Japan, das damals vier Fünftel seines Bedarfs in den Vereinigten Staaten deckte. Nachdem Washington auch noch Großbritannien und die Niederlande dazu veranlaßt hatte, sich dem Embargo anzuschließen, war Japan buchstäblich paralysiert, das Öl Indonesiens, Burmas und Borneos wurde lebenswichtig. So mußte es geradezu zwangsläufig zu Pearl Harbour kommen, noch dazu, da man trotz genauester Informationen über die japanischen Absichten, oder vielleicht gerade deswegen die Flugzeugträger abgezogen hatte, die später in Midway den Kriegsausgang entschieden.
Die haben das nicht vergessen, sinnierte Kurzmann, und sie haben auch nicht vergessen, wie sie für die neue Zeit reif gemacht worden waren, obwohl sie Wochen vor Hiroshima und Nagasaki kapituliert hatten. Sie sind durch das Feuer gegangen wie wir, dachte Kurzmann, wenn auch auf andere Art.
Respektvoll blickte Kurzmann zu dem riesigen Granitturm des Parlamentsgebäudes auf, das auf einem Hügel über den Ministerien und Regierungsgebäuden thronte.

Schließlich betrat er das riesige, im Stil eines europäischen Landhauses gebaute Regierungsgebäude, wo ihn Baxter empfangen wollte. Die Sicherheitsbeamten nahmen ihre Sache sehr genau, studierten sorgfältig seine Ausweise, die er ohnedies schon den Wachtposten hatte vorzeigen müssen, und zu guter Letzt ließen sie ihn auch noch die Taschen seiner Jacke und der Hosen leeren; ein Vorgeschmack auf die Gipfelkonferenz, dachte Kurzmann ärgerlich, während er die Prozedur über sich ergehen ließ. Freilich geschah dies nicht ohne Grund. So illustre Gesellschaften wie die Sektierer der Sokka-Gakkai, die der westlichen und übrigen Welt seit Jahrzehnten den Mythos von der Überlegenheit der Gelben Rasse und der Endzeit der Weißen einzuimpfen versuchten, bis hin zur Sekhiguna, der Roten Armee, hatten angedroht, das Gipfeltheater in ein Blutbad zu verwandeln. Alles gut und schön, dachte Kurzmann, aber es änderte nichts daran, daß die von Jahr zu Jahr strengeren und umfassenderen Sicherheitsvorkehrungen bei derartigen Anlässen die Arbeit ungemein komplizierten und erschwerten.

Ein Schwarm hektisch diskutierender Japaner in dunklen Büroanzügen quoll durch den saalähnlichen Korridor, der zu den Konferenzsälen führte, als ihn einer der Beamten zu den Büros lotste, die die amerikanische Vorausdelegation für sich adaptiert hatte. Wo die Konferenz wirklich stattfinden sollte, war noch aus technischen Gründen, wie man sagte, ungewiß; eine gute Ausrede, um schon bei den Vorbereitungen jede Möglichkeit einer Sabotage auszuschließen.

Baxter stand in einem der Konferenzräume und diskutierte mit Cornelly und anderen Leuten seines Stabes. Er schien wirklich erfreut, als er Kurzmann erblickte.

«David!» rief er überrascht, als ob er nicht gewußt hätte, daß sie sich hier treffen wollten, ließ seine Leute stehen und kam ihm mit ausgebreiteten Armen entgegen.

Fett ist er geworden, dachte Kurzmann, scheint ihm gut

zu gehen. Er wirkte selbstsicher und zufrieden; ob sich Glicksburg und Groulle nicht getäuscht, die falschen Psychologen auf ihn angesetzt hatten?
«Du siehst aus», sagte Kurzmann, «als hättest du gerade eine Runde gewonnen!»
«So kann man es nennen!» antwortete Baxter und faßte Kurzmann am Arm. «Unsere japanischen Freunde sind voll auf unserer Seite, darin bestand ja auch nie der geringste Zweifel.» Baxter blickte sich suchend um. «Wolltest du nicht ein Interview machen?»
David grinste. «Ah, Mister Baxter legt Wert auf bildhafte Publicity. Tut mir leid, Ryan, mein Kameramann ist noch nicht eingetroffen. Du weißt ja, wie das ist. Aber, ehrlich gesagt, an eine Fernsehaufzeichnung habe ich noch gar nicht gedacht. Erstens wollte ich dich wieder einmal sehen, alter Knabe, und zweitens dachte ich mir, du könntest mir einige Vorausinformationen geben, so zwischen zwei alten Freunden, wie?»
Baxter lachte. «Du wirst enttäuscht sein. Viel gibt es im Augenblick nicht mitzuteilen!»
«Na ja, muß ja nicht unbedingt von dir kommen. Die gutunterrichteten, informierten Kreise und so weiter?»
«Okay, David, okay, die haben da ein ganz nettes Restaurant im Haus, schon gegessen?»
«Ja, aber gegen einen ordentlichen Schluck Whisky hätte ich nichts einzuwenden!» sagte Kurzmann, und als sie in der Bar saßen, mit zwei überdiskreten, unauffälligen Leuten im Hintergrund und zweifellos umgeben von perfekt getarnten Abhöreinrichtungen, versuchte David einen Schuß ins Blaue: «Ich brauche ein bißchen Background, Ryan», sagte er. «So wie ich euren Apparat kenne, haben zweifellos einige eurer Intelligenzbomben entsprechende Memoranden vorbereitet, die Sache gründlich analysiert und aufgrund der unfehlbaren Erkenntnisse der CIA und sämtlicher anderer Geheimmächte der Vereinigten Staaten das Ergebnis der Konferenz schon festgelegt, wie?»

Baxters Augen leuchteten ein wenig auf, aber er lachte schallend und war keine Spur verlegen. «Immer zu Witzen aufgelegt!» schnaubte er und fuhr dann, plötzlich ernst geworden fort: «Glaube mir, David, mir wäre lieber, wir könnten über Basketball reden, über Mädchen, ein Bier trinken, wie in Stanford. Ich kann nicht viel sagen. Wir haben ernste Probleme, das brauche ich dir ja nicht zu erzählen. Die Interessen der Vereinigten Staaten, nein, die Interessen der freien Welt stehen auf dem Spiel. Nach diesem feigen Sabotageakt kann es kein Lavieren mehr geben. Wir sind bemüht, unsere Verbündeten von der Notwendigkeit unbedingter Solidarität zu überzeugen. Das geht nicht ohne gewisse Opfer ab. Diese Provokation droht den Kalten Krieg heiß zu machen. Unsere Verbündeten müssen begreifen, daß es in dieser Stunde keine Kollaboration mehr geben kann.»
«Außer mit den Vereinigten Staaten!» unterbrach David den pathetischen Wortschwall.
Baxter hielt einen Augenblick irritiert inne. «Wir leben in einer Zeit, in der man wissen muß, auf welcher Seite man steht, David. Die Vereinigten Staaten sind bereit, die Herausforderung anzunehmen . . .»
«Auch militärisch?»
«Ja, auch militärisch. Wir sind die stärkste Macht der Welt. Wir werden nicht zulassen, daß die Sowjetunion die internationale Ordnung durcheinanderbringt. Wir sind bereit, Opfer zu bringen, uns einzuschränken, ja, sogar den Verlust gewisser Freiheiten in Kauf zu nehmen, um dieser Herausforderung zu begegnen. Wir sind bereit, jede Nation zu verteidigen, die sich durch die kommunistische Aggression bedroht fühlt. Daher ist es unser Recht zu verlangen, daß sich auch die anderen Nationen klar zu den Prinzipien bekennen, die es zu verteidigen gibt!»
«Ryan, Ryan, Ryan!» sagte Kurzmann und war versucht, den Kopf zu schütteln. «Du weißt doch ebensogut wie ich, daß diese Schwarzweißrechnung nicht aufgeht.

Habt ihr Beweise dafür, daß die Russen die Tanker in die Luft gejagt haben?»
Baxter nickte.
Kurzmann sagte: «Aber es gibt eine Menge Leute, die da nicht so sicher sind!»
«Unsere Erkenntnisse sind eindeutig. Zumindest war diese Aktion sowjetisch inspiriert. Das kommt auf dasselbe heraus. Wir haben, verdammt noch mal, in den letzten Jahren lange genug Räuber und Gendarm gespielt. Die politische Wirklichkeit und die Lektionen der letzten Jahre haben klar gezeigt, daß die Vereinigten Staaten allein ihre moralische Rolle zur Sicherung einer stabilen und friedlichen Welt nicht spielen können, solange die Sowjet-Faschisten immer wieder mit Kollaborateuren rechnen können. Nur eine bedingungslose und enge Kooperation zwischen uns, den Europäern, den Japanern und China kann die Welt vor weiteren Aggressionen bewahren. Daher dienen die kommenden Verhandlungen nicht nur dem Ziel, mit den aktuellen Energieproblemen fertigzuwerden, sondern endlich eine allgemeine Politik zu entwickeln . . .»
Baxter hatte wie ein aufgezogener Automat noch eine Stunde lang Phrasen von sich gegeben. Er hatte es abgelehnt, sich irgendwo privat mit Kurzmann zu treffen.
Entweder, dachte Kurzmann, während er sich in der kleinen Teeküche seines Hotelzimmers einen Kaffee braute, ist Baxter ein Idiot, oder er verdient den Oscar für die beste schauspielerische Leistung des Jahres.
«Das alles ist eine sehr komplizierte Angelegenheit!» hatte Glicksburg gesagt. Sie hatten damals bis in den Morgen diskutiert, hitzig und erregt zuweilen angesichts dessen, was Glicksburg enthüllt hatte.
Die Zusammenhänge waren kompliziert, die Angelegenheit war mörderisch, dachte Kurzmann, während er den Kaffee schlürfte und Duke Clutterbank verfluchte, der schon längst hätte eintreffen sollen.
Glicksburg neigte offenkundig zu Untertreibungen,

dachte er und begann auf die Tasten seiner Kofferschreibmaschine zu hämmern.

«*Überlegt man sich das genau*», schrieb er, «*so kann man im Nachhinein den Tag, an dem der latente Antisemitismus weltweit ausbrach, ziemlich genau mit jenem Tag festlegen, an dem sich diese Kreise im besten Judostil der fehlgeleiteten Kraft ihrer Gegner bedienten und noch während der Präsidentschaft Jimmy Carters die Israelis dazu provozieren konnten, den Rücktritt des amerikanischen UNO-Botschafters Andrew Young erfolgreich zu fordern. Tatsächlich eignete sich niemand besser dafür, als der allgemein als Schwarzer geltende Mischling, um nicht nur die Urinstinkte der amerikanischen Massengesellschaft gegen irgendeine eingebildete Fremdherrschaft zu mobilisieren, sondern darüber hinaus auch noch die Schwarzen gegen die Juden im allgemeinen aufzubringen. Gewiß fanden damals jene paranoiden Phantasien reichlich Nahrung, daß die Juden Amerika beherrschten und es das Endziel der Juden sei, die Vereinigten Staaten zu zerstören, indem das Land gezwungen werde, als eine Art israelische Geisel zionistischen Interessen zu dienen; und gewiß war es eine willkommene Nebenwirkung, die letzten Sympathien für Israel damit zu zerstören und damit den Boden für eine Änderung der Nahostpolitik aufzubereiten, sich die israelische Hypothek vom Halse zu schaffen: Aber dazu hätte es solcher Aktionen gar nicht mehr bedurft . . .*»

Das hatte er auch zu Glicksburg in Bad Vilbel gesagt: «Wozu diese Anstrengungen?» Die Unterstützung Israels durch die amerikanische Bevölkerung ist doch längst dahin, sie hat lediglich so lange gedauert, wie es notwendig war, bis die Vergangenheit vergessen war und man sich an dem tüchtigen kleinen Ableger amerikanischer Demokratie zu langweilen begann. Und», hatte Kurzmann mit boshaft-zynischem Unterton hinzugefügt, «schließlich haben ja auch die meisten jener, die zu unserem Volk gehören, zu unserer Kultur, längst ver-

gessen, daß sie Teil eines ganz bestimmten Kulturphänomens sind, es gibt nicht mehr die Juden, seit es Israel gibt. Sie wissen was ich meine: Man ist Israeli, oder man ist ein amerikanischer Jude.»
Glicksburg hatte lange Zeit geschwiegen und schließlich gesagt: «Ja, es gibt eben solche und solche. Und das Interessante daran ist, daß kaum jemand weiß, was bei dem einen echt oder bei dem anderen falsch ist, nicht wahr? Das macht es so schwer, die Dinge zu durchschauen, zu begreifen, warum sich Ost und West und die Araber gegenseitig wie Jäger und Treiber Israel vor die Flinte jagen. Das Rezept ist einfach, mein Freund. Wenn Sie etwas erreichen wollen, wenn Sie einen Dritten schlagen wollen, dann bauen Sie sich einen scheinbar unerbittlichen Feind auf, der in Wirklichkeit Ihre Interessen verfolgt. Niemand wird Sie verdächtigen. Wir kennen das doch am besten aus unserer eigenen jüngeren Geschichte, nicht wahr?»
«Sie denken an die Briten, wie?»
Glicksburg nickte. «Ja, an die Briten und an die Moslembrüder . . . die Briten waren in solchen Dingen schon immer meisterhaft und perfekt. Und sie hatten vorzügliche Schüler. Eine Macht wie Großbritannien mußte sich natürlich überlegen, wie es seine Herrschaft über fremde Länder am wirkungsvollsten aufrechterhält. Keine Waffen, keine Art von Gewalt kann dies auf die Dauer bewerkstelligen. Man muß wissen, wie die fremden Menschen denken, man muß dieses Denken unter Kontrolle bekommen. Durch eine Ideologie, die diesem Denken entspricht. In unserem Fall ist es der Panislamismus, die Ablehnung der westlichen Kultur, fanatischer Antiimperialismus.»
«Sie wollen doch nicht behaupten, daß heute die Briten . . .»
Glicksburg grinste. «Nein. Zumindest nicht nur. Diese Zeiten sind ja wohl vorbei. Aber sie haben vorexerziert, wie das funktioniert, und sie haben die Grundlagen da-

für gelegt. Nehmen Sie zum Beispiel Persien, als es England Ende des 19. Jahrhunderts mit der Angst zu tun bekam, Persien und der Nahe Osten könnte in das Grand Dessin hineingezogen werden, das Hanotaux und der russische Außenminister Graf Witte zu entwerfen begonnen hatten und als der persische Quajar Shah begann, sich an Rußland zu orientieren. Großbritannien schürte den Bürgerkrieg nicht durch gewöhnliche Rebellen und Saboteure, nein, es brachte die schiitische Geistlichkeit gegen den Vertrag auf, förderte darüber hinaus gegen die Interessen der Schiiten die neue Universalreligion der Bahai'i, was die islamischen Geistlichen noch mehr reizte. So konnte England das Land unter seine Kontrolle nehmen, fast ohne einen einzigen Schuß abzugeben. Darauf bauten die Briten ihre weitere Nahoststrategie auf, indem sie die überlebenden Sufi-Sekten unter Kontrolle brachten und vor ihren laborgetesteten Panislamismus spannten. Dieses ... äh ... erste Sufi-Projekt leitete Al-Afghani, Vater der panislamischen Bewegung und Marionette an den Fäden seines britischen Führers E. G. Browne. Die Sache verlief überaus erfolgreich. Selbst Arnold Toynbee kam nicht umhin, im Rahmen eines weiteren derartigen Projektes des Royal Institute of International Affairs Al Ghazli, den Propheten des Irrationalen, den Gegner der menschlichen Vernunft, als die Lösung für das britische Problem zu empfehlen. Da schlug die Stunde der Moslembrüder. In den zwanziger Jahren gründeten die Briten eine ganze Reihe antiimperialistischer, natürlich auch antibritischer islamischer Organisationen, die sich später unter Scheich Ahakib Arslan im panarabischen Kongreß in Genf zusammenfanden. In unserem Fall spielte die Bruderschaft des aus Ägypten stammenden britischen Agenten Hassan Al-Banna die Countergang zu gewissen, ebenfalls von den Briten geförderten zionistischen Organisationen. Die Falle war perfekt, das Karussell von Terror und Gegenterror begann sich zu drehen. Heute erleben wir

eine Neuauflage. Allerdings in ganz anderen Dimensionen . . ..»
Während Kurzmann in seinem Hotelzimmer in Tokio vor der Schreibmaschine saß, dachte er an die heimtückische Erpressung, die hier in Tokio in wenigen Tagen über die Bühne gehen sollte. Erpressung oder Provokation? War noch etwas zu retten?
Während sich Kurzmann noch einen Kaffee braute und die dritte Aspirintablette an diesem Tag schluckte, war Gilbert Groulle bereits auf dem Weg zum Flugplatz. Er hatte einen der raren Plätze in der Maschine nach Paris erwischt. In seinem Gepäck befanden sich die Tonbänder und Fotokopien, die ihm Kurzmann überlassen hatte.

«Das heißt also», sagte Arkadij Florentjewitsch Bubtschikow, «daß wir wieder Gold kaufen müssen. Die Welt ist verrückt, Genosse Konradenko. Ausgerechnet die Sowjetunion. Aber das hatten wir ja schon einmal, nicht wahr?»

«Ja», nickte Danil Konradenko, der stellvertretende Minister für Außenhandelsbeziehungen, «die erste Runde zwischen 1976 und 1980 haben wir erfolgreich durchgestanden.»

Auch Stanislaw Utenow, der Direktor der Wozchod-Bank, und Nikola Farin, der stellvertretende Direktor der Narodny-Bank nickten zustimmend.

«Es bleibt uns nichts anderes übrig, um die kapitalistischen Manöver zur Ausschaltung des Goldes zu durchkreuzen!» sagte Utenow.

Das war Bubtschikow klar. Die Möglichkeit, sowjetisches Gold im Westen zu hohen Preisen zu verkaufen, war zurzeit die wichtigste Deviseneinnahmequelle für die Sowjetunion. Und nun hatten die kapitalistischen Gangster, wie er die Wallstreet-Banker zu nennen pflegte, eine weitere Runde eingeleitet. Und, wie Konradenko einleuchtend erklärt hatte, würde es die letzte, die entscheidende Runde sein. Und diesmal ging es nicht nur darum, daß sie durch die Versteigerungen der Goldbestände des Internationalen Währungsfonds versuchen würden, den Preis für das Gold, das man zuvor anderen Nationen abgeknöpft hatte, zu drücken, um es dann billig vom Markt wegkaufen zu können.

«Wieviel müssen wir kaufen?» fragte Bubtschikow.

«Schätzungsweise sieben Prozent. Frankreich und seine Verbündeten werden aller Voraussicht nach auf 70 Prozent gehen, die Deutschen vielleicht auf fünfzehn oder achtzehn Prozent. Wir werden auch diesmal nicht direkt

auftreten. Unsere Niederlassungen in London, Zürich und Frankfurt werden das durch örtliche Vertreter erledigen.»
«Nun, Genossen», sagte Bubtschikow nachdenklich, «glauben Sie, daß es etwas nützt?»
Farin hob beide Hände.
Utenow sagte: «Entsprechend den Richtlinien der friedlichen Koexistenz und der Entspannung mit den vom amerikanischen Monopolkapitalismus unterjochten westeuropäischen Völkern bleibt uns keine andere Wahl, Genosse Präsident. Eines ist klar: Die Versteigerungen ausgerechnet zu diesem Zeitpunkt hängen mit den Ereignissen am Persischen Golf und vor allem mit der Konferenz in Tokio zusammen!»
Bubtschikow nickte. Es war tatsächlich eine absurde Situation, überlegte er. War es wirklich gerechtfertigt, den friedlichen Prozeß der Verarmung der kapitalistischen westeuropäischen Länder und anderer Staaten der sogenannten freien Welt zu stören, jenen zu helfen, die sich zwar vom Joch des amerikanischen Monopolkapitalismus befreien wollten, aber nach wie vor die natürlichen Feinde des Sozialismus blieben? Nein, dachte Bubtschikow, es war kein Verrat am Grundgedanken der Revolution. Er handelte genau nach den Prinzipien des Leninismus. Hatte nicht Lenin gelehrt, daß die Kommunisten unbedingt auf das sorgsamste, vorsichtigste, geschickteste jeden, selbst den kleinsten Riß zwischen den Feinden, jeden Interessengegensatz innerhalb der Bourgeoisie der verschiedenen Länder und innerhalb der verschiedenen Gruppen oder Schichten der Bourgeoisie ausnutzen müssen?
Bubtschikow zwang sich immer wieder dazu, jeden seiner Gedanken, jeden Schritt, jedes Wort gewissermaßen marxistisch-leninistisch abzusichern, an den Lehrsätzen des Marxismus-Leninismus zu messen. Das war notwendig, um seine Ziele zu verwirklichen und den Großteil der Funktionäre und führenden Mitglieder der KPdSU

bei der Stange zu halten. Nur so war es möglich, seine Politik jederzeit mit der unantastbaren Lehre zu rechtfertigen. Nicht, daß er selbst etwa an der historischen Notwendigkeit des Sozialismus gezweifelt hätte, aber er hatte seine eigenen Vorstellungen davon. Er war sich bewußt, daß die Sowjetunion weit entfernt davon war, daß sie noch einen langen Weg würde zurücklegen müssen, da sie sich im Laufe der Jahrzehnte immer mehr von dem entfernt hatte, was die Revolution in Rußland hätte bedeuten können. Aber schließlich waren er und seine Genossen angetreten, um einen Ausweg zu finden. Und da ging es in erster Linie nicht um den Sozialismus in der Sowjetunion. Zuerst mußten die Voraussetzungen für innere Reformen geschaffen werden, die äußeren Voraussetzungen, mußte die Schande getilgt werden, daß die wirtschaftliche und technische Entwicklung der Sowjetunion abhängig war von den Krediten der kapitalistischen Monopolisten, für die man von Jahr zu Jahr mehr Realkapital, immer mehr von der sowjetischen Bevölkerung produziertes Volksvermögen hatte abführen müssen.

Die Genossen um Breschnew hatten lange Zeit nicht begreifen wollen, daß dies ein gefährlicher Weg war. «Warum sollen wir nicht von den billigen Krediten profitieren, die die Position des Sozialismus stärken?» hatten sie gefragt. Und sie hatten argumentiert: «Die wichtigsten Voraussetzungen für den Sieg der sozialistischen Revolution, Genosse Bubtschikow, ist doch die Schaffung einer eindeutigen Überlegenheit der revolutionären Kräfte, ob dies nun auf friedlichem oder auf nichtfriedlichem Weg vor sich geht. Deshalb wäre es doch idiotisch, wenn wir die Angebote unserer kapitalistischen Freunde nicht annehmen würden, oder?»

«Diese Narren», hatte Bubtschikow damals zu Mazurow gesagt, «haben ihre Köpfe mit verstaubten Phrasen voll und können nicht mehr denken. Verdammt noch mal, warum wollen sie das nicht begreifen?»

Breschnew hatte ihm einmal wohlwollend auf die Schulter geklopft und in väterlichem Ton gemeint: «Sie sind noch sehr jung, Genosse Bubtschikow. Sie müssen noch Erfahrungen sammeln, junger Freund!»
Er war damals zum Kandidat des Zentralkomitees aufgestiegen, gemeinsam mit seinem Schulfreund Mazurow. Ein andermal hatte Breschnew ihn durch die Blume gewarnt: «Sie dürfen nie vergessen, Bubtschikow, daß die Partei immer recht hat. Im Grunde genommen entscheidet die Partei. Sie ist die führende und lenkende Kraft der Sowjetgesellschaft, der Kern ihres politischen Systems. Nicht wir. Wir sind nur ihre Diener, verstehen Sie das? Haben Sie das begriffen? Wir können wichtige Entscheidungen treffen, im Politbüro, im Zentralkomitee, aber wir dürfen nie vergessen, daß wir der Partei als Ganzes verpflichtet sind, daß wir nur in ihrem Interesse handeln können, was gleichbedeutend ist mit dem Interesse der sowjetischen Völker!»
Er hatte das begriffen. Und er sah mit Genugtuung, daß seine Ideen bei vielen Genossen auf fruchtbaren Boden gefallen waren. Im übrigen war er dem Rat des Zentralsekretärs gefolgt und hatte sich zurückgehalten und seine Anstrengungen in erster Linie darauf konzentriert, Freunden und Gleichgesinnten den Weg in die führenden Gremien zu erleichtern. Es hatte ihn amüsiert und zugleich besorgt, weil es seine Überzeugung bestätigte, daß ausgerechnet er in den vom KGB zusammengefaßten Bulletins der westlichen Presse zu den Entspannungsgegnern um Genosse Suslow, den Chefideologen, gezählt wurde, den man als Kalten Krieger und Verfechter einer harten, kompromißlosen Linie bezeichnete, obwohl gerade Suslow einer jener gewesen war, die am lautesten und am engagiertesten etwa 1968 gegen die Aktion in der Tschechoslowakei aufgetreten waren, wenn auch zum Teil aus ganz anderen Gründen als er, Bubtschikow, dagegen plädiert hätte, hätte er damals schon etwas zu sagen gehabt.

«Nun gut, Genossen», sagte Bubtschikow und nahm die Akten von dem mit grünem Filz überzogenen Schreibtisch, «damit wäre die Angelegenheit erledigt. Ich beneide Sie, Genosse Utenow, wissen Sie das? Es ist lange her, daß ich in Paris war.»

Bubtschikow blickte demonstrativ auf seine Armbanduhr, ein gewiß teures Schweizer Fabrikat, das ihm Baron Rothschild während seines Besuches in Moskau kurz nach seiner Übernahme der Funktionen als Generalsekretär und Staatspräsident als kleine Aufmerksamkeit geschenkt hatte.

Konradenko, Utenow und Farin verstanden den Wink und verabschiedeten sich eilig.

Es war 11 Uhr. Vor Bubtschikow lag noch ein arbeitsreicher Tag. Er seufzte auf, als er allein war und starrte einige Augenblicke gedankenlos vor sich hin. Schließlich entnahm er einem Fach seines Schreibtisches eine Flasche. Alter armenischer Kognak. Er setzte die Flasche an und nahm einen tiefen Schluck.

Bubtschikow dachte an die vor ihm liegende Konferenz mit Lev Zamentow, dem Generaldirektor der Nachrichtenagentur Tass und Mitglied der Kontrollkommission der KPdSU, und Anatolij Birin, dem zuständigen Minister für Nationalitätenfragen. Erst am Abend zuvor hatte Bubtschikow mit einigen Mitgliedern des Politbüros eine Aufführung des jüdischen Theaters aus dem autonomen Birobidschan im Sowjetskaja-Hotel besucht. Es war ein demonstrativer Akt gewesen, und er war sich klar darüber, daß es eine Menge Leute gab, die ihm dies übelnahmen. Eine Art komische Oper war es gewesen, vom Kampf zwischen Gut und Böse, zuviel Religion für seinen Geschmack und zuviel Ironie und versteckte Kritik.

Sie konnten es nicht lassen, überlegte Bubtschikow. Trotzdem, er hatte das Stück gut gefunden, und die Prawda hatte bereits heute wie zahlreiche andere Publikationen weisungsgemäß nahezu eine volle Seite über

diese Aufführung und über seinen Besuch gebracht. Man mußte den Verleumdern der Sowjetunion den Wind aus den Segeln nehmen, endgültig. Es war notwendig, um die Westeuropäer bei der Stange zu halten und die Verhandlungen über eine Aufnahme diplomatischer Beziehungen zu Israel nicht zu gefährden. Konnte da noch jemand behaupten, in der Sowjetunion, in der der Antisemitismus verfassungsmäßig seit jeher verboten war, gebe es Antisemitismus und Judenfeindlichkeit? Natürlich wurde das behauptet. Und, dachte Bubtschikow und stellte entschlossen die Kognakflasche wieder zurück, natürlich gab es das. Es war ein Problem, das unlösbar schien und immer neue Schwierigkeiten mit sich zog. Unlösbar vor allem deswegen, weil es ein außenpolitisches Problem war, wie das verdammte Dissidentenproblem. Bubtschikow schlug wütend auf den grünen Filz. Bald würde das keine Rolle mehr spielen. Bald würden sich alle diese Schwierigkeiten nahezu von selbst erledigen.
Was zum Teufel soll das? wollte er Zamentow schroff anfahren und er hätte ihm das Dossier, das ihm Mazurow hatte zusammenstellen lassen, am liebsten um die Ohren geschlagen. Schließlich hielt er sich doch zurück. Zamentow war nicht auf seiner Seite. Und Zamentow hatte viele gute Freunde. Und Zamentow konnte als Mitglied der Kontrollkommission unangenehm werden und schließlich kontrollierte er einen wichtigen Bereich des Rundfunk- und Fernsehwesens, seit die Tass auch die Rundfunk- und Fernsehabteilung von Novosti übernommen hatte.
«Ich nehme an», sagte Bubtschikow schließlich freundlich, «daß Sie diese ausländischen Berichte gelesen haben, Genosse Zamentow!» Bubtschikow hielt ihm das Dossier mit Ausschnitten aus der «Herald Tribune» und anderen, vor allem westeuropäischen Magazinen entgegen. «Wir können leider nicht sagen, daß das unserer Sache nützlich ist. Diese Schmierfinken können sich auf

sowjetische Publikationen stützen, von denen einige Ihrer Verantwortlichkeit unterstehen. Mißverstehen Sie mich nicht, Zamentow. Wir kennen das Problem. Sie haben genug andere Dinge zu tun. Aber ich denke, daß Sie mir zustimmen, daß wir dieses Problem lösen müssen, nicht wahr?» Bubtschikow sah den rundlichen, kleinen, rosagesichtigen, kettenrauchenden Zamentow lauernd an und als dieser keine Anstalten machte zu antworten, fuhr er fort: «Die Genossen vom Politbüro sind mit mir einer Meinung, daß man nicht pauschal von einer zionistisch-freimaurerischen Verschwörung sprechen kann und auch nicht von der Gefahr einer zionistischen Obermacht über alle Nichtjuden in der Welt. Zumindest ist das, was uns betrifft, lächerlich, nicht wahr? Und selbst wenn es wahr wäre, daß drüben von Jackson, Ribicoff, Javits, Vance, Brzezinski, Califano, Schlesinger, Powell, Ford bis zu Andrews allesamt Mitglieder irgendeiner dieser verschwörerischen Vereinigungen von B'nai Brith, Amnesty International, Phi Beta Kappa, dem Lions Club oder irgendeiner Liga für Menschenrechte angehört haben oder angehören ... Sie wissen, daß das dieselbe Argumentation ist, wie sie von den Hitler-Faschisten gebraucht wurde ...»
Zamentow nickte und zündete sich erneut eine Zigarette an. Sein dicker Zeigefinger war braun vom Nikotin. «Ich kenne Ihre Argumentation, Genosse Präsident. Und ich stimme ihr bis zu einem gewissen Grad auch zu. Aber wie macht man das den Genossen klar? Oder den Leuten in der Ukraine oder in Georgien?» Zamentow lächelte zynisch. «Ich weiß, es klingt nicht gut. Aber solange die Ukrainer einen Schid zum Verprügeln haben, sind sie mehr oder weniger zufrieden. Das gilt auch für die anderen ...»
«Na, allzuviele haben sie aber nicht mehr.»
«1,7 Millionen!» sagte Birin.
«Genosse Zamentow», sagte Bubtschikow und dachte: Wie bringe ich den Hund dazu, selbst auf eine gute Idee

zu kommen? «Sie wissen, daß ich Sie sehr schätze. Vor allem bewundere ich Ihr psychologisches Einfühlungsvermögen, wenn es um die Wirksamkeit unserer Propagandaarbeit geht. Wir müssen in den nächsten Monaten alles verhindern, was dem Ruf der Sowjetunion schaden könnte. Mir geht es da vor allem um die Westdeutschen. Sie wissen, wie anfällig sie für alles sind, was irgendwie nach Nazis riecht. Sie haben einen Schuldkomplex. Also ist es für sie eine willkommene Gelegenheit, diesen Schuldkomplex abzureagieren, indem sie in uns Nazis sehen, Antisemiten, die die Juden verfolgen. Sie projizieren ihre eigene Vergangenheit in unsere Gegenwart. Es kommt gerade jetzt darauf an, das zu verhindern und der amerikanischen Propaganda keine Gelegenheit mehr zu geben, uns zu verleumden. Ich glaube, daß Sie uns dabei helfen können.»

«Nun», sagte Zamentow langsam und blies genüßlich den Rauch in die Luft, «es besteht die Gefahr, daß wir unglaubwürdig werden. Vielleicht sollten wir den Spieß umdrehen?»

«Wie meinen Sie das?»

«Ganz einfach, Genosse Präsident, indem wir uns eben auf die Seite der Juden stellen, die wie die Sowjetunion verleumdet werden und Opfer der verschwörerischen US-kapitalistischen Propaganda sind, die von den kapitalistischen Verschwörern mißbraucht werden, die es verstehen, einige verräterische Juden in den Vordergrund zu schieben, um so von ihren eigenen verbrecherischen Aktionen abzulenken.»

Bubtschikow sah sein Gegenüber nachdenklich an. «Ja», sagte er, «ja, lieber Zamentow, das ist eine gute Lösung. Und irgendwie bewegt sie sich am Rande der Wahrheit, nicht wahr? Was sagen Sie dazu, Genosse Birin?»

Birins asiatisches Gesicht blieb ausdruckslos. «Ich fürchte, wir kommen vom Regen in die Traufe, wenn wir nun eine allzu projüdische Linie einschlagen. Dieses Theater macht schon genug böses Blut. Noch einige

Sonderrechte dazu, und wir haben genau das, was wir eigentlich vermeiden wollen: Offenen Antisemitismus. Viele Leute würden sagen, daß Sie sich wie Breschnew haben erpressen lassen ...»

Bubtschikow trommelte mit den Fingern nervös auf die Schreibtischplatte. «So», sagte er, «so!»

«Tut mir leid, Genosse Präsident», meinte Birin mit gleichgültiger Stimme, «aber es ist meine Pflicht, Sie darauf aufmerksam zu machen, obwohl Sie das sicherlich ebenso gut wissen!»

Natürlich wußte er das. Damit hatte ja im Grunde genommen alles angefangen. Breschnew wäre über diese Frage beinahe gestolpert. Natürlich wußte er Bescheid. Er, Bubtschikow hatte nicht umsonst die Politik seiner Vorgänger genauestens analysiert, ihre Fehler, die Siege, die Niederlagen, die Grenzen, die sie überschritten hatten und die Freiräume, die sie nicht genutzt hatten. Er war sich klar über die Ursachen der zum Teil blutigen Unruhen, Streiks und Aufstände in den frühen siebziger Jahren, über das plötzliche Ableben der Generäle Popow, Penkowski, Kadomzew, Wolkow, Iwanow, Antonow, Silajew, Dimitrew, Smirnow, Strujew und Tschernjakow nach dem Attentat auf Breschnew im Jahre 1969. War er gefeit gegen diese Fehler? Im Grunde genommen, überlegte Bubtschikow, konnte jeder Schritt ein Fehltritt sein, vor allem im Zusammenhang mit dem Nationalitätenproblem und der latenten Opposition. Und vor allem, wenn es um die Juden und die islamischen Turkvölker ging. Birin hatte recht. Man mußte vorsichtig sein. Er durfte sich keinen Fehler leisten, gerade hier nicht, nachdem er erst vor kurzem die neuen Richtlinien zur Nationalitätenfrage in der Sowjetunion durchgeboxt hatte, die dem System der Dezentralisation im Zusammenhang mit der neuen ökonomischen Revolution entsprach und den wichtigsten Nationalitäten in gewisser Hinsicht autonome Rechte gab, wie sie sie bisher nicht gekannt hatten.

Aber es war immer dasselbe Problem. Sorgte man für Erleichterungen für die jüdische Minderheit, rebellierten andere, sogar nationalistische Dissidentengruppen, die zwar das Regime angriffen und es der Verletzung der Menschenrechte beschuldigten, deren Programme aber nicht frei von antisemitischem Gedankengut waren. Man war damit mehr oder weniger fertig geworden, bis die ausländische Propaganda sich auf dieses Problem zu konzentrieren begonnen hatte und nach dem Sechstagekrieg im Jahr 1967 ein wachsender jüdischer Nationalismus und zunehmender Antisemitismus zusammenprallten. Breschnew, überlegte Bubtschikow, hatte sich tatsächlich nicht in einer beneidenswerten Lage befunden. Es war zunächst eine kleine Minderheit, die viel Lärm machte, aber die gesamte westliche Welt lärmte mit. War ihm etwas anderes übriggeblieben, als ihnen schließlich die Auswanderung zu gestatten? Selbst auf die Gefahr hin, daß sie zu einem Modell für andere Unruhestifter zu werden drohten? Gut, hatte man gedacht, sollten sie verschwinden, schließlich waren sie sowieso irgendwie Ausländer mit einem eigenen Staat. Aber so einfach war das nicht. Es wurde zu einem Präzedenzfall, und es verstärkte die Feindseligkeit der Bevölkerung gegen die Juden. Vor allem, als die USA zu Beginn der siebziger Jahre versucht hatten, die Gewährung der Meistbegünstigungsklausel im Zusammenhang mit einem umfassenden Handelsabkommen mit der sowjetischen Verpflichtung zu verknüpfen, jährlich 60 000 Juden die Auswanderung zu gestatten. Breschnew war bereit gewesen, diese demütigenden Zusätze zu akzeptieren. Es wäre ihm beinahe schlecht bekommen. Auch Bubtschikow war damals der Meinung gewesen, daß es nicht anginge, daß ein sowjetischer Führer mit irgendeinem Ausländer über innere Bedingungen verhandelte. Wenn auch aus anderen Gründen als die Mehrheit des Zentralkomitees. Für ihn war es nur ein Beweis mehr dafür gewesen, daß die Sowjetunion immer mehr

in Abhängigkeit geriet und die Art der damals praktizierten Entspannung die Sowjetunion nackter kapitalistischer Erpressung auslieferte. Und er hatte recht behalten: Das war nicht zu trennen, wenngleich ihm die wahren Zusammenhänge erst viel später klar geworden waren, als er in dieses Büro im Kreml eingezogen war. Was damals als Entspannung bezeichnet worden war, das war in Wirklichkeit der Beginn der Konfrontation gewesen, und die Juden wie die übrigen Dissidenten waren nur mißbrauchte Schachfiguren, nicht dazu da, um in der Sowjetunion die Menschenrechte einzuführen, sondern sie zu leicht vorhersehbaren Gegenaktionen zu zwingen, die das System völlig diskreditieren sollten.
Zamentow räusperte sich laut.
Ja, dachte Bubtschikow, das war eine andere Angelegenheit. «Ich weiß, Genosse Birin!» sagte Bubtschikow. «Ich weiß! Aber wir haben nun einmal auf die internationale Situation Rücksicht zu nehmen, nicht wahr?»
Wer weiß, dachte Bubtschikow, vielleicht gehören diese beiden ausgerechnet zu jenen, von denen wir noch immer nicht wissen, auf welcher Seite sie stehen. Mazurow hielt sie lediglich für Opportunisten, aber . . .
«Haben wir das früher nicht zuviel getan?» fragte Zamentow und grinste.
Bubtschikow lächelte und rückte seine Brille zurecht. «Ja, Genosse Zamentow, das haben wir. Aber auf andere Weise, nicht wahr? Diesmal ist es unsere Politik! Ich weiß, Sie verstehen mich. Nun, wie lösen wir das Problem?»
«Wenn wir nicht auf einige arabische Regierungen Rücksicht zu nehmen hätten, würde ich sagen, wir sollten jedem, bis auf einige hochqualifizierte Kräfte, die Auswanderung freistellen und im übrigen bei meiner zuvor erwähnten Neueinschätzung der . . . äh . . . spezifisch jüdischen Rolle in der internationalen Politik bleiben.»
«Ja?» drängte Bubtschikow.

«Da dies meiner Meinung nach aber vor der Aufnahme diplomatischer Beziehungen zu Israel nicht ratsam ist, würde ich vorschlagen, außer propagandistischen Maßnahmen gar nichts zu tun.»
«Ja, Genosse Zamentow, ich denke, auch das ist eine Lösung, nicht wahr, Genosse Birin? Ich würde vorschlagen, daß Sie sich mit der Abteilung für Judenfragen im KGB in Verbindung setzen, falls es irgendwelche Probleme gibt.»
Bubtschikow war erleichtert, als Zamentow und Birin gegangen waren. Diese Frage war also vorläufig gelöst und Zamentow schien begriffen zu haben, worum es ihm ging. Zumindest hatte er überraschend wenig Widerstand geleistet. Mit Birin allerdings wußte Bubtschikow überhaupt nicht, woran er war. Er hatte der Besetzung des Ministeriums für Nationalitätenfragen mit Birin zustimmen müssen, um in anderen wichtigen Bereichen seine Leute unterzubringen. Unter ihnen Rubikow. Einen seiner engsten Vertrauten neben Mazurow, und wie Mazurow seit den Tagen, da er als Komsomol-Sekretär am Institut für Philosophie, Literatur und Geschichte und später an der Lomonosow-Universität begonnen hatte, die Basis für seine Karriere zu legen.
Bubtschikow dachte immer wieder mit einer gewissen Wehmut an diese Jahre zurück. Es waren die Jahre, da die ökonomischen Umstände Chruschtschow mehr oder weniger gezwungen hatten, vom stalinistischen Kurs abzugehen und nach einem Mittelweg zwischen den mißglückten Experimenten seines Vorgängers Malenkow und den jede freie Entfaltung der Produktivkräfte hemmenden stalinistischen Methoden zu finden. Es waren gute Ansätze, und im Grunde genommen hatte Chruschtschow damals im Prinzip zumindest das versucht, was er, Bubtschikow, schließlich weiter zu entwickeln gedacht hatte: Dezentralisation, Ausweitung der Entscheidungsbefugnisse auf die Ebene der Betriebe und der Produktionsvereinigungen, die Schaffung mate-

rieller Anreize, alles in allem daraufhin gezielt, die Effizienz der sowjetischen Wirtschaft zu steigern. Und schließlich der Versuch, auf den kapitalistischen Weltmarkt vorzustoßen und vor allem den damals schon höchst destruktiven Druck der steigenden Rüstungslasten zu mildern. Damit war aber auch sein Ende besiegelt, als die Sowjetarmee auf knapp 3,6 Millionen Mann zusammengeschmolzen war.

Ein gleichberechtigter Wirtschaftspartner zu werden, war nicht die Aufgabe der Sowjetunion, überlegte Bubtschikow. Sie hatten damals viel diskutiert, nächtelang, eine Gruppe privilegierter Studenten aus allen Teilen der Sowjetunion, von Kasachstan, woher Mazurow stammte, bis Leningrad im äußersten Nordwesten, woher er selbst kam. Zwar war er sich damals über viele wichtige Fragen noch nicht klar gewesen, aber er hatte unbewußt geahnt, wo das wirkliche Problem lag.

Er erinnerte sich an die Nacht nach dem Sturz Chruschtschows, als sie irritiert, besorgt, zornig und voller Unsicherheit in seiner kleinen Zweizimmerwohnung in der Granowskij-Straße gesessen waren und versucht hatten, sich über die Bedeutung dieses Ereignisses klar zu werden.

«Zum Teufel!» hatte Manilenko, ein Kommilitone aus Kiew, der nun im Sekretariat des Zentralkomitees für Organisation und Kaderpolitik verantwortlich war, gesagt. «Wer ist denn dieser Breschnew? Was hat Chruschtschow getan?»

«Na, vielleicht wollte er die Datschas verstaatlichen!» hatte Mazurow versucht zu witzeln, aber niemand hatte gelacht. «Und wenn Kyrill gar nicht so unrecht hat?» hatte er gefragt. «Ich meine nicht die Datschas unserer Genossen . . .»

«Sprich nicht in Rätseln, Florentjewitsch!»

«Ich meine die Datschas der anderen, ja vor allem der anderen, die Datschas unserer amerikanischen Freunde in erster Linie!»

«Was ist das für ein Unsinn, Bubtschikow!» hatte Rubikow ausgerufen!
Ja, jetzt kam es Bubtschikow wieder in den Sinn, wie erregt Rubikow damals war, als er seine Gedanken dargelegt hatte. War es von Bedeutung? Nein, das wäre wohl übertrieben, obgleich Rubikow es war, der von ihrer Gruppe seit jeher eher zum Establishment der Partei gehört hatte, Zugang zur höchsten Spitze hatte, nicht nur, weil er aus Dnjepropetrowsk stammte wie Breschnew und Kirilenko und sein Vater zur örtlichen Hierarchie gezählt hatte. Es hatte sicher auch eine gewisse Rolle gespielt, daß er mit Valentina Kirilenko die Oberschule in Dnjepropetrowsk besucht hatte, sich, wenn auch vergeblich, wie alle anderen um sie bemüht hatte, aber wie es schien, es zumindest zu einer gewissen Freundschaft mit der Tochter des damals zum ersten Sekretär der Partei in Dnjepropetrowsk aufgestiegenen Freundes seines Vaters gebracht hatte.
«Unsinn?» hatte Bubtschikow damals erwidert. «Vielleicht. Aber was hatte Chruschtschow denn wirklich gewollt? Hat er nicht alles versucht, um diesen verdammten Kalten Krieg endlich zu beenden?»
Einige hatten gelacht.
Rubikow hatte gesagt: «Es gibt eine Menge Leute, die der Meinung sind, Chruschtschow sei dabei gewesen, die Prinzipien des Marxismus-Leninismus höchst einseitig zu interpretieren, ja, sie zu verraten. In der Tat, Florentjewitsch, wo hat er denn wirklich Erfolg gehabt? Unsere Wirtschaft ist schlimmer dran, als noch vor ein paar Jahren . . .»
«Ich denke, er war ein Träumer. Friedliche Koexistenz!» hatte Manilenko gemeint und nach einem Stück harter Wurst gegriffen.
«Wenn diese Politik wirksam geworden wäre», war Bubtschikow fortgefahren, «wäre er vielleicht mit all den anderen Schwierigkeiten fertig geworden. Ich glaube, ich habe verstanden, was er wollte. Vielleicht

war er nur zu ungeduldig dabei, zu beweisen, daß seine Politik im Westen doch mehr abwerfen würde, als Beifall für unsere Ballettänzer. Aber das Problem war, daß die Amerikaner keine Sowjetunion gebrauchen können, die als gleichwertiger Partner auf dem Weltmarkt auftritt und deren Wirtschaft sich entwickelt. Begreift ihr das nicht? Wir sind dazu da, als furchteinflößender Amboß herzuhalten, auf dem die Kapitalisten den Rest der Welt für ihre eigenen Interessen zurechtschlagen!»

«Ich glaube, Florentjewitsch hat recht!» hatte Mazurow gesagt. «Wir waren gut genug, um in diesem verdammten Krieg auszubluten und gegen die Faschisten zu kämpfen.»

«Warum haben wir uns dann nicht an den Segnungen dieses ... dieses Marshallplans beteiligt?» hatte Rubikow eingeworfen. «Das hatte man uns doch angeboten, oder?»

«Das hättest du Stalin fragen müssen!» hatte Manilenko gemeint.

Sie hatten sich damals ernsthaft mit all diesen Fragen auseinandergesetzt. Wenn ihnen auch vieles rätselhaft und nicht erklärbar war, so war sich die Gruppe um Bubtschikow doch in einem einig: Daß es an der Starrheit des Sozialismusmodells lag, daß viele Probleme nicht gelöst werden konnten. Und wie Chruschtschow, waren sie sich darüber im klaren, daß die festverwurzelte Bürokratie, die in ihrem System nicht Handlanger, sondern Teil der Herrschenden war, sich gegen jede Veränderung, die diese Herrschaftsstrukturen gefährdeten, mit allen Kräften zur Wehr setzte. Jeder von ihnen bekannte sich gewiß zur ideologischen Grundlage des Marxismus-Leninismus, aber sie waren irgendwie Kinder der Entstalinisierung, hatten Solschenizyns «Ein Tag im Leben des Iwan Denissowitsch» und andere Dinge gelesen, die sich mit der schrecklichen Vergangenheit beschäftigten. Und Bubtschikow selbst stimmte mit Solschenizyn in gewissen Fragen durchaus überein: Zumin-

dest in der Ansicht, daß es eine Demokratie, oder was immer diese Art westlicher Regierungsform bedeutete, für Rußland und für die Sowjetunion nicht geben konnte, da es, dem Charakter des russischen Menschen entsprechend, nur zur totalen Anarchie führen konnte. Rußland brauchte ein autoritäres System, allerdings freilich nicht nur deswegen, um, wie Solschenizyn meinte, dafür zu sorgen, daß die Leute sich richtig verhielten, die Wahrheit sagten und an Gott glaubten. Wovon Bubtschikow überzeugt war, war zweifellos der Sozialismus, der allerdings seiner Meinung nach flexibler, anpassungsfähiger, mehr an die tatsächlichen Notwendigkeiten als am Überleben der privilegierten Bürokratie orientiert war. Idealistische Vorstellungen damals noch, mit jeder Station seiner Karriere und mit jedem Jahr der Konfrontation mit den Wirklichkeiten der politischen Verhältnisse abgeschliffen, zu einem kühlen und überaus nüchternen Pragmatismus reduziert, der auch die sozialistischen Prinzipien eher als Mittel zum Zweck denn als verwirklichbare Idee betrachtete.
Sie alle, das ganze Land, die ganze Gesellschaft vom einfachen Kolchosebauern bis zu den Spitzen der Partei schienen in einem Teufelskreis gefangen zu sein. Aber, und das hatte Bubtschikow schon damals, in jener Nacht nach der offiziellen Bekanntgabe des Machtwechsels zu erklären versucht, so gut und so weit er dieses damals eher noch intuitive Wissen in Worte zu fassen vermochte: Es lag nicht nur an ihnen, nicht nur an der Ideologie, nicht nur am System, nicht nur an den Ängsten der Bürokratie, nicht nur und nicht ausschließlich an der Tradition der Intoleranz gegenüber Nonkonformisten und nicht nur an ihren Ängsten und Komplexen und an ihrer Politik, sondern seit jeher in einem nicht zu unterschätzenden Ausmaß an Kräften außerhalb ihrer Einwirkung und Kontrolle, an Kräften, die nicht zu fassen waren, lange Zeit nicht erkennbar waren. Was die Sowjetunion betraf, überlegte Bubtschikow, hatten sie

der Schlange lediglich ein paar Köpfe abgeschlagen. Neue waren nachgewachsen. Wie Rubikow.
Sein Sekretär, Victor Bojev, ein tüchtiger, knapp fünfunddreißigjähriger Absolvent der Wirtschaftswissenschaftlichen Akademie, störte Bubtschikow in seinen Gedanken.
«Ich habe soeben den vollen Wortlaut der Interviews dieses Kommissars der EG erhalten, Genosse Präsident. Sie wollten in der morgigen Rede vor den Bezirkssekretären darauf Bezug nehmen. Ich habe das Manuskript fertig.»
«Gut, Victor!» sagte Bubtschikow und griff gedankenverloren nach dem Aktenstück.
«Um 14 Uhr wollten Sie mit dem Genossen Karenagijn sprechen!»
«Ach ja!» Bubtschikow war mit einem Schlag wieder bei der Sache. Die Unterredung mit Karenagijn war eine durchaus erfreuliche Aussicht. «Noch etwas?» fragte Bubtschikow, als Bojev zögernd stehenblieb, einen schmalen Ordner in der Hand.
«Ja, Genosse Präsident. Ein vertrauliches Dossier über die Angelegenheit in Somalia. Dieser alte Hundesohn . . .»
«Geben Sie her!» sagte Bubtschikow schroff und überflog den vier Seiten langen Bericht, der das Ausmaß der von Rumänien hinter dem Rücken des Comecon vollzogenen engen wirtschaftlichen Kooperation mit amerikanischen Konzernen erstmals detailliert analysierte.
Gut, Ceausescu hatte immer eine gewisse Narrenfreiheit genossen, und solange er sich damit begnügte, Millionen seiner Dollarreserven ausgerechnet wieder in amerikanischen Bergwerkskonsortien zu investieren, in der Meinung, damit auf längere Sicht Rumäniens Abhängigkeit von sowjetischer Kohle zu verringern, mochte das noch angehen. Aber daß der verräterische Kretin ausgerechnet mit Westinghouse in das Urangeschäft in Somalia eingestiegen war und damit indirekt zum weiteren Aus-

bau dieses amerikanischen Schlangennestes beitrug, das überstieg die Toleranzgrenze allmählich. Bubtschikow war sich klar darüber, daß dagegen nicht allzuviel zu unternehmen war, der alte Gauner hatte sich zu gut abgesichert und eine heftige Reaktion seitens Moskaus würde den Feinden der Sowjetunion endlich jenen willkommenen Anlaß bieten, auf den sie so lange schon warteten. Nun, dachte Bubtschikow, nun allerdings war der Tag der Abrechnung nicht mehr fern, wenn alles gut ging . . .

«Damit können wir uns später beschäftigen, Victor!»

Nachdem Bojev gegangen war, ging Bubtschikow in den Duschraum und goß sich eiskaltes Wasser ins Gesicht, nahm die Unterlagen und legte sich entspannt auf das Bett in dem kleinen Ruheraum am anderen Ende seines Büros. Bubtschikow las die Niederschrift des Interviews, das der EG-Energiekommissar Heiner Ravenkamp zwei Tage zuvor im Zweiten Deutschen Fernsehen gegeben hatte, mit sichtlicher Zufriedenheit. Noch konnte man sich auf die wichtigsten Leute in Westeuropa verlassen. Aber wie lange noch? Die Leute konnten ihre vernünftigen Ansichten nur mehr mit allerlei Verrenkungen äußern, konnten abgewählt werden.

Ravenkamp hatte erklärt, daß die derzeitige weltpolitische Situation die Gefahr in sich berge, in eine Spirale gegenseitiger Provokationen und Wirtschaftskämpfe zu geraten. Er hatte ein Zehnpunkteprogramm zur Wiederherstellung der wirtschaftlichen Ordnung in der Welt vorgelegt. Im Rahmen des Abkommens über europäische Sicherheit und Zusammenarbeit, so hatte Ravenkamp gefordert, solle eine Energiekonferenz einberufen werden, um alle Möglichkeiten zur Verbesserung der wirtschaftlichen Beziehung mit den Ostblockstaaten auszuschöpfen. Neben der Erneuerung der internationalen Arbeitsteilung im freien Spiel der Marktwirtschaft sei eine mutigere und vorausschauendere außenpolitische und wirtschaftliche Zusammenarbeit der Europä-

ischen Gemeinschaft mit der Sowjetunion sowie mit den Ländern des Nahen und Mittleren Ostens äußerst notwendig. Voraussetzung für diese verantwortungsvolle Rolle sei der beschleunigte und solidarische Ausbau des europäischen Währungssystems auf einer soliden Grundlage.
Ein vernünftiger und mutiger Mann, dachte Bubtschikow befriedigt. Aber kam dieses deutliche Signal nicht zu spät? Die amerikanischen Kapitalisten würden wie bisher alles unternehmen, um die Westeuropäer daran zu hindern, diesen Weg einzuschlagen. Iran, Afghanistan, die Provokationen in Saudi-Arabien, das alles hing damit zusammen. Und zweifellos sollte die Sabotage in der Straße von Hormuz die Entscheidung herbeiführen. Ja, natürlich! Sie gingen nun aufs Ganze.
Aber doch stimmte etwas nicht ganz in seiner Beurteilung der Situation, die er 1980, auf dem Höhepunkt der Afghanistan-Krise, in einem «Prawda»-Kommentar dargelegt hatte.
«*Unter dem Deckmantel der gegenwärtigen antisowjetischen Kampagne*», hatte er damals geschrieben, «*findet zur Zeit in Wirklichkeit eine große Schlacht zwischen den USA einerseits und Westeuropa sowie Japan andererseits statt. In Westeuropa ist man sich sehr wohl bewußt, daß die amerikanischen Strategen versuchen, auch die Quellen der Energieversorgung Westeuropas und Japans endgültig unter ihre Kontrolle zu bekommen, um neue Druckmittel gegen sie zu erlangen.*»
Es war nicht nur ein Deckmantel. Bubtschikow hörte Rubikows Stimme, als hätte dieser die Frage, warum sich die Sowjetunion nach dem Zweiten Weltkrieg nicht an den Segnungen des Marshallplans beteiligt habe, soeben in diesem Raum gestellt. Es war natürlich ein zynischer Witz gewesen, überlegte Bubtschikow, dem jede Grundlage fehlte. Aber dennoch: Irgendwo lag in diesem Witz der Zugang zum Schlüssel für so manche Rätsel.

Bubtschikow kam nicht dazu, weiter darüber nachzudenken. In seinem Arbeitszimmer schrillte das Telefon. «Marschall Gruschkin!» sagte Bojev.

In Moskau war es genau zwölf Uhr mittags, als Marschall Gruschin bei Bubtschikow anrief.
In Paris beendete der sowjetische Botschafter Semon Naptaschwili eben ein Telefongespräch mit Alexander Gribinin vom Generalkonsulat an der Place Malesherbes, nichts Wichtiges, ein reines Routinegespräch mit dem Pariser Residenten des KGB. Es gab in Frankreich seit Jahren keine aufregenden Aktionen mehr, und Naptaschwili, der seit sechs Jahren in Paris seinen Dienst versah, bedauerte dies auch nicht. Naptaschwili liebte Frankreich, liebte vor allem Paris. Er war stolz darauf, über französische Kultur vermutlich mehr zu wissen als die meisten Franzosen. Mindestens zweimal wöchentlich besuchte er eine Theatervorstellung, und täglich widmete er eine Stunde dem Studium der französischen Sprache. Naptaschwili war der geborene Diplomat. Er hatte sich seine Verdienste bereits in London, Lissabon und Tunis als Botschaftssekretär, später, in Tunis, als Botschaftsrat und Kulturattaché erworben, zwischendurch hatte er seine Vielseitigkeit als für kulturelle und wirtschaftliche Beziehungen mit Westeuropa zuständiger Sekretär im Außenministerium unter Beweis gestellt. Alles in allem war er der Mann, der zur rechten Zeit am rechten Ort war, seit es galt, die Beziehungen zwischen Frankreich und der Sowjetunion nach allen Kräften zu festigen und dafür zu sorgen, daß sie nicht getrübt wurden. Doch Naptaschwili war mehr als nur Botschafter in Paris. Hier, in dem eher düsteren, riesigen Gebäude der Botschaft in einem der schicksten Viertel von Paris, zwischen dem Boulevard Lannes und der Avenue Maréchal Fyolle, in unmittelbarer Nachbarschaft etwa der Villa Marcel Dassaults, der die französischen Kampfflugzeuge wie «Mirage» und «Mystère»

produzierte, liefen viele Fäden zusammen. Das Gebäude war zwischen 1975 und 1976 für nicht weniger als 80 Millionen Dollar am Rande der herrlichen Parkanlagen des Bois de Boulogne errichtet worden. Nahezu 150 Menschen lebten darin in durchaus komfortablen Zwei- und Dreizimmerwohnungen ein mehr oder weniger isoliertes Leben hinter dicken Mauern. Es war ein merkwürdiges Gebäude, umgeben von geheimnisvollen Luftschächten für die fünf unterirdischen Etagen, von denen nur die erste als Tiefgarage diente, während in den anderen nicht nur atombombensichere Unterkünfte, sondern vor allem das größte und komplizierteste Abhör- und Sendezentrum der Sowjetunion in Westeuropa untergebracht war. Eine Welt für sich, mit eigenem Supermarkt, eigener Metzgerei, Kantine, Theater, Kino, Swimming-pool, Sporthalle, Bibliothek und ärztlicher Praxis.

Naptaschwili war soeben dabei, in der ihm eigenen pedantischen Art seinen Schreibtisch aufzuräumen und in die Kantine zu gehen, als ihm seine Sekretärin nachlief. «Das Außenministerium. Prouvoust selbst ist am Apparat!»

Wenige Minuten später raste die schwarze Citroën-Limousine des sowjetischen Botschafters den Boulevard Lanne entlang, um wenig später mit quietschenden Reifen in der Rue de Faubourg St-Honoré zu halten. Außenminister Prouvoust hatte ersucht, nicht das Hauptportal des Elysee-Palastes zu benützen.

Am Eingang zu dem mit Kopfsteinpflaster ausgelegten Innenhof des Elysee wurde Naptaschwili bereits von Staatssekretär Devoudin erwartet, der ihn über die große Halle zum Büro des Präsidenten im ersten Stock begleitete.

«Entschuldigen Sie die ungewöhnliche Dramatik, Exzellenz!» sagte Präsident Michard. «Aber wie Sie mir wahrscheinlich gleich zustimmen werden, ist dringendes Handeln geboten. Die Situation erlaubt es nicht, auf

irgendwelche Förmlichkeiten Rücksicht zu nehmen. Ich bitte Sie, Einblick in diese Dokumente zu nehmen. Wir haben Kopien vorbereitet. Wir möchten Sie ersuchen, davon umgehend Präsident Bubtschikow in Kenntnis zu setzen und ihm persönlich meine Vorschläge zu übermitteln. Ich weiß», sagte Michard und lächelte, «daß dieser Weg der schnellste ist.»
Die Unterredung im Elysee-Palast dauerte fast eine Stunde.

Zu dieser Zeit saßen sich im kleinen Lagerraum im Bonner Kanzleramt unter expressionistischen Gemälden von August Macke Kanzler Albrichs, Staatssekretär Möller, Außenminister Grabler und der französische Staatsminister Michel Colbert mit besorgten Mienen gegenüber.
«Und Michard glaubt, daß man sich auf Bubtschikow verlassen kann?» fragte Albrichs.
«Er hofft es!» antwortete Colbert. «Wir glauben, daß es besser ist, mit Rückendeckung nach Tokio zu fahren, als die Konferenz jetzt noch platzen zu lassen. Wir wissen, wie unberechenbar die Amerikaner sind, wenn sie sich etwas in den Kopf gesetzt haben, nicht wahr?»
Waren sie wirklich unberechenbar? dachte Albrichs, als er wieder allein in seinem Büro saß und auf den Anruf von Verteidigungsminister Eppler aus Brüssel wartete. Im Grunde genommen, überlegte er, war nun eigentlich alles klar, nun, da sie wußten, was im Golf geschehen war, und wie das Spiel hieß, das in Tokio gespielt werden sollte. Aber was nützte alle Klarheit, wenn die Dinge aus der Kontrolle zu geraten drohten? Er konnte überhaupt nichts ändern. Seine Handlungsfreiheit war eingeschränkt. Es war also keine dieser verrückten Unberechenbarkeiten, mit denen das Weiße Haus in regelmäßigen Abständen die Welt zu überraschen beliebte.
Martina Rother, seine Sekretärin, rief durch die Sprechanlage, daß Eppler am Apparat sei.
«Nichts zu machen!» krächzte Epplers heisere Stimme

im Hörer. «Sherman und sein NATO-Heini haben unsere Argumente einfach vom Tisch gewischt und von den Zusatzabkommen zum NATO-Truppenstatut bis zu den alliierten Vorbehaltsrechten alles aus der Schublade geholt. War ein hübsches Gefühl, hier den beschissenen kleinen Michel zu spielen!»
«Scheiße!»
«Wie?»
«Es war ja zu erwarten, nicht wahr?»
«Ja!» krächzte Eppler. «Und was machen wir jetzt?»
«Bleibt uns was zu tun?»
Eppler schwieg.
«Na gut, es tut sich allerhand. Sie kommen ja heute abend aus Brüssel zurück, nicht wahr?»
«Ich wüßte nicht, was ich hier noch zu tun hätte!»
«Gut. Ich lasse einigen Presseleuten Ihre Ankunft stecken. Seien Sie freundlich zu ihnen und sagen Sie Ihre Meinung!»
«Was?! Sind Sie verrückt?»
«Himmelherrgott! Die Russen sind sowieso schon nervös genug! Erklären Sie laut und deutlich, daß Sie sich ganz persönlich über das ungewöhnliche Ausmaß dieser Manöver ebenso wundern wie über den Zeitpunkt und die kurze Vorbereitungszeit und daß Sie der Ansicht sind, daß das ein unnötiger und untauglicher Aufwand ist.»
«Und wann trete ich zurück?»
«Darüber, verdammt noch mal, reden wir, wenn Sie hier sind. Ich erwarte Sie heute Abend bei mir zu Hause. «Ah . . . es wird keinen Rücktritt geben. Ein kleiner Wirbelsturm, vielleicht. Vermutlich wird sich Andrews persönlich gleich erkundigen, was das bedeuten soll. Ich werde dann versuchen, es ihm zu erklären. Heute abend also?»
Albrichs lachte auf. Souveränität. Sicherheit der Bundesrepublik. Er hörte die Leute von der Opposition schon aufjaulen. Als ob die Bundesrepublik souverän wäre. Im

Ernstfall hatten sie nach der Pfeife anderer zu tanzen. Alliierte Vorbehaltsrechte! Zusatzabkommen, die sie verpflichteten, als Manöverfeld und Aufmarschgebiet zu dienen, wann immer es Washington für notwendig hielt. Jetzt, überlegte Albrichs, war der Sinn der Manöver natürlich klar. Jetzt hatte es einen Sinn ergeben, daß die Amerikaner ausgerechnet vor der Konferenz in Tokio «Big Lift» veranstalteten. Bei Konferenzbeginn würden 150 000 Mann mehr samt Gerät und einsatzbereiten A-5-Transportern in der Bundesrepublik stehen.
«Hoffentlich täuscht sich Michard nicht in Bubtschikow!» dachte Albrichs murmelnd vor sich hin. Haben sie nicht erst gestern . . ..?
Natürlich hatten sie von den Amerikanern nichts erfahren. Wieder einmal waren es die Israelis, die in heller Aufregung Bonn über die merkwürdigen sowjetischen Übungen informiert hatten. Noch spät am Abend hatte der israelische Premierminister persönlich angerufen. Albrichs konnte sich gut vorstellen, daß in Jerusalem die Telefone heißgelaufen waren und die Radargeräte durchzubrennen begonnen hatten.
Am Vortag waren sechs riesige sowjetische Transporter vom Typ «Antonow» von der südrussischen Stadt Kirowabad über Syrien und Aden, wo sie zwischenlandeten, nach Addis Abeba in Äthiopien geflogen, um von dort nach einigen Stunden Aufenthalt wieder zurückzufliegen: Offensichtlich handelte es sich um die Einsatztruppe Nahost. Eine erstaunliche Leistung, dachte Albrichs. 1200 Mann, Kampfpanzer, leichte Waffen, tonnenweise Elektronik. Und das alles, um in Addis Abeba aus- und einzuladen. Das ganze Manöver hatte nicht länger als knapp 32 Stunden gedauert. Das sollte also bedeuten, daß sie nach der Geschichte am Golf bereit waren, militärisch auf weitere Entwicklungen zu reagieren.
«Verflucht!» Albrichs atmete zischend aus und stützte sich schwer auf den Schreibtisch. Sollte nun also die

Falle doch endlich funktionieren? Hatte Bubtschikow nun doch die Kontrolle, oder selbst die Beherrschung verloren?

Albrichs erinnerte sich an einen lateinamerikanischen Diplomaten, der vor vielen Jahren, als er noch keine Ahnung gehabt hatte, einmal selbst als Kanzler in dieser Scheiße zu sitzen, gesagt hatte: «Ich verstehe nicht, daß von euch Europäern niemand begreifen will, daß ihr schon längst wieder Krieg habt! Euren eigenen Krieg. Eure Generäle und eure strammen Verteidiger der freien Welt reden ununterbrochen vom bevorstehenden russischen Blitzkrieg, von der Gefahr aus dem Osten. Dabei findet längst ein ganz feiner, subtiler Krieg statt, natürlich nur in Einzelfällen mit Waffen, weit draußen an der Peripherie. Na, Sie kennen ja das alte chinesische Sprichwort von der Kunst, einen zu töten, um zehntausend in Schrecken zu versetzen. Euer Krieg hat begonnen, als de Gaulle aus der NATO austrat und sich mit dem Dollar anlegte. Damals war das noch eine rein französische Angelegenheit. Deutschland, England und Amerika gegen Paris, nicht wahr? Immer voran. Deshalb ging die Runde 1968 auch an die Amerikaner. Aber glauben Sie mir, irgendwann werden sie zum Heiligen Krieg gegen die Russen blasen, um euch in den Arsch zu treten, nachdem ihr nun mit den Franzosen gemeinsame Sache macht. Die Frage ist nur, ob die Russen in die Falle gehen. Jedenfalls seid ihr Europäer nicht zu beneiden, ihr seid schlimmer dran als wir oder die Afrikaner, die Asiaten, letzten Endes zumindest. Wir, mein Lieber, sind Hoffnungsgebiet, Milliarden zukünftiger Konsumenten. Aber bei euch ist nichts mehr zu holen, ihr beginnt selbst zu naschen von den verbotenen Früchten und wollt nicht begreifen, daß das eine Kriegserklärung ist. Nein, bei Gott, ihr seid nicht zu beneiden. Vor allem ihr Deutschen nicht; sitzt in der Klemme zwischen den Russen und den Amerikanern. Entweder fallen eines Tages die Russen über euch her oder ihr werdet ausge-

hungert. Die Rohstoffe, die ihr verbraucht, werden andernorts benötigt. Ganz Europa lebt davon, daß es aus importierten Rohstoffen Konsumgüter erzeugt, mit denen es bei uns den Amerikanern Konkurrenz macht. Und wenn mich nicht alles täuscht, haben neuerdings auch die Russen die Absicht, etwas anderes als Waffen zu liefern. Wohin soll das nur führen?»
Hatte der Mann recht? Natürlich hatte er recht, im großen und ganzen zumindest. Ja, es war wohl richtig gewesen, Bubtschikow zu unterrichten. Koller, dachte Albrichs, würde sich sicherlich überschlagen vor Freude und Begeisterung, wenn er wüßte, daß es ernst werden sollte, daß sein sehnlicher Wunsch nach westeuropäischer Beteiligung am Golf in Erfüllung gehen sollte ... zumindest, wenn es nach Andrews ging. Wenn es ihnen nicht gelang, in den wenigen Tagen, die ihnen bis zur Konferenz in Tokio noch verblieben, eine wirksame Gegenstrategie zu entwickeln. Nun wollten sie also mit nackter Erpressung versuchen, was ihnen seit 1980 nicht gelungen war, sie hineinzuziehen in dieses Schlamassel durch die «Anpassung des Bündnisvertrages an die veränderte weltpolitische Lage», wie das Schlagwort hieß, die Grenzen der NATO hinauszuschieben, gewissermaßen die halbe Welt zum NATO-Gebiet zu erklären.
«Wir müssen die europäisch-amerikanischen Prioritäten wieder zurechtrücken!»
«Die Vereinigten Staaten sind entschlossen, ihre Führungsrolle im Bündnis und ihre weltpolitische Verantwortung wahrzunehmen!»
«Unser Platz ist an der Seite der Vereinigten Staaten und nicht zwischen den beiden Supermächten. Wer die heutige Krise überwinden will, muß zuallererst klarmachen, daß jeder Versuch, Europa und die Vereinigten Staaten zu trennen, aussichtslos ist. Die deutsche Politik ist unglaubwürdig geworden, seit gewisse Leute in verantwortungsvoller Position begonnen haben, dem Antiamerikanismus Vorschub zu leisten!»

«Europa kann sich nur an der Seite Amerikas bilden. Wer das nicht begreift, leistet der schleichenden Neutralisierung und letzten Endes der totalen Finnlandisierung der westeuropäischen Staaten Vorschub!»

In der Tat, sie schossen aus allen Rohren.

«Aber ist das nicht Unsinn? Was sind denn das für verluderte Sitten?» hatte er sich während der Iran-Krise gefragt, bevor die mysteriöse Sache in Afghanistan passierte, ebenso mysteriös beim ersten Hinsehen wie die Ereignisse im Iran, und doch irgendwie nur logisch und konsequent, wenn man nachdachte. «Die Russen», hatte er gesagt, «sind ja bei Gott keine Heiligen, und wenn sie irgendwo mitmischen, dann versuchen sie verzweifelt, sich moralisch mit ihrer verdammten Kommunistenpflicht zu rechtfertigen, obwohl sie genau wissen, daß ihnen das niemand abnimmt. Da lasse ich mir doch die Art nach Kissinger gefallen. Right or wrong, my energy. Also rein in den Golf. Sie versuchen nicht einmal, das irgendwie zu rechtfertigen, sie sagen einfach, das ist unser Recht!»

Das konnte man natürlich nicht laut sagen, in Bonn schon gar nicht.

Man konnte nicht laut fragen, wo denn da der Unterschied sei, wenn die Amerikaner alljährlich seit den frühen siebziger Jahren mit ansteigender Lautstärke das verdammte Öl im Nahen Osten als ihr Öl, den Persischen Golf als ihr nationales Interessengebiet erklärten. Wo war da der Unterschied zu den Interessen der Russen an Böhmen, das vor ihrer Haustür lag? Aber das schien schon damals, als es noch keinen Fall Iran und noch keinen Fall Afghanistan gegeben hatte niemanden sonderlich aufzuregen, es schien selbstverständlich, daß hier eine der Weltmächte selbstbewußt ihre Absicht kundtat, ihre sogenannten Interessen schlicht nach dem Faustrecht wahrzunehmen, schien selbstverständlich, was für die Russen in Afghanistan später ganz und gar nicht so selbstverständlich war.

«Und wir sollen wohl unsere Köpfe hinhalten!» dachte Albrichs laut. Wer heute auf die Komik hinwies, die darin lag, daß ausgerechnet jene Leute an der Absicht, die Ölfelder zu besetzen, ganz und gar nichts fanden, die im selben Atemzug den Mund mit dem sowjetischen Imperialismus nicht voll genug nehmen konnten, konnte seine Sachen packen.

Aber irgendwo hatte die ganze Angelegenheit einen Haken. Konnten Leute wie Kissinger, der schon 1974 die Möglichkeit einer militärischen Besetzung des Persischen Golfs durch amerikanische Truppen in Erwägung gezogen hatte, so selbstsicher damit rechnen, daß die angeblich so angriffslustige Sowjetunion tatenlos zusehen würde, wie die Amerikaner vor ihrer Haustür ein Thanksgiving in Öl veranstalteten? Woher hatten sie die Sicherheit gehabt, daß die Sowjetunion bei diesem Wüstenrodeo sich mit dem Zuschauerrang zufriedengeben würde? Sie waren sich damals sicher gewesen, mußten sich damals sicher gewesen sein, und dann war irgend etwas dazwischengekommen, während der Zeit Jimmy Carters; und seit damals ging es nicht mehr um den Persischen Golf allein. Warum war das Arrangement, das Russen und Amerikaner während der Kissinger-Ära offensichtlich getroffen hatten, geplatzt? rätselte Albrichs. Warum hatten sich die Russen plötzlich Afghanistan als Faustpfand gesichert? Warum hatten die Amerikaner plötzlich begonnen, die Russen an allen Ecken und Enden zu reizen?

Michard hatte einmal gesagt: «Sie haben Schiß, sie haben ganz einfach Schiß, das macht die ganze Sache so gefährlich. Sie fühlen sich in die Ecke gedrängt. Sie haben in Asien einige böse Schlappen hinnehmen müssen, sie haben die Japaner geprellt und in Peking fordern britische Generäle die Chinesen offen auf, sich mit uns auf den großen Fight mit den Russen vorzubereiten. Nordkorea hat sich auf die chinesische Seite geschlagen, in Afrika bauen sie auf Sand, und die verdammten neuen

Raketen machen ihre Wirtschaftspläne zunichte. Im Ostblock kriselt es.»

Das mochte schon stimmen. Aber Bubtschikow, überlegte Albrichs, sah nicht aus, als ob er Angst hätte. Seit Bubtschikow nach dem kurzen Zwischenspiel mit Kirilenko an der Macht war, schien wieder ein System hinter der sowjetischen Politik erkennbar zu sein, wenn sich auch dessen Konturen noch immer nicht klar abzeichneten. Was die Amerikaner betraf, so schien Bubtschikow die Nadelstiche Andrews glatt zu ignorieren und alles zu vermeiden, was die Spannung zerreißen lassen könnte; nicht ohne die sicheren Positionen zu festigen – schliff nun Bubtschikow die Messer?

Frau Rother unterbrach seine Gedanken. «Sie haben um 14 Uhr die Konferenz mit den Leuten vom Arbeitgeberverband!» sagte sie. «Wollen Sie vorher die Unterlagen noch durchgehen, die Schöller vorbereitet hat?»

«Und wo bleibt Schöller?» Albrichs blickte auf die Uhr. Es war 13.15 Uhr. «Wir haben ja noch Zeit. Gut, bringen Sie mir das Zeug.»

Albrichs verspürte nicht die geringste Lust, sich einzulesen. Unschlüssig starrte er auf die Mappe, die seine Sekretärin auf den Schreibtisch gelegt hatte. Er nahm die Brille ab und massierte die schmerzenden Augen. Er wußte auch so, was ihn erwartete.

«300 000 Arbeitslose mehr!» sagte er vor sich hin. «300 000 Arbeitslose mehr!»

Wolfsburg sah sich gezwungen, den halben Laden dichtzumachen. Im Ruhrgebiet wurde am laufenden Band gekündigt, und der Rest versuchte sich durch Kurzarbeit über die Runden zu bringen. Die Frist lief unerbittlich ab. Ein paar Wochen noch, und die Ölreserven waren dahin.

Wirtschaftsminister Schöller hatte gesagt, als er von den Manöverplänen erfahren hatte: «Und Sie glauben allen Ernstes, daß die Leute dafür Verständnis haben, wenn hier die Panzer den Sprit verfahren, während sie wegen

Ölmangels die Arbeitsplätze verlieren, sich ihre Autos bald nur mehr als nostalgische Vorgartenattraktion aufstellen können und ihnen am Abend der Strom abgedreht wird? Verdammt noch mal, wenn wir die strategischen Reserven für dieses verdammte Säbelgerassel anzapfen müssen . . . sind die wahnsinnig geworden?»
Er hatte resigniert die Arme gehoben. «Wie sagte doch vor noch nicht allzu langer Zeit der Mann von der Ölwirtschaft?» hatte er zurückgefragt. «Die Leutchen zahlen jeden Preis. Na, wir werden sehen, ob sie auch diesen Preis zahlen werden. Immerhin waren sie ja bisher sehr geduldig, nicht wahr? Und die Wehrersatzstelle verzeichnet einen Zulauf wie noch nie. Das Kriegshandwerk scheint ja doch seine guten Seiten zu haben!»
Albrichs drückte auf die Sprechtaste. «Frau Rother! Ich brauche dringend Hoffmann von der Notenbank. – Wie sieht es zurzeit mit unseren Goldreserven aus?» fragte er, als er den Notenbankchef an der Leitung hatte.

Marschall Gruschkin, der Oberkommandierende der sowjetischen Einsatzverbände für den Mittleren und Nahen Osten und Nordostafrika, hatte Bubtschikow den erfolgreichen Abschluß der am Vortag beendeten Transportmanöver berichtet. Bubtschikow hatte sich nach eingehenden Beratungen mit dem Generalstab und Verteidigungsminister Nabashan zu dieser Maßnahme entschlossen, nachdem seit einigen Tagen die amerikanischen Verbände im Nahen Osten laufend verstärkt wurden und ein Marineverband nach mehrtägigen Landungsmanövern auf dem philippinischen US-Stützpunkt Subic Bay in Richtung Persischer Golf in Marsch gesetzt worden war. Im Generalstab herrschte Aufregung, da gleichzeitig Berichte über massive Truppenverlegungen der Amerikaner nach Europa in der GRU-Zentrale eingetroffen waren und zwei Tage zuvor im amerikanischen Bundesstaat New York großangelegte Manöver mit ganz eindeutigem Ziel begonnen hatten: 13 000 Soldaten und die Luftwaffe übten für den Fall, daß das Land «Orga» das Ölland «Folla» angreift. Nach den in Moskau vorliegenden Unterlagen gingen die Manöver von der Annahme aus, daß «Folla» die USA zu Hilfe ruft. Bubtschikow hatte zu tun gehabt, um die Militärs zu besänftigen, von denen einige die gesamten Streitkräfte des Warschauer Paktes in Alarmbereitschaft hatten sehen wollen. Schließlich hatte man sich darauf geeinigt, den Amerikanern zu signalisieren, daß die Sowjetunion durchaus imstande sei, gewissermaßen aus dem Stand diese Folla-Szenarien mit umgekehrtem Vorzeichen zu realisieren. Darüber hinaus hatten sie sich darauf geeinigt, kurzfristig SS-20 Raketen auf den Kurilen-Inseln zu stationieren, was höchstens die Japaner zu einem Protest veranlassen konnte. Die Inseln lagen weit genug von Europa und dem spannungsgeladenen Nahen Osten entfernt, nichtsdestoweniger war das aber eine deutliche Antwort, die allerdings, wie Bubtschikow den Generalstäblern zu erläutern versucht hatte, keinesfalls notwendig gewesen wäre: Sie hatten andere Möglichkeiten. Bubtschikow lehnte sich zufrieden zurück. Eben hatte er eine höchst erfreuliche Unterredung mit Nikita Karenagijn, dem Minister für mittleren Maschinenbau, einem der wichtigsten Ministerien, dem nicht nur die Atomindustrie im allgemeinen unterstand, sondern auch das nukleare Erschließungsprogramm Sibiriens. Es war ein ehrgeiziges Programm, aber es hatte sich gelohnt; nun konnten sie auf die amerikanischen Technologien, auf die sie vor etlichen Jahren noch angewiesen waren, verzichten, Es war eines der vielen vaterländischen Programme, die Bubtschikow in Sibirien seit seiner Machtübernahme forciert hatte. Nun hatten sie die harten Felsformationen, die den Weg zu den riesigen Erdölvorräten tief unter dem Boden Sibiriens behindert hatten besiegt, indem sie durch unterirdische Kernexplosionen die erdölhaltigen Schichten aufsprengten, dem Öl auf diese Weise gewissermaßen einen Kamin aus lockerem Gestein freimachten.

Am Nachmittag würde er vor dem Plenum des Zentralkomitees seine lang vorbereitete Rede halten. Nun war es endlich soweit, die Sowjetunion war unangreifbar geworden. Die Ergebnisse in Taschkent, Usbekistan und nun in Afghanistan hatten die Erwartungen bei weitem übertroffen. Und die Temperatur in Sibirien war in den letzten Tagen erneut um 0,5 Grad angestiegen. Rubikow, dachte er grimmig, würde sich wundern.

Bojev kam zur Tür herein und schwenkte eine lange Telexfahne. «Von Semon Naptaschwili!» sagte er.

Bubtschikow überflog den Text zunächst nur flüchtig, um nach den ersten Zeilen mit steigender Erregung zu lesen. «Wann kommt Naptaschwili in Moskau an?»

«In drei Stunden. Also um 17 Uhr.»

«Gut, Victor. Sehen Sie zu, daß Sie alle Mitglieder des Politbüros erreichen. Gleichgültig, wo sie sich aufhalten. Halt! Sagen Sie nichts Bestimmtes, sagen Sie nur, daß die internationale Lage eine dringende Sitzung erforderlich macht. Setzen Sie sich mit General Mokolenko in Verbindung. Ich will auch die Leute aus Kiew und Leningrad hierhaben. Alle!»

Beinahe wäre Michael Stoneridge mit seinem Schiguli in den blau-gelb gestrichenen Einsatzwagen der GAI, der staatlichen Autoinspektion, gefahren, von dem er eben erst gedacht hatte, daß er so unpassend amerikanisch aussah. Seit nahezu einer halben Stunde hatte er sich hinter dem GAI-Wagen im Schrittempo durch das abendliche Moskauer Verkehrschaos gequält und seinen Ärger auf den ihm für diese Situation symbolhaft scheinenden Inspektionswagen fixiert, der nun so plötzlich stehengeblieben war, weil an der Kreuzung Verkehrspolizisten unvermittelt die Kolonne gestoppt hatten.
Mit hektischen Bewegungen winkten die weißbemützten Polizisten nun einige Wagen zur Seite, deren Fahrer gedacht hatten, endlich eine Chance bekommen zu haben, sich von der Seitenstraße in den Verkehrstrom am Kutusow-Prospekt einfädeln zu können.
«Das hat gerade noch gefehlt!» murmelte Stoneridge, der nervös war und mit den Fingern gegen das Lenkrad trommelte.
Ein Hupkonzert hob an, doch die Verkehrspolizisten blieben ungerührt und waren damit beschäftigt, auf ihre Minifunkgeräte einzureden, die sie an der Brust hängen hatten.
Sie warteten länger als eine Viertelstunde, bis auf dem für Dienstfahrzeuge reservierten Mittelstreifen ein gelber Polizeiwagen an der Kolonne vorbeiraste, gefolgt von mehreren schwarzen Limousinen mit dem unübersehbaren MOC-Kennzeichen der ZK- und Politbürokarossen.
Etwas später, am Kalinin-Prospekt, wiederholte sich der

Vorgang, und diesmal stockte der Verkehr nicht weniger als zwanzig Minuten lang.
Derlei Zwischenfälle waren nicht unüblich; die Verkehrspolizisten Moskaus waren dazu erzogen, den Bonzen Vorrang im Straßenverkehr zu sichern.
«Scheint sich um eine größere Auffahrt zu handeln! Um diese Zeit! Hast du eine Ahnung, was hier vor sich geht?» wandte sich Stoneridge an Mischkin.
Mischkin schwieg und schüttelte den Kopf. «Hast du das Material schon übergeben?» fragte er schließlich, als sich die Autokolonne wieder in Bewegung setzte.
«Nein!» sagte Stoneridge zögernd. «Ich hatte noch keine Gelegenheit, mit unserer Botschaft Kontakt aufzunehmen. Im übrigen zweifle ich daran, ob das der richtige Weg ist. Richmoore, der Botschafter, weiß gerade noch, daß Moskau die Hauptstadt der Sowjetunion ist, das ist aber auch alles. Der ist imstande, das ganze Zeug in den Kamin zu werfen. Vielleicht versuche ich es über die Handelsmission!» Im übrigen, dachte Stoneridge, weiß ich gar nicht, ob ich dieses Material überhaupt aus der Hand gebe.
Er hatte ein flaues Gefühl seit jenem Zusammentreffen mit Professor Gospin, das er nicht deuten konnte. Eine innere Stimme sagte ihm, daß Vorsicht geboten war. Er hatte in den Jahren seiner Tätigkeit in Moskau gelernt, Zufällen zu mißtrauen, und daß ausgerechnet er, über Mischkin, an eine Sache von solcher Brisanz geraten war . . .
«Genosse Gospin», hatte Mischkin gesagt, «ist einer der führenden Wissenschaftler der Akademie von Irkutsk. Du weißt, was sie dort machen?»
Stoneridge wußte es. Was in den insgesamt acht Instituten der Irkutsker Akademie der Wissenschaften geschah, war für ihn eines jener Dinge, die er bewunderte, die, wie er meinte, die andere Seite der Sowjetunion waren, wo die Zukunft dieses in seinen Dimensionen und seiner Vielgesichtigkeit schwer faßbaren Landes lag. Er

war oft in Irkutsk gewesen, dieser Stadt, deren Anblick allein alles verschwinden ließ, was der Begriff Sibirien zwanghaft in sich barg: Wäre es möglich gewesen, seine Arbeit von Irkutsk aus zu erledigen, er hätte diese Stadt allemal Moskau vorgezogen – vielleicht auch der für sowjetische Verhältnisse reichlich ausgestatteten Läden wegen. Jenseits der Angara hatten sie Studgorodok gebaut, eine moderne Universitätsstadt, das Gehirnzentrum des neuen Sibirien, wie er damals geschrieben hatte, eine neue Zivilisation sei hier im Entstehen, eine Zivilisation der Wissenschaft. Er war fasziniert von den Möglichkeiten, die sich hier auftaten, erregt von den Dimensionen, in denen hier gearbeitet wurde. Nicht alles hatte er damals begriffen, womit sich hier Tausende von Wissenschaftlern beschäftigten, um das riesige Stück Erde in ihre Gewalt zu bekommen, von der Erforschung der Erdrinde, der Physiologie und Biochemie der Pflanzen bis hin zu Energetik, Geochemie, Erdmagnetismus, der Ionosphäre und der Ausbreitung von Funkwellen, der experimentellen Erforschung künstlicher Erdbebenwellen, der Erzeugung künstlichen Regens zur Bekämpfung von Waldbränden bis hin zu jenen Sandkastenspielen, in denen es darum gegangen war, den Lauf der sibirischen Ströme von Norden nach Süden umzukehren, damit sie nicht mehr nutzlos in das nördliche Eismeer fließen . . . Daß all dies nicht nur zivilen und humanen Zwecken diente, war Stoneridge natürlich seit jeher bewußt gewesen.
«Sibirien», hatte er damals geschrieben, «besitzt die einzige Zivilisation, die den Vorteil reiner wissenschaftlicher Forschung auch ohne irgendeine Nutzanwendung begriffen hat. Forschung nach diesem Grundsatz macht sich in jedem Fall bezahlt, denn die Anwendungsmöglichkeiten finden sich am Ende doch. Unglücklicherweise können solche Anwendungsmöglichkeiten sowohl friedlicher als auch militärischer Natur sein.»
So sei, alles in allem, das alles gleichermaßen faszinie-

rend wie beängstigend, hatte Stoneridge damals seinen Bericht abgeschlossen, der im Westen großes Aufsehen erregt und ihm das lukrative Angebot eines New Yorker Verlegers eingebracht hatte, seine sibirischen Eindrücke in Buchform zu veräußern. Professor Gospin war ein etwa 60jähriger, graugesichtiger Mann mit nervösen, kurzsichtigen Augen hinter dicken Brillengläsern und einem Hang zu weitschweifenden Reden.

«Was Sie in Irkutsk oder in Akademgorod gesehen haben oder im Straflager Workuta hätten sehen können, war natürlich nicht alles, was es dort zu sehen gibt!» hatte Gospin Stoneridges Antwort auf die Frage Mischkins vorweggenommen. «Natürlich haben Sie nur wenig gesehen!»

«Worauf wollen Sie eigentlich hinaus?» hatte Stoneridge ungeduldig gefragt.

«Worauf ich hinaus will? Die Sowjetunion, mein Freund, oder vielmehr jene, die die Sowjetunion beherrschen, verfügen nun über Machtmittel, die alles bisher Dagewesene in den Schatten stellen. Es sind nicht unsere Nuklearwaffen, deren Einsatz uns selbst zerstören würde, es sind nicht unsere Panzer und Kanonen, Waffen die man sehen kann, deren Wirkung man beobachten kann, wenn sie eingesetzt werden. Nein, nein, das alles wäre nicht so schlimm, dagegen kann man sich wehren, man kann sich dagegen bis zu einem gewissen Grad schützen, das, was ich meine . . . ich weiß, mein Freund, es klingt allzu phantastisch!» Gospin zitterte vor Aufregung und seine Stimme war heiser, als er hervorstieß: «Wir haben die Macht, den menschlichen Geist zu kontrollieren, die Gedanken der Menschen zu zerstören, ohne daß dies den Betroffenen bewußt werden könnte. Und es gibt keine Abwehrmöglichkeit. Verstehen Sie, was ich meine?»

Stoneridge mußte zugeben, daß er nicht verstand, und er warf Mischkin einen bedeutungsvollen Blick zu und hielt Gospin insgeheim schlicht für verrückt.

«Sie sind verrückt!» entfuhr es ihm schließlich. «Entschuldigen Sie, aber das ist wirklich verrückt!»
Gospins nervöser Blick traf ihn verständnisvoll. «Sie können natürlich nicht anders reagieren. Wüßte ich selbst es nicht besser, würde ich das ganze ebenso für . . . na, sagen wir für einen guten Stoff für einen Science-fiction-Roman halten. Aber nehmen Sie einmal an, daß es nicht die Ausgeburt eines verrückten Gehirns ist, halten Sie es zunächst einmal für möglich, daß ich Ihnen beweisen kann, was ich eben behauptete. Nun, ich werde Ihnen die Vorgeschichte erzählen. Vielleicht wird es dann leichter für Sie, zu verstehen. Im Grunde genommen entwickelte sich das alles durch einen Zufall. Mehr oder weniger ein zufälliges Abfallprodukt verschiedener Projekte, die die Sowjetunion zu Beginn der siebziger Jahre in enger Zusammenarbeit mit gewissen Stellen Ihres Landes entwickelt hat. Damals war es eigentlich nur um das Wetter gegangen, um die Möglichkeit einer internationalen Kontrolle klimatischer Vorgänge . . .»
Am Ende war Stoneridge von dem, was Gospin darlegte, beinahe überzeugt.
«Die Welt muß darüber einfach aufgeklärt werden!» hatte Gospin schließlich eindringlich gerufen. «Vielleicht läßt sich die Katastrophe noch verhindern, vielleicht gibt es politische Möglichkeiten, eine Auseinandersetzung auf dieser Ebene zu verhindern. Sie verstehen, daß ich leider keine andere Wahl habe, als über Sie zu versuchen, dieses Material in den Westen zu bringen. Sie verstehen das, ja? Sie müssen dafür sorgen, daß das Material in die richtigen Hände kommt. Worauf es ankommt, ist, daß diese Tatsachen nicht verschwiegen werden. Es besteht, wie Sie gesehen haben, durchaus die Möglichkeit, daß auch Ihre Regierung kein Interesse daran hat, daß die Öffentlichkeit davon erfährt.»
Stoneridge hatte das Material in seiner Wohnung genau durchgesehen, und es war selbst für seinen laienhaften

Verstand hochentwickelter elektronischer Technik gegenüber schließlich durchaus verständlich; es schien ihm zumindest möglich, was hier schwarz auf weiß als gegebene Tatsache festgehalten war.
Warum, hatte er überlegt, sollte es das nicht geben? Hatte es nicht auch Zeiten gegeben, überlegte er, in denen man Protonenstrahlen, Laserstrahlen, ja selbst die schon konventionell gewordenen Atombomben für unmöglich gehalten hatte?
«Warum kommt Gospin erst jetzt damit heraus?» hatte er Mischkin gefragt.
«Ich weiß es nicht!» hatte Mischkin geantwortet. «Es ist wohl eine Gewissensfrage und eine Frage des Zeitpunktes, ab wann jemand soweit ist, eine bestimmte Last nicht mehr tragen zu können. Ich meine, es ist eine sehr persönliche Sache, nicht wahr?»
Stoneridge hatte an seine Heimatstadt Globe in Arizona gedacht. Er hatte damals eben sein Studium abgeschlossen, Mitte der sechziger Jahre. Er hatte mit eigenen Augen gesehen, wie von einem Tag zum anderen nahezu alle Vögel in der Umgebung gestorben waren, wie Hunde, Katzen, Schafe und Rinder Junge geworfen hatten, die keinem bekannten Lebewesen geglichen hatten, wie plötzlich die Pflanzen sich zu bizarren Formen verwachsen hatten, die Schreckenswelt Wirklichkeit geworden war, die etwa Lovecraft in seiner Novelle von der Farbe, die vom Himmel fiel, beschrieben hatte. Die Farbe, das war damals eine Flüssigkeit aus der Hexenküche in Dugway, ein Entlaubungsmittel, für rein militärische Zwecke bestimmt, das angeblich nur irrtümlich für den zivilen Gebrauch verkauft worden war. Später war es in Vietnam verwendet worden. Hatten ihn damals diese Vorgänge erschreckt? Nein, er war mit anderem beschäftigt gewesen, verliebt war er gewesen, einen Job hatte er gefunden, nicht einmal dem Protestkomitee war er beigetreten: Auf ihn hatte damals die weite Welt gewartet.

Der Griff nach dem menschlichen Geist, nach der Seele des Menschen, hatte er nach dem denkwürdigen Gespräch mit Gospin überlegt, war schließlich keine sensationelle Neuheit, aber in dieser Perfektion, in dieser Dimension! Wie, wenn es ein Bluff war? Die Russen hatten schon immer eine Vorliebe dafür gehabt, mit ihrer militärischen Macht zu bluffen; Stoneridge hatte an Chruschtschow und dessen Kuba-Abenteuer gedacht. Wie, wenn Gospin nicht von seinem Gewissen dazu getrieben worden war, die Welt über diese schreckliche Macht der Sowjets aufklären zu müssen, wenn es . . .

Das ging Stoneridge wieder durch den Kopf, während er mit Mischkin im Wagen durch die Moskauer Innenstadt fuhr. Er würde sich das alles reiflich überlegen. Er sprach die Frage aus, die er schon seit Tagen hatte stellen wollen. «Weißt du, Alexander», sagte er, «ich frage mich die ganze Zeit, auf welcher Seite du eigentlich stehst? Gut, Gospin ist, wie du sagst, ein Freund deiner Familie. Ein guter Bekannter. Bringt dich das nicht, wie du selbst sagtest, in des Teufels Küche? Im Grunde genommen ist das schließlich Hochverrat, Landesverrat, Spionage, weiß der Teufel . . .»

Mischkin verzog das Gesicht und sagte: «Ich glaube nicht, daß ich dir darauf eine klare Antwort geben kann. Wenn ich ehrlich sein soll, ich weiß es selbst nicht, warum ich da mitgemacht habe. Im Grunde genommen könnte mir das alles gleichgültig sein, vielleicht ist es mir auch gleichgültig, und ich bin lediglich verrückt . . .»

Nachdem Stoneridge seinen Kollegen von der «Prawda» vor dessen Wohnung im Perwomaijskij-Bezirk abgesetzt hatte, sah Mischkin dem davonfahrenden Wagen gedankenverloren nach.

Dieser erpresserische Hurensohn! dachte Mischkin. Und er meinte damit Rubikow. Aber konnte er es sich leisten, Stoneridge zu sagen, daß ihm Gospin und er eine Komödie vorgespielt hatten. Nein, Genosse Rubikow hatte recht, es war ihm keine andere Wahl geblieben, als mitzumachen und den Mund zu halten. Sollte er seine Existenz aufs Spiel setzen? Nein, er hatte nicht die Absicht, den Rest seines Lebens in einem Irrenhaus zu verbringen.

«Tut mir leid, Mike!» sagte er leise zu sich selbst und fühlte sich hundeelend.

Stoneridge versuchte an diesem Abend, wie auch die übrigen seiner Kollegen von der Auslandpresse in Moskau, vergeblich, etwas über den Hintergrund der Politbürositzung an diesem Abend zu erfahren. Alles, was von der zuständigen Informationsabteilung zu erfahren war, war eine lakonische Bestätigung, daß eine routinemäßige Sitzung der Mitglieder des Politbüros zur Erörterung tagespolitischer und wirtschaftlicher Fragen stattgefunden hätte.

In den folgenden Tagen wurden in Plesetzk Vorbereitungen zum Abschuß von insgesamt neun Spionagesatelliten getroffen. Die ersten drei Satelliten wurden vier Tage nach der Sitzung des Politbüros in ihre Erdumlaufbahn gebracht, die den gesamten Persischen Golf abdeckten. Zwei weitere wurden am nächsten Tag in eine Umlaufbahn gebracht, die über Afghanistan, Pakistan, die Malediven und den amerikanischen Stützpunkt Diego Garcia im Indischen Ozean verlief, die restlichen Satelliten begannen wenige Tage später über Westeuropa zu kreisen.

In diesen Tagen wurden in zahlreichen Ländern der Erde bemerkenswerte Störungen der Amateurfunkbreiten und der Kurzwellensendungen nahezu sämtlicher Radiostationen registriert. Die Störimpulse wiesen eine extrem niedrige Frequenz von fünf bis 26 Hertz auf.

Anhand der oszilloskopischen Daten verschiedenster elektronischer Überwachungsstationen konnten Störungen des Magnetfeldes der Erde festgestellt werden, die von Experten mit kosmischen Einflüssen erklärt wurden. Die Störungen endeten ebenso abrupt wie sie begonnen hatten.

In diesen Tagen, es war die letzte Woche im April, gab es eine ganze Serie von schweren Flugzeugkatastrophen, die insgesamt 1700 Menschenleben forderten. Eine vollbesetzte Boeing 747 verschwand ausgerechnet im Bermuda-Dreieck, ein Umstand, der die Berichterstatter und Schlagzeilendichter alles aus ihren Schubladen holen ließ, was darin an mysteriösen Geschichten zu finden war. Der Umstand, daß der Funkkontakt mit der PANAM-Maschine plötzlich vollständig abgebrochen war und in weiten Teilen dieses Gebietes die Radargeräte zeitweilig ausgefallen waren und der Funkverkehr im allgemeinen gestört war, gab den wildesten Spekulationen zusätzliche Nahrung. Weniger mysteriös, wenngleich rätselhaft, schienen die übrigen Unfälle über Südkalifornien und der Absturz einer Lufthansa-Maschine über Südnorwegen. Auch hier mußte, so mutmaßten Experten der jeweiligen Untersuchungskommissionen, der Funkkontakt aus irgendeinem Grund gestört worden sein, mußten sich die Katastrophen überraschend und plötzlich ereignet haben.

Eine Ausnahme bildete der Absturz eines F-16-Jagdbombers über Miami. In der Kontrollstation hatte man das Gespräch mit dem Piloten aufgezeichnet.

Pilot: «Wildcat 52347 an Bodenstation, Wildcat 52347 an Bodenstation . . .» Die Stimme des Piloten war plötzlich kaum mehr zu hören und wurde von Störgeräuschen überdeckt. Dann war er wieder da: «Wildcat 52347 an Bodenstation, verdammt noch mal, sitzt ihr auf euren Ohren?»

«Bodenstation an Wildcat 52347. Scheint eine Störung gewesen zu sein!»

«Das meine ich auch. Die Geräte haben plötzlich alle verrückt gespielt. Weiß der Teufel, sämtliche Instrumente . . . könnt ihr meine genaue Position überprüfen? Ich muß so schnell wie möglich runter . . .» Wieder war heftiges Rauschen zu hören. «Wildcat 52347 an Bodenstation . . . verdammt noch mal, ich höre nichts . . .»

«Bodenstation an Wildcat 52347. Hören Sie uns? Wildcat 52347! Hören Sie uns? Wir haben Sie auf dem ... Zum Teufel, was ist los? Das verdammte Radar spielt verrückt. Bodenstation an Wildcat 52347. Bodenstation an Wildcat ...»
Nach einem kurzen Rauschen noch einmal die Stimme des Piloten, kaum vernehmbar: «Wildcat 52347 an Bodenstation ... ich krieg das nicht mehr hin ... völlig außer Kontrolle ... verd ...»
«Bodenstation an Wildcat 52347 ...»
Dann war die Verbindung endgültig abgebrochen.

Fast war Michael Stoneridge erleichtert gewesen, als er die drei Männer in seiner Wohnung im Ausländergetto Moskaus gesehen hatte, die Spannung, die Nervosität, die ihn seit dem Treffen mit Gospin nicht mehr losgelassen hatte, war mit einem Schlag verschwunden. Sie hatten es sich in seiner Wohnung bequem gemacht. Stoneridge registrierte mit einem gewissen Erstaunen, ja mit Überraschung, daß sie die Wohnung offensichtlich nicht durchwühlt hatten, alles stand an seinem Platz.
«Ah, Mister Stoneridge!» sagte einer der Männer und lächelte. «Wir haben schon eine Weile auf Sie gewartet!»
Der Mann sprach fließend englisch, und das mit amerikanischem Akzent. Er war erstaunlich gut gekleidet, der Anzug stammte wohl aus dem Westen, dachte Stoneridge und tippte auf London oder Paris. Wären nicht seine bulligen und finster blickenden Begleiter gewesen, deren Zugehörigkeit zur Schlägertruppe des KGB unübersehbar war, Stoneridge wäre überzeugt gewesen, Besuch von einem Kollegen bekommen zu haben.
Ehe Stoneridge antworten konnte, fuhr der Mann fort: «Setzen Sie sich doch, Mister Stoneridge. Sie haben Angst? Es ist nicht notwendig, Angst zu haben. Nicht hier, nicht vor uns, alles was wir wollen, ist ganz friedlich und freundlich mit Ihnen zu reden!»
Stoneridge sah mißtrauisch zu den Bullen, überlegte

kurz, nein, dachte er, es hatte keinen Sinn, den starken Mann zu spielen, er hätte keine Chance. Also setzte er sich und sagte ruhig: «Warum sollte ich Angst haben? Ich habe nichts verbrochen. Wenn Sie meine Papiere sehen wollen?»
«Nicht nötig!» winkte der Mann ab. «Wir wissen, mit wem wir es zu tun haben. Alles, was wir sehen möchten, sind die Papiere, die Ihnen Professor Gospin in der Wohnung Ihres Freundes Mischkin gegeben hat. Das ist alles. Das heißt, wir möchten Sie zu einer kleinen Fahrt einladen. Äh ... mein Name ist übrigens Nikolai Galanin, Oberst Nikolai Galanin!»
Stoneridge spürte, wie sein Organismus reagierte, wie sich alles in ihm verkrampfte und das Blut heiß pulsierend in den Kopf schoß. Es war, als beobachte er ein fremdes Wesen. Sein Verstand sagte ihm, daß sich wohl kaum ein KGB-Oberst hierherbemüht hätte, wäre es nur um eine kleine Spritzfahrt zum Dserschinskijplatz gegangen, zu den Kellergewölben des Lubljanka-Gefängnisses. Sollte er leugnen? Sollte er versuchen zu bluffen?
«Das tut mir aber leid!» sagte er schließlich. «Die Papiere, von denen Sie sprechen, befinden sich bereits im Ausland. Sie werden doch verstehen, daß ich kein Interesse daran hatte, sie hier bei mir aufzubewahren.»
Galanin lehnte sich zurück, zündete sich langsam eine Zigarette an und blies den Rauch gegen die Decke. Dann sprang er plötzlich auf, stieß die Zigarette mit einer heftigen Bewegung in den Aschenbecher und sagte: «Genug, Mister Stoneridge. Warum müßt ihr immer glauben, daß wir Dummköpfe sind? Sie haben seit Wochen keinen unbeobachteten Schritt mehr getan. Wenn Sie wollen, können Sie sich dann das Gespräch anhören, das Sie mit Gospin in der Wohnung Ihres Freundes geführt haben, als er Ihnen diese Papiere übergab. Glauben Sie mir, Sie hätten keine Gelegenheit gehabt, sie irgend jemandem zu geben!»
Verdammt! dachte Stoneridge. Sein Gefühl hatte ihn

also doch nicht getäuscht, es war also doch etwas faul an dieser ganzen Sache. «Na», sagte er schließlich, «dann habe ich ja keine andere Wahl, nicht wahr?»
«Nein, Mister Stoneridge, die haben Sie nicht!»

Daran dachte Michael Stoneridge nun, als er im Taxi durch New York fuhr, um Roger Auden zu treffen. An ihn, seinen Schulfreund aus seiner Heimatstadt Globe, hatte er sich erinnert. Er wußte, daß sich Roger mit meteorologischen und geologischen Vorgängen beschäftigte und es schon in verhältnismäßig jungen Jahren geschafft hatte, in den erlauchten und geheimnisvollen Kreis der Wissenschaftler der RAND-Corporation zu kommen. Auden hatte sich zu Beginn der siebziger Jahre einen Namen gemacht, als er bei der MITRE-Corporation im Rahmen eines merkwürdigen Projekts beschäftigt war, bei dem es darum gegangen war, ausgewählte Orte und Gegenden in den Vereinigten Staaten sorgfältig auszuwerten, die geeignet waren, unterirdische Kommando- und Kontrollzentren aufzunehmen. Er hatte ihn damals, als sie noch in engerem Kontakt miteinander standen, geneckt und gefragt, ob er sich das auf dem College gedacht hätte, daß er einmal zu einem geheimnisvollen Höhlenforscher absinken würde, wo er doch schon immer so hochfliegende Pläne und Träume gehabt hätte, das Wetter in den Griff zu bekommen.
Auden hatte damals nur gelacht, sich aber ausgeschwiegen, obwohl das Projekt nicht einmal klassifiziert gewesen war.
Stoneridge hatte Auden von London aus angerufen, wo er eine Zwischenstation nach seiner Ausreise aus der Sowjetunion eingelegt hatte, um einige Probleme mit seinem Agenten zu besprechen. Auden hatte zugesagt, nach New York zu kommen. Wer bei der RAND-Corporation arbeitete, wurde sorgfältig überwacht, und ein allzu offener Kontakt mit einem Journalisten, der noch dazu in der Sowjetunion arbeitete, hätte einige Leute auf

abwegige Gedanken und Auden in Schwierigkeiten bringen können.
«Sie wissen, daß wir Sie sehr schätzen, Mister Stoneridge!» hatte Mazurow gesagt.
Stoneridge hatte seinen Augen nicht getraut, als er dem allgewaltigen Chef des KGB persönlich gegenüberstand. Da war also, hatte er gedacht und verzweifelt versucht, das aufgeregte Zittern seiner Hände zu unterdrücken, doch Feuer im Dach. Er hatte nur genickt.
«Nun, Mister Stoneridge», fuhr Mazurow fort, «wir haben ein gemeinsames Problem zu lösen. Sie wissen, was ich meine, nicht wahr? Daß Sie, daß überhaupt jemand von diesen Dingen erfahren hat, war eine Panne, die nicht hätte passieren dürfen. Sie ist nun einmal passiert. Und im Grunde genommen kommt es uns sogar nicht ungelegen, daß Sie davon wissen. Wir haben ein Interesse daran, daß man bei Ihnen drüben erfährt, worum es geht. Die Öffentlichkeit soll darüber informiert werden. Es könnte sein, daß es in Ihrer Regierung Leute gibt, die das aus undurchsichtigen Gründen zu verhindern versuchen!»
«Das ist erstaunlich!» hatte Stoneridge ausgerufen. «Genau dieselben Worte hat auch Gospin gebraucht.»
«Ja, ich weiß. Aber er, und wer immer hinter ihm steht, verfolgen andere, hinterhältige Absichten, zum Schaden der Sowjetunion und zum Schaden der ganzen Welt. Wir haben keine Lust, Mister Stoneridge, vom Weißen Haus noch länger als . . . als Flegel und Prügelknabe benutzt zu werden, den man ständig mit der Drohung eines Atomkrieges erpreßt. Wir haben einen Anspruch darauf, gleichwertig behandelt zu werden. Und wir haben die Möglichkeit, das durchzusetzen, wie Sie wissen. Wenn Ihr Land die Auseinandersetzung haben will, dann wird es sie bekommen. Und sie wird in erster Linie Ihr Land treffen. Wir möchten, daß das den Leuten klar gemacht wird, verstehen Sie?»
Obwohl Stoneridge das Fondfenster des Taxis offen

hatte, brachte der Fahrtwind keine Linderung. Eine drückende, feuchte Hitze erschwerte das Atmen.
«Das sind die Flugzeuge und die Radiowellen!» sagte der Taxifahrer. «Zumindest haben das die Wetterfrösche gesagt. Sonnenflecken könnten es auch sein. Fast hundert Prozent Luftfeuchtigkeit! Was sagen Sie dazu? Und vor einer Woche dieser Regen und nicht einmal zehn Grad!»
«Ja», sagte Stoneridge, «verrückt!»
Als sie vom Bruckner Expressway, kurz vor der Harlem River Station, in die 125. Straße Ost einbiegen wollten, staute sich der Verkehr. Einsatzwagen der Polizei rasten an ihnen vorüber.
«Das haben wir jetzt jeden Tag!» sagte der Fahrer und klopfte auf das Armaturenbrett. «Der Sprit wird immer weniger. Die Firma hat ja eine eigene Tankstelle. Muß den Tank immer voll haben. Ich sage Ihnen, lange geht das nicht mehr weiter. Die schlagen sich gegenseitig die Schädel ein an den Tankstellen. Und überhaupt, bei diesem Wetter. Haben da ein Sprichwort drüben in Harlem», sagte der Fahrer, der nun in Fahrt gekommen war, «wenn es so heiß ist, daß die Heuschrecken aus den Mauerritzen springen, dann kriegen die Leute 'nen Koller. Der Teufel ist los in der verdammten Stadt. Die Nigger sagen, daß an allem die Juden schuld sind. Da ist schon was dran!»
Sie standen eine geschlagene Dreiviertelstunde, und als sie schließlich weiterfuhren, sah Stoneridge, wie links an der Lennox Avenue berittene Polizisten eine Menschenmenge eingekreist hatten. Aus einem der Häuser schienen Rauchwolken zu dringen.
Stoneridge hatte sich mit Auden in einem Restaurant in der Nähe des Lincoln-Centers verabredet.
«Ich will, daß du dir das Zeug genau ansiehst, ob an dem Ganzen wirklich etwas dran ist!» sagte Stoneridge, nachdem sie gegessen hatten und er Auden alles Wesentliche erklärt hatte.

«Du denkst also, daß die Russen bluffen?» meinte Auden nachdenklich, blätterte die Mappe durch und sagte schließlich aufgeregt: «Das ist es also! Verdammt, das ist es also!»
«Was?»
«Ich glaube», sagte Auden, «die bluffen nicht. Überlaß mir das Zeug. Ich halte dich auf dem laufenden, okay? Bleibst du in New York, oder . . .»
«Nein, ich fahre zunächst mal nach Globe.»
Auden hatte es plötzlich eilig. Da war doch die merkwürdige Geschichte mit Harding, überlegte er. Und wenn alles, was in diesen Papieren stand, seine Richtigkeit hätte . . .
In seinem Hotel angekommen, suchte er die Nummer in seinem Notizheft, die ihm Harding damals angegeben hatte. Am anderen Ende meldete sich eine landwirtschaftliche Versuchsstelle.
Auden versuchte es noch einmal.
«Departement of Avid Zones Research . . .»
«Verdammt noch mal, wer? Ich habe erst vor einigen Tagen unter dieser Nummer mit Professor Harding gesprochen.»
«Hier gibt es keinen Professor Harding!»
«Aber die Nummer ist doch . . .»
«Bedaure, dann wurde wahrscheinlich die Nummer geändert. Hier gibt es keinen Professor Harding. Wer soll denn das sein?»
Verblüfft legte Auden den Hörer auf und wählte die Nummer der Telefonauskunft. Dort sagte man ihm, daß es in Neumexiko weder diese Nummer noch ein Institut oder ein Departement dieses Namens gebe, und daß hier ganz offenkundig ein bedauerlicher Irrtum vorliege, man könne beim besten Willen nicht helfen. Larry, dachte er. Ich werde Larry McBridge anrufen. An dieser ganzen Geschichte ist etwas faul.
Dr. Larry McBridge war der Leiter des Ausschusses zur Untersuchung von Klimaschwankungen der Nationalen

Akademie der Wissenschaften und Mitglied des Wissenschaftsrates des Präsidenten der Vereinigten Staaten. McBridge arbeitete am Massachusetts Institute of Technology. Er berief noch am Abend die Mitglieder des Rates ein, die nach einer mehrstündigen Diskussion eine sofortige Unterredung mit dem Präsidenten in Washington forderten.
Im Grunde genommen entsprach das Material Gospins bis auf einige Details genau dem Untersuchungsergebnis der Projektgruppe Blackbird in Kirtland.

An diesem Nachmittag war in Moskau der Vorsitzende der politischen Hauptverwaltung der Armee und der Flotte, Suren T. Rubikow, verschieden. Die Nachrichtenagentur Tass meldete noch am selben Abend, daß dieser hervorragende Politiker und Sozialist, der unerwartet einem Herzversagen erlegen sei, durch Staats- und Parteichef Bubtschikow posthum mit dem Lenin-Orden ausgezeichnet werde.
«Schade um Rubikow!» sagte Bubtschikow an diesem Abend zu KGB-Chef Mazurow. «Schade. Er war zu ehrgeizig. Aber wir hatten keine andere Wahl, nicht wahr?»
Bubtschikow schüttelte den Kopf. Wäre Mazurow nicht durch Zufall hinter Rubikows Komplott gekommen, wären vielleicht schon in wenigen Wochen die Militärs an der Macht gewesen.
«Ganz einfach!» hatte Mazurow erklärt. «Wenn der Inhalt der Dokumente im Westen publik geworden wäre, hätten Rubikows Leute und die GRU festgestellt, daß der oder die Verräter an der Spitze der Partei stünden. Du weißt, daß er die Militärs hinter sich gehabt hätte!»
Bubtschikow war sich dessen bewußt. Er hatte sich einige der Marschälle zu Todfeinden gemacht, indem er ihren Einfluß radikal beschnitten und die politische Kontrolle verschärft hatte.
«Und dieser Mischkin?»

«Ein loyaler und brauchbarer Mann!» sagte Mazurow und lächelte. «Mit kleinen Schwächen . . .»
«Ach?»
«Eine alte Geschichte. Eine verliebte Geschichte. Nicht nur, daß sie eine Jüdin war, sie war auch in einem dieser Menschenrechtskomitees tätig. Mischkin hatte dem Mädchen damals mit falschen Papieren geholfen, weiß der Teufel, wie er das geschafft hatte. Jedenfalls nur eine kleine Verirrung. Ich habe ihm geraten, seine Verbindungen zu den Komitees wieder anzuknüpfen. Er war sehr froh über dieses Angebot.»
«Und was ist mit diesem amerikanischen Journalisten?»
«Stoneridge, ja, der ist bereits abgereist!»
«Gut!» sagte Bubtschikow. «Sehr gut!»

Nur wenige Tage nach dem ungewöhnlich kalten Wetter und den Schneefällen, die Jerusalem lahmgelegt hatten, war es für diese Jahreszeit ebenso unnatürlich heiß geworden. Der gefürchtete Chamsin machte das Leben schwer und immer wieder fegten Sandstürme vom Negev herauf, wie man sie in den letzten Jahrzehnten kaum erlebt hatte. Sie verdunkelten die Sonne, legten den Flugverkehr lahm, so wie an diesem Tag, dem 2. Juni. Es war ein schwarzer Tag für Israel, einer von vielen schwarzen Tagen, einer der schwärzesten.
Premierminister Ezar Gazit riß sich wütend die Krawatte vom Hals und lief in seinem Zimmer umher, mit wirr durcheinanderstehenden Haaren, durch die er sich immer wieder mit der rechten Hand fuhr, während er in der anderen Hand den Hörer des drahtlosen Telefongeräts hielt. «Warum können Sie nichts unternehmen?» brüllte er in den Hörer.
«Natürlich können wir etwas unternehmen, Premierminister!» schrie Jakob Rabinowskij, der Abwehrchef, zurück. «Wenn Sie die persönliche Verantwortung für den möglichen Tod von 30 Schulkindern übernehmen.»
«Dann finden Sie, verdammt noch mal, eine Möglichkeit, das zu verhindern!»
«Was glauben Sie, was wir tun? General Heron zweifelt nicht daran, daß sie das Klassenzimmer vermint haben. Die zwei toten Kinder, die das Unternehmen bisher gefordert hat, sind genug!» Rabinowskijs Stimme zitterte vor hilfloser Wut.
«Entschuldigen Sie, Jakob! Entschuldigen Sie! Aber Sie wissen, daß wir nicht nachgeben dürfen. Wir dürfen nicht nachgeben!»
«Ich weiß!» antwortete Rabinowskij.
«Gut. Informieren Sie mich über jede Veränderung.

Himmel, Rabinowskij, was soll daraus werden? Ich kann im Augenblick nicht einmal ... na ja, egal. Haben Sie schon etwas darüber herausgefunden, wie die Schweine über die Grenze gekommen sind?»

«Nein. Wir prüfen das. Aber ich kann mir nicht vorstellen, daß sie ohne Hilfe von unseren Leuten über die Grenze gekommen wären!»

«Ja!» sagte Gazit. «Ja. Soweit sind wir also schon!»

Sie mußten Hilfe von einem Israeli bekommen haben. Das war das Schlimmste, dachte Gazit. Aber es war eine Tatsache, es war nicht einmal ein Einzelfall. Sie hatten die Tatsache bisher nur verdrängt, daß es das gab, daß dies Undenkbare möglich sein konnte.

Die Grenze zum Libanon war eine unüberwindliche Todesfalle, die sie nach den Zwischenfällen zu Beginn der achtziger Jahre noch perfektioniert hatten. Auch damals hatten sie gedacht, die Grenze sei unüberwindlich. Ein mehr als vier Meter hoher Maschendrahtzaun, über dem ein fünffacher Stacheldraht befestigt war. Auf der Innenseite des Zauns ein sandiger Streifen, der ständig auf Fußspuren untersucht wurde. Beiderseits des Zaunes Minenfelder mit Stolperdrähten, die Leuchtraketen zündeten. Auf der Seite zum Libanon Sensoren, die jede Erschütterung registrierten. Und der ganze Zaun stand unter Strom und war mit Selbstschußanlagen verbunden, die sofort zu feuern begannen, wenn der Draht irgendwo beschädigt wurde. Gepanzerte Wachttürme mit den entsprechenden, nur kurze Abschnitte abdeckenden elektronischen Kontrollgeräten. Dazu Patrouillen, die ständig im Einsatz waren, und zweifache Besetzung der Wachttürme, womit bis zu einem gewissen Grad die Gewähr gegeben war, daß ein Verräter einem PLO-Kommando den Grenzübertritt nur schwer erleichtern konnte.

Bis zu einem gewissen Grad, dachte Gazit. Der menschliche Faktor, ja, der menschliche Faktor war auch hier zu einem Problem geworden, niemand sprach darüber, verdrängt wie die Erbsünde; die Zeiten, da man sich in Israel absoluter Loyalität sicher sein konnte, waren längst vorbei, spätestens seit 1972, als ein syrischer Spionage- und Sabotagering versucht hatte, Verteidigungsminister Dayan umzubringen: sechs Israeli, Fallschirmjäger, Kibuzzim, Sabras ausgerechnet jener Elite, auf die man so stolz war. Aber die hatten das noch aus Idealismus getan, in der irren Vorstellung, damit etwas zur Aussöhnung zwischen Israel und den Arabern beitragen zu können. Heute, dachte Gazit bitter, war es auch das Geld, die Araber bezahlten gut, und mancher junge Israeli konnte der Verlockung nicht widerstehen.

Irgendwann während der vergangenen Nacht mußte das PLO-Kommando über die Grenze gekommen sein. Irgendwo mußten sie sich versteckt gehalten haben bis zum Vormittag, als sie die Schule in Ma'alot stürmten. Jemand mußte ihnen geholfen haben. Gazit ging in den Waschraum und ließ eiskaltes Wasser über seinen Nacken fließen. Dann ging er hinüber zum Konferenzraum, wo die Mitglieder des Nationalen Sicherheitsrates auf ihn warteten.

«Nichts Neues!» sagte er resigniert. «Rabinowskij sagt, sie haben das ganze Zimmer und die Korridore vermint.»

«Haben sie ihre Forderungen schon präzisiert?» fragte Innenminister Ascher Goron.

«Nein. Sie haben bisher überhaupt noch keine Forderung gestellt. Sie haben sich verbarrikadiert und rühren sich nicht!»

«Vielleicht sollten wir doch verhandeln!»

«Nein!» sagte Uri Jaegerman entschieden, der Leiter der Abteilung Psychologie des Reshut, der Zentrale des Sicherheitsamtes. «Vor allem nicht in diesem Fall, da wir überhaupt nichts über die Täter wissen. Die ersten Stunden sind am gefährlichsten, erfahrungsgemäß liegt in diesen Fällen der Ängstlichkeitsquotient nahe an der Hysterie. Auch wenn sie noch so kaltblütig und todes-

verachtend sind. Ich würde vorschlagen, daß sich die Sicherheitskräfte zunächst unsichtbar machen. Laßt die Hunde schmoren, bis sie sich von selbst melden. Dann werden wir weitersehen!»
«Peled meint, daß es sich um ein Ablenkungsmanöver handelt!» sagte Gazit. «Könnte das das Verhalten erklären?»
«Das könnte möglich sein.»
Unterdessen prüften Peled, Rabinowskij und der Leiter der Polizeiabteilung für politische Fälle, Nathan Elin, im Hauptquartier der Geheimdienste alle Berichte der letzten Wochen über Zwischenfälle, Festnahmen, Vorfälle, die von den Grenzübergängen gemeldet wurden.
«Wir dürfen auch das kleinste Detail nicht außer acht lassen!» hatte Peled erklärt. Er war überzeugt, daß sich etwas zusammenbraute. Irgend etwas. Er ahnte es, spürte es geradezu körperlich. Seit Stunden waren sie mit einem ganzen Stab dabei, die Berichte zu sortieren, nach möglichen Zusammenhängen zu ordnen, zu werten, ohne Erfolg.
Plötzlich wurde es Peled zuviel, er warf zornig eine Akte in die Ecke und sprang auf. «Und ich sage euch, daß sie irgend etwas vorhaben. Aber so kommen wir nicht weiter, verdammt, wir sitzen hier über einem Berg Papier, und da draußen . . .» Peled trat ans Fenster. Von hier aus konnte man die ganze Stadt überblicken. Das nüchterne Gebäude des Hauptquartiers stand an einer markanten Stelle auf einem Felsen oberhalb der Nationalbibliothek.
«Wir können nicht warten, bis uns ein Zufall zu Hilfe kommt, Jakob!» sagte er schließlich zu Rabinowskij. «Wir müssen alle Schwachstellen ausschalten. Ich fahre zu Gazit rüber!»
An der Tür prallte er mit einem seiner Assistenten zusammen, der ihm eine Depesche in die Hand drückte. Es war eine Nachricht von der Mossad-Abteilung in Washington. Auch das noch! dachte er. Als ob wir im Augenblick nicht genug um den Hals hätten.

Gazit saß unterdessen im Empfangsraum des Regierungsgebäudes einem Gast gegenüber, der vor zwei Stunden von Moskau über Paris kommend mit einer El Al-Maschine in Lod gelandet war. Ein als Taxi getarnter Wagen des Sicherheitsdienstes hatte ihn nach Jerusalem gebracht. Sein Name war Leonid Korosow, für Nahostfragen zuständiger Staatssekretär des sowjetischen Außenministeriums.
«Es tut mir leid, Sie ausgerechnet in dieser Situation empfangen zu müssen!» sagte Gazit, nachdem er dem sowjetischen Gast die Ereignisse in Ma'alot geschildert hatte.
«Ich kann Ihnen versichern», sagte Korosow in akzentfreiem Englisch, «daß wir diesen heimtückischen Gewaltakt auf das schärfste verurteilen!»
Ja, dachte Gazit, neuerdings. Dabei sind es Leute, die ihr in Frunse oder sonstwo ausgebildet habt, die mit euren Kalaschnikows und euren Granaten unsere Kinder ermorden. «Wir wissen das zu schätzen!» sagte er trocken.
«Sie sind sicherlich ebenso wie wir über die Hintergründe der Ereignisse in der Straße von Hormuz informiert», kam Korosow übergangslos zur Sache. «Sie wissen ebensogut wie wir, was das bedeutet. Es bedeutet Krieg. Auch für Sie. Ich bin beauftragt, Ihnen folgende Mitteilung des Staatspräsidenten der Sowjetunion zu übermitteln: ‹Die von den monopolkapitalistischen und imperialistischen Kreisen der Vereinigten Staaten provozierte Krise erfordert sofortige politische Gegenmaßnahmen. Die Regierung der Sowjetunion ist überzeugt, daß die sofortige Wiederaufnahme der diplomatischen Beziehungen zwischen dem Staat Israel und der Sowjetunion einer der Schritte sein könnte. Die Sowjetunion, die entscheidend zur Gründung des Staates Israel beigetragen hat, war seit jeher der Überzeugung, daß eine Gesamtlösung des Konfliktes zwischen Israel und den arabischen Staaten nur auf friedlichem Wege erfolgen kann. Die Sowjetunion ist bereit, ihren Teil zu dieser

Lösung beizutragen. Die Regierung der Sowjetunion ist der Überzeugung, daß in der derzeitigen Situation, in der alle friedliebenden Völker dieser Region und damit der Weltfriede bedroht sind, eine einheitliche Front gegen jede weitere Aggression gebildet werden muß!›» Korosow hatte mit monotoner Stimme Bubtschikows Botschaft vorgetragen. Dann sagte er in eindringlichem Ton: «Das ist der offizielle Text. Im übrigen sind Paris und Bonn von diesem Schritt unterrichtet worden. In dieser Stunde werden unsere Botschafter auch den arabischen Regierungen ähnliche Vorschläge unterbreiten.»
«Präsident Bubtschikow wird zweifellos verstehen, daß ich nicht von einer Stunde zur anderen eine Entscheidung über die Aufnahme diplomatischer Beziehungen fällen kann ...»
«Gewiß. Eine Erklärung, die eine Prüfung eines solchen Schrittes in Aussicht stellt, würde im Augenblick genügen. Alles deutet darauf hin, daß man in Riad und in Bagdad sowie in Teheran unsere Vorschläge prüfen wird. Möglicherweise trifft dies auch auf Kairo zu. Was auch immer geschieht: Wir werden nicht zulassen, daß die Vereinigten Staaten in dieser Region noch einmal militärisch intervenieren!»
«Aber es gibt, soviel ich weiß, keine konkreten Hinweise dafür.»
«Sie werden es tun. Was hätte die Sperre der Straße von Hormuz sonst für einen Sinn gehabt? Sie wissen so gut wie ich, daß das eine Tradition ist! Havanna, Lusitania, Pearl Harbour, Tonkin, Iran, Afghanistan.»
«Nun», sagte er, «zunächst scheint es ihnen ja nur darum zu gehen, sich das Energiemonopol in den industrialisierten Staaten ein für allemal zu sichern. Aber ich gebe zu, daß die Möglichkeit weiterer Aktionen durchaus gegeben ist!»
«Gut. Ich kann dem Präsidenten also in diesem Sinne Ihre Zustimmung übermitteln?»
Kaum war Korosow mit den ihn begleitenden Sicher-

heitsbeamten in Richtung Ben Gurion-Flughafen abgefahren, als Peled in das Konferenzzimmer stürzte und Gazit um eine Unterredung unter vier Augen bat.
«Saul hat aus Washington gemeldet, daß Yassir Samit vor zwei Tagen mit Millard zusammengetroffen ist.»
«Was?! Samit leitet doch den palästinensischen Geheimdienst in Riad?»
«Ja!»
Gazit setzte sich.
Der Mossad-Chef sagte: «Es gibt Hinweise, daß Samit eng mit Mahmoud al-Quasim verbündet ist. Quasim kontrolliert das Hejaz-Gebiet. Fällt Ihnen da nicht etwas ein?»
«Mhm. Damit hatte doch 1979 diese Sache in Mekka zu tun. Könnte es sein, daß das alles mit der Entwicklung in Kairo zusammenhängt?»
«Glaube ich nicht. Saul ist der Ansicht, daß die ganze Sache ohne Absprache mit Beirut läuft. Die PLO-Führung scheint damit nichts zu tun zu haben. Saul selbst hat das über seine Kanäle in Langley erfahren!»
«Nur ein Zufall, Ytzhak? Glaubst du noch an so viele Zufälle? Wäre es denkbar, daß General Sartawi noch eine andere Rolle spielt, ohne daß die PLO-Führung in Beirut davon weiß?»
«Das wäre möglich. Wenn das wahr ist, dann geht hier einiges drauf. Das könnte bedeuten, daß auch ein Zusammenhang mit dieser Schweinerei im Golf besteht. Die Informationen aus Paris sind höchst dürftig. Groulle hat sie zufällig von Kurzmann, der von Glicksburg für Tokio aktiviert worden ist. Aber es ist nicht bekannt, wie Kurzmann dazu gekommen ist.»
«Du meinst also, wir sollten uns direkt an Kurzmann wenden?» fragte Gazit.
«Ja. Wir müssen unbedingt herausfinden, woher er die Informationen hat. Der Mann muß entweder in der obersten Etage in Langley oder direkt im Weißen Haus sitzen. Nun, Groulle sagt zwar, Kurzmann wisse das

selbst nicht, aber ich traue ihm nicht über den Weg. Wenn es darauf ankommt, arbeitet er doch mit Paris enger zusammen. Wir könnten Saul auf Kurzmann ansetzen.»

«Saul? Ist das nicht zu riskant? Na gut, du mußt das ja wissen!»

«Ja», sagte Peled, «Saul hat in vielerlei Hinsicht außergewöhnliche Möglichkeiten. Im übrigen ist es ohnedies an der Zeit, ihn zurückzuziehen. Aber ich bin nicht nur deshalb hier.»

Blick aus einem fahrenden Wagen. Überbevölkerte Gehsteige. Autokolonnen. Weißbehelmte Polizisten mit Kunststoffschildern und Schlagstöcken.
Dann Szenenwechsel. Der Tokioter Stadtbezirk Minatoku. Der Eingang zum Akasaka-Palast. Schaulustige. Dann Schwenk zu Panzerwagen und Wasserwerfern. Eine japanische Polizeibeamtin in Großaufnahme.
Dann Szenenwechsel zur Tokioter Polizeischule. Ein Trainingssaal. Junge Mädchen in weißen Kampfanzügen beim Karatetraining.
«Okay!» sagte David Kurzmann zu Clutterbank. «Das reicht!» Sie saßen im Schneideraum des neuen Fernsehzentrums von Tokio. Sie hatten den Film über die Sicherheitsvorbereitungen für das Gipfeltreffen in den letzten zwei Tagen abgedreht, eine Pflichtübung, die Kurzmann zwar für sinnlos gehalten hatte, aber Syman, der Nachrichtenchef im New Yorker INS-Studio, hatte auf diesem Bericht bestanden.
Gozuko, der Cutter, der ihnen den Streifen zurechtgeschnitten hatte, kam zur Tür herein. «Telefon für Sie, Mister Kurzmann! Soll ich das Gespräch hier hereinlegen?»
Kurzmann nickte. Am Apparat war Groulle.
«Also, David, wir haben grünes Licht. Nicht die ganze Geschichte, aber genug, um bei einigen Leuten etliche Schweißausbrüche zu provozieren.»
Sie trafen sich eine Stunde später, wie immer bei Romeo in der Ginzha.
«Wir haben nun jenes Material zusammengestellt und ergänzt, von dem wir glauben, daß man es veröffentlichen sollte.»
«Warum so vorsichtig?»
Groulle hob die Schultern. «Das weiß ich nicht. Aber ich

könnte mir vorstellen, daß die Medizin besser wirkt, wenn sie tröpfchenweise verabreicht wird. Im übrigen scheint sich die Konferenz zu verzögern. Das ist noch nicht offiziell, aber ... äh ... man rechnet damit, daß sie um mindestens eine Woche verschoben wird.»

«Deswegen?»

«Vermutlich!» nickte Groulle. «Zumindest scheinen die europäischen Regierungen, die von Andrews nach Tokio vergattert wurden, einige Bedingungen gestellt zu haben, die Andrews Konzept durcheinanderbringen. Der Verdacht, daß der Mann nicht so recht weiß, was eigentlich rund um ihn herum vor sich geht, ist ja nicht ganz unbegründet. Jedenfalls ist man der Meinung, daß es nicht schaden könnte, in der Öffentlichkeit etwas Unruhe zu stiften.»

Kurzmann blätterte in den Unterlagen, die ihm Groulle über den Tisch gereicht hat. «Das ist doch nur dieses Memorandum Drei? Wesentlich interessanter wäre doch das, was bei Hormuz tatsächlich geschehen ist, daß ...»

«Ich sagte schon: Ich bin dafür nicht verantwortlich. Und glauben Sie mir: Diese Operation am Golf würde Ihnen niemand abnehmen. Sie haben keine Dokumente. Nur Tonbandaufnahmen, und die lassen sich fälschen. Aber das hier ist ein Beweis, der nicht bestritten werden kann. Wie weit sind Sie übrigens mit Baxter?» wechselte Groulle unvermittelt das Thema.

«Ach zum Teufel! Er ist schlüpfrig wie ein Aal. Allmählich glaube ich, daß wir mit Baxter auf das falsche Pferd gesetzt haben!»

«So? Nun, vielleicht läßt sich da etwas nachhelfen. Ich wette mit Ihnen, daß wir Ihren Freund doch noch zum Sprechen bringen. Rechtzeitig!»

Kurzmann hatte tatsächlich mit allen Mitteln versucht, etwas aus Ryan Baxter herauszuholen. Er hatte ihn noch mehrmals getroffen und ihm andauernd nachgestellt, und ihn eines Abends, als Baxter nach einem gemeinsamen Abendessen und reichlichem Alkoholgenuß senti-

mental zu werden begann, mit der Vergangenheit und den Ereignissen in Iran zu Beginn der achtziger Jahre konfrontiert, wie ihm Groulle geraten hatte: Vergeblich. Baxter war hart geblieben.
«Nun, dann wünsche ich Ihnen viel Glück dabei!» sagte er zu Groulle.
Noch am Nachmittag erreichte ihn ein Anruf von Syman aus New York, der ihm mitteilte, daß Andrews eben auf einer Pressekonferenz die Verschiebung der Gipfelkonferenz bekanntgegeben hätte, da es, um den Erfolg des Treffens in Tokio zu sichern, noch einiger klärender Gespräche und der Klärung vor allem technischer Fragen hinsichtlich des Konferenzablaufes bedürfe.
«Das trifft sich gut!» sagte Kurzmann. «Ich habe eine Story, die ich nur in New York machen kann.» Er bat Syman, mehrere Filme aus dem Archiv bereitstellen zu lassen und noch am selben Abend flogen Kurzmann und Clutterbank in die Vereinigten Staaten zurück.

Präsident Andrews hatte sogleich nach seiner Amtsübernahme die zweimal wöchentlich stattfindenden Abendessen im Weißen Haus eingeführt, zu denen er die wichtigsten Mitarbeiter der Regierung, seiner Partei, der Wirtschaft, der Gewerkschaften, ja auch der republikanischen Opposition einlud, mit den Ehegatten, zuweilen sogar mit den Kindern; in der fast familiären, lockeren Atmosphäre sprach es sich leichter, Gegensätze prallten weniger hart aufeinander, Zugeständnisse waren leichter zu erreichen. Andrews suchte sich seine Gäste selbst aus, und sein Stabschef im Weißen Haus, Jordan Hardy, beriet ihn dabei: Hardy war sein Wahlkampfleiter gewesen, ein fähiger junger Mann. Es waren, abgesehen von seinen eigenen Leuten, immer und ausnahmslos Gäste die Einfluß hatten, die, wenn es um die Wiederwahl gehen würde, Stimmen bringen konnten. Meistens waren es nicht viel mehr als zwei Dutzend Gäste, die, je nach ihrer Art, gemütliche bis feuchtfröhliche, zuweilen sogar ausgelassene Abende im Weißen Haus verbrachten, meistens in den kleineren Salons im oberen Stockwerk. An diesem Abend waren es fast vierzig Gäste, man war daher auf den Kabinettsaal im Westflügel ausgewichen, den langen, dunklen Kabinettstisch hatte man für das kalte Buffet umfunktioniert und zur Seite gerückt, und das große Amtssiegel und die Flaggen des Präsidenten und der Vereinigten Staaten an der Ostwand gaben dem Ganzen einen ungewöhnlich feierlichen, festlichen Anstrich, was sich sogleich in einer etwas gedämpften Stimmung auswirkte. Es war zweifellos ein reiner Zufall, daß es sich bei den meisten Gästen dieses Abends um führende Manager der großen internationalen Ölkonzerne handelte. Auch Irving S. Benson von Du Pont de Nemours & Co. sowie Harry McShee von der New

Yorker Chase Manhattan und Christopher Infurth, der nun seine Erfahrungen als einstiger Chef der heimlichen Dienste der CIA der United Aircraft Corporation zur Verfügung stellte, zählten zu den Gästen.
Es war zweifellos ein denkwürdiger Zufall, daß einer der Gäste auf den Gedanken gekommen war, den Fernsehapparat anzudrehen, und ausgerechnet den INS-Kanal zu wählen, in dem eben die tägliche Sendung mit dem vielversprechenden Titel «Background» begonnen hatte. David Kurzmann sprach gerade über das Memorandum Drei.

Die Abendsendung «Background» im INS-Kanal war eine jener Sendungen mit den höchsten Einschaltziffern. Und sie war der eigentliche Stolz von Paul H. Curler, der International News Service aufgebaut hatte. Curler war, so schätzte ihn seine Umgebung ein, ein etwas sonderbarer Mensch, er war sehr unamerikanisch, was seine ganze Art betraf, und dies ganz bewußt; er hatte seit jeher den Stil eines britischen Gentleman kultiviert, wie er bestenfalls in Romanen vorkam. Man sah Curler niemals ohne Regenschirm, niemals ohne Handschuhe, niemals ohne Melone. Curler hatte sehr klein angefangen, hatte sich in den sechziger Jahren bei ABC hinaufgedient, hatte dort gekündigt und war Präsident einer kleinen Rundfunkgesellschaft in Kalifornien geworden. Während der letzten Jahre des Vietnamkrieges hatte er sich mit dem Plan, eine unzensierte Nachrichtenagentur für die unabhängigen Rundfunk- und Fernsehsender in den Vereinigten Staaten einzurichten, bei einigen Leuten und Behörden unbeliebt und im allgemeinen einen Namen gemacht. Seine Vorstellung war von jeher gewesen, daß der einzige Weg, das Selbstvertrauen seines Landes wieder herzustellen, darin lag, die amerikanischen Bürger wie Erwachsene zu behandeln, anstatt sie mit einer heilen Traumwelt, einer unrealistischen Disneyland-Wirklichkeit zu füttern. Curler war der Umstand zugute gekommen, daß in jenen Jahren die Kluft zwischen dem, was die Behörden verlauten ließen, und dem was eine wachsende Minderheit der irregeführten amerikanischen Öffentlichkeit selbst herauszufinden begonnen hatte, immer breiter geworden war. Das war schließlich die Geburtsstunde von International News Service gewesen. Es war nicht ohne Kämpfe abgegangen, aber Curler war eigensinnig und idealistisch genug, sich über Verleumdungen, Behördenwillkür und beinharte Konkurrenz hinwegzusetzen, zumal es ihm auf Anhieb gelungen war, einige der besten Leute in diesem Metier auf seine Seite zu ziehen.

«Ein guter Geheimdienst und ein gutes Medium haben eines gemeinsam», pflegte er zu sagen, «beide dürfen sich von nichts überraschen lassen. Sie müssen der Entwicklung immer zwei Schritte voraus sein. Und das ist nur möglich, wenn man auch das kleinste Detail wichtig nimmt und sich vor allem von niemandem vorschreiben läßt, von welcher Seite man es zu betrachten hat!»

Für die Konkurrenz war Curler ein Exzentriker, vor allem weil er sich ausgerechnet während der Enthüllungsorgie im Zuge des Watergate-Skandals geweigert hatte, mit dem Strom zu schwimmen. Die INS-Leute hatten sich weniger auf Nixon, sondern viel mehr auf den damaligen Stabschef des Weißen Hauses, den späteren NATO-Oberkommandierenden General Haig, auf Kissinger und auf Robert H. Taylor konzentriert, den Geheimdienstchef, dem die für die berüchtigten Tonbänder verantwortliche Stelle unterstand, und der nach der ganzen Geschichte Chef der privaten Sicherheitskräfte auf allen Besitzungen der Rockefellers geworden war.

«Warum zum Teufel», hatte Curler damals ausgerufen, «hat dieser durchtriebene Hundesohn diese idiotischen Tonbänder nicht einfach verbrannt? Ich sage euch, die Geschichte stinkt an allen Ecken und Enden zum Himmel. Und ich will, daß ihr diese Sache bis in alle diese

Ecken und Enden ausleuchtet und wenn wir dabei bankrott gehen!»

INS war natürlich nicht bankrott gegangen, wenngleich die Gefahr durchaus bestanden hatte, der Gesellschaft durch Kündigung von Werbeverträgen das Leben sauer zu machen. Doch gerade mit dieser Geschichte erzielte INS erstaunliche Einschaltquoten, so daß es nach den Gesetzen des Busineß geradezu ein Vergehen gewesen wäre, diesen Umstand nicht zu nützen. Dennoch: Was INS aufdeckte, wurde kaum registriert, die meisten Zeitungen bis auf einige Außenseiter hatten die zwölfteilige Serie glatt ignoriert, und auch die großen Rundfunk- und Fernsehgesellschaften hüteten sich, hier einzusteigen. Die Geschichte war bald in Vergessenheit geraten, der Informationsdruck war wieder einmal stärker als die Wahrheit, wie Curler in einem leisen Anflug von Resignation damals festgestellt hatte.

INS hatte tatsächlich eine ganz andere Watergate-Geschichte gebracht. Nicht, daß Nixon, dieser durchtriebene Mißbraucher seines Amtes, wie Curler ihn bezeichnet hatte, dabei besser abgeschnitten hätte, dazu hatte er zuviel auf dem Kerbholz, doch Watergate, die ganze Klempner-Geschichte, die Abhörgeschichte, die erschien in einem anderen Licht, die Fäden dieser Story fanden die Rechercheure von International News, die Curler für diesen Ausflug in die Innenpolitik der Vereinigten Staaten eingesetzt hatte, nahezu allesamt im Rockefeller-Center in New York. Als die Serie fertiggestellt war, hatte es Curler beinahe mit der Angst zu tun bekommen. Schließlich hatte er sich doch entschlossen, die Story zu senden, die nicht im Weißen Haus und nicht im weitläufigen Komplex des Watergate-Gebäudes begonnen hatte, sondern in der Fifth Avenue in New York, wo Nixons zweite Karriere gestartet worden war, nachdem die Rockefeller-Brüder begriffen hatten, daß Nelson keine Chance hatte, durch eine Wahl, auf legale Weise doch noch einmal nicht nur durch Stellvertreter, sondern persönlich als Präsident der Vereinigten Staaten in das Weiße Haus einziehen zu können. Der INS-Story nach hatte der Watergate-Skandal in jenem Augenblick begonnen, als Nixon, kaum vereidigt, der von Kissinger geführten Rockefeller-Mannschaft eine Gruppe ausschließlich ihm persönlich ergebener und verpflichteter Leute wie Haldeman und Ehrlichman entgegengestellt hatte. Offenbar hatte Nixon beschlossen, die von ihm so geliebte Macht selbst zu nutzen und die Nabelschnur durchzubeißen, an der er durch Henry Kissinger gehangen hatte. INS glaubte damals beweisen zu können, daß Rockefeller selbst durch eine Kombination von Druck und Anklagen Spiro Agnew, Nixons Vize, zum Rücktritt gezwungen hatte, in der Hoffnung, Nixon würde sich doch dankbar erweisen und ihn zum neuen Vizepräsidenten ernennen. Als Nixon statt dessen Ford ernannte, war, so INS, sein Sturz eine beschlossene Sache. Nicht nur, daß INS den Beweis dafür liefern konnte, daß der Einbruch in die Zentrale der Demokraten im Watergate-Komplex absichtlich so stümperhaft durchgeführt wurde, daß die Täter erwischt werden mußten: Die Erfindung der Klempnergruppe war eine Erfindung Kissingers gewesen, der Nixon so lange mit angeblich undichten Stellen im Weißen Haus in den Ohren gelegen hatte, bis dieser selbst daran glaubte und seine Zustimmung zu dieser Mausefalle gab, die Kissinger nach Aussagen von John Dean und Charles Colson im Auftrag Rockefellers aufzubauen im Begriff war: Der Leiter des Unternehmens Watergate war David Young gewesen, Mitglied des Kissinger-Stabes, der zuvor als Rechtsanwalt für Rockefeller in New York tätig gewesen war und nach der Affäre nach London abgeschoben wurde.

«Davon schreiben diese Hurensöhne nichts!» hatte sich Curler damals in gänzlich unbritischer Manier erregt. «Das ist der Beweis, daß in Wirklichkeit Kissinger hinter dieser Schweinerei steckt. Warum, zum Teufel, wird das verschwiegen?»

Daß Nixon schließlich gezwungen war, die Verantwortlichen, Kissinger und dessen persönlichen Geheimdienst INR, Rockefeller und die CIA, zu decken, brach ihm das Genick, wie der in der Fifth Avenue ausgeheckte Generalstabsplan dies vorgesehen hatte. Als weiteren Beweis dafür hatte INS die Tonbandsache angeführt, hinter die sich Curler höchstpersönlich mit Erfolg geklemmt hatte.
Als die Watergate-Untersuchungen begonnen hatten, war von den verhängnisvollen Tonbändern keine Rede gewesen. Der entscheidende Tip war von Alexander Butterfield gekommen, dem vom CIA eingeschleusten Verbindungsmann zwischen dem Weißen Haus und dem Secret Service. Und während Nixon erklärt hatte, das Bandaufnahmesystem sei bereits auf Anregung von Lyndon B. Johnson installiert worden, fanden die INS-Rechercheure heraus, daß zwar ein derartiges Aufnahmesystem während Johnsons Amtszeit von Technikern der Heeresnachrichtengruppe installiert worden war, die Monitore, mit denen Nixon überwacht worden war jedoch aus den Werkstätten des Geheimdienstes stammten. Und darum war es Curler damals gegangen.
«Nixon», hatte er selbst in einem abschließenden Kommentar der Watergate-Serie erklärt, «war überwacht worden. Nicht Nixon hat die Geräte eingeschaltet, mit denen alles aufgezeichnet wurde, was er sprach und tat, sie schalteten sich automatisch ein und wurden vom CIA-Mann Butterfield überwacht. Wäre es Nixon selbst gewesen, der über die Bänder hätte verfügen können, er hätte nichts Eiligeres zu tun gehabt, als diese Bänder zu vernichten, als die Watergate-Sache aufgeflogen war. Er tat es nicht. Nicht weil er ein größenwahnsinniger Idiot und ein Dummkopf war, sondern, weil er über diese Bänder gar nicht verfügte. Zumindest gab es Kopien davon. Hat sich bisher tatsächlich noch niemand darüber gewundert, daß jedermann wußte, was und an welchen Stellen etwas auf diesen Tonbändern zu hören war, ehe Nixon sie angeblich herausgegeben hatte? Ich erinnere

nur an die Detailkenntnisse von Richter Sirica, als er beispielsweise den Bandabschnitt auf der Spule ‹White House telephone start 5/25/72 (2.00 p.m.) (8 Zeilen ausgelassen) 6/23/72 (2.50 p.m.) (832) complet› angefordert hatte, oder nehmen Sie die Anforderung vom 8. Januar 1973, in der die benötigte Stelle exakt mit ‹nach ungefähr 67 Minuten Unterhaltung ein Teil, der elf Minuten dauert› beschrieben wurde. Wer kontrollierte diese Bänder wirklich? Wer hatte Zugang zu den Kopien? Das sind die Fragen, die niemand gestellt hat. Vielleicht wird sie Mister Taylor, der nun einen einträglichen Job als Sicherheitschef auf den Besitzungen der Rockefellers gefunden hat, eines Tages beantworten. Da Gerald Ford einst Mitglied der verschwiegenen Warrenkommission war, die den Mord an John F. Kennedy zu vertuschen hatte, ist zu erwarten, daß das Weiße Haus nun wieder klaglos funktioniert. Ich wage vorauszusagen, daß nun Nelson Rockefeller Vizepräsident der Vereinigten Staaten von Amerika werden wird!»
Dieser letzte Teil der Serie war einen Tag, bevor die Ernennung Nelson Rockefellers durch Gerald Ford bekanntgegeben wurde, gesendet worden. Da sich Curler an Rockefeller und vor allem Henry Kissinger festgebissen hatte, war es auch wiederum INS, die Kissingers Rolle während des Nahostkrieges im Oktober 1973 durchleuchtet hatte, als sein Privatgeheimdienst und der von den geeigneten Leuten geleitete und unterwanderte Geheimdienst CIA die Israelis mit beruhigenden und falschen Informationen in die Irre geführt hatten, nachdem Kissinger den ägyptischen Präsidenten Sadat von der Notwendigkeit eines Prestige-Sieges gegen die Israelis überzeugt hatte, wie Sadat selbst in seinen Memoiren später zugegeben hatte. Das war gewissermaßen die Voraussetzung für amerikanisches Engagement in Ägypten, das, wie sich später herausstellte, Teil eines weitumfassenden Planes war, der auch noch die späteren Ereignisse in Iran und indirekt auch in Afghanistan betrof-

fen hatte. Darüber hinaus war es INS gelungen, den Beweis dafür zu erbringen, wie Kissinger König Feisal von Saudi-Arabien und den Schah von Persien gegeneinander ausgespielt hatte, was angesichts der späteren Entwicklung nicht ohne tiefere Bedeutung war. Kissinger hatte Feisal, der gegen die von den multinationalen Konzernen geforderte Ölpreiserhöhung war, beschwichtigt und ihm erzählt, er habe den Schah unter Druck gesetzt, den Ölpreis niedrig zu halten. Ein solches Gespräch hatte aber niemals stattgefunden und der Schah war denn auch die treibende Kraft bei der Ölpreiserhöhung um das Vierfache zum Jahreswechsel 1973/1974, was auch Feisal letztlich gezwungen hatte, mitzugehen. Der außenministrielle Lobbyist des Rockefeller-Clans, Kissinger, hatte gute Arbeit geleistet: Der Schah wurde zum besten Geschäftspartner des rockefellerschen Bankimperiums, dem Pahlevy einen Großteil der gewonnenen Petro-Dollars übergab und durch seine wahnwitzigen Waffenkäufe für zusätzlichen Gewinn sorgte.
Auch diese Story war weitgehend ignoriert worden. Und in den folgenden Jahren mußte etwas passiert sein, das Curlers Engagement abstumpfen ließ. Er zog sich zurück und überließ INS weitgehend seinem Stellvertreter Peter Maginnes und dem Nachrichtenchef und Mitbeteiligten Tom Syman. Im Grunde genommen hatte sich an der INS-Politik nichts geändert, Maginnes und Syman allerdings waren vielleicht etwas vorsichtiger, taktvoller, wie manche meinten, patriotischer, was nicht soweit ging, daß sie die Grundsätze unbeeinflußter objektiver und möglichst tiefschürfender Informationspolitik über Bord geworfen hätten.
Doch der wachsende Druck, der das öffentliche Leben in den letzten Jahren und in den letzten Monaten beeinflußte, ging auch an INS nicht spurlos vorüber. Hatte INS Ende der siebziger Jahre noch ungehemmt so manche Propagandalügen der CIA und Zbignew Brzezinskis, Kissingers Nachfolger als Rockefeller-Mann wäh-

rend der Amtszeit Jimmy Carters, widerlegt, übte vor allem Maginnes in verstärktem Maße etwas aus, das er als «eine Art verantwortungsbewußter Selbstbeschränkung in dieser komplizierten und emotionsgeladenen Zeit» zu bezeichnen pflegte.

Es war zu einer heftigen Diskussion zwischen Kurzmann, Maginnes und dem etwas zurückhaltenderen Syman gekommen, die beinahe zu einer Auseinandersetzung geraten war. Kurzmanns Begeisterung, die er empfunden hatte, als er die Sendung über den «Gipfel der Erpressung» zusammengestellt hatte, war jäh in sich zusammengefallen, als Maginnes darauf bestand: «Alles schön und gut, David. Sie wissen ja, wie wir Ihre Arbeit schätzen. Aber, verdammt noch mal, wir können das doch nicht ohne Stellungnahme des Weißen Hauses bringen!»

David fühlte beinahe Zorn gegen sich selbst. Warum war er so sicher gewesen, daß überhaupt jemand diese Story senden würde? «Entschuldigen Sie, Mister Maginnes, ich war wohl schon zu lange nicht mehr hier. Seit wann ist auch INS von Andrews' Haustieren bevölkert? Sie wissen doch ebenso gut wie ich, was dann möglicherweise geschieht: Nationale Sicherheit. Geheimhaltungspflicht. Ich wette, die schicken binnen einer Stunde ihre Jungs und lassen alles beschlagnahmen, was nicht niet- und nagelfest ist. Ganz abgesehen davon, daß sie selbstverständlich nichts dazu sagen würden.»

Syman pflichtete ihm bei und machte dabei ein sorgenvolles Gesicht.

«Sie wissen wirklich nicht, was hier los ist!» fuhr Maginnes gereizt fort. «Vor einigen Jahren noch wäre ich der letzte gewesen, der gegen die Ausstrahlung einer solchen Geschichte seine Bedenken angemeldet hätte. Aber heute? Zum Teufel, begreifen Sie nicht, daß das höchst unamerikanisch ist, was Sie tun?»

Kurzmann lachte verblüfft auf. «Das meinen Sie doch nicht im Ernst!»

«Nein, natürlich nicht. Aber ich fürchte, darauf läuft es hinaus. Im Augenblick ist nun einmal Kritik bei den Leuten nicht gefragt. Darauf kommt es an. Die Leute wollen hören, daß Andrews die Sache fest im Griff hat, daß er die Welt rettet und so gut ist wie alle Amerikaner zusammengenommen!» Maginnes Gesicht war verkniffen. Er sah älter aus, als er wirklich war, nämlich 46. Er hatte ein hageres Gesicht, in dem sich Backenknochen und Kiefer scharf durch die straffe Haut abzeichneten, er wirkte finster und irgendwie tragisch, stellte Kurzmann fest und fragte sich, warum er bisher nicht daraufgekommen war, daß er Maginnes absolut nicht leiden konnte.
«Ich fürchte, Mister Maginnes, Sie haben meinen Bericht völlig mißverstanden. Im übrigen ist das nur ein Teilaspekt. Das dicke Ende kommt noch. Ich kann Ihnen versprechen, daß ich in der Lage bin, in den nächsten Wochen Dinge zu liefern, die Andrews wie eine Rakete aus seinem Office fahren lassen. Verstehen Sie denn nicht, was dieses verdammte Memorandum, dieses Programm wirklich bedeutet? Auch für uns?»
«Okay! Okay!» lenkte Maginnes schließlich ein. «Ich jedenfalls bin nicht bereit, die Verantwortung zu übernehmen. Ich wollte es ja nicht sagen: Aber ich habe schon genug wegen Ihrer Japan-Geschichte um die Ohren geschlagen bekommen, auch wenn das idiotisch ist . . .»
Kurzmann hatte in einer Analyse des japanisch-amerikanischen Verhältnisses vor dem Hintergrund der aktuellen Ereignisse und des bevorstehenden Gipfeltreffens in Tokio Informationen ausgewertet, nach denen die Regierung in Tokio massivem amerikanischem Druck ausgesetzt sei, einerseits auf Okinawa amerikanische Atomwaffen stationieren zu lassen, andererseits die Politik der Neutralisation der asiatischen Staaten im Konflikt der sogenannten «trilateralen Welt» mit der imperialistischen Sowjetunion fallen zu lassen. Darüber hinaus hatte Kurzmann erfahren, daß, obwohl Washing-

ton Japan seit Jahren vergeblich in eine Konfrontationslinie USA–Japan–China zu drängen versuchte, nun ausgerechnet Japan daran gehindert hatte, angesichts des Ausfalles des Nahostöls mit Peking auf «rein wirtschaftlicher Basis» zu kooperieren. Und Kurzmann hatte einen japanischen Oppositionspolitiker interviewt, der aufgebracht erklärt hatte: «Wundern Sie sich nicht, wenn Japan seine eigenen Wege zu gehen versucht, auch wenn unsere derzeitige Regierung noch immer mit den sogenannten westlichen Demokratien paktiert. Aber dahinter steht nicht das japanische Volk. Wundern Sie sich nicht, wenn wir uns wieder auf unsere eigene Vergangenheit und auf Asien besinnen. Wir haben versucht, gute Schüler Europas und Amerikas zu sein. Wir hatten Lob und Belohnung erwartet, statt dessen setzte es dauernd Püffe und Beleidigungen ab. Der Westen und die USA, das ist doch bloß ein Block dekadenter Völker. Die Zukunft liegt in unserem Teil der Welt. Im dritten Jahrtausend wird die Zivilisation im Stillen Ozean erblühen. Daran ändert auch die Tatsache nichts, daß durch die bevorstehende Gipfelkonferenz unsere Klubmitgliedschaft demonstriert werden soll. Vielleicht stärkt es das Selbstbewußtsein der Regierung, aber es ändert nichts an den Tatsachen!»
Die Geschichte hatte tatsächlich erhebliches Aufsehen erregt und dazu beigetragen, die ohnedies bestehenden Spannungen und Mißverständnisse zwischen Tokio und Washington zu verschärfen, was vor allem Ryan Baxter während seiner Verhandlungen zu spüren bekommen hatte.
«Man ist also empfindlich. Sehr empfindlich im Augenblick!» fuhr Maginnes fort. «Aber gut, wenn der Alte seinen Segen dazu gibt . . . mir soll es recht sein. Ich halte mich da lieber an Pilatus, verstehen Sie!»
Kurzmann nickte gedankenverloren. Er dachte noch immer an die Japan-Geschichte.
«Der Premier», hatte ihm ein Kollege gesagt, «ist ein

Hampelmann eurer Bonzen. Die jüngste Regierungskrise und die darauffolgende Bestellung Kanukos zum Regierungschef war ein von euren Leuten inszeniertes Theater. Na, Sie wissen ja was es bedeutet, wenn er von trilateraler Verantwortung spricht. Aber glücklicherweise hat er in seiner eigenen Partei genügend starke Opposition, die es ihm nicht erlaubt, die Dinge auf die Spitze zu treiben!»
Curler hatte sich schließlich den Streifen angesehen. Sein britisch gepflegter Schnauzbart hatte nervös gezittert: «Eine interessante Geschichte!» hatte er näselnd gesagt. «Finden Sie nicht auch, Maginnes?»
Kurzmann war der merkwürdige Unterton in Curlers Stimme aufgefallen.
«Wie Sie meinen, Mister Curler!» hatte Maginnes sogleich geantwortet. «Es ist ja schließlich Ihr Laden, nicht wahr?»
«In der Tat, Maginnes. Noch ist es mein Laden. Mister Kurzmann, wir senden die Story. Manche Leute haben ohnedies schon das Gefühl, wir kuschen wie alle anderen, nicht wahr, Maginnes?»
Jordan McBride hatte einige Tage später zu Kurzmann gesagt: «Ist dir nicht aufgefallen, daß sich der Alte in dem Augenblick zur Ruhe gesetzt hat, als Maginnes hier aufkreuzte? Ich kann den Hund nicht leiden. Hat von nichts eine Ahnung!»

Andrews hatte sich eben mit John McCloy von Exxon und Harry McShee unterhalten. Es war um ein Problem gegangen, das nicht nur die Ölgesellschaften seit Jahren geplagt hatte; seit die Vereinigten Staaten sich entschlossen hatten, durch wirtschaftliche und militärische und finanzielle Hilfe die Volksrepublik China zu einem, wie Jimmy Carter es damals ausgedrückt hatte, freundlichen und wohlhabenden Land zu entwickeln.
«Hoggarty vom Finanzministerium», hatte Andrews gesagt, «Sie kennen ihn ja, ist gestern zurückgekommen.

Ich denke, daß die Chinesen begriffen haben, was er ihnen erklärt hat!»
Vor allem die Ölkonzerne hatten seit dem Beginn ihres Engagements im chinesischen Ölgeschäft schwerwiegende Probleme damit, daß es in China keine Einkommenssteuer gab, schließlich gab es für Chinesen ja noch immer nichts zu verdienen. Die Besteuerung in den Förderländern, wie etwa seit den fünfziger Jahren im Nahen Osten, in der Nordsee oder sonstwo, wo amerikanische Konzerne nach Öl und Profit suchten, war aber ein sehr wesentlicher Bestandteil ihres Gewinnspiels, da sie für diese Besteuerungen höchst vorteilhafte Steuerkredite von der amerikanischen Regierung bekamen, was ihnen erlaubte, ausländische Steuern zusätzlich gegen ihre Verpflichtungen in den Vereinigten Staaten aufzurechnen. Was zweifellos weitaus vorteilhafter war, als würden die mit dem Empfang des ausländischen, in diesem Fall chinesischen Öls verbundenen Kosten bloß als Betriebskosten abgezogen werden. Es war ein höchst kompliziertes System, böse Zungen sagten, es sei schlicht Steuerbetrug, aber die wenigsten wußten darüber Bescheid, es war auch gut so, wie man in den Vorstandsetagen dachte.
«Dann ist Peking also bereit, die Steuern einzuheben?» hatte McCloy befriedigt nachgefragt, als jemand das Fernsehgerät einschaltete und David Kurzmann erklärte: «Meine Damen und Herren, das bedeutet im Grunde genommen nichts anderes, als daß die Regierung der Vereinigten Staaten von Amerika die Verbündeten Westeuropas und Japan vor die Alternative stellt, entweder ihre Souveränität mehr oder weniger dem Weißen Haus zu übertragen, oder binnen kürzester Zeit vor einer totalen wirtschaftlichen und gesellschaftlichen Katastrophe zu stehen, die durch nichts mehr zu reparieren sein wird. Bei diesem Memorandum, das Präsident Andrews den Teilnehmern an der Konferenz in Tokio vorzulegen beabsichtigt, geht es nicht nur um eine Stra-

tegie zur Überwindung der zweifellos katastrophalen Auswirkungen der jüngsten Ereignisse am Persischen Golf . . .»

Andrews war bleich geworden. Und Zabrouskys ohnedies brutales Kinn schob sich geradezu gewalttätig vor, als er mit vor Wut zitternder Stimme sagte: «Was ist das? Was ist das, verdammt noch mal? Wer . . .»

«Welches Schwein hat diese Unterlagen weitergegeben?» flüsterte Andrews.

«. . . wie die Studien der Central Intelligence Agency und des Nationalen Sicherheitsdirektoriums, die offensichtlich die Grundlage für dieses sogenannte Memorandum 3 bilden, beweisen, werden damit endgültige und unabänderliche Ziele verfolgt, nicht nur, was die militärische Befehlsgewalt der USA über die Verbündeten betrifft: Die Übernahme der nationalen Energieversorgung durch die internationale Energiebehörde, die . . .»

«Ich fürchte, da ist etwas schief gelaufen, wie?» sagte McCloy.

Andrews war versucht, ihm zu sagen, er solle den Mund halten. «Keine Angst!» sagte er, «wir kriegen den Schweinehund. Victor», sagte er zu Sicherheitsberater Zabrousky, «trommle alle zusammen, die du erreichen kannst. Vor allem auch die CIA-Leute!»

Zabrousky zog den Präsidenten zur Seite.

«Entschuldigen Sie!» sagte Andrews zu seinen Gästen, die nun alle um das Fernsehgerät herumstanden. «Ich muß Sie leider für einige Augenblicke sich selbst überlassen. Lassen Sie sich durch diesen . . . äh . . . Zwischenfall den Abend nicht verderben!»

«. . . heißt es wörtlich, die gegenwärtigen und zukünftigen Probleme erfordern eine drastische Herabsetzung des Lebensstandards, da die notwendige radikale Verringerung des Energieverbrauchs zwangsläufig eine Reduzierung der industriellen Tätigkeit unter Hinnahme der damit unvermeidlich verbundenen Reduzierung des Massenwohlstandes bedeutet. Diese einschneidenden

Maßnahmen wären nicht notwendig geworden, wenn die bereits 1978 von der trilateralen Kommission unter dem Titel «Geschäftsführung während der Übergangszeit» geforderte Erhöhung der Energiepreise auf nationaler Ebene über die Weltmarktpreise zur Veränderung des historischen Verhältnisses zwischen wirtschaftlichem Wachstum und der Zunahme der Energienachfrage ...»

«Dieser bolschewistische Mistkerl!» rief einer der Gäste.

Jemand sagte: «Ich kenne diesen jüdischen Schweinehund!»

Kurzmann fuhr in seinem Kommentar fort: «Das betrifft aber nicht nur die Europäer, sondern auch uns Amerikaner, ob Sie es wahrhaben wollen oder nicht. Wie es in diesem Memorandum heißt, stünde es außer Zweifel, daß für internationale Investitionen in den künftigen Jahren und Jahrzehnten immer mehr Geld benötigt werden würde. Der schnelle Wechsel in der Technik, die fortdauernde Bevölkerungszunahme und die gegenseitige Abhängigkeit der Nation führen zu umfangreicheren Aufgaben und zu einem Anwachsen der finanziellen Notwendigkeiten. Weit größere Beträge werden aufgewendet werden müssen für die Entwicklungskosten der Dritten Welt, die Aufrechterhaltung von Streitkräften in gefährdeten Zonen ...»

«Wenn ich mich recht erinnere», bellte Zabrousky in seinem Büro im Erdgeschoß des Westflügels des Weißen Hauses ins Telefon, «haben Sie mir damals erklärt, Sie hätten diesen alten Idioten von International News unter Kontrolle!»

«Ja, indirekt, das heißt, wir haben ihn etwas unter Druck gesetzt. Und Maginnes, der den Laden schaukelt, steht auf unserer Lohnliste!» sagte FBI-Chef Patterson. «Zum Teufel, ich weiß nicht, wie das passieren konnte!»

«Dann nehmen Sie sich ihn vor. Finden Sie was! Sie haben doch etwas in der Hand?»

«Na ja, es hat ausgereicht, um ihm damals einen kleinen

Schock zu versetzen. Er hatte einmal etwas mit einem Schwulen . . .»
«Finden Sie etwas, Patterson. Dichten Sie ihm was mit kleinen Mädchen an, irgend etwas!»
Kurzmann zitierte weiter: «Die Verschwendung im persönlichen Gebrauch ist kein Bestandteil einer freien Gesellschaft. Die Regierungen sind aufgefordert, entsprechend den Direktiven der internationalen Energiebehörde die Prioritäten für den persönlichen Gebrauch von Energie festzusetzen und allgemein den Verbrauch wichtiger Güter zu begrenzen!»
Nachdem Zabrousky mit FBI-Direktor Patterson telefoniert hatte, sprach er mit Richard Millhouse, dem Leiter des Geheimdienstes des Weißen Hauses. «Wir haben da eine verdammte Panne, Richard! Checken Sie alle Berichte der letzten Wochen durch. Und lassen Sie keinen aus!»
«Sie auch nicht?» spöttelte Millhouse.
«Nein, auch mich nicht!» sagte Zabrousky kalt. «Und auch Andrews nicht, verstanden? Aber nehmen Sie sich vor allem die Überwachungsberichte über die Leute vom Energieministerium und von der Nationalen Energiebehörde vor, klar?»
Als Andrews und Zabrousky in den Kabinettsaal zurückkehrten, herrschte dort große Aufregung und Verwirrung; es gab auch unter dieser ausgewählten Gesellschaft des Top-Managements der Erdölindustrie einige, die überrascht waren von dem, was sie gehört und gesehen hatten und sich darauf keinen Reim machen konnten.
«Wir sind dabei, alles aufzuklären!» sagte Zabrousky. «Das ist ein infamer Angriff auf die Regierung! Vielleicht nehmen sich auch die Leute von International News etwas zu wichtig!»
Kurzmann sagte: «Die Ziele sind, was die Vereinigten Staaten betrifft, klar: Durch diese Verordnungen wird die heimische Konkurrenz endgültig ausgeschaltet, die

vielen kleinen unabhängigen Ölgesellschaften, die seit den siebziger Jahren durch den billigen Ölstrom aus dem Ausland gezwungen worden waren, ihre Produktion einzustellen und . . .»
«Das ist eine verdammte Lüge!» schrie McCloy aufgebracht.
«. . .offenkundig hat zu diesem Zweck die Wissenschaftsabteilung der Central Intelligence Agency über Auftrag der Regierung beziehungsweise über führende Mitglieder der Trilateral Commission innerhalb der Regierung, jene Studie erstellt, die die Grundlage . . .»
«Wie kommt dieser Hurensohn in den Besitz dieser Studie?» raunte Zabrousky dem Präsidenten zu.
«Wir müssen das Loch so schnell wie möglich finden und stopfen, Victor!» sagte Andrews leise.
«Ich habe bereits alles veranlaßt. Patterson und Millhouse legen eine Nachtschicht ein!»
Im Fernsehbild erschien ein vergrößerter Ausschnitt: «DoD CST Fuel Availability Area Projections . . .»
«Mister President!» sagte aufgeregt Senator Jenkins, einer der Gäste. «Was ist das für ein Papier? Um Himmels willen, worum geht es hier eigentlich?»
«Senator . . .»
«Ich weiß», sagte Jenkins, den Andrews nicht mochte, aber er war im Hinblick auf die nächsten Wahlen gezwungen, sich mit diesem Hinterwäldler aus Kansas gutzustellen, «daß das Weiße Haus im Augenblick über Sondervollmachten verfügt, aber diese Studie stammt doch aus dem Jahr 1980?!»
Das Bild wanderte weiter: «A primary line analysis of these data suggests, even with allowances for desirable stockbuild, a net . . .»
«Das amerikanische Volk», sagte Kurzmann, «wurde also ganz bewußt belogen und getäuscht. Diese Dokumente lassen nur einen einzigen Schluß zu . . .»
Andrews schielte mit zur Seite geneigtem Kopf und zusammengekniffenen Augen auf den Fernsehschirm. Wir

müssen uns etwas einfallen lassen, dachte er, wir können gar nicht mehr zurück, selbst wenn wir wollten. Zuviel war schon in Bewegung geraten, nicht mehr aufzuhalten. Diese Pestbeule, dachte er. Bilde dir nur ja nicht ein, du könntest mich dazu bringen, die Ruhe zu verlieren.

«Meine Damen und Herren!» sagte Andrews schließlich mit entschlossener Stimme und richtete seinen gebeugten Körper gerade. «Sie wissen, in welcher Situation wir uns befinden, in welcher Situation sich unsere Verbündeten und die gesamte freie Welt befinden, welcher Herausforderung wir nun gegenüberstehen. Man wirft uns vor, ausschließlich nationale Interessen zu verfolgen. Aber nationale Interessen kann es in dieser Situation nicht geben. Jedem verantwortungsbewußten Menschen muß klar sein, daß es nach diesem hinterhältigen Anschlag auf den Lebensnerv der Weltwirtschaft, jawohl, der Weltwirtschaft und nicht nur die sogenannte Industriewelt, keine nationalen Eigensüchteleien mehr geben kann und geben darf. Wir haben unsere Streitbereitschaft seit Jahren deutlich genug gezeigt, um die vitalen Interessen in der Region des Persischen Golfs zu verteidigen. Wir haben davor gewarnt, daß sich das politische Abbröckeln dieser Region weiter beschleunigen wird, wenn hier nicht rechtzeitig stabilisierende Kräfte eingesetzt werden. Wir haben seit Jahren davor gewarnt, daß der sowjetische Expansionismus nur wirkungsvoll bekämpft werden kann, wenn Europa für sich nicht ein Monopol der Versöhnungs- und Entspannungspolitik beansprucht und die Verteidigungsaufgabe allein auf die Vereinigten Staaten von Amerika abschiebt. Wir haben seit Jahren vergeblich erklärt, daß alle westlichen Industrienationen gemeinsam mit den Vereinigten Staaten eine kohärente, langfristig angelegte globale Außenpolitik entwickeln und zu Opfern bereit sein müssen, um ihre Verteidigungsbereitschaft zu stärken und ihren Teil an der Lösung der internationalen Problematik beizutra-

gen. Bei diesem Memorandum und den übrigen Dokumenten, die hier vorgelegt und offenbar in der Absicht interpretiert wurden, in dieser schwierigen Stunde einen Keil zwischen uns und unsere Verbündeten zu treiben und darüber hinaus im eigenen Land Unruhe zu stiften, handelt es sich um eine rein interne Arbeitsunterlage für die von uns initiierte Konferenz in Tokio. Bei dieser Konferenz kann es nicht nur um die Lösung gegenwärtiger Probleme gehen. Wir sind bereit, dabei die Hauptverantwortung zu tragen, weil wir die stärkste und fähigste Nation sind. Wir werden es nicht zulassen, daß nationalistischer Anachronismus das Wohl auch nur eines Bürgers der Vereinigten Staaten beeinträchtigt. Jeder einzelne unserer Bürger ist bereit, seinen Teil an unserer historischen Verantwortung zu tragen, die internationale Ordnung und den Frieden aufrechtzuerhalten und den Kräften des Bösen zu zeigen, daß die Weltgemeinschaft nicht ungestraft und ungehindert herausgefordert werden kann. Daher haben wir ein Recht, auch von allen anderen diese Verantwortung zu fordern, sie notfalls auch zu erzwingen.»
Die Gäste applaudierten und nickten zustimmend, während David Kurzmann seinen Bericht beendete: «... stellt sich die Frage, was darüber hinaus unter der in diesem Memorandum an die Adresse Westeuropas und Japans gerichteten Drohung zu verstehen ist, die nationalen Regierungen notfalls durch transnationale Aktionen dazu zu bewegen, zugunsten von Independenz und Interdependenz Einschränkungen ihrer Handlungsfreiheit zu akzeptieren. Es macht den Anschein, als hätte die Regierung der Vereinigten Staaten auf einen Anlaß wie diesen nur gewartet.»
Zabrousky schaltete das Gerät ab. Trotz des Lärms, den die Gäste machten, deren Stimmung nach der kurzen Spannung fast augenblicklich wieder in die frühere Gelockertheit umgeschlagen war, machte das Aufhören des Fernsehtons drohender Stille Platz. So empfand es An-

drews. Alles schien schief zu laufen, überlegte er. Ein unkalkulierbarer Faktor war plötzlich aufgetaucht, ein Umstand, der ihn seit jeher zu beunruhigen vermochte, selbst in kleinsten und bedeutungslosesten Angelegenheiten; Andrews haßte nichts so sehr, wie Überraschungen, Ereignisse, die Pläne durcheinanderbrachten, die Kontrolle bedrohten. Mit einer gewissen Gereiztheit wartete er auf das Ende der Party.

Es war bereits nach Mitternacht, als sich Andrews mit Zabrousky und Jordan Hardy in das Oval Office zurückzog.

Andrews lehnte sich gegen den Schreibtisch und suchte in seinen Taschen nach Zigaretten. Zabrousky reichte ihm eine Packung und sagte: «Nun, damit haben wir die Erklärung für das Verhalten Michards und Albrichs. Wir werden uns etwas einfallen lassen müssen!»

Ja, dachte Andrews. Das müssen wir. Wir haben schon zu viel Zeit verloren, und wir können nicht mehr zurück. Zuviel hängt davon ab, zuviel . . . natürlich, überlegte er, war dieser Zwischenfall am Golf ein willkommener Anlaß, und sie waren darauf vorbereitet gewesen. Aber es durfte keine Verzögerung geben, der Schock, den solche Ereignisse hervorrufen, verflüchtigte sich schnell. Und sie hatten damit gerechnet, mit diesem Faktor, der industrialisierte Demokratien veranlassen könnte, das, was sie politische Freiheiten nannten, auf supranationale Institutionen zu übertragen.

«Daß es irgendwo an entscheidender Stelle, hier im Weißen Haus, oder in Langley, einen Schweinehund gibt, der nicht nur entsprechenden Überblick hat . . . wer könnte dahinterstecken, Victor?»

Zabrousky hob die Schultern. «Ich denke, es ist kein Einzelgänger, der Informationen verkauft. Die Geschichte war zu gut kalkuliert. Sowohl was das Ausmaß, die Absicht, den Termin betrifft . . .»

«Also organisiert? Ein Geheimdienst? Die Franzosen?»

«Möglich. Es muß ein Schläfer sein, den sie nur für die-

sen einen Fall in Reserve gehalten und nun aktiviert haben. Es könnten natürlich die Sowjets selbst sein, die haben das größte Interesse daran ... allerdings ist das nicht typisch für ihre Arbeitsweise. Es könnte ein Mossad-Mann sein. Wir haben das Rattennest zwar ausgeräuchert, im Zuge der Angleton-Aktion, aber ...»
Andrews nickte. Er wußte, was Zabrousky meinte. James Angleton war Abwehrchef der CIA und ein allzugroßer Freund Israels, mehr noch als Nixon. Es war einer der Gründe, warum beide gehen mußten, einer von vielen Gründen. Angleton war dafür verantwortlich gewesen, daß man häufig nicht mehr gewußt hatte, wer für wen arbeitete, der Mossad für die CIA oder die CIA für den Mossad. Sie hatten die ganze Regierung unterwandert. Eine Übertreibung gewiß, aber damals hatte sie durchaus die gewünschte propagandistische Wirkung.
«Wir werden es herausfinden!» sagte Zabrousky.
«Wir müssen irgendwie reagieren, Jordan», wandte sich Andrews an Hardy, «trommle morgen früh alle Pressefritzen zusammen, die du erreichen kannst. Ich werde eine Erklärung abgeben, um Paris zu beruhigen. Anschließend möchte ich den gesamten Sicherheitsrat im Lageraum haben, okay?»
Tyrell S. Andrews blieb noch in seinem Arbeitszimmer, wo er nervös auf und ab ging. Er würde sie weichkriegen, er würde die notwendigen Umwälzungen herbeiführen, er würde nicht versagen wie seine Vorgänger, überlegte er. Andrews war ein Mann, der immer gewußt hatte, was er wollte, und immer erreicht hatte, was er erreichen wollte. Er hatte sich hinaufgeboxt, nicht immer legale Methoden angewandt. Seine Grundsätze ließen sich in die knappen Sätze zusammenfassen, die ihm einer der wenigen Männer gesagt hatte, die er respektiert hatte, Fritz Krämer, der Kissinger und viele andere gemacht hatte, der brauchbare Leute mit einem Blick erkannt und der jahrzehntelang als graue Eminenz im

State Department die Fäden für jene gezogen hatte, die die Rolle der Vereinigten Staaten in der Welt bestimmt hatten, ihnen jene historische Rolle zugedacht hatten, die es zu erfüllen gab. «Die stupide Bourgeoisie», hatte er gesagt, «glaubt tatsächlich, es sei ein Kompliment, jemanden flexibel zu nennen; aber Leute wie ich und vielleicht die Chinesen, wissen, daß ein richtiger Mann nicht flexibel, sondern unbeugbar ist. Ein Liberaler, mein Freund, ist ein Mensch, der die Wirklichkeit nicht versteht. Die wirkliche Antwort auf alles ist letzten Endes die nackte Gewalt!» Ja, er war so ein Mann. Er war unbeugbar. Das alles hieß nicht, daß es ihm nur um die Macht ging, die er durchaus genoß; daß er die Rolle genoß, Dinge entscheiden zu können und entscheiden zu müssen, die den Lauf der Geschichte beeinflußten: Das war es, was er selbst wollte, seit jeher gewollt hatte, und deshalb war es wohl kein Zufall gewesen, daß er 1984 zur Stelle war, daß man im Harald Pratt House erkannt hatte, daß er der richtige Mann war. Es war kein Zufall, daß er, der Sohn eines kleinen Provinzanwaltes den Weg ins Weiße Haus gemacht hatte. Zu dieser Zeit.

Wie hatte er selbst 1976 geschrieben, als die Vereinigten Staaten seiner Meinung nach in völligem Unverständnis historischer Abläufe ihren 200. Geburtstag gefeiert hatten?

«Nicht 1776, sondern 1789 ist das Datum. Über das Idealziel menschlicher Anstrengungen, schrieb Huxley in ‹Ends and Means›, gibt es in unserer heutigen Zivilisation wie auch während nahezu 30 Jahrhunderten eine weitgehende Übereinstimmung. Von Jesaja bis Karl Marx haben die Propheten die gleiche Sprache gesprochen. Im Goldenen Zeitalter, dem sie entgegensehen, wird es Freiheit, Friede, Recht und brüderliche Liebe geben. Die Unabhängigkeitserklärung von 1776 verkündete das Selbstbestimmungsrecht des Volkes. Während der größte Teil der Welt Angst vor der Freiheit hat, geht das alte Experiment von 1776 und 1789 in den USA weiter voran. Es ist natürlich ein sehr risikoreiches Unterfangen. Der erste Schritt zur Weisheit, meinte Alfred North Whitehead vor fünfzig Jahren, ist die Erkenntnis, daß die größten Fortschritte in der Zivilisation Vorgänge sind, die fast zur völligen Zerstörung der Gesellschaft führen in der sie vorkommen. Wir betrachten die Unabhängigkeitserklärung heute als einen großen Fortschritt im langen Kampf für die Freiheit, aber sie spaltete unser Volk zu jener Zeit und führte fast zur völligen Zerstörung unserer schwachen und geteilten Gesellschaft, aus der diese Nation dann hervorgegangen ist. Nach 1776 kamen dreizehn Jahre Katzenjammer. Das große Aufblühen sollte daher erst 1989 kommen!»

Es würde etwas länger dauern, vielleicht, aber war die Krise nicht der Beginn des Aufstiegs? Es mußte so kommen, wenn es eine Zukunft für die Welt geben konnte. Darin lag die Zukunft auch der USA: Nichts macht den Verstand so wunderbar klar, wie das Wissen, am nächsten Tag oder in einer Woche gehenkt zu werden. Aber, dachte Andrews, wenn eine Person oder ein Kollektiv diesem Schicksal erst im Zeitraum eines Jahres oder eines Jahrzehnts entgegensieht und die Katastrophe nicht vollkommen sicher, sondern nur wahrscheinlich ist, dann ist das Ergebnis nicht die Konzentration, sondern die Verwirrung des Verstandes. Zu groß waren die Probleme geworden. Sie konnten nur radikal gelöst werden. 1976, dachte Andrews, haben wir unsere Revolution gefeiert. Dieses Experiment ist abgeschlossen. Nun kommt die Revolution der transnationalen Organisationen. Das werden nun die Europäer endlich begreifen müssen.

Kaum hatten sich am Vormittag die Mitglieder des Nationalen Sicherheitsrates im Lageraum des Weißen Hauses versammelt, der in bezug auf die Perfektion der technischen Einrichtungen durchaus mit der Kriegszentrale im Pentagon vergleichbar war, als die Nachricht der Pariser Botschaft eintraf, Frankreich hätte für Ende der

Woche, also in vier Tagen, eine Konferenz der westeuropäischen Regierungschefs nach Paris einberufen, um dort eine gemeinsame europäische Haltung für die von Andrews gewünschte Gipfelkonferenz in Tokio zu finden.

«Ich fürchte», sagte Andrews, «unsere europäischen Freunde scheinen darauf versessen zu sein, die Sache zu komplizieren. Gut, meine Herren, wir werden diesen Raum erst dann verlassen, wenn wir uns über unser weiteres Vorgehen einig sind. Wie lange halten Sie das noch durch, Eliot?»

Energieminister Eliot W. Butler stieß ein kurzes, schnaubendes Lachen aus: «Ich könnte mir vorstellen, daß sie es noch einige Zeit aushalten. Wenn sie mit den Russen ...»

«Wichtiger sind die afrikanischen und lateinamerikanischen Lieferanten», sagte Zabrousky. «Mexiko liefert inzwischen noch nichts. Venezuela allerdings ...»

«Das hatten wir ja eingeplant?»

«Es ist eine Frage der Zeit. Wir haben unseren Kollegen vom Sicherheitsdienst Material über diesen Gewerkschaftsführer übergeben», sagte CIA-Direktor Dan Millard. «Sie werden ihn ohne Zweifel verhaften. Unsere Leute halten sich für entsprechende Aktionen bereit. Die Lage ist ziemlich gespannt. Ich denke, daß wir auf jeden Fall einen Generalstreik schaffen, wenn nicht mehr.»

«Gut.» Andrews stand auf und ging zur linken Seitenwand, die mit Schautafeln und Landkarten bedeckt war. Eine riesige Tafel war ausschließlich dem französischen Einfluß auf dem afrikanischen Kontinent gewidmet. Mit ärgerlich zusammengekniffenem Mund betrachtete Andrews die Karte. Marokko, Algerien, Mali, Gabun, Tschad, Zaire, Senegal, Zentralafrika, Madagaskar, Nigeria: Das waren alles Länder, in denen die Franzosen das Urangeschäft kontrollierten. In den letzten Jahrzehnten waren alle Versuche gescheitert, diese Situation zu ändern. Zaire, Tschad; die Franzosen waren immer rechtzeitig zur Stelle, um ihre Position abzusichern. Darum ging es, dachte Andrews, um diesen verdammten Kontinent ging es, um seine Schätze, seine Märkte. In einer Weltwirtschaft, in einer Weltgesellschaft, in einem Weltmarkt, konnte es nicht angehen, daß einzelne Staaten bestimmte Ressourcen kontrollierten.

Andrews wandte sich um. «Wie sieht die Lage in Senegal aus, General?»

Senegal war die wichtigste Basis Frankreichs, sie sicherte den französischen Militärkorridor nach West- und Zentralafrika. Seit zwei Monaten herrschte hier Krieg mit Mauretanien, der sich aus einer Reihe von Grenzzwischenfällen entwickelt hatte.

«Nicht allzu rosig!» sagte General Harrison. «Die französischen Truppen scheinen die Lage zu kontrollieren. Vor allem, nachdem nun im Norden Marokko für Unruhe sorgt und in der Westsahara die mauretanischen Kräfte bindet. Leider sind Waffenlieferungen allein sinnlos!»

Präsident Andrews nickte und nahm seinen Platz wieder ein. «Na schön», sagte er entschlossen, «konzentrieren wir uns auf den Persischen Golf. Wenn die Berichte von heute morgen zutreffen, ist Frankreich dabei, die Flotte im Indischen Ozean zu verstärken. Haben Sie darüber Details?»

«Ja! Die ‹Georges-Laygues› ist vor zwei Tagen aus dem Seestützpunkt Toulon ausgelaufen. Alles deutet darauf hin, daß sie zunächst Reunion oder Dschibuti anlaufen wird!»

«Der Name sagt mir nichts . . .»

«Hochmodernes U-Boot-Jagdschiff. 4200 Tonnen. Bewaffnet mit ‹Exocet›-Seezielraketen und Flugabwehrraketen des Typs ‹Crotale›. Dazu noch zwei Kampfhubschrauber. Die gegenwärtige Stärke in dieser Region: 18 Kriegsschiffe, darunter vier Zerstörer. Aufklärer und Jagdbombereinheiten sind auf Reunion und in Dschibuti stationiert!»

«Victor! Halten Sie es für möglich, daß Paris soweit gehen könnte, die Operation M zu stören, falls wir uns dazu entschließen sollten?»
«Das ist durchaus möglich!»
«Haben wir darauf reagiert, General Harrison?»
«Indirekt. Die Briten haben einen Helikopterträger, drei Fregatten und drei Versorgungsschiffe in Marsch gesetzt. Offiziell ist das eine Übungsfahrt. Aber ich denke, daß Paris diesen Wink versteht. Leider waren wir gezwungen, wegen der Geschichte in Senegal die ‹Nimitz› in den Atlantik zu beordern. Aber viel bedenklicher ist, daß die Sowjets seit einer Woche ihre Einheiten im irakischen Flottenstützpunkt Quasr und im Nordjemen verstärken!»
«Himmelherrgott! Und das erfahre ich erst jetzt? Wissen Sie, was das unter Umständen bedeutet?»
«Wir waren uns bisher nicht absolut sicher!» warf CIA-Chef Millard ein. «Wir können noch immer nicht exakt sagen, ob es sich dabei vielleicht doch nur um bloße Waffenlieferungen handelt. Zumindest was den Irak betrifft. Es ist leider nicht möglich, die politische Position Bagdads eindeutig zu definieren. Inwieweit die Bemühungen um eine arabische Neutralitätscharta nur eine Finte . . .»
«Und Saana?»
«Das ist eine andere Sache. Das war nur mit Zustimmung und mit Geld von Saudi-Arabien möglich!»
«Verdammt noch mal! Die Zeit läuft uns davon. Nun, wie es aussieht, werden wir die Sache möglicherweise allein durchstehen müssen. Sind Sie sicher, daß die Operation M jederzeit anlaufen kann?»
«Wir sind bereit!» sagten Harrison und Millard beinahe gleichzeitig. Millard fuhr fort: «Mahmoud al-Quasim brennt darauf!»
Andrews zündete sich langsam eine Zigarette an.
Mahmoud al-Quasim war der Standortkommandant von Mekka und kontrollierte mit seinen Truppen die Hejaz-

Region, das saudiarabische Küstengebiet am Roten Meer einschließlich Mekka und Medina. Er war eine Schlüsselfigur im Falle einer militärischen Aktion. Das war auch sein Vorgänger gewesen. Aber diesmal würde keine idiotische Panne passieren wie damals, 1979, als Said al-Hassan mit der Aufforderung an den Imam der Kaaba, die Unabhängigkeitserklärung für das Hejaz-Gebiet zu verlesen, das Signal für den Umsturz geben sollte.
Dilettanten, dachte Andrews. Er hatte die Vorgänge, die damals zu diesem Fehlschlag geführt hatten, genau studiert. An sich war es richtig gewesen, den Hebel für einen revolutionären Umsturz in Riad, der die USA damals gezwungen hätte, militärisch zu intervenieren, in der Hejaz-Region anzusetzen. Deshalb hatten sie al-Quasim auch in die aktuellen Operationspläne einkalkuliert.
«Wann laufen die NATO-Manöver in Westdeutschland an? Zu Beginn der kommenden Woche, nicht wahr?»
Der Stabschef nickte. «Big Lift» ist bereits angelaufen. Bonn hat zwar protestiert, aber . . .»
«Gut! Dennoch: Wir müssen versuchen, Albrichs und Michard zur Kooperation zu bewegen!»
Sie können sich nicht heraushalten. Die Möglichkeit, daß die Vereinigten Staaten plötzlich einer gemeinsamen Achse zwischen Paris–Bonn–Moskau gegenüberstünden! Für die Operation am Golf war die Rückendeckung in Westeuropa unabdingbar, wie schon Verteidigungsminister Brown während der Carter-Ära in seiner Studie des Eineinhalb-Krieges schlüssig analysiert hatte. Sie brauchten diese Option gegenüber den Sowjets, daß jede Gegenmaßnahme am Persischen Golf unweigerlich eine Gegenaktion in Westeuropa mit sich bringt.
«Wenn man wüßte, wie Bubtschikow reagiert!» dachte Andrews laut. «Wir haben ein paar Dutzend kluger Psychogramme und Kreml-Analysen, aber jede führt zu

einem anderen Schluß. Haben Sie einen Vorschlag, Victor?»
«Ich würde vorschlagen, daß wir auf jeden Fall einen Beauftragten nach Paris schicken, der unsere Freunde mit der einzig möglichen Alternative konfrontiert und sie davon zu überzeugen versucht, daß in dieser Situation auf jeden Fall mit einer sowjetischen Aggression zu rechnen ist. Und daß die Vereinigten Staaten für den Fall, daß sie die Kooperation verweigern, sich von jeder Verpflichtung als entbunden betrachten. Ich würde an Ihrer Stelle etwas Ähnliches erklären!»
«Sie denken an eine Art Ultimatum?»
Zabrousky nickte. «Ja. Klipp und klar. Sie müssen sich entscheiden. Abgesehen davon, daß wir mit der Unterstützung Londons rechnen können. Sollten unsere Bemühungen bis Ende der Woche keinen Erfolg haben, läuft die Operation M an!»
«Gut!» sagte Andrews. «Wen schlagen Sie für die Mission in Paris vor?»
Zabrousky überlegte kurz. «Baxter! Ja, Baxter ist ein guter Mann. Er war in Tokio sehr erfolgreich!»
Kaum war die Sicherheitskonferenz beendet und Zabrousky in sein Büro zurückgekehrt, als dort das Telefon klingelte.
Es war Turner von der National Security Agency. «Das Projekt Blackbird ist abgeschlossen.»
«Kommen Sie sofort rüber, William!»
Die Unterredung mit Turner dauerte knapp eine Stunde. Dann sagte Zabrousky: «Die Leute dürfen Kirtland bis auf weiteres nicht verlassen. Sperrt sie ein, oder macht, was ihr wollt! Aber von all dem darf nicht das Geringste durchsickern. Sie verstehen mich doch?»
Andrews las während dieser Zeit einen Bericht des FBI-Direktoriums über das Ausmaß der Gewalttätigkeiten und Unruhen infolge der zunehmenden Versorgungsschwierigkeiten bei Benzin durch. Tankstellenüberfälle, Schlägereien zwischen wartenden Autofahrern, Dieb-

stähle. In New York war es in mehreren Stadtteilen, vor allem in Harlem, zu Plünderungen und Straßenschlachten gekommen.
Andrews heftete einen Zettel an die Akte und schrieb darauf: «Wenn die Idioten nicht von selbst damit fertig werden, sollen sie sich das Handbuch von Schlesinger besorgen. Da steht alles drin!»
Ein Jahr vor dem Sturz des Schah hatte der damalige Energieminister James Schlesinger einen «Führer für die Planung von Energienotfällen» veröffentlicht, ein internes Papier des Energieamtes, das damals damit beschäftigt gewesen war, die, wie es in diesem Leitfaden für Behörden hieß, «Durchführung von vorgetäuschten Energienotfällen im Laufe der nächsten Jahre im ganzen Land» zu planen.
Am Abend gab Horaz Baker, der Sprecher des Präsidenten, der Presse bekannt, daß die Vereinigten Staaten erneut die Verbündeten aufgefordert hätten, dem wachsenden weltweiten Abenteurertum der Sowjetunion und deren Vasallen geschlossen entgegenzutreten und das nicht den USA allein zu überlassen. Die westliche Sicherheit, der Friede auf der ganzen Welt hinge wie nie zuvor von einer konzertierten Anstrengung aller Alliierten ab. Die Herausforderungen, vor denen man stünde, seien zu komplex und ihre Konsequenzen zu universal, als daß eine Nation mit ihnen allein fertig werden könne. Die Erkenntnis zweifelhafter Entschlossenheit der freien westlichen Welt könnte Moskau und andere Elemente nur allzu leicht zu weiterem weltweitem Abenteurertum anspornen, Abenteurertum, das das Ausmaß der Probleme noch vergrößern würde, denen sich die freie Welt gegenübersehe.

Ryan Baxter war zwei Tage zuvor von Tokio nach Washington zurückgekehrt. Er war zurückgekommen mit dem Gefühl eines verurteilten Verbrechers. In Tokio hatte er sein Bestes gegeben. Irgendwie war er stolz auf seinen Verhandlungserfolg, wenngleich er diesem Erfolg nicht ganz traute; sie hatten ihm ihre Solidarität mit den Vereinigten Staaten versichert. Aber waren das nicht nur Worte? Diese fremde Freundlichkeit, diese fremde Höflichkeit, dieses fremde Lächeln, das nichts bedeutete. Vielleicht nichts bedeutete, täuschte.
Und gestern hatte er Davids Geschichte gesehen und hatte Angst bekommen. Konnte das gutgehen? Mußte er sich nicht irgendwann endgültig entscheiden?
«Irgendein Scheißkerl, Ryan», hatte Butler gesagt, «funkt hier dazwischen. Weiß der Teufel! Die Franzosen oder die Juden oder die Russen! Andrews meinte, Sie seien der richtige Mann für Paris. Die Scheißkerle wollen eine Strategie beraten! Verstehen Sie das, Ryan? Was?! Verdammt noch mal! Was wären die ohne uns? Wir haben sie aufgepäppelt! Wir haben aus ihnen das gemacht, was sie heute sind. Wir haben die Russen davon abgehalten, Kommunisten aus ihnen zu machen. Und was ist der Dank?»
Am Vormittag waren Butler und er bei Andrews und Zabrousky im Weißen Haus gewesen. Sie hatten ihm nichts Neues gesagt. Er wußte Bescheid, besser als sie ahnten. Nun saß er bei sich zu Hause vor dem Schreibtisch am Fenster und stierte auf den Fleck auf dem geblümten roten Teppich, der von einem durch die rauchige Luft gedämpften, gelben, zähflüssig aussehenden Strahl des Sonnenlichts beleuchtet wurde: Auf der Flucht vor sich selbst und vor Annys unerträglicher und erstickender Aufmerksamkeit.

Butler, dachte Baxter, war ein Dummkopf. Ob Butler überhaupt wußte, worum es ging? Natürlich wußte er es, Butler wußte es.

Der letzte verzweifelte Kampf eines Monsters, eines durch seine eigene Gigantomanie impotent gewordenen Monsters, das in einem letzten verzweifelten Akt seinen Mythos der Omnipotenz zu retten versuchte. Die geliebten Gotteskinder, deren großer, wunderbarer Kontinent die Stätte der Entfaltung des historischen Planes Gottes zu sein hatte, und wenn die Welt dabei zugrunde ging.

Tatsächlich: So hatte er sich in Tokio gefühlt, als er den Leuten klar gemacht hatte, wo sie zu stehen hatten. Bei Gott, Butler oder Zabrousky hätten nicht anders gehandelt.

Shellberg, mit dem er sich lange unterhalten hatte, ehe er nach Tokio geflogen war, hatte gesagt: «Sie haben vielleicht die Möglichkeit, etwas dagegen zu tun. Aber ich kann Ihnen die Entscheidung nicht abnehmen.»

Er hatte sich doch schon entschieden. Ryan Baxter sah Jenny Frey ganz deutlich vor sich. Damals hatte er auch eine Entscheidung getroffen. «Zum Teufel, Jenny!» hatte er damals fast geschrien. «Verbrenne dir doch nicht die Finger!» Und er hatte gefragt: «Was geht dich das alles eigentlich an? Welches Spiel spielst du eigentlich?» Er sah sie vor sich, wie sie ihn damals in Teheran mit ihren großen Augen nachdenklich angestarrt hatte, mit leicht zur Seite geneigtem Kopf, wie immer, wenn sie nachgedacht hatte.

Sie hatte behauptet, daß sie in Washington gemeinsame Sache mit den Russen machten. Sie hatte gesagt, sie könne es beweisen. Am nächsten Morgen hatte sie ihn vor der Sepah-Moschee abgeholt. Während sie auf der Straße nach Bandar Shah in nordöstlicher Richtung Teheran verlassen hatten und dem Elburz-Gebirge zu gefahren waren, hatte sie gesagt: «Vielleicht bin ich verrückt, Ryan, vielleicht bin ich wirklich verrückt. Vielleicht liegt es auch an dieser verdammten Schizophrenie, die zur Arbeit bei der CIA gehört, dieser verdammte Drang, in allem, was nicht klar und völlig einsichtig ist, eine Verschwörung zu sehen. Nur . . . es ist leider kein bloßer Verdacht mehr . . . und ich bin einigen Leuten hier etwas schuldig, verstehst du? Wenn es nur darum ginge, Pahlevy abzuservieren! Mein Gott, wenn es nur darum ginge. Ich würde sofort mitmachen, jawohl, ich wäre die erste, die ihm einen Sprengsatz unter den Pfauenthron legen würde! Aber es geht nicht nur darum . . .»

«Und, bitte sehr, worum geht es dann?» hatte er ärgerlich gefragt.

«Das werden wir vielleicht heute erfahren. Wir treffen in Firuzkuh einige Leute . . .»

Kurz vor Firuzkuh hatte Jenny den Wagen vor einem alten Lehmhaus angehalten, war ausgestiegen und nach einigen Minuten mit einem etwa vierzigjährigen, mit einer Maschinenpistole bewaffneten Mann zurückgekommen.

«Solh ba schoma!» sagte der Mann, «Friede sei mit dir!» und stieg ohne ein weiteres Wort zu sagen in den Wagen.

«Er bringt uns zu ihnen!» sagte Jenny.

Baxter fragte nicht weiter. Er war verärgert und bereute es, sich auf dieses seltsame Abenteuer eingelassen zu haben. Nervös starrte er durch die verstaubte Windschutzscheibe, als die Straße immer schlechter wurde und schließlich von einer Straße überhaupt keine Rede mehr sein konnte; in engen Haarnadelkurven wand sich der Karrenpfad an steilen Felsen entlang nach oben, und der Unbekannte balancierte den Wagen hart am steilabfallenden Straßenrand, um nicht in die tiefen Fahrrinnen zu rutschen. Baxter gestand sich ein, daß er Angst hatte.

Endlich erreichten sie eine Art Dorf, vielmehr waren es einige halbverfallene Steinhäuser und mehrere Zelte, zwischen denen einige verwegene Gestalten herumstanden. Es schien sich um ein Partisanenlager zu handeln.

Baxter war erstaunt über den herzlichen Empfang, der vor allem Jenny zuteil wurde, die ihm schließlich einen graubärtigen Mann undefinierbaren Alters als Ayatollah Meshedi vorstellte und einen kleinen, drahtigen Franzosen namens Gilbert Groulle, der ständig blinzelte und an einer stinkenden Zigarre herumkaute.
Jenny unterhielt sich lebhaft mit dem Alten in Farsi und Baxter wollte gerade lauthals seinem Gefühl, hier überflüssig zu sein, Ausdruck verleihen, als sich der Ayatollah in perfektem Englisch an ihn wandte: «Ich sehe, daß Sie ungeduldig sind, Mister Baxter, wir waren unhöflich, entschuldigen Sie. Es ist kalt hier oben um diese Jahreszeit!» sagte er und deutete einladend auf eines der grauen Zelte, die allesamt aus Armeebeständen zu stammen schienen.
«Es wird wohl niemanden überraschen», wandte sich Baxter schließlich an Jenny, «wenn ich endlich eine Erklärung über . . .»
«Geduld, Geduld, Mister Baxter!» unterbrach ihn Meshedi. «Sie sind hier, weil Miß Frey wollte, daß Sie hierherkommen, weil sie . . . im Gegensatz zu uns, der Meinung ist, daß es einen Sinn hat, mit Ihnen zu sprechen, daß Sie uns helfen könnten. Nicht jetzt, dazu ist es wohl schon zu spät, aber später . . .»
«Sind Sie da nicht etwas zu leichtfertig?» fragte Baxter. «Sie vertrauen mir offensichtlich nicht. Warum auch! Sie haben ja keinen Grund. Sie haben nur Jennys Wort. Es erstaunt mich, daß Ihnen das genügt. Schließlich ist sie . . . ist sie Angestellte einer amerikanischen Regierungsbehörde.»
Meshedi nickte und blickte Jenny auffordernd an.
«Es genügt ihm, wenn ich dir vertraue!» Jenny überlegte einige Augenblicke und fuhr dann entschlossen fort: «Ich stand seinem Sohn sehr nahe. Mehdi Meshedi war Professor an der Universität in Teheran. Ich hatte einige seiner Vorlesungen besucht und ihn dabei kennengelernt.»

«War?» fragte Baxter dazwischen.
«Ja!» erwiderte Jenny leise. «Er war unbequem. Es ist keine einfache Sache, sich seine Prinzipien zu bewahren, wenn jeder dritte oder vierte Student und jeder zweite Professor ein SAVAK-Spitzel ist. Wenn es nur das gewesen wäre. Er war nicht ... unbedingt unbequem für die SAVAK, er war es für uns ... für einige unserer Leute, für unsere Politik, verstehst du das, Ryan, unsere Leute hatten ihn denunziert ... als ... als kommunistischen Agenten!»
«Und was ist mit ihm geschehen?»
Jenny lachte bitter auf. «Sie haben ihn in Ewin behandelt. Einige Tage nur, mein Gott, du weißt genau, was sie da machen. Sie haben ihn auf den Toaster gelegt und ...» Jennys Augen schimmerten feucht, aber es war weniger Trauer, es waren Haß und Wut, die ihr Gesicht verzerrten.
Baxter wußte natürlich, was das bedeutete, auf den Toaster gelegt zu werden. Man sprach davon, man hörte davon. Er dachte – und er wunderte sich dabei selbst irgendwie über seine Distanziertheit, daß er nun seiner Abscheu und seinem Entsetzen Ausdruck verleihen müsse, aber er nickte nur. Das kam nun hin und wieder vor. Er hatte von diesen Dingen in Lateinamerika gehört, hatte in Indochina die Tigerkäfige gesehen, und Verräter, die sich in der Papageienschaukel zu Tode gehangen hatten; ja, es mochte schlimm sein, im Einzelfall, mit nacktem Körper auf eine glühendheiße Eisenplatte gelegt zu werden. Baxter dachte: Es ist mir gleichgültig, was mit Mehdi Meshedi geschehen ist. Er geht mich nichts an! Er sagte: «Was hatte er verbrochen? Ich meine, was war der Grund dafür?» Baxter fühlte sich unbehaglich unter dem starren, durchdringenden Blick des Ayatollah.
«Verbrochen?» sagte Jenny und sah Baxter verdutzt an. «Er ist», erläuterte sie, «so absurd das auch klingen mag, zu einem Verbündeten des Schah geworden, obwohl er

ihn als Repräsentanten dieses Systems haßte. Er wurde zu Pahlevys Verbündetem, weil er als Wirtschaftswissenschaftler den Schah und Premierminister Hovaida – wenn auch ziemlich spät, schließlich aber doch davon überzeugen konnte, daß Zurückhaltung in bezug auf die Ölpreise für den Iran am Ende vorteilhafter sei, als dies vordergründig zu sein schien!»

«Aber das ist doch absurd!» rief Baxter erregt und schüttelte den Kopf. «Deshalb soll er für uns unbequem geworden sein? Das ist doch . . .»

«Jawohl, Ryan, jawohl!» rief Jenny. «Und das ist einer der Gründe dafür, warum sie Pahlevy aus dem Weg räumen. Einer der Gründe, ich . . .» Jenny blickte ratsuchend zu Meshedi, der seinen schwarzen Turban abgenommen hatte und sich das wallende graue Haar aus der Stirn strich.

«Ich fürchte zwar», sagte Meshedi lächelnd, «daß Ihr ökonomisches Weltbild so gefestigt ist, daß es auch durch Fakten nicht ins Wanken gebracht werden kann, aber ich will versuchen, Ihnen in kurzen Umrissen zu erklären, worum es geht. Wenn Sie mich auch nicht werden verstehen wollen, so versuchen Sie mir zumindest zuzuhören!» Meshedi trank seine Tasse Kaffee leer, saß eine Weile mit geschlossenen Augen da und sagte dann: «Der Schah ist die personifizierte politische Umnebelung. Wir und das ganze Volk hassen ihn, weil er sich zum Werkzeug jener machen ließ, die unser Land und unser Volk auf die schändlichste Weise aussaugen bis aufs Blut. Wir hassen ihn, weil er willenlos war und nicht genügend Kraft hatte, sich selbst und sein Land gegen die Vampire des Imperialismus zu verteidigen. Wir hassen ihn nicht als Person, sondern als jenen, der im Vordergrund dieses teuflische System repräsentiert. Seine Einsicht ist zu spät gekommen, dieser Unglückselige stürzt uns selbst dadurch ins Verderben. Wir hassen ihn, weil er das Glück unseres Volkes einigen wenigen Blutsaugern geopfert hat, die nun nichts anderes im Sinn haben, als dieses Land zu zerstören, wie sie schon viele Länder und Völker zerstört haben und zerstören werden ...»

«Nein, nein, nein, nein!» rief Baxter aufgebracht und sprang auf. «Ich höre mir das nicht mehr länger an, Jenny. Wie kannst du einfach dasitzen und dir anhören, wie unser Land in den Dreck gezogen wird. Die Vereinigten Staaten mögen viele Fehler haben», wandte sich Baxter wütend an Meshedi, «ja, ich gebe zu, daß wir vieles falsch gemacht haben. Aber wir haben immer und überall mit gutem Glauben und reinen Gewissens für die Freiheit gekämpft, wir haben auch Ihr Land vor dem Kommunismus bewahrt. Glauben Sie im Ernst, daß es Ihrem Volk heute besser ginge, wenn Iran eine Sowjetrepublik Iranistan wäre? Glauben Sie das im Ernst, Mister Meshedi?»

«Setzen Sie sich wieder, Mister Baxter!» sagte Meshedi ruhig, «setzen Sie sich wieder. Ich werde versuchen, mich verständlicher auszudrücken. Ich sagte doch, Sie sollten mir zuhören!»

Baxter setzte sich verkrampft wieder hin.

«Hör ihn dir doch an!» wiederholte Jenny.

Und Meshedi fuhr mit monotoner Stimme fort, als hätte es keine Unterbrechung gegeben: «Ich will Sie nicht allzulange mit unserer Geschichte langweilen. Sie würden ohnedies argumentieren, sie sei zu subjektiv und würde die Verdienste Ihres Landes um unsere ... äh ... Freiheit vernachlässigen. Aber lassen Sie mich wenigstens einige wenige Korrekturen anbringen. Dieses Land, Mister Baxter, war jahrhundertelang nichts als ein kleines Korn, das ständig zwischen den großen Mühlsteinen England und Rußland zerrieben wurde, bis diese beiden Mächte zunächst ihre Gegensätze durch Aufteilung Persiens lösten. Damals hatte man in unserem Land noch kein Öl gefunden, und England schien es wichtiger, den Zaren für das anglo-französische Bündnis gegen Deutschland zu gewinnen. Als man aber in unserem

Land 1908 die bis dahin reichsten Ölfelder der Erde entdeckte, war das Grund genug für London, seine langfristigen Pläne etwas zu verändern. Damals schon haben sich die Fronten zu verschieben begonnen, die Mühlsteine auf unserem Land bekamen andere Namen, die Ihre Geschichtsbücher vielleicht verschweigen. Sehen Sie, Mister Baxter, eines der Kriegsziele Englands im Ersten Weltkrieg war die Schaffung einer Ölrepublik, die bis weit über Bescht und Kabu in das einstige Rußland reichen sollte. Tatsächlich wäre die ungeheure Produktionskraft von Groznij, Baku, Transkaspien zusammen mit dem Ölreichtum unseres Landes eine Goldgrube für England und alle mit ihm verbündeten Kapitalinteressen gewesen. Dank großzügiger amerikanischer Hilfe gelang es allerdings 1921 der Roten Armee, die Engländer zurückzujagen, und Iran schloß damals als erster Staat der Welt einen Freundschafts- und Unterstützungsvertrag mit Moskau. Das war später von großer Bedeutung, ja, Mister Baxter, später, als Ihr Land die Engländer endgültig aus dem Rennen warf, nicht nur hier in Iran, im gesamten Mittleren Osten. Aber das wissen Sie ja, nicht wahr? Daß damals der Iran unter Reza Khan erstmals dank sowjetischer Rückenstärkung wirklich souverän wurde und die Anglo-Persian Oil an die Kandare nahm, war nur ein Zwischenspiel. Und es hatte, wie jede Medaille, zwei sehr verschiedene Seiten . . .»

Groulle, der Franzose, der bisher schweigend an seiner Zigarre herumgekaut hatte, unterbrach Meshedi: «Vielleicht sollte man das Verfahren etwas abkürzen, meinen Sie nicht, Mister Baxter?» sagte er und wandte sich an den Ayatollah: «Namen wie Großbritannien, Amerika, könnten vielleicht Verwirrung stiften, wenn es um die aktuellen Ereignisse geht, nicht wahr? Es wäre unfair, diese Völker mit den Verantwortlichen in einen Topf zu werfen. Vielleicht sollte man die Dinge gleich beim Namen nennen, British Petroleum, Royal Dutch, Shell, Standard Oil, Exxon, Rothschild, Rockefeller . . .»

«Sie haben recht, Monsieur Groulle!» Meshedi nickte und fuhr fort, in seiner gelangweilten Art, und Baxter hörte weiter zu, zunehmend zwiespältig und ratlos darüber, worauf Meshedi eigentlich hinauswollte. «Seit mehr als hundert Jahren, Mister Baxter, als man in Ihrem Land, in Pennsylvania, die erste Ölbohrung niederbrachte, bedeutet Erdöl nicht nur Leben, und das, was Sie unter Fortschritt verstehen, es bedeutet vor allem Macht. Und ich behaupte, daß die bisherigen Weltkriege zu einem großen Teil des Erdöls und der damit verbundenen Macht wegen geführt wurden. Das ist die ungeschriebene, die verschwiegene Geschichte dieses zu Ende gehenden Jahrhunderts. Und man muß diese Geschichte kennen, um das zu verstehen, was sich heute auf dieser Welt ereignet. Heute, da wenige Männer über den gesamten Globus herrschen, da die sichtbaren Machthaber nur Strohmänner sind, die jene Entscheidungen ausführen, die in den Vorstandsetagen einiger weniger Hochhäuser getroffen werden. Von Menschen, die schon längst über Jahrzehnte hinweg geplant haben und die heute dabei sind, die letzten Störfaktoren, die einen ungehinderten Ablauf der von ihnen gewollten politischen und wirtschaftlichen Prozesse entgegenstehen, zu beseitigen. Sehen Sie, Mister Baxter, um die Jahrhundertwende vereinigte schon einer jener Rockefeller diese ganze Macht nahezu unangefochten in seinen Händen. Seine Nachfolger sind nun dabei, unser Land zu zerstören. Und dann kamen die Rothschilds, mit deren Kapital die Brüder Nobel gemeinsam mit dem Gründer der Shell, Marcus Samuel, mit russischem Öl das Rockefellersche Monopol auf dem Weltmarkt durchbrachen und Rockefellers Standard Oil schließlich vor allem von der beherrschenden Stellung auf dem deutschen Markt verdrängten. Damals begann jener erbitterte Wettlauf um die Macht, der bis heute andauert. Später stieß zu diesem Konkurrenzkampf auch noch die Anglo-Persian, heute bekannt als British Petroleum, die zwar von allem

Anfang an in staatlichem Mehrheitsbesitz war, an der aber noch heute die Rothschilds über einen der gigantischsten multinationalen Konzerne, die Rio Tinto Zinc, mit einem erheblichen Aktienkapital beteiligt sind. Der Erste Weltkrieg mag aus verschiedenen Gründen ausgebrochen sein, aber am Ende, je mehr er sich ausdehnte, wurde er zu einem Kampf um das Öl, ohne das niemand den Krieg gewinnen konnte. Deutschland hatte den Krieg verloren, weil ihm jeder Tropfen Öl fehlte, und für Rockefeller, dessen Standard Oil achtzig Prozent des von den Alliierten benötigten Öls lieferte, brachte der Krieg die beherrschende Stellung zurück. Vor der Revolution hatte Rußland die USA als größter Erdölförderer der Welt überholt. Das Chaos und die Zerstörungen im Verlauf des Bürgerkrieges, in dem vor allem Rockefellers First National City Bank die Bolschewisten unterstützte, schalteten diese Konkurrenz für die Standard Oil für viele Jahre aus, bis schließlich eine Tochtergesellschaft, die Vacuum Oil Compagny, sowjetisches Öl in Europa verkaufte und die Standard Oil of New York den Sowjets sogar die erste Raffinierie baute. Rockefellers Chase National Bank, die heutige Chase Manhattan, gründete schließlich 1922 die sowjetisch-amerikanische Handelskammer. Sehen Sie die Zusammenhänge, Mister Baxter, die Parallelen zu dem, was heute in unserem Land passiert?
Sehen Sie, Mister Baxter, es war immer dasselbe Problem: Zuviel Konkurrenz, zuviel Öl, zu niedrige Preise, das mußte verhindert werden. Die Mächtigsten, die wirklich Mächtigen dieser Zeit, einigten sich darauf, die Macht zu teilen, zu Rockefellers Konditionen allerdings, soweit es um das Öl ging, denn ihre Macht beschränkte sich längst nicht mehr nur auf diese eine Dimension. Allerdings muß man zugeben, daß dieses Arrangement damals alle zufriedenstellte, wenn auch zu dieser Zeit die Grundlagen für jenen phantastischen Raubzug gelegt wurden, der nach dem Zweiten Weltkrieg begann.»

«Und das wäre?» sagte Baxter.
«Da ein ausschließliches Monopol nicht mehr reibungslos funktionieren konnte, einigte man sich darauf, das Machtmittel Öl gemeinsam zu monopolisieren, Produktion und Verteilung gemeinsam zu kontrollieren und nach den Maßstäben des größtmöglichsten Profits zu koordinieren und darüber hinaus das damals schon teure amerikanische Öl zu schützen. Das heißt, daß zum Schutz des amerikanischen Ölpreises das Öl überall zu den im Golf von Mexiko geltenden Preisen gehandelt wurde, ein schamloser Mechanismus, um die Preise hochzuhalten: Da amerikanisches Öl immer teurer wurde und durch billiges persisches und venezolanisches Öl verdrängt zu werden drohte, kam man überein, beispielsweise billiges persisches Öl in Italien etwa zu einem Preis zu verkaufen, als sei es vom Golf von Mexiko nach Italien transportiert worden. Die Differenz steckten die Gesellschaften als willkommenen Profit ein. Im Prinzip hat sich daran bis heute nichts geändert, mit dem Unterschied, daß sich nach und nach und vor allem durch die Machtverschiebungen im Gefolge des Zweiten Weltkrieges der Anteil der amerikanischen Ölgesellschaften am billigen nichtamerikanischen Erdöl laufend erhöhte und Rockefellers Standard Oil, die heutige Exxon, Shell schon Ende der dreißiger Jahre international als größten Erdölproduzenten überholt hatte. Ich will nicht näher darauf eingehen, aus welchen Gründen sowohl die Exxon als auch die Texaco noch zu einer Zeit, da Hitler bereits den Zweiten Weltkrieg begonnen hatte, unter Umgehung des britischen Embargos Deutschland mit dem notwendigen Öl belieferten und sogar die Voraussetzung für die Erzeugung des hochoktanigen Flugzeugbenzins schufen. Sie wissen ja, Mister Baxter, wie dieser Krieg geendet hat und wer der eigentliche Sieger war. Ich will mich auf unser Land beschränken, schließlich waren wir so etwas wie die Brücke zum Sieg der Alliierten, nicht wahr? Ein Umstand, den zunächst die

Briten zu nützen verstanden, indem sie sich unser Land erneut mit der Sowjetunion teilten, Rezah Schah absetzten und den jungen Schah als Marionette einsetzten. Aber Churchill hatte seine Rechnung ohne die Amerikaner gemacht. Denn ihr damaliger Präsident Roosevelt hatte beschlossen, unser Land an den Wohltaten der Atlantik-Charta teilhaben zu lassen und Pacht-Leihhilfe zu leisten. Natürlich kam keine amerikanische Hilfe, die Amerikaner übernahmen lediglich die Nachrichtenagentur Pars, die Armee, die Polizei und die Regierung. Ihr Land, Mister Baxter, war dabei, die Nachfolge Großbritanniens als Schutzmacht des europäischen Kapitals, wenn auch unter ganz anderen Vorzeichen, anzutreten. Die wesentliche Entscheidung fiel auf Jalta, wo Stalin, Molotow, Roosevelt und sein Außenminister und Rockefeller-Mann Stettinus die Aufteilung der sogenannten Alten Welt in Interessensphären beschlossen und der Zuschlag der im sowjetischen Interessensbereich liegenden arabischen Halbinsel an die USA zur Ausbeutung der riesigen Ölvorkommen durch die amerikanischen Zugeständnisse an Moskau in Europa aufgewogen wurde. Natürlich gegen den energischen Widerstand Churchills. Es gab gewiß einige Versuche, diesen Tatbestand zu verändern, in Aserbeidschan und in Kurdistan sowie in Kushistan; angeblich waren es die Sowjets, die sich nicht an die Abkommen halten wollten, aber, wie Sie noch sehen werden, Mister Baxter, sind die Fronten in diesem Land immer sehr verschwommen: Es waren britische Truppen, die sich erneut genötigt fühlten, 1946 in den Iran zu kommen, um die Interessen des Empire zu schützen.»

«Schließlich war es noch allemal die BP, die hier die Ölproduktion kontrollierte, und nicht Exxon, Mobil oder Texaco!» warf Baxter ein.

«Ja», sagte Meshedi, «noch war es die BP, aber nicht mehr lange. Hier wurde dann etwas praktiziert, was in den vergangenen Jahrzehnten Mode geworden ist: Die

Verstaatlichung, die sich angeblich gegen ausländische Interessen richtet!»

«Sie wollen doch nicht behaupten, daß wir mit der Verstaatlichung durch Mossadegh etwas zu tun hatten?» rief Baxter aufgebracht.

«Warum nicht, Mister Baxter, warum nicht? Dieser Vorgang mit den richtigen Leuten an der richtigen Stelle hat sich als vorzügliche Methode zur Enteignung der Konkurrenz erwiesen. Denken Sie nur an manche rohstoffreiche Staaten in Afrika. Aber wir wollen zu einem Ende kommen, nicht wahr? Sie werden sogleich einige verblüffende Parallelen entdecken. Mossadegh, der immer wieder als Agent Stalins bezeichnet wird, hatte schon 1944 jenes Gesetz in dem von den Freunden Ihres Landes durchsetzten Parlament gegen die Anglo-Iranian durchgebracht, das alle Ölverhandlungen dem Parlament vorbehielt. Sie dürfen nicht aus den Augen verlieren, daß die politische und diplomatische Kontrolle über Iran seit 1942 amerikanisch war! Dann ging es Schlag auf Schlag: 1948 setzte Mossadegh die Gründung der National Iranian Oil durch, die selbst Öl zu fördern begann. Und dann begannen die Fedayan-i-Islam alle jene zu ermorden, die sich Mossadeghs antibritischer Politik widersetzten. Sie wurden von einem Mann namens Kaschani geführt, den die Engländer nach Palästina abgeschoben hatten und der nach seiner Rückkehr die Mudjahedin, die Freiwilligen des Islam, um sich scharte und den religiösen Fanatismus schürte, der nichts mit unserer Religion zu tun hatte. Kommt Ihnen das nicht bekannt vor, Mister Baxter? Erkennen Sie die Namen wieder? Mit Hilfe der Fadayans und der Mudjahedins wurde Mossadegh Premierminister, und 1951 war die Verstaatlichung der britischen Ölgesellschaft perfekt. Nun geben Sie acht, Mister Baxter: Ausgerechnet Kashani, der schließlich Parlamentspräsident geworden war, hatte, als alles vorbei war, Mossadegh fallen lassen und wesentlich dazu beigetragen, daß der CIA-Coup schließlich zur Wiedereinsetzung des Schah so reibungslos funktioniert hatte. Man sagt heute, der Hauptgrund wäre gewesen, daß Mossadegh zu enge Kontakte mit Moskau geknüpft hatte. Gewiß hatte Moskau damals eine wichtige Rolle gespielt: Der energische Hinweis der Sowjetunion auf den Freundschaftsvertrag von 1921 und der amerikanische Druck machten es London unmöglich, militärisch einzugreifen, um seine Interessen zu schützen. Nun, Mister Baxter, am Ende war es Kashani, der gegen den eindeutigen Willen des Volkes mit seinen Fedayahs Massendemonstrationen gegen Mossadegh und für den Schah veranstaltete, als dieser erklärte, sein Heil im Ausland suchen zu wollen. Und als der Schah schließlich doch flüchtete, war es Kashani, der den CIA-Agenten und Schah-Freund General Zahedi an Mossadeghs Stelle zum Premierminister machte. Sie kennen den General sicherlich von seinen Partys in Washington, nicht wahr, Mister Baxter? Mossadegh wurde sehr milde verurteilt. Er hatte gute Dienste geleistet. Und unser Erdöl durfte nun ein Konsortium ausbeuten, an dem neben der BP nun auch die amerikanische Gulf Oil, die Socony-Vacuum, die Standard Oil of New Jersey, die Standard Oil of California, die Texas Company und um des lieben Friedens willen auch die Compagnie Française des Pétroles und Royal Dutch-Shell ihre Anteile hatten.»

«Und der Schah hat dann später die gesamte Ölwirtschaft verstaatlicht und die Ölpreise erhöht, um seinen amerikanischen Freunden einen Gefallen zu tun, wie?» versuchte Baxter zynisch zu sein.

«Ich glaube», sagte Meshedi, «nun sollte Monsieur Groulle fortfahren!»

«Was haben Sie damit zu tun?» fragte Baxter gereizt.

«Nun», gab Groulle zurück, «sagen wir, ich übe hier in gewisser Hinsicht eine . . . ja, eine beratende Funktion aus. Gewisse Kreise haben Interesse daran, die Entwicklung hier nicht ganz außer Kontrolle geraten zu lassen.»

«Ausgerechnet Sie!» sagte Baxter gereizt. «Und was wollen Sie kontrollieren?»
«Na, Mister Baxter, manche Leute glauben, daß die Welt ihnen gehört. Es gibt da eine ganze Menge Umschreibungen, die diesen Anspruch beschönigen, verschleiern, nicht war? Interdependenz zum Beispiel. Internationalisierung. Das ist nicht umsonst ein Begriff, mit dem die Leute von der Exxon oder von der Chase Manhattan mit Vorliebe operieren. One World, das hat gewiß einen guten Klang. Wen wundert es, daß sich ausgerechnet die großen Ölkonzerne seit jeher als eine Art Vorläufer einer Weltregierung verstanden, in der natürlich alles nach ihrem Sinn geregelt ist. Und das, Mister Baxter, was im Augenblick hier passiert, ist so eine ... eine Art von Regelung, der große Coup, nachdem es 1973 nicht ganz geklappt hat!»
«Sie meinen, weil gerade Ihr Land, dessen Interessen Sie offensichtlich hier auf merkwürdige Art und Weise vertreten, ganz in seiner nationalistischen, chauvinistischen, egoistischen und ...»
«Nennen Sie das, wie Sie wollen!» fuhr Groulle ungerührt fort. «Entschuldigen Sie, wir sind vom Thema etwas abgekommen. Ich war bei diesem Trick mit der Verstaatlichung, nicht wahr? Durch den Trick mit der sogenannten Politik der offenen Tür und später durch die Suezkrise hatten die amerikanischen Konzerne praktisch das Ölgeschäft im Nahen Osten unter ihre Kontrolle bekommen. Sie glauben, Nationen vergessen das so leicht. Nein, Mister Baxter, die Franzosen haben es den USA nie verziehen, daß sie aus Saudi-Arabien ausgesperrt wurden, und sie werden das und vieles andere nie verzeihen. Glauben Sie mir. Algerien, Nigeria, Sie erinnern sich doch an den Biafra-Krieg? Jedenfalls haben sie es auch geschafft, sich in Persien einzunisten. Das, was der BP, der Compagnie des Pétroles und der Royal Dutch damals aufgezwungen wurde, war unakzeptabel. Nicht nur in Iran, auch in den anderen Förderländern,

wo die eine oder andere europäische Gesellschaft beteiligt war. Die Feinheit dieses Systems lag darin, daß die Produktion an der in Iran am wenigsten fördernden Gesellschaft ausgerichtet war. Und das war Rockefellers Exxon. Und die wollte immer weniger, da sie in Saudi-Arabien genug Öl hatte. Und zuviel Öl, um Himmels willen, konnte ja die Preise verderben. Aber es ist verständlich, daß die anderen nicht allzugroßes Verständnis dafür aufbrachten, nicht wahr? Und eine Weltregierung, die verbieten konnte, was den Leuten in der oberen Etage des Rockefeller-Centers nicht paßte, gab es noch nicht. So kam es, daß eine Menge Einzelgänger wie Gulbenkian, Hammer mit seiner Occidental oder Getty an dem sich abzeichnenden großen Geschäft mitzunaschen begannen, und vor allem waren die Europäer der Meinung, daß ein wenig Unabhängigkeit in der Ölversorgung nicht schaden könnte. Und diese taten alles, um die Produktion zu steigern. Da war der Italiener Mattei, der mit der AGIP begonnen hatte, den Ring der großen Schwestern zu durchbrechen und sich das Öl in der Sowjetunion holte. Das hatten wir ja schon einmal, wie? Sie wissen ja, was mit Mattei geschehen ist, als er mit Exxon verhandeln wollte. Sein Flugzeug stürzte erstaunlicherweise ab, als er sich entschlossen hatte, nach Washington zu fliegen. Und die Franzosen, denen durch die Beteiligung der CPF am Iran-Konsortium das Leben schwer gemacht wurde, naschten schließlich doch mit der «Erap» mit. Schlimmer noch: Frankreich machte sich in Afrika breit, förderte Öl in Algerien, in Nigeria, das CFP-Schild «Total» wurde zu einem roten Tuch für die Freunde von drüben. Dazu kam dann schließlich noch Libyen, das von vornherein mit den großen Gesellschaften nichts zu tun haben wollte: Aus Afrika floß nun reichlich Öl nach Europa, die Amerikaner bekamen es mit der Schwemmenangst zu tun, der Preis war in Gefahr geraten, nicht mehr zu kontrollieren, und auf den amerikanischen Markt konnten sie auch nicht in dem

Maße ausweichen, wie sie es gerne gehabt hätten: Noch gab es in Washington Leute, die der Meinung waren, die heimischen Produzenten wären durchaus imstande, den Bedarf mit texanischem Öl zu decken. Das war alles zutiefst sündhaft. Das war beinharter Konkurrenzkampf, Mister Baxter. Und das hatte schon der alte John D. Rockefeller gesagt, daß das Sünde sei. Also mußte etwas getan werden. Mußte eine Krise her. Mußte man ein bißchen internationalisieren, nicht wahr?»
«So einfach ist das?» konnte sich Baxter den zynischen Einwand nicht verkneifen.
«Keineswegs. So einfach läßt sich das eben nicht bewerkstelligen. Aber Sie dürfen nicht vergessen, was für Leute da am Werk waren: Männer, die Institutionen regierten, die Nationalregierungen schon längst zu hoffnungslos unterlegenen Tölpeln degradiert hatten, die über mehr Kapital verfügten als die meisten Staaten, deren Reiche nicht nur die Weltkriege und zahlreiche Revolutionen unbeschadet überstanden hatten, sondern vielmehr noch gestärkt daraus hervorgegangen waren; für die Menschen, Völker, Regierungen im Grunde genommen nur mehr Schachfiguren waren, lästige, hinderliche zuweilen, lästig wie die Grenzen, nicht mehr.»
«Du lieber Himmel!» rief Baxter aus. «Das gehört doch längst der Vergangenheit an! Sie tun so, als ob es keine OPEC gäbe, als ob . . .»
«Gerade darauf wollte ich eben hinaus. Ich sagte, so einfach war das wirklich nicht. Aber Sie werden sogleich sehen, wie vorausschauend, wie raffiniert, ja wie faszinierend raffiniert die Doppelstrategie war, die in dieser Situation angewandt wurde. Ende der fünfziger Jahre hatten sie überall genau jene Leute sitzen, die sie brauchten: In Saudi-Arabien den Ölberater Abdullah Tariki, der an der Universität von Texas studiert und längere Zeit für die Texaco gearbeitet hatte. Er wurde 1962 von Scheich Yamani abgelöst, der an der Universität von New York und in Harvard studiert hatte und Di-

rektor der Aramco, der vier in Saudi-Arabien tätigen Ölgesellschaften war. Im Irak war es Saadoun Hammadi, von der Universität in Wisconsin ausgebildet, im Iran, wo ohnedies ein loyaler Herrscher regierte, war es Amouzegar, der seinen Doktor an der Universität in Washington gemacht hatte. Und in Libyen wurde später, nach Ghadhafis Putsch, der Oberst wurde übrigens von Ihrem State Department unterstützt, falls Sie das interessiert, dort wurde Suleiman Maghrebi erster Ministerpräsident, Absolvent der George Washington University und früherer Anwalt bei Exxon!»
«Sie wollen doch damit nicht sagen, daß das alles indoktrinierte Strohmänner waren, bezahlte Agenten?»
«Indoktriniert sicher, Strohmänner, bewußte Strohmänner nicht alle. Aber alle taten genau das, was von ihnen erwartet wurde. Alle diese angeblich radikalen Araber bezogen ihre Munition aus den Vereinigten Staaten. Von der Universität von Chicago zum Beispiel ganz besonders, eine der führenden Ihres Landes, eine der teuersten und nicht von ungefähr symbolhaft in ihrer äußerlichen Ähnlichkeit mit Bauwerken wie dem Rockefeller Center oder Rockefellers Mall in Albany, dieser Universität hatte schon der alte John D. im Laufe seines Lebens mehr als 40 Millionen Dollar gestiftet. Ja, und von den Stiftungen. Dort wurde ihnen gesagt, was zu tun ist. Ein bemerkenswerter Umstand, der auch die gesamte Entkolonialisierung in Afrika begleitete, deren Strategie bis in allen Einzelheiten im Afrika-Programm der Rockefeller-Stiftung schon 1954 festgelegt worden war!»
«Aber all das, was passierte, das richtete sich doch vielfach gegen die Interessen der USA?»
«Das ist zweifellos eine interessante Frage, die sich in vielerlei Hinsicht stellt: Nicht wahr, warum gibt es Leute, die viel Geld und Aufwand opfern, um sich am Ende zu schaden? Gegen die Interessen der USA sicherlich. Auch gegen die Konkurrenten im Ölgeschäft. Um die Konkurrenz auszuschalten, um die Preise zu sichern,

um die Ölschwemme zu entschärfen, war es zweifellos der einfachste und am schwersten durchschaubare Weg, ein Kartell aus der Taufe zu heben, die Ölstaaten zu provozieren, sie zu reizen, zu zwingen, eine Gegenmacht zu bilden, die schließlich von selbst mit dem Konkurrenzkampf ein Ende machte, für alle die gleichen Bedingungen schuf, die Preise garantierte. Denn mehr konnten sie nicht tun, am Ende waren sie auf die Technologie, auf den Verteilungsapparat der großen Konzerne angewiesen, die Konzerne als Verteiler, das war der erste Schritt, die OPEC und ein großer internationaler Verteilungsapparat, ein erster Schritt zur Verwirklichung des Traumes von der Internationalisierung, von der internationalen Kontrolle der Energieverteilung. Das, Mister Baxter, war es, das wird jetzt ausgefochten, das geht nicht ohne Kämpfe ab. Weder auf unserer Seite, noch auf der Seite der Araber, die erst jetzt daraufgekommen sind, daß sie nur scheinbar die Gewinner waren und sind. Der Krieg von 1973 hat nicht den gewünschten Erfolg gebracht. Vielleicht nennen Sie es chauvinistisch und egoistisch, daß wir nicht bereit waren, uns von Kissinger vorschreiben zu lassen, wieviel Öl wir zu bekommen und wieviel wir dafür zu bezahlen haben. Wenn es nur das wäre! Wenn es nur um den Kampf um die Rohstoffe ginge, wir wären dabei nicht so wehrlos, da könnte man sich arrangieren. Aber es geht um viel mehr, Mister Baxter. Diesmal ist es nicht nur die Ölschwemme, nicht nur der Druck auf die Preise in Rotterdam, nicht nur die Absicht der Ölstaaten, den Preis zu senken und ihr Versuch, vom Dollar wegzukommen!»

Bei Gott, dachte Baxter, Groulle hatte natürlich recht gehabt, und Jenny hatte recht gehabt, und Shellberg hatte es gewußt und versucht, etwas dagegen zu tun, mit dem Erfolg, daß er nun im Rollstuhl herumfuhr, Angst hatte, mit seiner kümmerlichen Friedensorganisation sein Gewissen zu beruhigen versuchte. Er selbst war damals zutiefst gekränkt gewesen von den Ungeheuerlichkeiten, die Groulle ihm, dem Vertreter der Vereinigten Staaten von Amerika, dann noch im Zusammenhang mit den aktuellen Ereignissen im Iran eröffnet hatte. Dabei war das nicht alles gewesen, kaum die Hälfte von dem, was wirklich geschehen war, nur die halbe Wahrheit über die Neugestaltung des Nahen Ostens.

Er hatte während der Rückfahrt kein Wort mit Jenny gewechselt, hatte sie zutiefst gehaßt. Der Haß hatte ihm selbst gegolten, das wußte er heute. Aber heute war es zu spät.

Und dann, im Dezember, war er nach Washington gefahren, nachdem die Regierung hatte anfragen lassen, ob es nach Meinung der Botschaft ratsam sei, den Schah von Mexiko nach New York zu bringen, wo er operiert werden müsse, da in Mexiko die Spezialisten fehlten.

Er hatte Brzezinski und Carter davor gewarnt. «Wenn das passiert», hatte er gesagt, «dann geht dort unten alles drunter und drüber, dann sprengen sie die Botschaft in die Luft. Sie bringen alles um, was nur nach Amerika riecht.»

Sie hatten ihn doch nach New York geholt. Kissinger und David Rockefeller. Im Rockefeller-Center hatten sie eine ganze Etage für die «Operation Schah» adaptiert. Aber damals hatte er von der Rolle Rockefellers, Kissingers, der Trilateral Commission, des Council of Foreign Relations noch keine Ahnung gehabt, die Zusammenhänge nicht begriffen, nicht gewußt, daß bis zuletzt der ehemalige Außenminister William Rogers im Verwaltungsrat der Pahlevy Stiftung saß und was es zu bedeuten hatte, daß bei der Liquidierung dieser Stiftung das Vermögen praktisch zwischen David Rockefeller, Kissinger und der Chase Manhattan Bank aufgeteilt worden war. Eine Woche vor der Besetzung der amerikanischen Botschaft hatte er erfahren, daß Jenny tot war. Die revolutionären Horden hätten sie umgebracht, hatte man gesagt, vergewaltigt und umgebracht; damals hatte er es geglaubt, heute zweifelte er daran. Bei der CIA macht man mit Verrätern kurzen Prozeß. Die Sonne schien nicht mehr in sein Büro. Baxter stand auf und zog die Jalousien ganz hoch. Dann räumte er bedächtig und pedantisch seinen Schreibtisch aus, holte persönliche Dinge aus den Fächern seines Schrankes und packte sie in seine Tasche. Dann blickte er sich um, stützte sich schwer auf den Schreibtisch, schien zu zögern, gab sich schließlich einen Ruck.

Es hatte alles seine Ordnung, dachte er. Niemand würde sagen können, er hätte ungeordnete Verhältnisse hinterlassen.

Dann fuhr er nach Hause. Anny war nicht da, Gott sei Dank, dachte er, es hätte alles nur erschwert. Er holte die Pistole aus seiner Schreibtischlade, eine Walther, und lud sie durch. «Ich habe mich entschieden! Ich habe eine Entscheidung getroffen, Mister Shellberg!» sagte er leise. «Anders vielleicht, als Sie das gewünscht hätten. Aber wer konnte wissen, daß ausgerechnet David in Tokio aufkreuzt? Ich bin sicher, Mister Shellberg, daß Sie mir nicht nur das Rückgrat zerschossen hätten, irgendwann, in ein paar Tagen, in einer Woche vielleicht. Irgendwann kriegen Sie es heraus!»

Was ihm jetzt noch blieb, war, David ganz aufzuklären. Ihm die noch fehlenden Steine des Mosaiks zu liefern. So schrieb er also an seinen alten Studienfreund: «*Ich mußte diese Geschichte loswerden. Meine ganz persönliche Geschichte. Ich weiß, es ist die einfachste Lösung für mich. Aber ich schaffte es einfach nicht, ich schaffte es nicht, das zu tun, was ich hätte tun müssen: Offen hinzutreten, diese ganze Geschichte zu erzählen, zu sagen, was gesagt werden müßte. Ich weiß nicht, ob es Feigheit ist, vielleicht war ich mein ganzes Leben lang schizophren: In Vietnam, in Laos, in Teheran, und jetzt, in Tokio: Es war meine Rolle, es war dieser Ryan Baxter, der diese Rolle spielen mußte, der die Entscheidung, die diese andere Persönlichkeit getroffen hatte, einfach nicht treffen konnte. Ich mußte diese Geschichte loswerden, warum Jenny sterben mußte, warum das alles geschah. Bei Gott, ich weiß nicht alles. Natürlich ist es um dieses verdammte Öl gegangen, ist es um Macht gegangen. Aber auch Jenny, Meshedi und Groulle haben nicht alles gewußt. Ich habe, bevor ich nach Tokio gefahren bin, ein ausführliches Gespräch mit Shellberg geführt, Du weißt, wer das ist: Er war mein Vorgänger als Staatssekretär im Energieministerium. Du kennst auch die Geschichte, die zu seinem Rücktritt geführt hat. Er hatte damals eine Entscheidung zu treffen versucht, er hatte die Politik seiner eigenen Regierung öffentlich kritisiert, freilich ohne zu sagen, was hätte gesagt werden müssen. Vielleicht, weil ihm ohnedies niemand geglaubt hätte? Zwei Tage nach seinem Rücktritt hatte man ihm eine Kugel in den Rücken geschossen. Das war die Abrechnung, er ist nicht der erste, dem so etwas passiert ist, nicht wahr? Natürlich war das verdammte Öl der vordergründige Anlaß für die Ereignisse, die mit dem Sturz des Schah begonnen hatten, spielt aber im Endeffekt nur eine Nebenrolle bei allem, was darüber hinausgeht. Es besteht überhaupt kein Zweifel daran, daß die Revolution, daß der Sturz des Schah eine perfekt durchorganisierte Aktion der geheimen Dienste und der Regierung der Vereinigten Staaten war, wenn auch nicht alles so reibungslos abgelaufen ist. Das lag wohl daran, daß sich die Russen weigerten, die Rolle zu spielen, die sie aufgrund des Teilungsabkommens zwischen Ford und Leonid Breschnew von 1974 in Wladiwostock hätten übernehmen sollen, nämlich mit Hilfe der Tudeh-Partei und linksgerichteter Luftwaffenoffiziere und möglicherweise durch eigene Truppenentsendungen einen Anlaß dafür zu schaffen, daß sich die USA den Rest der Ölfelder des Persischen Golfs militärisch sichern konnten, so wie sie es seit Beginn der siebziger Jahre geplant hatten. Vermutlich hatten die Russen erkannt, ehe es zu spät war, daß das ihnen zugetriebene Persien ein Danaergeschenk sein würde, ein islamischer Zeitzünder, dazu gedacht, den aus 50 Millionen Moslems bestehenden weichen Unterbauch ihres Kolonialreiches aufzureißen. In der Tat gibt es zahlreiche Planspiele, die mit dem wiedererwachenden religiösen Fanatismus vor allem in der islamischen Welt als willkürlich manipulierbarem Faktor zur Aufsprengung herkömmlicher Strukturen kalkulierten; und sei es nur als Defensivmaßnahme gegen die von solchen Bewegungen ausgehende Störung der internationalen Ordnung. Kurzfristig freilich ging es um naheliegendere Dinge. Es hatte sich auf diesem Sektor eine ganze Menge Explosionsstoff angesammelt, der für die Amerikaner tödlich zu werden drohte, wobei die Tatsache, daß es zu diesem Zeitpunkt, genaugenommen seit 1975, eine immer stärker auf die Preise drückende Ölschwemme gab noch eine geringfügige Rolle spielte. Mehr noch: Neue Ölfunde in Saudi-Arabien, die Entdeckung gigantischer Ölreserven in Mexiko (Du weißt, welche Methoden man 1977 angewandt hat, um die Mexikaner – Gott sei Dank vergeblich – auf Vordermann zu bringen; der Präsident hatte Carter glatt hinausgeschmissen), die Erkenntnis der Weltbank, daß fast die Hälfte der potentiellen Ölfelder der Welt sich noch unberührt in vielen Entwicklungsländern befinden, drohte dem Märchen der seit 1973 mit immer gigantischeren Gewinnen davonziehenden Ölkonzernen von der bevorstehenden Energiekatastrophe ein Ende zu machen. Aber die unmittelbaren Gefahren lagen woanders: Der Schah, der sich endlich dazu entschlossen hatte, eine unabhängige Politik zu betreiben, freundschaftliche Beziehungen zur Sowjetunion anknüpfte und nicht bereit war, das Spiel mit der Gefahr für den Golf aus dem Norden weiter mitzumachen. Darüber hinaus war er dabei, sich von dem ihm von Rockefeller und der CIA aufgezwungenen Wahnsinnsgeschäft zu lösen, die durch den Verkauf des Erdöls gewonnenen Dollar-Milliarden nicht mehr durch sinnlose Waffengeschäfte zu verpulvern, mehr noch: Er investierte in zunehmendem Ausmaß in Europa, in der Bundesrepublik Deutschland, in Frankreich. Das taten übrigens allmählich auch die übrigen Golfstaaten, die es satt hatten, ihre inflationierten Dollarpapierberge wachsen zu sehen. In Europa hatten sich Bonn und Paris und die anderen nach langem Zögern endlich über die Europäische Währungsunion auf eine europäische Währungseinheit geeinigt. Innerhalb der OPEC hatte man begonnen, sich ernsthaft mit einer Bindung des Ölpreises an einen Währungskorb zu beschäftigen, für den in erster Linie D-Mark, Franc und Yen in Frage gekommen wären. Die Europäer hatten nach 1974 darüber hinaus mehr denn je versucht, sich ihre eigene Ölversorgung zu sichern und die Konzerne zu umgehen, die hier, nicht in Amerika, ihre größten Gewinne machten. Was in unserer Diktion so viel bedeutete, daß die Europäer und die Japaner versuchten, ihre Förderposition im Nahen Osten, und vor allem in Saudi-Arabien zum Schaden der Vereinigten Staaten auszubauen. Wieder einmal galt es, das amerikanische Öl am Persischen Golf vor der europäischen Konkurrenz zu schützen. Das ganze System drohte zusammenzubrechen: Die Europäer waren dabei auszubrechen, die Abhängigkeit vom Dollar zu lösen, über den sie ausgesaugt wurden, der nur mehr durch die Bereitschaft der Araber aufrechterhalten wurde, ihr Öl gegen den Dollar zu verkaufen. Dieses ganze ausgeklügelte System, das die ganze Welt dazu zwang, über den hohen Weltmarktpreis die in den Augen unserer Freunde und unserer Feinde als unverantwortliche Verschwendung nicht zu Unrecht angeprangerte Prasserei mit fremdem Öl zu finanzieren und darüber hinaus über den Weltwährungsfonds, der von denselben Privatbanken kontrolliert wird, die unsere Dollars drucken, ihr Geld und ihre Dollarreserven in Sonderziehungsrechte umzuwandeln, die in Wirklichkeit nicht mehr wert sind als getrockneter Kamelmist. Und das in einer Situation, in der Rockefellers Chase Manhattan Bank wie Hunderte an-*

dere amerikanische Banken auf der Problemliste der noch relativ unabhängigen Aufsichtsbehörde standen. Ich glaube, David, Du weißt, wie das System funktioniert. Das sind unsere ‹nationalen Interessen›! Es sind nicht die Interessen der Bürger der Vereinigten Staaten, wie ihnen eingeredet werden soll. Sie soll es, wenn der Ballon platzt, genauso treffen wie alle anderen. Wie vor dem Zweiten Weltkrieg, als uns die absichtlich herbeigeführte Depression so schwer getroffen hatte, wie sonst nur die Deutschen und die Amerikaner die Quittung bekommen hatten für ihre Borniertheit. Nicht genug damit, unser Volk mußte auch noch in einen Weltkrieg, bis es seine Lektion einigermaßen gelernt hatte und ein Zustand erreicht war auf der Erde, den die klarsten Köpfe der Hochfinanz schon nach dem ersten Durchgang erstrebten, nur daß man damals, wenn es geklappt hätte, auch mit der jungen Sowjetunion leichter fertig geworden wäre. Du erinnerst Dich gewiß, wie die Exxon 1973 sich mit den Leuten vom Pentagon arrangiert hatte, die amerikanische Marine boykottierte und der einzige, der nicht wußte, was mit ihm geschah, Admiral Olles war, der damals die Verantwortung für den strategischen Ölnachschub getragen hat. Auch die steigenden Einfuhren, die Überschwemmung unseres Landes mit dem über die Steuergelder unserer Bürger preisgeschützten und für die Multis tatsächlich seit damals billigen Öl hatte einen Sinn. Die heimische Produktion wurde dadurch stillgelegt. Hunderte heimische Ölförderer kamen ins Schlittern. So schaltet man die Konkurrenz aus. Unter Carter ging man dann zum Angriff über, um auch die inneramerikanische Ölproduktion endlich in den Griff zu bekommen, durch höhere Steuern, die, angeblich gegen die großen Konzerne gerichtet, nur die heimischen Produzenten treffen sollten, weil die Großen nach wie vor ihre im Ausland entrichteten Steuern mit dem Geld unserer Steuerzahler finanziert bekamen. All das war in Gefahr. Europäer, Perser, selbst die Saudis, die sich nach der

Ermordung König Feisals einige Zeit gefügt hatten, begannen, sich mit Gold abzusichern. Wäre das alles durchgegangen, unsere Pfeffersäcke wären auf ihrem Schwindelpapier sitzengeblieben. Also mußte etwas passieren. Du erinnerst Dich, daß kaum nachdem sich der Schah 1977 in Caracas geweigert hatte, die neuerliche Ölpreiserhöhung mitzumachen, die Unruhen in den iranischen Universitäten begonnen hatten. Mein Gott, ich habe das ja selbst erlebt, am Ende, als plötzlich General Robert Huyser in Teheran aufkreuzte, ohne daß wir von der Botschaft etwas davon wußten. Er wurde nicht von Carter geschickt, wie es später hieß. Ich zweifle daran, daß Carter überhaupt wußte, was ihm geschah. Die Fäden in der ganzen Irangeschichte hatte Zbignew Brzezinski in der Hand, ohne daß Außenminister Vance etwas gewußt hatte. Dir ist ja wohl bekannt, daß die Rockefeller-Zöglinge Kissinger und Brzezinski lediglich die Plätze getauscht hatten, als Carter Präsident geworden war. Brzezinski wurde Sicherheitsberater, Kissinger nahm Brzezinskis Job als Vorsitzender der Trilateral Commission ein. Himmel, David! Wir hatten dieses Land völlig unter Kontrolle. Wir kontrollierten die SAVAK, und wir kontrollierten das Militär. Ich weiß noch, wie Jenny – ich hatte sie seit dem Vorfall bei Meshedi kaum mehr gesehen – im August 1978 plötzlich bei mir aufkreuzte und sagte: ‹Was auch immer geschehen ist, Ryan, der Spuk ist bald vorbei. Chrosrodad, du kennst ihn ja, der Fallschirmjägerkommandant, Rabii von der Luftwaffe und der Chef der Landtruppen, Oweissi, werden dieser Sache bald ein Ende machen!›
Wie hatte sie sich doch getäuscht. Als es soweit war, schickte Brzezinski ausgerechnet Huyser, den Kommandanten der amerikanischen NATO-Truppen in Europa, in den Iran, den Stellvertreter von General Haig. Na, beide sind übrigens eng mit Rockys Council of Foreign Relations verbunden. Huyser hatte die Anweisung, die Botschaft zu meiden. Kein Wunder. Er war dazu da, die

Revolution zu retten. Brzezinski hatte sich abgesichert. Ausgerechnet von George W. Ball, einem jener Typen, die immer wieder die Ablösung der US-Regierung durch eine internationale Weltorganisation befürworten, weil die Weigerung der anachronistischen Nationalstaaten, ihre Souveränität zugunsten internationaler Organisationen wie der Rockefellerschen Trilateral Commission abzutreten und damit den multinationalen Unternehmungen größere Bewegungsfreiheit einzuräumen, ausgerechnet von diesem Ball, der von Iran und vom Nahen Osten soviel Ahnung hatte, wie von den Marsmenschen, ließ er sich eine Studie anfertigen, in der wissenschaftlich erklärt wurde, daß der Schah keinerlei Chancen habe, zu überleben. Na, Huyser sorgte dafür, daß das auch stimmte. Er machte Chrosrodad klar, daß die Amerikaner sofort jede militärische Lieferung einstellen würden, wenn er seine Pläne verwirklichen würde. Den Schah hätte fast der Schlag getroffen, als er erfahren hatte, daß Huyser mit Bazargan in engster Verbindung stand, um dessen Machtübernahme nach Shapur Bakhtiar vorzubereiten. Es war kein Zufall, daß dann ausgerechnet die in den USA ausgebildeten Luftwaffenoffiziere als erste zu den Revolutionären überliefen. Währenddessen wurde Chomeini in Paris von unseren Leuten auf dem laufenden gehalten. Zum Schluß hat Huyser den Schah schlicht und einfach aus dem Land verwiesen. Wir sind alle blind gewesen. Dabei hätte man nur die New York Times vom 22. Januar 1979 lesen müssen, um zu erfahren, worum es damals gegangen war: Sollte eine vom Ayatollah geführte islamische Regierung das übertriebene Industralisierungsprogramm aufgeben, wäre es nicht mehr nötig, die bisherige volle Produktionskapazität der iranischen Ölfelder aufrechtzuerhalten, wie es der Schah tat, um das nötige Geld für seine Auslandsschulden zu beschaffen. Sollte der Iran seine Ölproduktion kürzen, würde die gegenwärtige Ölschwemme in der Welt früher als angenommen been-

det werden, womit der Organisation der Erdöl exportierenden Länder die Aufzwingung höherer Preise leichter gemacht würde . . .
Das, mein lieber Freund, ist ein Teil des Geheimnisses. Die Welt hat sich immer gefragt, warum Washington die vielen Chancen, die durch seine eigenen Reserven gegeben waren, nicht genutzt hat, um das angebliche Ölkartell der OPEC zu zerschlagen. Das ist ein Teil der Antwort auf diese Frage. Niemand hatte mehr Interesse an der OPEC, solange sie funktionierte, als Exxon und die Chase Manhattan, die über das Öl und die kompensierenden Waffengeschäfte am meisten davon profitierten. Solange das Kartell spurte. Es hatte damals keine Ölknappheit gegeben, als das iranische Öl ausgefallen war. Die Mangelsituation in den USA war künstlich herbeigeführt worden, um den Senat endlich dazu zu bringen, dem Energieprogramm Carters zuzustimmen, das in seiner letzten Konsequenz nichts anderes gewesen wäre, als die totale staatliche Kontrolle über das gesamte Energiewesen. Konkurrenz ist eben Sünde, nicht wahr? Zu dieser Zeit, als sich bei uns die Autofahrer an den Tankstellen um ein paar Tropfen Benzin prügelten, lagerten in den USA 259,6 Millionen Barrel im Ausland geförderten Öls, zwölf Millionen mehr als in dem völlig krisenfreien Jahr 1977.
Du weißt, wie die Sache weitergegangen ist. Unsere tüchtigen Planer hatten weder mit der Zurückhaltung der Russen noch damit gerechnet, daß auch die Franzosen längst ihre Hand im Spiel hatten. Alles schien umsonst gewesen zu sein. Der revolutionierte Iran setzte seine enge Kooperation mit Westeuropa und Japan ungehindert fort. Die Sowjetunion griff nicht ein, der Coup in Saudi-Arabien schlug fehl, nachdem Riad von europäischen Geheimdiensten davor gewarnt worden war, daß über den Standortkommandant des Hejaz-Gebietes ein Aufstand provoziert werden sollte. Es waren keine wilden Revoluzzer, die die Kaaba in Mekka gestürmt hat-

ten. Said al-Hassan, der stellvertretende Kommandant der Region Taif war es gewesen, der den Imam der Kaaba aufgefordert hatte, eine Unabhängigkeitserklärung für das Hejaz-Gebiet zu verlesen. Als sich der Imam geweigert hatte, wurde er erschossen. Allerdings hatten weder Hassan noch die 3000 Mann, die die Kaaba umstellt hatten, damit gerechnet, daß Riad darauf vorbereitet war. Der große Coup schien vergeblich gewesen zu sein, trotz der verminderten iranischen Ölproduktion schien sich eine neuerliche Ölschwemme anzubahnen, der Krieg, den sie so nötig hatten, schien nicht ausbrechen zu wollen. Den Europäern schien am Ende nur geringfügiger Schaden zugefügt worden zu sein, wenn sie auch die einzigen waren, die von den Ereignissen in Iran wirklich betroffen waren (nicht zuletzt durch die Pfändung iranischen Vermögens in Europa).

Ich sagte vorhin, es ging nicht nur um das Öl, über alles andere werden Dir die Tonbänder, die mein Gespräch mit Shellberg enthalten, genügend Auskunft geben. Jedenfalls mußte etwas geschehen, der Brand durfte nicht verlöschen. Also starteten sie zwei Aktionen, um das Feuer zu schüren. Luis Duprix, einer der ausgekochtesten Schweinehunde von der Agency, startete gemeinsam mit den Chinesen eine lange vorbereitete Aktion in Afghanistan. Sie brachten diesen Idioten von Amin tatsächlich dazu, über die Vereinten Nationen in New York Verbindung mit Washington aufzunehmen und uns mehr oder weniger sein Land als Stützpunkt anzubieten, während einige Leute in bester Psychokriegsmanier begannen, die sowjetischen Berater abzumurksen. In Washington wußte man Wochen vor dem Einmarsch der Russen im Dezember 1979, daß die Russen endlich angreifen würden. Manche Leute haben sich gewundert, warum man sie nicht gewarnt hat, warum man damals nicht den heißen Draht benützt hatte. So war es nicht geplant, sie sollten in die Falle laufen. Wenn nicht Iran, dann Afghanistan.

Dann kam die Geiselnahme in Teheran. Ich bin zwei Wochen vorher abgereist. Ich werde ganz trocken die Fakten aufzählen, ohne zu interpretieren, das erübrigt sich. Es erübrigt sich jeder Kommentar, wenn man die Rolle und die Interessen David Rockefellers und seines Agenten Kissinger aus der ganzen tragischen Geschichte seit dem Oktoberkrieg 1973 und im Zusammenhang mit dem Ölgeschäft kennt.
Wir haben seit Monaten Washington davor gewarnt, den Schah aufzunehmen. Und ich weiß, daß Carter und mehrere seiner Berater schon Monate vorher genau wußten, daß in diesem Fall unsere Leute in Teheran möglicherweise als Geiseln genommen würden, wenn nicht Schlimmeres passieren würde. Sogar Bazargan, den Botschafter Laingen schließlich informiert hatte, daß man sich in Washington trotz allem dazu entschlossen hatte, sogar Bazargan, der immer mehr zu unserem Mann in Teheran geworden war, nachdem sich Chomeini über alles hinwegsetzte, erklärte, daß er für nichts garantieren könne. Es gab damals tatsächlich Leute, die sich erstaunt zeigten, wie sehr Einflußreiche von außen das Vorgehen der Regierung beeinflussen können. Jimmy Carter hatte offenbar zuviel Skrupel. Mag, wie gesagt, sein, daß er nur sehr wenig von dem wußte, was um ihn herum vorging. Ich meine, er war wohl ein Idealist, der durch einige dunkle Punkte in seiner Vergangenheit (er war für Lockheed nach Südamerika gereist und seine Vorliebe für Rock'n'Roll hatte ihn einmal in Verbindung mit Geschäftsleuten aus der Unterhaltungsbranche gebracht, die in Drogen- und Mordaffären verwickelt waren) leicht erpreßbar war. Jedenfalls hatte Carter zunächst dem Druck Kissingers und David Rockefellers erstaunlicherweise widerstanden, den Schah nach Amerika reisen zu lassen. Das war schon im März 1979. Aber Rockefeller und Kissinger gaben nicht nach. Im Juli erhielten wir ein Telegramm des State Department – Kissinger hatte Außenminister Vance unter Druck gesetzt –,

in dem uns mitgeteilt wurde, daß immer mehr auf eine Aufnahme des Schah noch vor dem Oktober gedrängt werde. Als schließlich Carter widerspenstig zu bleiben schien, schaltete sich Vizepräsident Mondale ein (daß er sämtlichen Eliteeinheiten wie der Trilateral Commission, dem Council of Foreign Relations und der Bilderberg-Organisation angehört, sagt genug über seine Verbindung zur Wallstreet). Und im State Department begann David Newsome, der Rockefellers Anlaufstelle im Außenministerium leitet, still und heimlich alles für die Einreise des Schah vorzubereiten. Die meisten Leute im State Department waren überrascht von all dem. Nun, was dann geschah, ist bekannt.

Ich habe das deshalb so ausführlich und im Detail geschildert, weil mir diese Vorgänge so wichtig scheinen. Die Krise, die zu sterben gedroht hatte, lebte wieder, es brannte wieder; doch wiederum gab es nicht die erhoffte Explosion. Darüber hinaus stellte sich auch noch die Frage nach den wahren Hintermännern der Geiselnehmer. Es war wohl wirklich ein glücklicher Zufall, daß bei dem Befreiungsversuch im April 1980 eine Panne aufgetreten war.

Nun, jetzt haben wir eine Atempause gehabt. Es war so etwas wie die Ruhe vor dem Sturm. Du weißt ja bereits, wie sie die Sache in der Straße von Hormuz gedreht haben. Diesmal wollen sie perfekt sein. Diesmal haben sie ja auch den richtigen Mann im Weißen Haus.

Und sie haben es, wie Du Shellbergs Ausführungen entnehmen kannst, verdammt eilig. Sie starten die Operation M am kommenden Samstag, wenn das Treffen der Europäer in Paris stattfindet. Der genaue Operationsplan liegt ebenso bei wie die Tonbänder mit meinem Gespräch mit Shellberg.

Bleib am Ball, David. Meine Geschichte bekommst Du kostenlos. Sie ist, wie Ihr das nennt, ein guter Aufhänger, nicht wahr? Ich hoffe, daß es noch nicht ganz zu spät ist . . .»

Nachdem Baxter diesen Brief fertig geschrieben hatte, nahm er die Pistole, sie wog schwer in seiner Hand. Baxter schloß die Augen, atmete tief durch. Ein Riß aus Raum und Zeit, ein pechschwarzer Ozean der Leere, das flüchtige, flackernde Bild von Jenny, und alles war zu Ende.

Hamid el-Najjef verließ am späten Nachmittag sein Haus am Bab Zuweila. Lächelnd schlenderte er durch die schmalen Sukgassen. Er hatte sich wieder gefaßt, war gelöst. Seit zwei Stunden wußte er, daß sie hinter ihm her waren, daß sie wußten, daß er nicht Hamid el-Najjef war, sondern als kleines Kind Solomon genannt worden war und seine Mutter Sarah Lebmann geheißen hatte. Er hatte versucht, daraufzukommen, wo und wann er einen Fehler gemacht hatte, wie es möglich war, daß sie ihm auf die Schliche gekommen waren, nach Jahrzehnten.

«Früher», hatte Muhammed Mzali vor zwei Stunden zu ihm gesagt, «hätte ich dich wahrscheinlich selbst erschossen. Und es hätte mir leid getan. Bei Allah, wenn ich mir vorstelle, daß du all die Jahre in Wirklichkeit auf der anderen Seite gestanden hast, während wir alle dich liebten wie einen Bruder . . . heute spielt das keine Rolle mehr. Aber ich kann nicht mehr für dich tun, als dich zu warnen. Die Moslembrüder wollen deinen Kopf, und wir . . . nun, du weißt, wie die Situation im Augenblick ist. Als stünden wir wieder vor einem Krieg, Haß und Mordlust liegen in der Luft!»

Hamid el-Najjef lächelte. Es war sinnlos, davonzulaufen. Nun konnte er endlich das tun, was er schon immer hatte tun wollen. Nur mit Mühe fand er den schmalen Durchschlupf, der von der Muski-Straße in das alte Kairoer Judenviertel führte, Charet al-Jahud, keine Gasse, wie der Name vielleicht vermuten ließ, ein Labyrinth schmaler ungepflasterter Wege. Sein Weg führte ihn um mehrere Ecken, vorbei an den Vorsprüngen halbverfallener Häuser, in denen jetzt landflüchtige Fellachen und Obdachlose aus den umliegenden Stadtteilen wohnten, vorbei an Betonskeletten, die seit Jahren auf ihre Voll-

endung zu modernen Wohnhäusern warteten. Schließlich, hinter Stacheldraht, tauchte rechts der Davidstern des großen Tempels auf, die Mosseri-Synagoge. Hamid versank fast im Schlamm. Er ging weiter, vorbei an hungrig blickenden Nubierinnen und unter tropfenden Wäschestücken durch, die an den Holzbalken hingen. Schließlich, in der hintersten Charah, stand Hamid vor dem kärglichen Rest der einst bunten Gettowelt, die schon Juda Halevi besungen und Benjamin aus Tudela beschrieben hatte, vor Jahrhunderten: der alte Tempel. Vor dem mächtigen Thoraschrein zog Hamid ein silberbesticktes Käppchen aus der Tasche, setzte es auf und begann zu beten.
Auf dem Rückweg hörte er Schüsse, Menschen hetzten an ihm vorbei. Hamid ging wie in Trance. Als er die Treppe zu seiner Wohnung hinaufstieg, stürzten ihm zwei Gestalten entgegen.
«Allahi chribetak ja kalb israili!» rief einer von ihnen. «Allah verdamm dich, du israelischer Hund!»
Hamid spürte nur ein leichtes Brennen, als die Messerspitze in sein Herz drang.

Während Hamid el-Najjef im alten Tempel mit seinem Leben abgeschlossen hatte, war der israelische Premierminister Ezar Gazit nahe daran, seine Nerven zu verlieren. Er war erschöpft, seit Tagen hatte er nicht mehr geschlafen, vielleicht einige Stunden unruhig und nervös dahingedämmert, wie sie alle: Fünf Tage dauerte nun schon der Nervenkrieg. Die Kinder von Ma'alot waren noch immer in den Händen der Terroristen. Vorgestern hatten sie eine Liste mit 250 Namen von gefangenen Palästinensern herausgegeben, deren Freilassung sie forderten. Im Sicherheitsrat war man schließlich übereingekommen, mit den Terroristen zu verhandeln, sie wurden mit Lebensmitteln versorgt, der Kinder wegen. Die Stimmung innerhalb der Bevölkerung war auf dem Siedepunkt angelangt, vor allem, nachdem Rabinowskijs

Leute gezwungen gewesen waren, Rabbi Cohen, den Führer der radikalen Selbstschutzorganisation «Masada», festzunehmen, der die Mitglieder seiner Organisation zu Racheakten an der arabischen Bevölkerung aufgerufen hatte. Seit zwei Tagen war die Teilmobilisierung der Armee in vollem Gange, Militär, Shin Beth, Modin, die Sicherheitspolizei, sie alle waren auf der Jagd nach dem unbekannten Feind, von dem sie alle überzeugt waren, daß er mitten unter ihnen, vor ihren Augen, etwas vorbereitete. Am Tag zuvor hatten Peleds Agenten aus Beirut und Paris übereinstimmend berichtet, daß sich in den letzten Tagen eine ungewöhnliche Reisetätigkeit von Mitgliedern verschiedenster palästinensischer Organisationen in Westeuropa entfalte.

Noch an dem Tag, da «Saul» die Begegnung zwischen Samit und CIA-Chef Millhouse gemeldet hatte, hatten sie sich dazu entschlossen, Sadat doch vor den Putschplänen General Sartawis zu warnen.

Aber es war zu spät gewesen. Vor einer Stunde hatte Radio Kairo sein Programm abgebrochen. Seither plärrte aggressive Marschmusik aus dem Lautsprecher des Radios neben Gazits Schreibtisch. Die Telefonverbindungen waren ebenfalls unterbrochen.

Gazit griff zum Telefon. «Uri», sagte er zu Generalstabschef Yadin, «machen Sie mobil. Höchste Alarmbereitschaft. Auch für die nuklearen Einheiten!»

Wenige Minuten später hatte der Feind zugeschlagen, war das Rätsel gelöst.

Rabinowskij rief an. «Die Tanklager!» schrie er in den Hörer. «Die Tanklager. Unsere Ölreserven. Sie haben die Tanklager in Haifa und im Negev in die Luft gesprengt. Raketen . . .»

«Mein Gott!» sagte Gazit. Und dann mit sich überschlagender Stimme, zitternd vor Wut: «Holt die Kinder raus. Holt endlich die Kinder raus. Egal wie!»

Sie war 28 Jahre alt, sie war groß, und sie war schön; es war jene geheimnisvolle, seltsame, leidenschaftslose Schönheit, die andere Menschen üblicherweise auf Distanz hielt, man drehte sich nach ihr um, bewunderte sie wie ein kostbares teures Schmuckstück, dessen Unerreichbarkeit selbstverständlich war.

Dennoch: Sie vermochte sich von einer Minute zur anderen zu wandeln, konnte auf eine einladende Weise lächeln, die niemand mißverstehen konnte und die selbst jenen Männern Hoffnung und Mut machte, die um diesen Typ Frau normalerweise einen großen Bogen machten. Sie besaß die Fähigkeit, Männer rasch und intuitiv einzuschätzen und ihnen mit einem Blick zu suggerieren, sie seien unwiderstehlich; sie brachte es fertig, sich bei Bedarf mit einer Aura unschuldiger Verwundbarkeit zu umgeben, die sogar andere Frauen dazu brachte, sie zu bewundern anstatt zu beneiden; es gab nur wenige Menschen, die sie kannten: Nach innen gekehrt, ausgefüllt von einem Ziel, einer Aufgabe, dermaßen mit sich beschäftigt, daß alles andere Nebensache war, sie gar nicht beanspruchen konnte. Daher war sie niemals bei anderen und konnte mit jedem zusammen sein.

Seit zwei Jahren war sie Mittelpunkt nahezu aller Diplomatenpartys und Empfänge in New York, und zuweilen hielten vor dem Haus in der 42. Straße, in dem sie ein attraktives Apartment bewohnte, die Dienstlimousinen von Senatoren und Abgeordneten.

Layla Chamsin war Sekretärin bei der libanesischen Botschaft bei den Vereinten Nationen, doch den weitaus größten Teil ihrer unerschöpflich scheinenden Energien beanspruchte ihre eigentliche Arbeit: Layla Chamsin leitete die Abteilung USA des palästinensischen Geheimdienstes, ein Umstand, der bisher der CIA, dem FBI und anderen geheimen Diensten unbekannt geblieben war; in Langley war man davon überzeugt, daß der Kopf der PLO-Agenten in den Vereinigten Staaten Yussuf Saladin hieß, der die PLO-Vertretung bei den Vereinten Nationen führte und mit dem man über Doppelagenten Kontakt hielt.

David Kurzmann hatte in den vergangenen Wochen nur mehr selten an sie gedacht, zu sehr war er von den Ereignissen in Anspruch genommen worden; manchmal waren flüchtige Erinnerungen an jene Nacht in Kairo aufgeblitzt, wie die Erinnerung an einen Traum, flüchtig, quälend und ungreifbar. Deshalb wohl war er wie vom Blitz getroffen erstarrt, als er sie einen Tag, bevor die Tokio-Geschichte ausgestrahlt worden war, in der Lounge seines Hotels gesehen hatte, vielmehr erahnt hatte: Sie war an der Rezeption gestanden und hatte ihm den Rücken zugewandt. Er hatte plötzlich das Gefühl gehabt, sein Herz werde mit den kurzen, mechanischen Bewegungen einer Luftpumpe aus seinem Körper gesaugt. Sie hatte sich umgewandt, an ihm vorbeigesehen, ihn angeblickt, kühl, und wie ihm schien etwas belustigt. Ihm war das Blut heiß in den Kopf gestiegen, als sie sich wieder umgedreht und ihn offensichtlich nicht erkannt hatte. Wütend hatte er schließlich seinen Zimmerschlüssel verlangt und wollte eben zum Lift gehen, als sie sagte: «Ich hätte nicht gedacht, daß du so schnell vergißt, David!»
Kurzmann stammelte irgend etwas, daß er sie nicht gesehen hätte, in Gedanken gewesen sei, er war verlegen und hilflos. «Welch ein Zufall!» sagte er schließlich und ärgerte sich über die dumme Phrase, als er fragte: «Hast du schon gegessen? Himmel, das muß begossen werden.» Endlich wagte er es, sie offen anzusehen.
Layla Chamsin dachte: Ich bin verrückt. Ich bin völlig verrückt! Geflohen war sie damals vor sich selbst. Und vor ihm, weil plötzlich ihre schützende Maske abgefal-

len war, nachdem sie, aufgereizt und aufgeladen von den gegenseitigen Sticheleien, von dem teils boshaften, teils neckischen Kräftemessen während jener Party in Kairo, nichts anderes gewollt hatte, als in voller Beherrschung der Situation zu genießen und ihren Spaß zu haben. Doch in jenen Stunden hatten Mauern einzustürzen gedroht; seine und ihre eigene Sinnlichkeit, ein Aufgeben des Willens, sie hatte sich fortreißen lassen von einer tiefen Zärtlichkeit. Und sie hatte es geschafft, diese Begegnung zu verdrängen. Und nun? Ausgerechnet er, ausgerechnet er mußte es sein.
Ein Zufall, natürlich. Aber Kurzmann meinte einen wirklichen Zu-Fall, der ihre Begegnung herbeigeführt hatte.
An jenem Abend wurde Kurzmanns Erdölstory ausgestrahlt. In Laylas Apartment in der 42. Straße hatte Kurzmann das Fernsehgerät eingeschaltet.
«Woher hast du das Material?» fragte Layla plötzlich, und es war der trockene Klang ihrer Stimme, der Kurzmann irritiert aufblicken ließ.
«Welches Material?»
«Das du Groulle gegeben hast. Gilbert Groulle! Doppeltarnagent des französischen Geheimdienstes. Er koordiniert die Verbindungen mit dem Mossad. Ein Mann, der Politik macht, der schon einigemale Geschichte gemacht hat. Hast du das nicht gewußt?»
Kurzmann, der sich eben auf den Bettrand gesetzt hatte, sprang auf, als hätte er sich auf eine glühende Herdplatte gesetzt. «Für wen arbeitest du? Für die Ägypter? Oder für den wahnsinnigen Oberst mit seiner verdammten Atombombe!»
Sie sagte noch immer nichts und lächelte spöttisch. «Versuche, mir zuzuhören, ohne mich zu unterbrechen. Ich habe im Augenblick Groulles Stelle als Verbindung zwischen dir und Jerusalem übernommen.»
Kurzmann begann prustend zu lachen. «Das ist doch ein Witz!» keuchte er.

Aber dann nannte sie ihm Einzelheiten, die jeden Zweifel darüber ausschlossen, daß sie tatsächlich für den Mossad arbeitete.
«Das ist es also!» sagte er, nachdem er sich gefaßt hatte. «Also doch kein Zufall, wie? War das vielleicht schon in Kairo ein kleines Vorspiel dafür?»
Layla blickte ihn mit kühler Ironie in den Augen an. Dann erzählte sie ihm ihre ganze Geschichte. Und während sie sprach, mit heiserer, erstickter Stimme, war sie wieder Rahel Cohen, jenes zwölfjährige Mädchen aus dem Kibbuz Ayalet in den Bergen nördlich von Kyriat Schmoneh, das vor dem Haus stand und gegen die aufgehende Sonne blinzelte. Es sah den Eltern nach, die zwischen den Fischteichen auf die Obstplantage zugingen, als sie plötzlich da waren. Während sie erzählte, hörte sie wieder den furchtbaren Schrei ihrer Mutter. Die Schüsse. Sah, wie die Männer des Kibbuz in die Häuser liefen, um ihre Waffen zu holen. Granaten detonierten. Jakob Shamir, der junge Soldat, der gerade zu Besuch war, und in den sie unsterblich verliebt war, zerfetzt über den Rohren der Bewässerungsanlage. Die toten Augen der Mutter, noch immer voll Grauen und Entsetzen. Und sie, die mit geballten Fäusten vor den Toten stand, unfähig zu trauern, aber voll mörderischem Haß, mit brennenden Augen. Die Soldaten waren zu spät gekommen. Eine Patrouille, die zufällig in der Nähe war.
«Ytzhak Peleds Vater war ebenfalls unter den Toten!» erzählte sie weiter. «Er hatte damals schon für den Mossad gearbeitet, aber das wußte natürlich niemand. Es hieß, er sei beim Informationsdienst des Außenministeriums. Ich hatte mir damals geschworen, meine Eltern zu rächen. Die Mörder waren verschwunden. Ausgerechnet die Mörder meiner Eltern hatten das unverschämte Glück, lebend davonzukommen. Peled muß meinen Haß gespürt haben. Praktisch bin ich seither beim Mossad!»
«Was? Mit zwölf Jahren?»

«Natürlich nicht so, wie du denkst. Nein, aber er bezahlte meine Ausbildung. Ich ging in Jerusalem in die Schule, lernte Arabisch, Englisch, Französisch, die Phonetik vor allem, wie sie im Libanon sprechen. Und mit 15 Jahren war ich Layla Chamsin. Meine Eltern, Palästinenser, starben während eines Kommandounternehmens unserer Armee im Südlibanon, man hatte mich sofort nach dem Angriff hingebracht. Und Yussef Chamsin, ein Bankier in Beirut, nun mein Onkel, nahm sich meiner an. Onkel Yussef gab den Palästinensern viel Geld. Vor allem den Leuten in den Flüchtlingslagern, das tat er aus Überzeugung. Aber er gab auch der Volksbefreiungsfront beträchtliche Summen. Er war einer der besten Männer des Mossad in Beirut . . . ich mochte ihn beinahe so wie meinen eigenen Vater. Das ist meine Geschichte, David. Außer Peled kennt sie niemand, und er würde mich erschießen, wenn er wüßte, daß ich sie dir erzählt habe.»
Kurzmann war zutiefst verwirrt. Hatte er es nicht gespürt? War es das, was ihn so angezogen hatte, im ersten Augenblick schon, damals in Kairo? «Und die Mörder deiner Eltern . . .?»
«Sie sind vor wenigen Wochen umgekommen!» sagte sie, und in ihren Augen blitzte es triumphierend auf. «Wenn ich ehrlich sein soll . . . es ist merkwürdig: Aber seit dem Tag, an dem sie Yussuf Aled in Beirut und Gharbia in Cannes liquidiert haben, fürchte ich, ich bin ein Sicherheitsrisiko. Ich habe diese Arbeit satt. Sie ist für mich zu Ende. Mein Gott, David, Jerusalem . . .»
Kurzmann griff nach Baxters Brief. «Hier!» sagte er und warf Layla den dicken, braunen Umschlag zu. «Hier ist alles, was wir wissen wollten. Groulle hatte richtig vermutet. Es war Baxter, dieser verdammte Narr . . .»
«War?»
«Ja. War. Er ist tot. Er hat Schluß gemacht. Selbstmord. Vielleicht war es wirklich das einzige, was er tun konnte.»

«Warum, David», sagte sie, nachdem sie Baxters Brief gelesen hatte, «ist die Welt nicht so, wie sie sein sollte? Warum gibt es diese Dinge? Warum gibt es uns! Es könnte alles so schön sein, ich ...»
«Ich weiß es auch nicht.»
«Sollen sich doch diese Leute die Welt an den Hut stecken. Mein Gott, sollen sie haben, was sie wollen! Kann es denn schlimmer werden?»
«Ich weiß es nicht!» wiederholte David. «Ich fürchte, sie würden nicht damit zufrieden sein. Selbst dann nicht, wenn es keinen Widerstand mehr gäbe. Ich fürchte, es sind Menschen, die keine Grenze kennen, ... nein, sie haben sie hinter sich, weil sie im Grunde genommen schon alles haben. Ich fürchte, sie geben keine Ruhe, solange sie Menschheit riechen. Ich fürchte, es gibt keinen Platz, wo man sich verstecken kann, nichts, nirgendwo ...»
«Ich muß mit der nächsten Maschine nach Beirut!» sagte Layla schließlich.
«Beirut?»
«Ja, verdammt ... wenn es nicht zu spät ist. Er spielt ihnen in die Hände, Chadly, dieser fanatische Idiot. Vielleicht ist es noch nicht zu spät ...»
«Und wie kommt das Zeug an Peled?» fragte Kurzmann.
«Er wird es erfahren. Versuche du, mit Groulle Kontakt aufzunehmen. Drei Tage noch, David. Nur drei Tage noch!»
«Und dann, Rahel?»
Layla Chamsin lächelte wehmütig, und ihre Augen waren plötzlich müde und ohne Glanz. «Rahel. Wie das klingt! Ich hatte es schon vergessen. Und dann? In Jerusalem, David, in Jerusalem, ja? Wenn es vorüber ist, wenn ...»
Kurzmann wußte, was sie sagen wollte. Es war, als hätte er einen Knoten im Hals der die Luft abschnürte. «Ja», sagte er, «ich komme.»

Kurzmann war sofort wieder zum INS-Center gefahren und hatte Clutterbank und Jordan McBride in Bewegung gebracht. «Wir brauchen das gesamte Material, das wir bisher über diese Hormuz-Geschichte haben. Und einen Archivfilm über Ryan Baxter. Es brennt. Trommelt alles zusammen, was im Augenblick verfügbar ist. Die Geschichte muß raus, sie sollte schon . . .»
Am Abend wußte Kurzmann, daß Rahel zu spät gekommen war. Im Nahen Osten überstürzten sich die Ereignisse. Der Anschlag auf die Tanklager in Israel. Der Putsch in Ägypten. In Syrien waren fast zur selben Zeit blutige Unruhen ausgebrochen. «Nun fehlt nur noch Saudi-Arabien!» sagte Kurzmann zu sich selbst.

Am 8. Juni abends, hatte der israelische Premierminister Ezar Gazit die Entscheidung zu fällen. Der Sicherheitsrat war sich einig. Rabinowskij hatte sich entschieden. Die letzte Entscheidung, die letzte Verantwortung, die lag bei ihm. Gazit öffnete das Fenster. Sie hatten die brennenden Öllager teilweise unter Kontrolle gebracht. Aber dennoch: Ein großer Teil der Reserven war zum Teufel. Wenn sie nur jetzt nichts anfangen, wenn sie nur jetzt nicht durchdrehen, dachte Gazit. Der Mond war aus dem zerrissenen Gewölk hervorgetreten und trieb auf die Schwärze des Nachthimmels zu. Sein immer schärfer werdendes Licht verlieh der schlafenden Stadt ein überirdisches Licht, als hätte sich die strahlende Klarheit des Mondes des Erdballs erbarmt. Menschen, dachte Gazit, Menschen, überall lebten doch Menschen hinter den Kulissen des Wahnwitzes. Der Friede der verdunkelten Stadt war beängstigend. Ja, dachte Gazit, wieder einmal würden die Menschen dieser Stadt hinter ihren abgedunkelten Fenstern sitzen und beten. Vielleicht schliefen sie wirklich. Vielleicht liebten sich manche, aneinandergeklammert, um die schreckliche Angst zu vergessen.
Gazit atmete tief auf. Die Kinder! Die Kinder. Rabinowskij hatte gesagt: «Wir schaffen es. Diese Söhne der Finsternis sind vermutlich jetzt ganz geil vor Siegesfreude. Sie sind schlaff, unvorsichtig, sie fühlen sich als Sieger. Das ist unsere Chance. Und nachts werden sie müde sein. Sie werden es nicht einmal bemerken. Äh . . . Ytzhak hatte die Idee gehabt. Wir schicken ein Segelflugzeug über die Schule und nebeln sie mit CN-Gas ein. Das Gas ist völlig geruchlos. Wir müßten es schaffen, Ezar. Wir haben alle notwendigen Einrichtungen dort, um die Kinder gleich behandeln zu können!»

«Aber sie haben doch die Schule vermint. Was, wenn sie doch in die Luft fliegt?»
Rabinowskij hatte ihn mit festem Blick angesehen. «Ein Risiko ist immer dabei, Ezar. Ich kann den Gedanken nicht ertragen. Aber wir haben keine Wahl!»
Gazit atmete tief, schloß das Fenster und starrte auf das Telefon. Er blickte auf die Uhr. Es war 23.20 Uhr. Sie warteten. Gazit griff nach dem Hörer und drückte schließlich entschlossen den Knopf, der ihn direkt mit dem Einsatzkommando verband.
Rabinowskij selbst war am anderen Ende der Leitung.
«Macht es gut, Jungs!» sagte Gazit. Er blieb vor seinem Tisch stehen. Seine Hände hielten krampfhaft die Seitenlehnen des Sessels umklammert. Die Konzentration grub tiefe Kerben um seinen Mund. Wie lange würde es dauern?
Mit gebückten Schultern begann er im Zimmer auf und abzugehen. Wenn diese Sache vorüber war, dann würden die Probleme erst beginnen, überlegte er und fragte sich, ob er jemals wieder in die Lage kommen würde, sich ordentlich auszuschlafen. General Sartawi hatte am Tag zuvor eine überraschend gemäßigte Rede gehalten. Seine Haßausbrüche waren lediglich an die Adresse Washingtons gerichtet gewesen, das das ägyptische Volk seinen Brüdern entfremdet und Zwist und Haß in die arabische Nation gesät hätte. Unter diesen Bedingungen könne es auch keine Lösung des zionistischen Problems geben. Das war alles, was Sartawi zunächst im Zusammenhang mit Israel gesagt hatte. Gazit war mißtrauisch, gerade dieser Umstand jagte ihm Angst ein. Auch Sadat hatte sie einmal mit solch sanften Tönen getäuscht.
Gazit zuckte zusammen, als der Apparat vor ihm schrillte.
«Die Operation ist beendet!» sagte Rabinowskij mit tonloser Stimme.
«Und, Jakob . . .!
Gazit hörte Rabinowskij atmen. «Drei Kinder sind tot.

Einer dieser ... dieser Mörder hat es noch geschafft, eine Handgranate scharf zu machen.»
Gazit atmete auf. Gleichzeitig schämte er sich der Erleichterung, die er verspürte. «Ja», sagte er, «drei sind zu viel, eines ist zu viel! Gott, wo bleibt deine Rache?»
Gazit kam nicht dazu, diese Gedanken weiterzuverfolgen.
Der Memune stürzte ins Zimmer. «Wir haben eben Nachricht von ‹Saul› bekommen. Syrien, Ägypten, das scheinen alles Ablenkungsmanöver zu sein. Übermorgen soll der Aufstand in Saudi-Arabien losgehen. Das alte Hejaz-Rezept. Während des Gipfeltreffens der Europäer soll dann die Invasion anlaufen!»
«Die sind wahnsinnig geworden, Ytzhak. Der Libyer schießt seine verdammte Rakete auf diese Stadt, wenn auch nur einer dieser Cowboys arabischen Boden betritt.»
«Es gibt nur zwei Möglichkeiten!» sagte Peled. «Oder vielmehr drei. Wir müssen Saudi-Arabien warnen. Dem König notfalls unsere Hilfe anbieten.»
«O Gott, du kennst doch ihren Stolz. Ich fürchte, der läßt sich lieber aufspießen, als sich auf eine Weise helfen zu lassen, die er nicht verschweigen und verleugnen kann.»
«Das müßte sich machen lassen. Unsere Jungs machen eben ein Maskenfest. Wäre nicht das erstemal.»
«Aber damit haben wir den Libyer noch nicht vom Hals.»
«Zwei Möglichkeiten. Wir müssen ihm zuvorkommen. Wir kennen die Stellen, wo er seine Dinger stehen hat!»
«Nuklear, Ytzhak?»
«Bleibt etwas anderes übrig?»
«Und die zweite Möglichkeit?»
«Ihn zu überzeugen, daß das Wahnsinn ist!»
«Und wie?»
Peled öffnete die Tür zum Vorraum. «Premier», sagte er. «Das ist Rahel Cohen!»

«Also», sagte Richard Millhouse zu Allen Radenbrough, der ihm die Akte Baxter gebracht hatte, «also war Baxter der Schweinehund.» Millhouse verzog seine schmalen, fleischlosen Lippen zu einem brutalen Grinsen. «Hat sich in die Hosen geschissen, wie? Hat sich eine Kugel durch den Kopf gejagt, dieser feige Hund. Na schön. Allen, wie oft hat er in Tokio mit diesem Kurzmann gesprochen?»
«Insgesamt dreimal. Wir haben sämtliche Gespräche auf dem Band. Es gibt keinen Grund, Baxter zu verdächtigen.»
«Und ich sage dir, Baxter war es. Nur er kann es gewesen sein. Okay. Wo sind die Daten von Kurzmann?»
Radenbrough reichte dem Geheimdienstchef einen schmalen Ordner.
«Ein jüdischer Spitzel. Verdammt noch mal, wird endlich Zeit, daß sie dieses Nest da unten ausräuchern. Okay, Allen. Erledigt.»
Millhouse wartete, bis Radenbrough die Tür hinter sich zugemacht hatte und griff zum Telefon, legte den Hörer aber sogleich wieder auf. «Idiot!» sagte er zu sich selbst. Er überlegte kurz, ob er in den Jockey Club oder ins Sea Catch gehen sollte, entschloß sich dann für das Sea Catch. Wenige Minuten später verließ er das Weiße Haus, ging ein Stück zu Fuß über die Pennsylvania Avenue und betrat eine Telefonzelle. «Hallo Ben!» sagte er. «Wie geht es dir? Paß mal auf: Es ist soweit. Ich habe einen dieser Verräter für dich. Das ist dein Job, okay. Du kannst deinem Land keinen größeren Gefallen tun, verstehst du?»
«Okay, okay», sagte der andere etwas undeutlich, als hätte er Kaugummi im Mund. «Ich werde ihm das Licht ausblasen. Wer ist der Hund?»

«Ein jüdischer Spitzel, Ben. Ein ganz gemeines Aas.» Millhouse sagte Name und Adresse durch. «Deinen Vorschuß hast du ja schon bekommen, Ben, nicht wahr? Ja, ich weiß, ein kleiner Betrag. Aber jetzt! Wenn du das sauber erledigt hast, bist du raus aus dem Schlamassel!» Zufrieden legte Millhouse den Hörer auf, nahm sich ein Taxi und ließ sich zum «Sea Catch» fahren.

Am Donnerstag, um 8 Uhr früh machte der diensthabende Stabschef im Kriegszimmer des Pentagon eine verblüffende Entdeckung. General Willson und Admiral Thornsten standen gerade vor einem Pappmodell der Nahost-Region, um alle Einzelheiten der für den Samstag geplanten Operation M noch einmal durchzugehen, als Colonel Rogers aufgeregt auf die lange Wand deutete, auf der, entsprechend der über die verschiedenen Informationssysteme einlaufenden Daten, Stärke und Bewegungen der im Bereich des Persischen Golf operierenden Flotten in phosphoreszierenden Zahlengruppen aufgezeigt wurden.

«Hol mich doch der Teufel!» rief Rogers aus. «Seit zwei Stunden befinden sich sämtliche sowjetischen Einheiten in voller Fahrt auf Kurs Südost. Die Landungseinheiten mit der ‹Iwan Rogow› haben den Anfang gemacht. Ich habe dem keine besondere Bedeutung beigemessen. Aber jetzt sind sämtliche Verbände in Bewegung. Ob die kapituliert haben?»

General Willson sah verblüfft auf die Digitalanzeigen. «Was haben diese verdammten Russen vor? Thornsten, können Sie sich erklären, warum die verschwinden?»

«Wo sind die Franzosen?»

«Das ist doch ... die nehmen Kurs auf die Seychellen ...»

«Das sieht fast nach einer Einladung aus! Ob die einfach aufgegeben haben? Rogers, informieren Sie den Chef. Wir müssen uns darüber klarwerden, was das bedeuten soll!»

Der Wissenschaftsrat des Präsidenten unter der Leitung von Professor Larry McBridge hatte vergeblich versucht, zu Andrews vorzudringen. Roger Auden und McBridge

waren noch an jenem Tag, da sich der Rat entschlossen hatte, den Präsidenten zu informieren, nach Washington geflogen.
Zabrousky hatte sie empfangen, interessiert ihren Ausführungen zugehört und zugesagt, Präsident Andrews umgehend zu informieren, sobald dies möglich sei. Ebenso würde er eine sofortige Untersuchung über das Schicksal von Professor Harding einleiten.
Victor Zabrousky war im Zwiespalt. Würde er Andrews informieren, überlegte er, würde Andrews am Ende doch noch zurückschrecken und sich von den verdammten Russen erpressen lassen. Andererseits war das Ergebnis der Untersuchungen der Projektgruppe Blackbird, das im wesentlichen dem entsprach, was die Professoren vom Wissenschaftsrat wußten, beunruhigend. War der Alptraum endlich wahr geworden, daß die Russen nun tatsächlich militärisch überlegen waren? Unverwundbar? Nein, entschloß sich Zabrousky schließlich, die Dinge waren im Fluß. Irgendwann mußte diese Auseinandersetzung kommen. Es war, überlegte der Sicherheitsberater, niemals in Frage gestanden, daß es vor dem Jahr 2000 zu einer Weltregierung kommen würde, die Frage war nur, wie sie entstehen würde, durch Katastrophen, durch Hinentwickeln durch die zunehmende internationale Abhängigkeit, ob mehr oder weniger sorgfältig geplant oder aus dem Zwang eines drohenden menschheitsvernichtenden Chaos heraus. Die Frage war auch, ob sie wohlwollend, mitbeteiligend oder autoritär sein würde. Das hatten sie noch nicht entschieden.
Die Zeit drängte. Für Zabrousky hatten sich seit jeher drei wesentliche Faktoren herauskristallisiert, die radikale Maßnahmen dringendst erforderten: Außer bei Computern und Flugzeugen hatten die Vereinigten Staaten in den meisten hochentwickelten Branchen von Jahr zu Jahr an Boden verloren. Es zeichnete sich spätestens in den sechziger Jahren klar ab, daß die amerikanische Industrie bis zum Ende des Jahrhunderts gigantische

Kapitalmengen benötigen würde, um ihre primäre Verarbeitungskapazität zu erhöhen. Über das Öl war gewiß eine ganze Menge Kapital frei geworden. Aber es war zuwenig. Das Hauptproblem allerdings war, daß der Welthandelsanteil Europas dreimal so groß war wie der amerikanische. Ein überaus ungesundes Verhältnis. Und das mußte geändert werden. Nicht aus innenpolitischen Gründen, nein, es waren die internationalen Probleme, die einfach nicht zu lösen waren, in Asien, in Afrika, im mittelamerikanischen Raum. Diese hungrigen Milliarden, diese ungeheuren Massen wurden immer unruhiger, immer schwerer zu kontrollieren, den USA als weltgrößtem Nahrungsmittelproduzent konnten daraus ernsthafte Bedrohungen erwachsen. Zornige, hungrige Menschen denken nicht logisch. Sie suchen nach Sündenböcken. Und tatsächlich deutete alles darauf hin, daß die ländlichen Massen immer weniger gefügig sein würden. Einige der größenwahnsinnigen Regierungen dieser Länder könnten sich versucht fühlen, die Regierung der Vereinigten Staaten nuklear zu erpressen. Deshalb mußten diese Probleme internationalisiert werden. Die Verantwortung mußte international sein. Der Lebensstandard jener unwesentlichen Minderheit von kaum 500 Millionen, die die Energie verbrauchte, die für den Aufbau relativ stabiler und gesunder Märkte in den Massengesellschaften notwendig wurde, mußte deshalb gesenkt werden. Auf welche Art und Weise auch immer. Nahrungsmittelverteilung, Energieverteilung, Kapitalverteilung mußten international auf verantwortliche Institutionen übertragen werden. Aber das allein reichte nicht aus. Der Impuls des Wachstums der Weltbevölkerung, besonders in den Entwicklungsländern, stellte sich als so stark heraus, daß selbst die schwerwiegendsten Maßnahmen, die jetzt unternommen wurden, um die Fruchtbarkeit herabzusetzen, noch jahrelang das übermäßige Anwachsen nicht stoppen konnten. Die Probleme wurden dadurch verschärft, als spätestens zu Be-

ginn der siebziger Jahre festzustehen schien, daß sich das Wetter grundlegend veränderte, vielmehr zu jenem Normalzustand zurückzukehren schien, der etwa vom 17. Jahrhundert bis zirka 1850 geherrscht hatte, als Nordeuropa überwiegend in der Dämmerung eines ständigen Winters lag.
Die Abkühlung ging immer schneller vor sich. Allein von 1967 bis 1973 waren die Winter auf der nördlichen Halbkugel um einen Monat länger geworden. Das hatte Folgen. Trockenperioden in den USA, kürzere Wachstumszeiten in den europäischen Ländern, Ausbleiben des Monsuns mit allen schwerwiegenden Konsequenzen. Nur in Sibirien wurde es offensichtlich wärmer. Über kurz oder lang würde sich das größte Potential zur langfristigen Lebensmittelproduktion in der Sowjetunion und den unterentwickelten Ländern befinden. Und darüber hinaus gewann das Energieproblem für die Zukunft gerade dadurch eine ganz andere Bedeutung . . .
Nein, hatte Zabrousky gedacht, der Lauf der Dinge konnte nicht mehr aufgehalten werden. Er rief Millhouse an. «Ich habe ein Problem. Sieh zu, daß diese Eierköpfe keinen Unfug anstellen . . .»

Der westdeutsche Bundeskanzler Albrichs blickte nervös auf die Uhr. Es war 10.30. Die Zeit wurde knapp. Aber es würde ihm wohl nichts anderes übrigbleiben, überlegte er, als die Schriftstellerdelegation doch noch vor seinem Abflug nach Paris zu empfangen.
Albrichs seufzte, als er das Schriftstück noch einmal durchlas.
«Lassen Sie sich von der amerikanischen Regierung, die spätestens seit Vietnam jedes Recht auf moralische Appelle verloren hat, nicht in eine Politik hineinziehen, die die Zerstörung allen Lebens auf diesem Planeten zur Folge haben könnte. Keiner greift uns an, keiner bedroht uns. In unserem durch Krieg geteilten Land hat jede Bündnistreue ihre Grenzen, sobald der Frieden fahrlässig oder gar mutwillig bedroht wird. Aufmerksamkeit für jeden Friedensvorschlag, woher er auch kommt, muß an die Stelle der unmündigen Erklärungen von Standfestigkeit und Treue treten.»
Ja, dachte Albrichs, als ob das so einfach wäre. War es überhaupt möglich, die Bundesrepublik und Europa herauszuhalten? Zwei Stunden vorher hatte er die Mitteilung Michards durch den französischen Botschafter in Bonn erhalten. Samstag, dachte er. Zwei Tage also noch. Er war gespannt, was Bubtschikow vorzuschlagen hatte. Horner, der DDR-Chef, hatte ihn gestern angerufen und ihm einen etwas abenteuerlichen Plan unterbreitet. Er, Albrichs, und Michard sollten vor dem Treffen der europäischen Staatschefs am Samstag nach Moskau kommen, da Bubtschikow einen wichtigen Vorschlag zu unterbreiten hätte, der für alle Beteiligten von allergrößter Bedeutung für die Zukunft sein könne.
Wenn es überhaupt eine Zukunft gibt, dachte Albrichs. Kollmann hatte am Vorabend wieder die Bündnistreue

zu den Vereinigten Staaten beschworen. Dieser Idiot. Aber Kollmann mußte wohl so handeln. Selbst Lord Douglas, der neue Vorsitzende der Bilderberg-Konferenz, hatte vorgestern bei ihm vorgesprochen, um sich der klaren Haltung der Bundesrepublik an der Seite der amerikanischen Alliierten zu versichern. Es hatte sich wohl nichts geändert, dachte Albrichs. Die Briten marschierten wieder tapfer mit. Natürlich hatte das Tradition. Vier Jahrhunderte lang hatte die Außenpolitik Englands darin bestanden, die seiner Meinung nach stärkste, aggressivste, vorherrschendste Macht auf dem Kontinent zu bekämpfen, aus welchen Gründen auch immer. Nach Spanien, Frankreich und Deutschland war also nun endgültig die Sowjetunion an der Reihe. Denn das war es wohl, worum es seit Beginn der siebziger Jahre gegangen war, nachdem durch zahlreiche Signale aus Moskau deutlich geworden war, daß auf die alte Kremlgarde nicht mehr unbedingt und nach deren Ableben überhaupt kein Verlaß mehr auf die Sowjetunion als Hammer der Weltrevolution sein würde. Womit auch die Rolle der USA ausgespielt war, als Amboß zu dienen, auf dem ein Volk nach dem anderen für die sogenannte Neue Ordnung zurechtgeschlagen werden konnte. Bis Afghanistan waren die Russen kein Jota über die ihnen zugeschanzten Gebiete Osteuropas gegangen. Und im Grunde genommen werden künftige Geschichtsschreiber im Rückblick wohl nur ein einziges hervorstechendes Merkmal internationaler Politik während der Nachkriegszeit erkennen: Nicht die Konfrontation der Vereinigten Staaten mit den kommunistischen Ländern, nicht die Spannungen zwischen entwickelten und unterentwickelten Ländern, sondern die Expansionsbewegung der Vereinigten Staaten in das nach dem zerschlagenen europäischen Einfluß in Asien, in Afrika und sogar in Lateinamerika entstandene Vakuum hinein. Nun hatte die amerikanische Hegemonie von selbst auseinanderzubrechen gedroht. Und seit Iran, dachte

Albrichs, versuchen sie das nun auch mit Gewalt zu kitten.
Staatssekretär Möller unterbrach Albrichs Gedanken. «Wir sind soweit. Alles klar!»
Mit dem Hubschrauber flogen sie zum Flughafen Köln/Wahn. Der Helikopter landete zwischen zwei Lufthansa-Maschinen. Die eine, offiziell, flog nach Paris. Die zweite, inoffiziell, flog nach Moskau.

Ben Richards, der das Problem Kurzmann erledigen sollte, war um knapp zwei Stunden zu spät gekommen. Zu dem Zeitpunkt, als er nach der Subsonic im Schulterhalfter tastete, ehe er das Hotel betrat, in dem David Kurzmann während seines Aufenthaltes in New York gewohnt hatte, befand sich dieser schon auf dem Flug nach Paris. Kurzmann hatte noch am selben Tag mit Hilfe Clutterbanks und McBrides und einigen anderen Helfern eine Dokumentation zusammengestellt, von der alle überzeugt waren, daß sie das Weiße Haus förmlich in die Luft sprengen würde.

«Das ist ein Ding!» hatte McBride ausgerufen, als Kurzmann zu den Bildern der in Flammen stehenden Straße von Hormuz die Operation einer Spezialeinheit aus CIA und Secret Army Organisation unter dem Kommando von Oberst Averell T. Cooper in allen Details schilderte und den Plan für die am Samstag anlaufende Invasion in Saudi-Arabien und den Scheichtümern am Persischen Golf kommentierte. McBride hatte die Dokumentation noch für den Abend ins Programm gebracht und einen Bericht über die Hintergründe der plötzlichen hartnäckigen Weigerung Spaniens, sich in das NATO-System zu integrieren, zurückgestellt.

Jordan McBride hockte rittlings auf einem Stuhl im Regieraum des Nachrichtenstudios und kaute nervös auf seiner Unterlippe herum. Er starrte abwechselnd auf die Monitore und auf seine Armbanduhr. Es war 20.35 Uhr, die erste Nachrichtensendung im INS-Kanal lief seit fünf Minuten. Sherley Coocker hatte die letzten Nachrichten verlesen und kündigte den Sonderbericht des INS-Korrespondenten David Kurzmann über die jüngste Entwicklung der Orientkrise an.

Vielleicht hätte er den Bericht nicht nehmen sollen! dachte McBride. «Sei vorsichtig mit Kurzmann!» hatte Syman, der Nachrichtenchef, vor ein paar Tagen gesagt. Verdammt, dachte McBride, aber die Story hatte Hand und Fuß, und was Kurzmann da sagte . . .

Irgend jemand in Washington versucht Druck auf uns auszuüben. Und dann . . . na ja, Jordan, du kennst ja die Stimmung. Die Werbeaufträge sind unsere Existenz! Ich weiß, unsere Grundsätze! Aber, zum Teufel, was nützen Grundsätze, wenn unsere Existenz auf dem Spiel steht! Okay, Jordan? Es ist ein zarter Wink von oben!» hatte Syman gesagt.
Wenn sie Kurzmann fallen ließen, dachte McBride, dann war das das Ende von INS. Die großen Gesellschaften wie CBS zum Beispiel, an die mehr als 200 Fernseh- und mehr als 200 Rundfunkanstalten angeschlossen waren, oder die Times, zu der 30 Fernsehsender gehörten, hatten ohnehin schon längst ein Auge auf INS geworfen.
Das Bild auf dem Monitor raste über rötliche Felsen, erfaßte eine pechschwarze Rauchwand am Horizont. Das Geknatter eines Helikopters war zu hören, der behelmte Kopf des Piloten kam ins Bild, dann wieder der schwarze Qualm durch die Plexiglaskuppel des Helikopters. Plötzlich stürzte das Bild in die Schwärze, den züngelnden Flammen entgegen. Für Sekundenbruchteile waren die Umrisse eines Schiffes auszumachen.
«Phantastische Arbeit!» murmelte McBride.
Dann erschien David Kurzmann auf dem Schirm des Monitors. Er stand in der Mitte eines fast leeren, riesigen Parkplatzes, beide Hände in die Taschen eines Regenmantels vergraben. «Vor wenigen Monaten haben diese Bilder in der ganzen Welt einen Schock hervorgerufen. Als diese Bilder um die Welt gingen, dachten wir alle, dies sei das Schlimmste, was passieren konnte: Die Industrienationen waren von einem Tag auf den anderen von den Ölquellen am Persischen Golf abgeschnitten. Dieser Schlag hatte alle unerwartet getroffen. Die Carter-Doktrin, die den Persischen Golf zum nationalen amerikanischen Interessensgebiet erklärt hatte, die Andrews-Doktrin, die kurz zuvor das Öl des Persischen Golfs zum Allgemeingut erklärt hatte, all dies schien

nicht Abschreckung genug gewesen zu sein. Die Spirale der Eskalation hat sich seither nicht aufgehört zu drehen.»
Im Regieraum überdröhnte plötzlich die Stimme Symans den Ton. «Störung! Blendet sofort Störung ein. Setzen Sie augenblicklich diese verdammte Scheiße ab!»
Der Techniker reagierte sofort.
«McBride!» tönte die sich überschlagende Stimme Symans aus der Sprechanlage. «Wir sprechen uns nach der Sendung. Sherley soll sich mit einem Maschinenschaden herausreden. Wir machen mit der Story von Hopkins aus Madrid weiter!»
«Es tut mir leid, Jordan!» sagte Syman nach der Sendung in seinem Büro zu McBride. «Aber der Alte schäumt. Der Hai will Blut sehen!»
«Das heißt?»
Syman kratzte sich am Hals und zog verlegen an seiner Krawatte.
McBride dachte: Jetzt wird er mir erzählen, daß ich mir einen neuen Job suchen soll.
«Du wirst dich um etwas anderes umsehen müssen, Jordan. Ich kann da leider nichts für dich tun. Wirklich nichts. Ich habe dich gewarnt!»
Wie feige er geworden ist, dieser Hundesohn! dachte McBride. «Früher hast du dich um Davids Berichte gerissen, was? Diese Story ist eine Bombe, ein absoluter Knüller. Sie beweist, daß Shellberg recht hatte. Verstehst du das denn nicht? Und wir wären als erste damit herausgekommen!»
«Mein Gott!» rief Syman aus. «Bist du wirklich so naiv? Niemand wird mit dieser Geschichte herauskommen! Niemand. Und David ist fertig. Nicht einmal der mieseste Sender wird noch etwas von ihm nehmen. Weder hier in den Staaten noch anderswo. Und wenn du stur bleibst, geht es dir ebenso. Er hat sich da in etwas verrannt, sage ich dir . . .»
«Diese Geschichte», sagte McBride resignierend, «hätte

vielleicht alles noch aufhalten können. Die in Washington spielen den starken Mann und pissen sich in Wirklichkeit in die Hosen. Du weißt ...»

«Ich weiß gar nichts. Die Geschichte hätte gar nichts aufgehalten. Du weißt doch, in welcher Stimmung die Leute sind. Sie haben für Nestbeschmutzer nichts übrig. Sei vorsichtig, Mann! Wenn du das alles vergißt, hast du noch eine Chance. Es läßt sich irgend etwas arrangieren, verstehst du? Vielleicht läßt der Alte mit sich reden, später ...»

«Tom?»

«Ja?»

«Du bist ein Schweinehund. Ich meine, nicht nur vom journalistischen Standpunkt aus, auch ...»

«Raus!» sagte Syman sanft und leise.

Daß die Dokumentation abgebrochen wurde, kaum daß die Sendung begonnen hatte, davon hatte Kurzmann keine Ahnung. Er hatte in Paris sofort nach seiner Ankunft Kontakt mit Groulle aufgenommen.
«Du gütiger Himmel! Da sind Sie ja noch rechtzeitig gekommen!» hatte Groulle ausgerufen und an seiner erkalteten Zigarre genuckelt.
Im Grunde hätte es sich Kurzmann wohl nicht erklären können, warum er sich sogleich entschlossen hatte, von Paris nach Frankfurt weiterzufliegen und dort Jacob aufzusuchen, um am nächsten Tag, von einer merkwürdigen und unerklärlichen Unruhe getrieben, mit einem Mietwagen in die Schweiz aufzubrechen, um seinen Sohn abzuholen. Es war wohl eine unbewußte Angst, die in Kurzmanns Gehirn nistete, seit jenem denkwürdigen Abend bei dem Alten in Rom, der davon gesprochen hatte, daß sein Sohn in Gefahr sei. Wenige Stunden später war in Paris bei Groulle eine dringende Mitteilung an Kurzmann eingetroffen. Der Text der Depesche lautete: *Treffen in Tripolis dringend. Oberst braucht unbedingt Aufklärung. Rahel.*
Aber es spielte wohl keine Rolle, ob David Kurzmann die Depesche bekommen hätte oder nicht.
Während er im strömenden Regen auf der Autobahn in Richtung Süden raste, gingen ihm immer wieder verschiedene Sätze aus dem auf Tonband aufgezeichneten Gespräch zwischen Baxter und Shellberg im Kopf herum.
«Sehen Sie, lieber Baxter, ich meine, das ist doch klar: Die Errichtung und Aufrechterhaltung eines Monopols setzt die direkte oder indirekte Kontrolle aller bedeutsamen Vorkommen eines Rohstoffes voraus. Und im Grunde genommen waren sich ja beide Seiten einig:

weil eben der Gegensatz zwischen Kapitalismus in seiner letzten Entwicklungstufe und Kommunismus weder ideologisch noch praktisch aufrechtzuerhalten ist. Aber es ist nun einmal so, daß es auf dem Weg zum totalen Monopol keinen gleichwertigen Rivalen geben darf. Abgesehen davon, daß sie an ihren Dollars allmählich ersticken und sich Luft verschaffen müssen, wenn es ihnen nicht auf friedlichem Weg gelingt, das diesmal unlösbare Problem zu lösen. Es sind immer unlösbare Probleme gewesen, die irgendwann zu einem Kollaps geführt haben. Vor allem, wenn dem ein wenig nachgeholfen wird. Was gibt es denn für eine wirksamere Methode, den Staaten eine diesem Moloch angenehme und gefügige Diktatur aufzuzwingen, als durch Rationierung der Energie, gleichzeitig den Einkauf der Welt über den Dollar, also praktisch für nichts, noch solange weiterzutreiben, wie es eben geht; als die Ölzufuhr überhaupt zu drosseln, China ausschließlich auf Dollarbasis zu erschließen und dabei denselben Trick anzuwenden wie beim Erdöl des Nahen Ostens, um den Einbruch fremder Interessen zu verhindern; die EWG als Block an den Internationalen Währungsfonds anzuketten und alle Währungen über dessen Umwandlungskonto in wertlose Sonderziehungsrechte umzuwandeln. Das wäre einfach, wenn sich niemand gewehrt hätte. Aber das haben nun einmal Europäer und Russen, jeder auf seine Weise; auch Araber. Zunächst ging es mit einigen einzelnen Toten ab, nicht wahr? Moro, Ponto, Feisal. Die Chance, daß die nördliche Halbkugel ihrem Schicksal entrinnt, ist verschwindend klein. Sie läge darin, daß Europa, die arabische Welt und die Sowjetunion gemeinsam etwas gegen ihre stufenweise, gegenseitige Vernichtung zugunsten einer Weltbehörde des superkapitalistischen Molochs unternehmen. Sie täten dann auch etwas für uns, Baxter, auch wenn das unsere Leute wahrscheinlich nicht wahrhaben wollen und sich lieber in irgendein Abenteuer hineinmanipulieren lassen.»

Auf einem anderen Tonband hatte Shellberg gesagt: «Lieber Baxter, Sie wissen vermutlich nicht viel über die Moslembrüder, nicht wahr? Sicher nicht alles. Habe ich Sie nicht einmal gefragt, warum sich der kambodschanische Schweinehund Pol Pot bei unseren Leuten bedankt hat? Ich werde es Ihnen sagen. Sie haben doch Bani Sadr persönlich gekannt, nicht wahr? Iran, hatte er gesagt, müsse dem kambodschanischen Modell Pol Pots folgen, wenn möglich ohne Maschinengewehre, durch Glaube und Überzeugung.»
«Aber die Moslembrüder...» versuchte Baxter einzuwerfen.
Shellberg fuhr fort: «In einem knappen Satz zusammengefaßt: Die Moslembrüder und das von der Bruderschaft ausgehende Netz hat keine andere Aufgabe, als die Länder des Nahen Ostens, Afrikas und Asiens zu destabilisieren, in jenen Ländern, die eine stärkere Zusammenarbeit mit Frankreich, der Bundesrepublik Deutschland und mit der Sowjetunion eingehen wollen, die innere Unruhe zu schüren, um so vielleicht eine Grundlage für einen echten Frieden im Nahen Osten und darüber hinaus für eine gerechte und funktionsfähige neue Weltwirtschaftsordnung zu schaffen. Unter dem Deckmantel eines islamischen Fundamentalismus allerdings haben die Bruderschaften längerfristig den Weg für die Kambodschanisierung der gesamten Dritten Welt zu ebnen. Verstehen Sie, warum es bei all diesen Auseinandersetzungen keine Hoffnung auf irgendwelche Kompromisse mehr zu geben scheint, Mister Baxter?»
«Heißt das nicht, diese Leute etwas überzubewerten, Mister Shellberg?»
«Meinen Sie? Im Gegenteil. Pakistan, Iran, Syrien, Irak, Saudi-Arabien, Sowjetunion! Nein, nein, das ist kein Zufall...»
«Pakistan?»
«Ja, lieber Baxter. Damit hat ja alles begonnen. Erinnern Sie sich doch! Wie lange hat es gedauert, bis die Bruder-

schaft unter dem Namen Jamaat-i-Islami gemeinsam mit dem Koordinierungsbüro für die islamische Welt alles zerstört hatte, was unter Bhutto aufgebaut worden war! Nicht nur in Pakistan. Die ganze Region einschließlich Indien wird von den Mörderbanden der Jamaati terrorisiert, das regionale Wirtschaftssystem ist zusammengebrochen, kaum daß Zia Ul-Hak im Amt war. Und Pakistan und die Jamaati haben schließlich die entscheidende Rolle bei der Machtübernahme durch Chomeini in Iran gespielt. Das, lieber Baxter, sind unsere Leute!»
«Ich begreife das nicht! Verdammt, Mister Shellberg, ich begreife das nicht . . .»
Shellberg klärte Baxter über die Geschichte der Bruderschaft auf, manchmal unterbrochen von ungläubigen Ausrufen Baxters.
«Beinahe», war Shellbergs Stimme auf dem Tonband zu hören, war es in den fünfziger Jahren gelungen, diese Satansbrut auszuräuchern. Nasser hatte die Bruderschaft schließlich verboten, im Irak wurde das Netz fast völlig zerstört, Mitte der sechziger Jahre wurde die Bruderschaft in Syrien zerschlagen. Und in Jordanien hatte zuvor schon die Schlüsselfigur des Projekts, Sir John Glubb Pascha, seinen Posten als Armeestabschef und persönlicher Berater des Königs verloren. Fast schien es, als hätte diese Region endlich die Chance, zur Ruhe zu kommen. Aber», klang Shellbergs Stimme bitter, «unsere Leute schliefen nicht. Sie begannen allmählich, ihre fundamentalistischen Fußtruppen mit einer verbesserten Ideologie auszustatten, die schließlich in Iran voll zum Zug gekommen ist. Eine Kombination von islamischem Fundamentalismus und neuzeitlicher Umweltschutzideologie nach dem Motto: Zivilisation ist Teufelswerk. Alles was wir brauchen ist der blaue Himmel über der Wüste und das Gebet zu Gott! Na, mein Freund, das war ganze Arbeit, die da auf den Universitäten von Oxford, Sussex, im Londoner Tavistock-Institut, unserer

Princeton University, bei der RAND-Corporation und dem Center for Strategic and International Studies der Georgetown University geleistet wurde. Während auf der britischen Seite das Projekt von Sir John Glubb Pascha und dessen Schützling Idris Shah, geleitet wurde, wurde das Chomeini-Projekt bei uns von Ibrahim Yazdi, dem ehemaligen iranischen Außenminister, angeführt. Der entscheidende Faktor für die Wiederbelebung der Bruderschaft und praktisch das Signal für die Verwirklichung des Projekts war der Sturz Ali Bhuttos im Juli 1977. Erstmals seit Jahrzehnten war die Bruderschaft nun durch die Marionette Zia Ul-Hak wieder an der Macht. Nun konnten alle jene Netzwerke wieder reaktiviert werden, die seit Mitte der sechziger Jahre ausgeschaltet waren. Schließlich hatte sich auch ihre finanzielle Macht durch die Ölpreiserhöhungen beträchtlich gesteigert. Schließlich naschte ja auch Prinz Abdullah, der Chef der Brüder in Saudi-Arabien, am neuen Reichtum eifrig mit. In engster Abstimmung mit dem Islamic Council of Europe in London, der Nachfolgeorganisation von Sheik Arslans panarabischem Kongreß, wurden von Pakistan aus Fundamentalisten-Kommandos in die gesamte islamische Welt geschickt. Die Fäden laufen in London zusammen. Hinter dem Islamic Council steht die Islamic Foundation unter Kurshid Ahmad, Sir Glubb Paschas Anglo-Arab-Association und Sir Harold Beeleys Council for the Advancement of Arab-British Understanding, die wiederum mit den Universitäten Princeton und Georgetown eng zusammenarbeiten. Auf dem europäischen Kontinent saßen bis dahin die Spitzenkräfte der Bruderschaft im Exil. Issam al-Attar, der ehemalige Führer der Bruderschaft in Syrien, führte in der Aachener Bilal-Moschee während Chomeinis Aufenthalt in Paris das Verbindungsbüro zum Iran. Von Lugano aus finanzierten die sogenannten Geschäftsleute Ghalib Himat und Jussuf Nada die islamischen Zentren in Europa, die praktisch Ausgangspunkt der Operationen im Nahen

Osten wurden. Der Syrer Himat war übrigens Anfang der sechziger Jahre nach München gereist, um jene Moslems in einem islamischen Zentrum zu sammeln, die seit der Zeit von General Gehlens «Fremde Heere Ost» in Bayern geblieben waren. Na, Baxter, Sie sind ja sicher nicht verwundert, wenn Sie hören, daß der britische panarabische Kongreß und die britischen Moslembrüder einst eng mit der SS und eben auch mit Gehlen zusammengearbeitet haben. Freilich nicht zum Vorteil der Deutschen, nicht wahr! Himats Münchner Zentrum spielte ebenfalls eine wesentliche Rolle bei der Vorbereitung der Machtübernahme durch die Brüder in Iran. Über München und über eine überaus bekannte Stiftung verlaufen wiederum Querverbindungen zur Nationalen Heilspartei und den Grauen Wölfen in der Türkei. Ein weiterer Verbindungsweg zwischen Moslembrüdern und türkischen Faschisten läuft über die Londoner Federation of Islamic Organizations in Europe. Alle diese Organisationen sind für die Schrecken verantwortlich, die im Mittleren Osten in den letzten Jahren geschehen sind, und diese Schrecken breiten sich aus. Baxter, begreifen Sie nun, was auf dem Spiel steht?»

Das Treffen zwischen Bundeskanzler Albrichs, dem französischen Staatspräsidenten Michard und dem sowjetischen Staats- und Parteichef Bubtschikow dauerte drei Stunden.
«Nun, meine Herren», sagte Bubtschikow, «ich möchte Sie nicht lange aufhalten, aber zunächst erlauben Sie mir doch einen Rückgriff auf die Vergangenheit. Sie wissen, was der Grund für den Kalten Krieg, für sämtliche Zurückweisungen unserer Angebote an die USA bezüglich einer Berlin-Regelung und in anderen wichtigen Fragen war? Nun, es gab Leute, die nicht gut auf Stalin zu sprechen waren, da er sich weigerte, die Öffnung zum Weltmarkt, das heißt für die amerikanischen Wirtschaftsinteressen zu akzeptieren. Wer weiß, vielleicht hätte man das tun sollen? Ob wir heute nicht vor dieser Situation stünden? Wer weiß. Es kann kein Zweifel daran bestehen, daß es damals nur eine wirkliche Großmacht gegeben hat. Wir konnten lediglich militärische und politische Erfolge und 20 Millionen Tote aufweisen. Für uns konnte das nur bedeuten, daß wir uns nicht länger in die Situation eines isolierten und geächteten Staates zurückdrängen lassen durften und an unseren Grenzen für Ruhe zu sorgen hatten. Für die USA hingegen bedeutete Machtpolitik vom ersten Augenblick an die Möglichkeit zum weltweiten Ausgriff aufgrund wirtschaftlicher Potenzen und militärischer Stärken, das hatten sie mit dem Abwurf ihrer Atombomben deutlich genug gezeigt. Wer die Geschichte objektiv betrachtet, wird», Bubtschikow lächelte, «uns auch zugestehen müssen, daß wir seit dem Ende des Zweiten Weltkrieges immer bestrebt waren, in Mitteleuropa eine Zone der Entspannung zu schaffen. Alle unsere Versuche wurden immer wieder als kommunistische Täuschungsmanöver

zurückgewiesen. Alles, was sich die Sowjetunion von Europa wünscht, ist gegenseitige ökonomische Bereicherung und politische Stabilität. Nun, Sie wissen, wozu diese bescheidenen Versuche geführt haben. Die Vereinigten Staaten von Amerika sind entschlossen, den Nahen Osten gewissermaßen als neuen amerikanischen Bundesstaat zu besetzen. Nun, wenn sie es versuchen, werden wir es zu verhindern wissen, glauben Sie mir. Wir haben die Möglichkeiten dazu. Allerdings würde ich wünschen, daß es nicht dazu kommt. Ich schlage Ihnen vor, sich folgendem Ultimatum an die Vereinigten Staaten anzuschließen: Die Zusicherung, keine militärischen Aktivitäten auf fremdem Territorium durchzuführen.

Sofortiger Beginn von Abrüstungsgesprächen, vor allem in Europa. Das Ultimatum läuft morgen, Freitag, um 22 Uhr ab. Sollte bis dahin keine zufriedenstellende Antwort erfolgen, sieht sich die Sowjetunion gezwungen, entsprechende Maßnahmen einzuleiten:

Jede militärische Aktion wird mit entsprechenden Mitteln abgewehrt.

Abbruch der diplomatischen Beziehungen, im Falle der Bundesrepublik Deutschland bis zur Wiederherstellung der rechtsstaatlichen Souveränität.

Im wirtschaftlichen Bereich bis zur Ersetzung der betrügerischen Reservewährungen durch einen Gold-Öl-Standard.»

Michard und Albrichs berieten lange.

«Bubtschikow scheint sehr sicher zu sein, was die Reaktion Andrews betrifft. Was, wenn er sich einen Deut darum kümmert?»

«Na, er sagt, er kann versichern, daß es zu keinem Krieg kommt.»

Himmel, dachte Albrichs. Jetzt sitzen wir in der Tinte. Alles wäre nicht soweit gekommen, hätten wir uns auf die eigenen Beine gestellt, als uns die USA zur Stationierung neuer Mittelstreckenraketen in Europa erpreßt hat-

ten, obwohl es auch innerhalb der NATO nicht den geringsten Zweifel geben konnte, daß der Westen den Sowjets qualitativ haushoch überlegen war. Freilich, die Sache war längst geplant und entschieden. Verteidigungsminister Brown hatte ja schon 1977 erklärt, die USA bereiteten sich auf einen Eineinhalb-Krieg vor, was immer ein halber Krieg sein mochte: Dieser sollte im Nahen Osten, der ganze in Europa und in der Sowjetunion stattfinden. Zwangsläufig wäre die Sowjetunion durch die kaum mehr erwähnenswerte Vorwarnzeit von knapp sieben Minuten gezwungen, in einem Ernstfall Westeuropa mit einem nuklearen Bombenteppich zu belegen, freilich mit dem Risiko, während dieser Zeit bereits von amerikanischen Interkontinentalraketen getroffen zu werden. Verdammt noch mal, dachte Albrichs, als wäre es eine unabänderliche Selbstverständlichkeit, daß auf unserem Boden ein nukleares Theater inszeniert werden sollte!
«Nun», sagte Bubtschikow, der sich kurz entschuldigt hatte, «vermutlich sind Sie zu einer Entscheidung gekommen?»

Während dieser Besprechung im Kreml liefen von Diego Garcia im Indischen Ozean zehn Containerschiffe in Richtung Oman aus. Jedes dieser Schiffe war mit fünf Jagdhubschraubern ausgerüstet. In mehreren Flughäfen Nordamerikas starteten in dieser Stunde mehrere der neuen Transport-Langstreckenflugzeuge vom Typ C-5. In der Kommandozentrale der 82. Luftlandedivision herrschte in diesen Stunden hektischer Betrieb.

Für den Ablauf des Ultimatums Bubtschikows hatte Präsident Andrews eine via Satellit in alle Welt übertragene Fernsehrede angekündigt. Die Staatsmänner in aller Welt, und die Menschen in aller Welt, standen in diesen Minuten vor ihren Fernsehschirmen. Der Beginn der Rede schien sich etwas zu verzögern. Das tat er tatsächlich, Andrews hatte eine wichtige Mitteilung erhalten: Der Aufstand im Hejaz-Gebiet hatte pünktlich begonnen.

«Wir», sagte Andrews, «sind vor einer schwierigen Entscheidung gestanden. Der Kurs, den wir nun gewählt haben, ist voller Risiken, wie alle Wege.» Andrews hob die Stimme und fuhr um eine Nuance lauter fort: «Aber es ist ein Kurs der unserem Charakter entspricht und unserem Mut als Nation sowie unseren Verpflichtungen überall auf der Welt. Der Preis der Freiheit ist stets hoch – aber wir Amerikaner haben ihn immer entrichtet, und der Weg, den wir niemals wählen werden, ist der Weg der Kapitulation oder der Unterwerfung. Unser Ziel ist nicht der Sieg der Macht, sondern die Aufrechterhaltung des Rechts. Nicht Frieden auf Kosten der Freiheit, hier in dieser Hemisphäre, und, so hoffen wir, in der ganzen Welt. Mit Gottes Hilfe werden wir dieses Ziel erreichen . . .»

Hier begannen in vielen Teilen der Welt die Fernsehgeräte zu flimmern.

«Wir werden es erreichen. Und sollte die Sowjetunion ihre infame Drohung wahrmachen und sich der Erfüllung unserer Pflichten entgegenstellen . . .»

Andrews schien plötzlich Mühe zu haben, die Worte zu artikulieren.

«. . . dann, dann . . .»

Und er verwendete das Wort Kennedys: «werden wir den Tod seinen Schatten an den Horizont werfen lassen.»

Andrews letzte Worte waren kaum mehr zu verstehen. Ähnlich wie Stockbetrunkene zu lallen pflegen, hatte er die letzten Worte hervorgequält.

Irgendwo blinkten Signallichter auf. Auf dem Flugzeugträger «Nimitz», der nördlich des sowjetischen Stützpunktes Sokotra kreuzte, nahm niemand Notiz davon. Die Offiziere auf den zahlreichen Fregatten und Zerstörern, die hier zusammengezogen worden waren, vertrieben sich die Zeit mit Lichtspielen. Es war alles ruhig. Admiral Rockower, der Kommandant des Carrier-Verbandes, blickte auf die Uhr. Eigentlich, überlegte er, müßte es jetzt ja bald losgehen.

Seit wenigen Minuten arbeitete die Hochenergieanlage in Semipalatinsk auf Hochtouren. Der Techniker in der Satelliten-Bodenstation in Plesetzk drückte auf einen Knopf – Aus. Nun begannen sich zwei rotierende gigantische ELF-Felder mit zunehmender Geschwindigkeit zu bewegen. Eine dieser Wellen war zuerst über Indonesien, die andere entlang der afrikanischen Atlantikküste. Kurz bevor die zwei Wellen am Eingang zum Persischen Golf zusammenprallten, hatten sie eine Geschwindigkeit von annähernd 30 000 Stundenkilometern erreicht. Die freigesetzte Energie war ungeheuer. Die Fregatte «Fannung», die sich genau an jenem Punkt befunden hatte, wo die Wellen zusammengeprallt waren, zerbarst wie ein rohes Ei. Das durch den Zusammenprall hervorgerufene Beben erreichte eine Stärke von 9,8 Punkten auf der Richter-Skala.
An diesem Abend verloren die Sowjets durch einen technischen Fehler die Kontrolle auch über jenes Magnetfeld, das über dem amerikanischen Bundesgebiet lokalisiert worden war. Immerhin reichte diese Welle aus, um sechs B-52-Bomber, die auf dem Luftwaffenstützpunkt March gestartet waren, samt ihrer nuklearen Ladung wie Steine zu Boden zu bringen.

Das war ein Warnschuß Bubtschikows gewesen. Aber er genügte. Die Invasion fand nicht statt. Nur die Natur rächte sich fürchterlich: Binnen Stunden begannen heftige Unwetter, die schwersten, die weite Teile des südlichen und vor allem östlichen Teiles der USA jemals heimgesucht hatten, zu toben. Von Skandinavien her bildete sich binnen kürzester Zeit ein Tiefdruckgebiet. Über Großbritannien fegte ein mörderischer Orkan hinweg. Es dauerte nur wenige Stunden, bis die kalte Luft aus dem Norden die Elbe erreichte. Dann zog die Front nach Süden.

David Kurzmann hatte seinen Sohn von Zuoz geholt und war mit ihm auf der Fahrt zurück nach Frankfurt. Er traute seinen Augen nicht, als es plötzlich zu schneien begann. Wie Fallschirmjäger fielen dicke Schneeflocken vom Himmel, wie er sie noch nie gesehen hatte. Der Schneefall wurde von Minute zu Minute dichter. Kurzmann war nicht mehr imstande weiterzufahren. Er wäre in den nächsten Straßengraben gerutscht. Er hatte auch die Orientierung verloren, keine Ahnung, wo er sich befand. Mittlerweile war die Temperatur auf minus acht Grad gefallen.
Irgendwann wird man Kurzmann und seinen Sohn gefunden haben. Australische Meteorologen würden viel später sagen, dies sei ein Schneeblitz gewesen. Schneeblitzflocken würden nie ganz schmelzen. Wenn es weiterschneit, sagten sie, würden Kanada, die nördliche Hälfte der USA, die Sowjetunion, Europa bis südlich der Alpen mit Inlandeis bedeckt werden. Denn das strahlende Weiß dieses Schnees reflektiere die Sonnenhitze, und es bliebe kühl. Wenn die Eisdicke 20 bis 30 Zentimeter betrage dann sei die Eiszeit unwiderruflich . . .